江戸〈洋学〉異聞（三）

モ・カムイと赤人

熊木敏郎◉著
Toshiro Kumaki

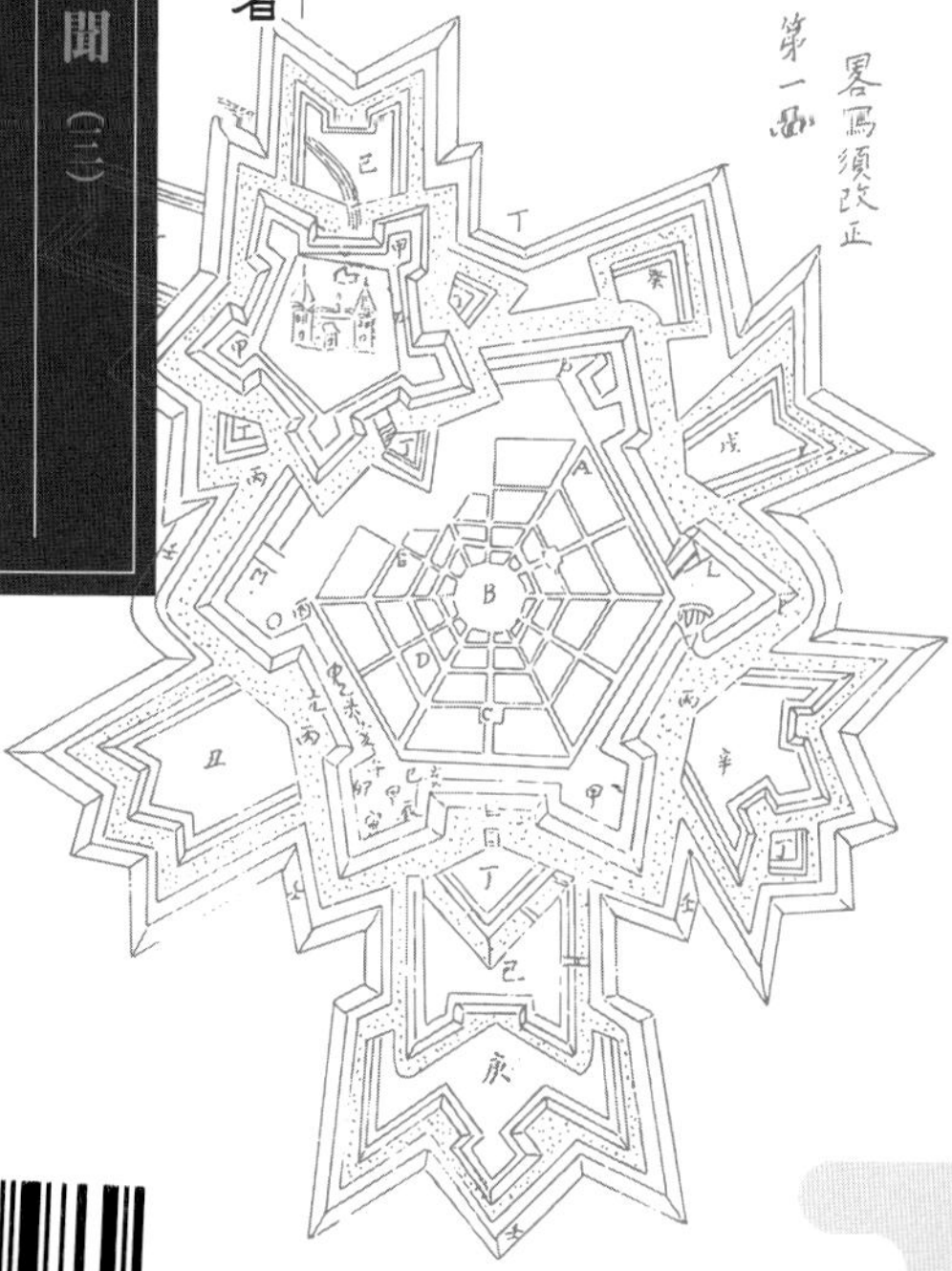

雄山閣

【書名注釈】

「モ・カムイ（mo-kamui, mo-kamuy）」

アイヌ語のモ（mo）は静か、または眠りの意。カムイ（kamui, kamuy）は神や霊魂を表している。このカムイは我が国神代からの古語である神居（カミイ）の転語と考えられている。従って、モ・カムイというアイヌ語の日本語直訳では「静かな神」または「眠る神」となるが、その言葉の大義を採るならば「平和を齎す神」「安穏の暮らしを与える神」となる。推定ではあるが、このアイヌ語、モ・カムイは次第にモカムィ─モカミ─と転訛《てんか》して変わり、モカミが最上（モガミ・サイジョウ）という単語となったものと考えられる。

「赤人（あかじん・あかびと・あかひと・せきじん・しゃくじん他）」

『松前志』（松前広長著・一七八一年）では「方俗是を赤人と云う」との記述があり、『蝦夷草紙』（最上徳内著・吉田常吉編）でも「松前地方では、ロシア人のことを赤人といい、また赤蝦夷といった。蝦夷がロシア人のことをフーレシャムと呼んだので、フーレは蝦夷語で赤のこと、シャムは人の意であるから、松島の人はそれを訳して赤人といったのである」との解説がある。但しいずれも発音に関する資料は見られない。なお『精選版 日本国語大辞典』「赤人」では以下のように記されている。

【あかひと】［名］（あから顔の人の意、また、赤色の服を着ていたところからとも）近世、西洋人、とくに、蝦夷地の千島に来たロシア人をさして呼んだ語。

また、日本では「あかひと」の人名は、奈良前期の歌人で三十六歌仙の一人として高名な山辺《やまべ》赤人《あかひと》が知られている。

目次

（一）魔球算額

登場人物

高（高宮）元吉　二十八歳　山田塾家僕

加藤宇三郎　三十五、六歳　古観堂主人

新田宗次郎　年齢不詳　古観堂管理者

会田安明　四十歳　最上流和算家

山田図南　三十六歳　幕府医官・本草学者

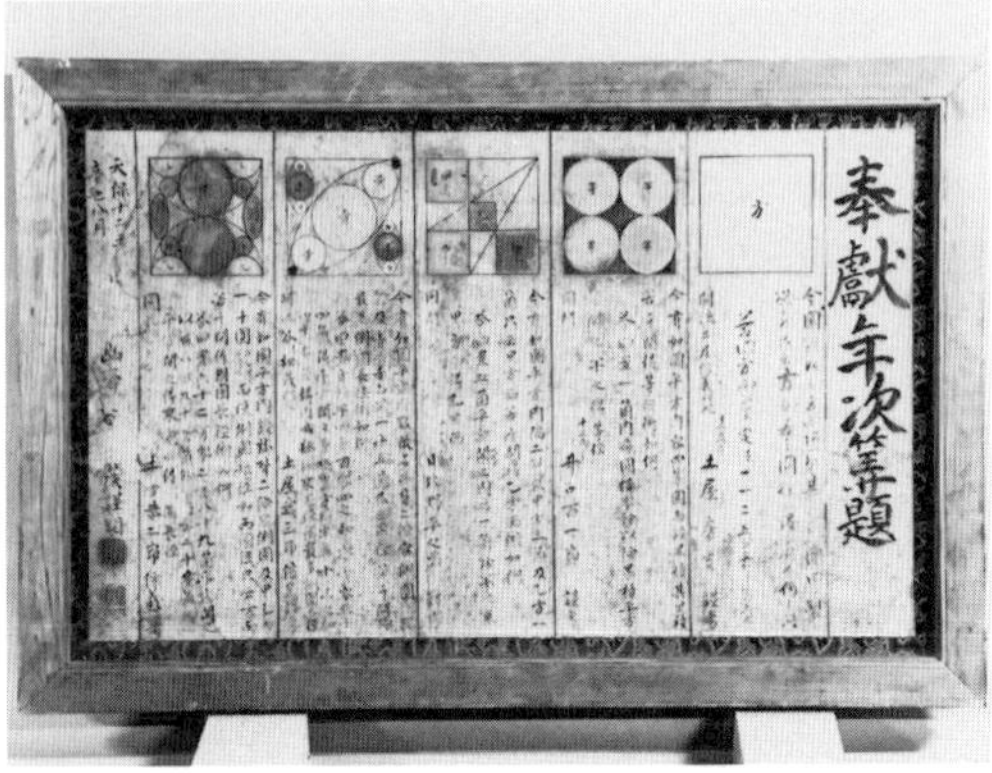

図１　算額図

江戸湯島二丁目の坂上にある江戸総鎮守神田明神社の神門を入ると、左脇にある回廊内には多くの祈願奉納額が掲げてある。

その中にある奇妙な図形が描かれた一枚の奉納額の前に立って、その図面と付属する文字とを持参した紙片に丹念に写しとっている人物がいた。いかつい面体で、やや大ぶりな頭を大柄な筋肉質の図体に乗せている男だ。見るところ年は未だ三十位か、不格好な町人髷でどこかの店の新米奉公人のような風体だ。横長の額の前に立ってからかなりの刻が経つ。

肌寒い二月初旬ではあるが、不忍池を見下ろす湯島三丁目高台にある湯島天神には学問の神様、縁結び、商売繁盛などで大勢の参詣客がお参りする。

湯島聖堂上のこの神田明神社も、除災厄除の神様として高名なため多くの参詣人がやってくるが、この回廊側の算額前に回ってくる参詣人はあまりいないようである。額は彩色も新しい祈願額である。図絵の内容は、紺色の地に描かれている大きな赤球の周りに黄白色の小球が沢山付いている珍奇な図だ。長く見ていると何だか気分の悪くなるような図柄となっている。この額は、天明初期から流行っている「算額」(注1) である。

算額の多くは設問と解答を一緒に付した自問自答の奉納額であり、今までの多くは平面図であったが、これは珍しい立体図だ。設問の数式問題(漢文) を現代文に置き換えて表示してみると次のようになる。

祈願奉納　関《せき》流算法　門人　只野玩作 (上段図面)

(※願文省略)

今ここに大きな丸い赤い球 (甲) があり、その表面上には半径の等しい黄色の小球 (乙) 三十個が囲んでいる

小球は大球に接していると同時に、それぞれ四個の小球にも接している。このとき、大球 (甲) の半径は小球 (乙) の半径とどのような関係にあるかの術を問う

天明三発卯十二月　　願主敬白

よく見ると算額は昨年十二月の奉納であり、この設問には回答文が付いていない。その計算過程の術式も示されていない。無論、変名の祈願文は月並みの文章だ。こうした算額は、術を解いて神社に奉答額を奉納すれば、出題者からは応分の謝礼金が頂ける場合もある。

額面の絵図を一心に写している男、高元吉《こうもときち》の背中が後ろからポンと叩かれた。びっくりして後ろを振り向くと、近所の骨董屋古観堂主人の加藤宇三郎《うさぶろう》が立っていた。背は低く小柄だ。三角な顔から低い声を出して算額の図絵を評価する。彼とは以前から算術の湯島永井塾でよく顔を合わせている。

「よう、元《げん》さん。俺も先程図を写したよ。黄色の花弁が球状に付いているところぁ、八手《やつで》の花のよ

うな図案だな」

宇三郎の頭の上の方から間延びした出羽訛りが聞こえた。

「……んだがもすんねす（そうかもしれないですね）」

見上げるように相手を見ると、宇三郎にはごつい顔が少し歪んで見えた。にやっと笑ったのかもしれない。そうだ彼は出羽国生まれの男だということであった。しかし今まで時折常陸ことばが混じることはあったが、あまり出羽の言葉を聞いたことはなかった。

「相変わらず算額の勉強か。図南塾の修行はしっかり続けてるのかな、えっ、元さん」

元さんが根津門前町にある官医山田図南（正珍《まさたま》）の漢方塾住み込み家僕であることは前に聞いていた。

「……さすけねえす（差支えないですよ）」

何だかもごもごした頼りない返事だ。今日はあまり元気のない様子だな。元吉は卯三郎の戸惑った様子を見て言う。

「すいません、この絵図の恰好が田舎の高山に生えている植物と似ていたもんで……つい思い出して里言葉が出ました」

宇三郎は、なるほど、この男は見掛けは田舎者だが案外の勉強家かも知れないな。でも出羽訛りは何かの気まぐれかなと思ったが、北国の高山植物との連動だったのか。

「おれはな、絵や花は好きだよ。でもこれはねぇ……。そうかいこれは高山植物にもあるのかね、そんなところを一度でも見てみたいな、だがその場面を考えるだけでも恐ろしいね。ところで元さんよ、この複雑な絵の算額問題はうまく解けるのかな……おれには難しいよ」

宇三郎がそう言って手に持っている風呂敷の結び目を持ち上げて見せた。結びが解けないという意味を掛けている。その時、結び目の横にはみ出している古ぼけた籠に視線を止めた元吉の目が光り、咄嗟に口が動いてしまったようだ。

「加藤さん……これはふご（竹で編んだ入れ物）ですか」

宇三郎は元さんが急に方角違いの質問をしたのでびっくりした。

「これはなあ、取引先のかみさんから頂いた古い花籠《けこ》だ。散華《さんげ》にも使う花を入れる器だから仏具の一種だろよ」

古観堂は商売人らしく直ぐに見立てを言う。元吉は頭を下げながら、少し非常識なお願いをする。

「んーと古観堂さん……これ一日貸してくれますかねえ。実は先生の奥様が生け花の籠を探していましたのでね」

宇三郎は強引な男だなとは思ったが、これはどうせ貰い物だからと承諾した。

「あーいいよ、持っていきな」

元吉は、宇三郎に借りた風呂敷包みを根津山田屋敷に抱え込んで家僕部屋に籠り、風呂敷の結び目を解く。古い焦げ茶色の竹籠の中には同色の竹筒が入っていたが、元吉はそれを外して上下左右から編み籠を眺める。

――大きさは俺の頭と同じ位だな……先ずは紙型を採ろう。

などと呟いているが、網目の空間には注目して観察している。

――網目は五角形と、三角形の組み合わせだ。そうだ球形の模型を作る必要があるな。それには粘土が必要だ。

決断は早い。早速本日課せられていた塾生との共同雑用をそそくさと済ませると、最初に籠の網目部分からの紙型を採る作業をして、次に世話焼きになっている用人にことわってて外出し、粘土を手に入れる方策を考えた。

近所の神田明神下にある瀬戸物屋を訪ねて安い大皿を一枚買い、主人に陶器粘土の入手方法を尋ねた。主人は薄笑いを浮かべて言う。

「江戸朱引き内（御府内）には陶器を焼く窯元なんかないよ」

田舎者を馬鹿にしたすげない返答だ。なるほど、江戸府内においては出火を恐れるため窯焼きなどは公儀から許可されていないのだ。

――腹が減ったな。

さてどうする。腹が減っては戦はできない。先ずは腹ごしらえだ。

近所に知り合いの屋台があったのでかけ蕎麦を注文し、蕎麦の熱い出汁を啜ったところでふと思い付いたのが同類のうどんだ。田舎の家ではよくうどんを打たされたが……、粘土の代わりになるかどうかわからないが、試しにうどん粉を練ってみたらどうだろう。

――よし、今度はうどん粉だ。

こうして元吉は蕎麦屋から聞き出した上野広小路の食品問屋横丁に行き、粉屋の店を訪ねて何とか小麦粉を手に入れた。

元吉は夜半にそっと部屋を抜け、勝手口から厨房の土間に下りて、昼間眼につけておいた小桶に小麦粉を入れ、これに塩と少量ずつの水を入れて練った。

——柔らか過ぎると形が崩れるからな。

へなへなでは細工用の大玉にならないことを知っていた。両手で丸く囲って持つと小型のスイカくらいのうどん玉が仕上がった。濡れた手拭でそれを巻き、今度は床の板上に置いてその大玉を丹念に足で練った。内部の粘着力を付けるためだ。

——まあ、今夜はここまでだ。

丸めた粉細工が固まってどうなるか明日のお楽しみにしよう。

うどん球作りに奮闘した一夜が明けた。

翌日の午前中から幸いにも図南先生が用事で外出され、塾の『傷寒論』（中国後漢・張仲景著医学書・傷寒雑病論二十二編）の講義も中止されたため自由に動き廻ることが可能となった。

初代山田麟嶼《りんしょ》、父正熙《まさひろ》以来の根津山田屋敷は広い。邸内には小規模ながら薬草園があった。元吉は毎朝ここの薬草畑を一列ほど大きな鍬で掘り返すことを日課としている。自身の体力を増強することが主目的であるが、土地に新鮮な空気を混ぜるためでもある。畑で一汗かいてから早々に朝食を摂る。

——さて次の工程は団子作りだ。

正確な寸法の小玉を作るのはうどん玉では難しいだろう、しかも三十個という数だ。素人が数多い同型の小球を作ることはとうてい無理な話だ。そう判断して元吉が考えたのは、名月に供える白いまん丸の団子だ。

——そうだ月見団子を買えばいい。

東北の岩手・山形には「胡麻摺り団子」などがある。しとぎ（水に浸したコメ）を原料とし、丸めて蒸した練り餅、歓喜団（団喜）などの名称を持つ神仏にお供えする団子もある。近所の知り合いに教えてもらい高木屋という池之端仲町の団子屋を訪ねた。神前に大勢でお供えする行事のためと申し入れると大きめの月見団子を売ってくれた。また後から皆で分けるようにと竹串も沢山付けてくれた。

購入した月見団子を山田家の塾生部屋の押し入れに置き、団子屋で買った草団子とみたらし団子を袋に下げ、広小路町の裏長屋にある一間間口の古観堂主人加藤宇三郎を訪れた。廂の下には小さい板に「古観堂」と金釘流で横に書かれた看板がある。

「ごめん下さい」

閉じられている入り口の引き戸は開かない。

「お留守かな」

しばらく戸を叩いてみたが中からは何の応答もない。確約はしなかったが昨日借用した籠を返すことにはなっている。その際特に宇三郎不在の話はなかった。

突然左手の角からぬっと大きな人間が現れた。

「古い籠を風呂敷に包んで持った大男がやって来る、と古観堂の加藤氏から聞いているが……多分貴殿だろうな」

中年の浪人風だが、さっぱりした衣装で、目鼻立ちの整った男が響きの良い声で元吉に話しかけてきた。

「はいそうです。元吉です。籠をお返しに参りました」

「出羽訛りで話すとも聞いているが……」

元吉はすぐ返事をした。

「んだべっす……だどもなだかわがねがっす（そうですが、でも何だか解りませよ）」

――そうか、この男は相手によって言葉をどうにでも使い分けられるのだ……見事なもんだ。

「おれはね、古観堂から文を依頼されている新田宗次郎という浪人者だ。今は管理人のような仕事をしているがね……」

宗次郎と名乗った浪人は頬を崩してそう言いながら、懐から鍵を出して古観堂の表戸を開けた。

「中へ入ってくれ」

「わがたがっす（わかりました）」

「元さん、もう普段の言葉にしていいよ。こちらへ入ってくれ」

そう言ったものの宗次郎は中の様子には全く慣れていない。油障子を開けて入口から入ると、店の中は暗く、古物の商品を並べるための土間と上がり框があるのがわかる程度だ。

「灯りを点けましょうか」

元吉は気を利かして言う。既に一、二度ここに来ていて、おおよその内部配置は頭に残っている。

「やあ、貴殿の方がよくわかっているらしいな、頼む」

いつのまにか宗次郎の言葉は武士の喋り方となっている。

元吉は暗い中をすり抜けて動き、奥の座敷に上がり行燈に火を点けた。辺りを見ると、以前のように古道具類があちらこちらに雑然と積んである。

二人は小座敷に上がり込んで互いに胡坐を組む。宗次郎は懐から何か折った紙切れを取り出して元吉に渡した。

「加藤氏はやむを得ない事情ができてね、しばらく店を閉じるそうだ。いつまでかよく知らない……その間はね、旧知のわしが店を管理することになった。またこれはあんたへの伝言らしいよ」

宗次郎は紙切れを渡しながら言った。歯切れの良い中音だが、最初は貴殿と呼んでくれたのに、今度は少し崩れてあんたになっている。風体から見て言葉を選んだのだろう。

元吉はゆっくり紙を開いて文言を読む。

なんと伝言が出羽弁になっているではないか。

〝元さん算額わがたが ちょどしてろ〟（元さん算額のことは解ったか、おとなしくしていな）

無論宗次郎も伝言の内容は知っているのだろうが、こちらの反応を試すように水を向けてくる。

「どうだい……何か字の字の事情が知れたのかな」

この時、元吉の頭に湧いてきた疑問があった。

第一は、なぜ加藤氏が消えていて、その伝言には出羽弁を使用したのか。

第二は、昨日この算額は難しいと言っていた人物が伝言に算額の解明を尋ねているのは何故か。

第三は、おとなしくしているようにという意味は何か。

――この際こうした疑問はさて措おき、先ずは相手の出方をよく見ておこう。

元吉は伝言を記した紙片を宗次郎に見せながら言う。

「いや、これは私への通信文です」

「ふーむ、そうか……。ところで籠を返しに来たところだろう。どんな籠かな、それは」

宗次郎は籠を一応確かめておきたいのであろう。

「ああ、これが借りた籠です」

元吉は風呂敷を解いて籠を前に置いて言う。

宗次郎は壺などの置いてあるところへ無造作に花籠を置く。

「ところで、宇の字の伝言にあったようだが、算額の勉強をしているらしいね。何か最近面白い額はなかったろうか……わしは全くの素人で知識はないがね」

元吉はこちらを探る質問がいよいよ来たなと感じた。

「あんのう……ですね。私のようなざいご（田舎）の人間はおおむね池の蛙ですからね、わがたが（わかったか）勉強しろと人からよく言われるわけです、加藤さんのような方にですね。それに、算額の勉強は数理が難しいので私にはなかなかわかりません。……まあ、今は山田塾での医術修行に専念していますから」

宗次郎は直感的にこの男は実直な人物らしいと思った。

「そうか、医術修行かね……」

少し間を置いて何か考えている様子だ。

「さてと、この店の中に何か貴殿の欲しい道具はないかね。この際だ、安くするよ」

元吉は、ここでついでに何か買っておく方が彼の印象が良くなると判断した。改めて店の中をぐるぐると見回すと、店の一角に古銅や鉄製品などの器具類が無造作に束ねて転がっていて、その中に一尺五寸程の長さの金物の太筒があった。この時、元吉は脳裏に何かキラッとした印象を感じたので、

「すいません、この金物の筒を見せてくれませんか」

宗次郎が見ると何の装飾も施されていないただの金筒らしい。いずれにしてもたいした代物ではないだろう。

「大筒（大砲）でも刀でもいい……勝手に見てくれ」

元吉は乾燥を保つ物品の入れ物とは分かったが、刻みタバコでも入れておくにはいいかもしれないと考えた。元吉が金筒を持つと意外にどっしりとした手応えを感じ、金筒の一方には蓋があって固く締まっている。力を入れてその蓋を左右に回そうとしたがもびくとも動かない。

「蓋は開きませんが……」

「長年のうちにこびり付いたのだろう。外から温めてゆっくり引っ張れば開くだろうさ」

宗次郎には古い筒の蓋は開こうが開くまいがどうでもいいのだ。

「これを頂きたいのですが……あいにくここには一分銀（銀貨・四分の一両）しかありません」

元吉がそう言って恐る恐る宗次郎の顔を窺うと、

「ああいいよ、値段なんて買い手があっての話だ。どうせ休業中の商いだからな。売れればむしろ幸いというものだ、えっ、そうだろう」

宗次郎は最後に古観堂に向いたような台詞を元吉に言った。

元吉は、郷里の出羽国楯岡《たておか》（現在の山形県村山市楯岡）で栽培し乾燥させた原料加工済みの煙草葉を、数年前から独自の輸送路を開拓して発送し、江戸神田佐久間町の煙草問屋に直接納入して長期販売委託を結んでいる。江戸の販売中継所としては、隅田川上流の東尾久村にある華蔵院という古い小寺院の裏庭に倉庫を設けていた。故郷の甑岳《こしきだけ》にある甑岳山観音寺《そうがくざんかんのんじ》で修行した修験道の仲間達が協力している。そもそもこの観音寺は、大化四年（六四八）に道昭が「華蔵院」を開いた霊場で、奈良飛鳥の都の東北四十五度の鬼門上に座している甑岳に鬼門封じの霊像を祀ったのである。

東尾久村の華蔵院と、江戸下谷じ軒町にある門前町を持つ同名の大寺院華蔵院とは何らかの関連があることは推量できる。しかし明確なことは分からない。奥（尾久）の寺院は元吉の江戸における活動拠点の一つとなっていた。

この時代、東日本で生産される葉煙草はバーレー種と呼ばれていて、葉肉が薄く褐色の爽快な刺激のある葉だ。元吉は特殊な南方の香料を葉になじませることに成功したため、江戸では相当な高値で取引されている。長年の売上金も溜まっていて金には全く困っていない。しかしそれを他人に悟られることは生き馬の目を抜くという江戸では危険な話だ。世間は貧乏人には鷹揚でも、金持ちには厳しいのは当たり前の話で油断は禁物なのだ。

元吉は、懐から懐紙を、腰からは矢立を取り出して受取証を書いてもらった。さすがに若年から苦労して行商をしてきているだけあって抜け目はない。

一方宗次郎は、俺は代理だからと言って受け取りを書くことを躊躇ったが、元吉が〝証書がないと盗品と疑われる〟としつこくねばるので断ることができなかった。まあ成り行きで仕方ないとな思い、元吉に書式と宛名などを確かめしぶしぶと受取証を書いた。

受取証

一　品物　一尺五寸金物筒一個

右代金一分銀本日受取申候

天明甲辰二月五日

上野古観堂管理者　新田宗次郎

根津山田図南塾塾生　高　元吉　殿

――これで先の伝言がこの宗次郎の筆跡かどうかも比較できる。

宗次郎は憮然とした表情で、ついでに籠を巻いていた風呂敷を持っていけというように元吉に渡して言った。

「何か加藤氏への伝言があったらな、この風呂敷を古観堂の看板裏へ置いてくれないか。数日遅れるだろうがね、誰かが私の面談日付と時を記した紙をそこへ置いておくだろうよ」

元吉は古観堂を出てから真っ直ぐ根津に向かい山田屋敷に入った。後を付けてくる者がいるかも知れないのだ。家僕部屋に戻って買っていった土産物の団子をすべて自分の腹に入れた。何事も用心が肝要だ。

――さあ、何から取り掛かろうかな。やはり模型作りからだろう。

類似した図形は商売でよく通った陸中花巻の東光寺奉納算額で見たことがある。先ずは謎の始まりである明神社で写した魔球玉を急いで制作してみなければ始まらない。元吉はうどん粉細工の大玉と月見団子の小玉を押し入れから取り出した。大玉には最初に寸法合わせた五角形の懐紙と正三角形に切った懐紙片を当ててみる。型を録ってある花籠の目を参照しながら球面全体に隙間なく張り付けていく作業が必要なのだ。大球の表面を小刀で削りながら型紙の寸法と合わせ、全面を五角形その一辺を正三角形またその一辺を五角形と全体に端切を綴るように貼り継いで行く。球全体が貼り終えると、各五角形の角に連続番号を付した。イの一番からイの十五番……というようにだ。次に、月見団子を大球表面の五角形同士の接点に串刺しすると算額に描いてあった図面のようになった。

——なるほど八手の花のようだ……でも何か気味が悪いな。

元吉は小球の中心が正五角形の面を持っている十二面体稜の中点にあることに気付いた。今度は月見団子に連番を付す。イの一番からイの十五番……などとなっていく。イの七番とイの十四番を結ぶ線は大球の中心を通る筈だ。

——よし、ここで一刀両断にしよう。

押し入れから脇差を出して、今度は大球を月見団子と共にその線で真っ二つに切断した。球の割面には大球の割面とそれを取り囲む十個の小球割面が現れ、大球割面は十角形となる。大球割面を円とみなして、その中心点から小球の中心点に線を引き、大球半径（甲・半径）と小球の半径（乙・半径）を結び更に隣の小球接点を結ぶと正三角形となる。これから小球の各中心を結ぶと各辺の長さが二半径掛け、準正多面体イの一、イの二、イの三、イの四……イの二十などを得ることができる。

それが算額の和算で得られる計算式の過程となっていくのだ。

ようやく算額の計算過程は解けたのだが、何か頭に引っかかるものがあった。一体、新田宗次郎らがこの算額に注目している理由は何だろうか——という謎だ。

この問題は、大球小球の中心割面の平面図を頭の中で描き得る人物でなければ解明できない。このような立体模型を作成してその割面を考える程の難問を掲げる算額は近年珍しい。特別な祈願算額であろう。

——待てよ、この中心割面は十一曜紋となっているが、どこかで見た九曜紋と似ているなあ。

元吉の思考はここで少し逸れていく。故郷の元藩主・楯岡家の家紋には五三の桐とは別に、これとよく似た九曜紋があったことを記憶している。幼い頃、楯岡では祭礼などで五三の桐と九曜紋が並べられていたことを覚えていたのだ。

清和源氏足利氏の支流、最上《もがみ》氏は三管領の一つ斯波《しば》氏の分家で、出羽国の戦国大名であった。南北朝、室町、戦国・桃山と時代を経て、関ヶ原・江戸時代に至り、中野氏から入った十代最上義守《よしもり》の分族に長瀞義保《よしもち》、楯岡光直《あきなお》（最上義光《よしあき》の弟）がいた。十一代最上義光の後継をめぐり後に「最上騒動」と呼ばれる争いが起きて最上氏が改易となった。その後、楯岡光直は豊前国細川家にお預けとなる。祖先を同じくする（足利支流）という関係からであったろう。その子の定直は細川忠利に仕え、以後細川家の重臣となって後世に続いた。そのような関係があって一時期には楯岡でも細川九曜紋が使われたのだろう。

ここで元吉はふと気を取り直し、

——今は九曜紋にのめり込んでいる時ではないだろう。疑問点を整理してみよう。

そう思い直して加藤宇三郎の所在不明問題に取り組んだ。

第一、加藤宇三郎は何故古観堂から姿を消し、元吉への伝言を新田宗次郎に託したのか。恐らく昨日の二人の明神回廊算額の場を見ていた人間がいて、そこには何らかの組織を操る黒幕が付いているのだろう。つまり我ら二人はその警戒網に引っかかったわけだ。宇三郎が伝言に出羽弁を使ったのは自分の身が不自由なことを伝えたものであろう。何か北方との関連もあるのかな。

第二、難解とわかっている算額の解答をわざわざここで元吉に尋ねているのは、この一件が算額関連であることを示しているだけでなく、この祈願算額そのものに何らかの秘密が隠されているのではないだろうか。難問の解答を神に委ねる場合もあるのだ。

第三、静かにしていろというのは、元吉の身の安全を思って行動を抑制しろと心配して言っているのであろう。

元吉はその後の様子を窺うため、加藤宇三郎の助言のように山田漢方塾でおとなしく師匠の『傷寒考』『傷寒論集成』などの講釈を聞きながら過ごしていた。

以来、特に身辺に異常な動きもなく日を過ごし、古観堂加藤宇三郎失踪事件、管理人新田宗次郎、明神社算額についても次第に脳裏から薄れていった。

天明四年甲辰（一七八四）の四月に入ると、江戸に疫病が流行して多くの死者が出た。元吉などの対応は今の塾での学習による「症」や「個人の体質」に頼る治療がせいぜいであって、いわゆる対症療法の域を出ないのである。こうした悪性流行病の予防や治療に対しては現在全くの無力だ。

――今の医術ではとうてい無理な話だな。

元吉はそう痛感していた。

無論、漢方療法は奥が深い経験医学であり、優れた古典療法による治療でも多くの人命が救われていることも事実だ。

――だが、果たしてこの道（医学修行）を進んでいて良いのか。

連日病人を施療しても気分が晴れずむしゃくしゃしていたため、朝の日課となっている薬草畑の掘り起こしもこのところしばらく休んでいた。

――心と体が怠けているのだな。

そう思って夕方になってから畑の土が固くなっている場所に行き、塩を撒いて土地を清めてから穴を掘る。先日問題を解くために作成した算額玉はここに役割を終えてもらう。

元吉は、小玉を付けた大玉に十文字に糸を懸けて、北方羽前楯岡の甑岳方角に向けて安置し、感謝の意を捧げるため深く頭を垂れて拝礼してから、両手に不動独鈷印《ふどうどっこいん》を組んで真言《しんごん》を唱える。

「ノウマク　サンマダ　ハザラ　ダンカン」

穴の中に中心を糸で吊られた算額玉をそっと沈めながら、糸の撚り戻りで左右に回る球体をよく観察すると、この球の正体は立体曜紋であることに気付いた。つまり、この魔球算額は和算同好者達にその計算過程を解かせることだけではなく、やはり曜紋に関係する何かの祈願をする目的があったようだ。

――誰かへの呪詛掛け算額ではないのか。

元吉にはふとそんな疑いが湧いたので、頭を振って打ち消した。

疫病は何年か経つと流行ってくる。原因は解らないが人が集まる場所に病が移ってゆく。人々はこれを出現した奇星の祟りなどと恐れているばかりだ。この解決にはやはり先進の医学知識が必要だ。これからは蘭方と言われる紅毛の医方を勉強してみなければならないだろう。だがその前に、先の算額問題で模型などを作らなければその過程の数式が明確にならないようでは始まらない。基礎学力が足りないのだ。

元吉はそう結論を下し、この際山田塾を引き払い、先ずはどこか和算の家塾に入る必要があることを自覚した。算法は経済、地理、天文など、これから習得する学問の基礎だからだ。

この時、たまたま同郷の出羽国最上《もがみ》に生まれた和算家で、最上流《さいじょうりゅう》という新たな流派を立ち上げている会田安明という人物がいることを思いついた。幸い以前からの面識もある。

——会田先生に相談してみよう。

会田算左衛門安明《あいださんざえもんやすあきら》は山形から江戸に出て、一時幕臣の株を買い鈴木彦助と名乗り治水工事などに従事したが、同僚と組んだ仕事で水害の見立てに失敗して職を辞した。その後元の会田姓に戻り、有名な音羽塾の学者本多利明に和算を学んでから、今では独自の算法である最上流算法で身を立て、このところは『改精算法』の著作に励んでいた。

会田先生の住いは小石川菊坂台町南にあり、先生が多忙で殆ど外出しないことを知っている。

元吉は呑兵衛の先生に近所の魚屋で生きの良い鯛や蛸などの肴を買い、下りの酒を入れた大徳利を肩にして、見渡しの良い白山権現の四差路台地に上ってから南側の片町坂を下る。坂下の本妙寺前を抜けると、その前に台形の小笠原佐渡守中屋敷があり、道を隔てた南角地に合田先生の家がある。

家人に案内されて書斎に入ると、奥の薄暗がりに大きな黒い塊があって何かばさばさとした音がしている。

「ご無沙汰がっす」

元吉は反射的に座ってその方向に頭を下げる。黒い影の上部が動いて白瓜のような物が見え、そこから重い声がした。この忙しいのに無遠慮な奴と思っているのかもしれない。

「んますこす待てろ」

目が慣れてみると積み上げた書籍を整理中らしい。

しばらくの間、安明の作業が続いてから、明るい縁側に移動して元吉はそちらへ招かれた。会田は光の下で見ると長い顔に細い目が付き、中央の鼻筋は太く通っているが唇は女のように小さい。元吉は京のお公家さんのような顔付きだなと思った。家人が来て、元吉の土産を披露すると、一瞬鼻の横の深い皺が横に広がったので笑ったのであろう。元吉はすかさず懐から袱紗に包んだ懐紙の小包みを取り出し、この度は先生が推奨できる和算家への入塾希望があって、その斡旋をお願いに参上したことを述べ、

「先生、田舎の刻み煙草でこだなもん……んまぐねえがのむだべか」

安明がそれを手に取ると、その包みからは煙草葉の香りと南国の優雅な香料が鼻をくすぐった。また、包みの底からは手の平に何か固い手応えを感じた。

「わがた……おらんどごまかせろ」

と今度は声も行動も軽くなってきている。

安明は、部屋の隅から硯箱と奉書紙を持ってきて、上目遣いにこちらを見ながら氏名を確かめ、さらさらと周旋状を書いてくれた。表の宛名には安明の元師匠である〝音羽塾本多利明先生〟と書いてある。

「んだが、ちと心配もあるぞ。まあわかんねが」

安明は長い顔を傾げて見せた。

元吉は、先生の不安顔を気にすることもなく深く頭を下げ、周旋状を懐にして早々に屋敷を引き上げた。

数日の後、元吉は早々に入門願を書き、この周旋状を添えた書面を懐にして西の方角を目指して出発した。かなり歩いたところで坂道が下りとなり、右手の雑司ヶ谷音羽山上に大聖護国寺の広大な伽藍の屋根瓦が太陽に光って見えてきた。その南側には一直線に延びる参道があり、その両側にはかなりの町家が軒を並べていて門前町を形成している。

塾の玄関受付で事務方に書類を提出し入塾手続きを願い出たところ、五十年配の青い萎びた顔の男が素っ気なく言う。

「あいにく塾は満席でね……ただあんたは周旋状を持参しているのでね、塾長のご判断があるだろうから……まあ数日返事を待ちなさい」

元吉は、なぜすぐに周旋状を届けてくれないのかと思ったが、人はただでは動かないのが道理。ここは一旦出直して青瓢簞の事務方に菓子折りでも持参してみよう。

「はい、ではまた二、三日後に参上します」

元吉は山田屋敷に戻り、部屋の棚や押し入れの中から、私物の衣類や書物などを取り出して整理した。寝具類は塾費で賄われている借り物だからこのまま返却し、その他不要な雑物は紙袋に入れておき、常に屋敷の雑用を行っている知り合いの人物に処分を依頼してしまうつもりだ。無論費用を十分に支払えば問題なくやってくれるだろう。

会田安明先生の周旋状が塾長から無下に断られることはないだろうから、音羽本多塾近辺への住居移動を考えると、この数日間に荷物整理をしておきたいと考えているのだ。

その雑物の中には金物の大きな筒があった。

――古観堂の一分銀大筒だ、中身は何だろう。

元吉はこの金筒へ香料煙草を入れておけば使えると当時考えたのだ。やはりその蓋は回しても動かない。あの時、管理者の新田宗次郎は蓋を温めれば開くだろうと言っていたが……。

金筒の胴部を水に冷やした手拭でぐるぐる巻きにして持ち、鉄瓶の蒸気で蓋の部分をよく温め、左右に回してみたが動かない。筒を力任せに捻り回すとせっかく真円に近い金属胴が歪むに違いない。蓋の部分と胴の部分を固定して、蓋を垂直または水平の方向に重しを掛けてゆっくり引いて分離するのが最良の方法だ。蒸気による温法はさらに今後も繰り返すことにした。

――そうだ若先生に退塾の御挨拶をしなければ。天神の門前町で御礼の饅頭でも買おう。

いかつい顔を両手で擦り独り言を言いながら出掛けた。

しばらくして帰ってきた元吉は、先生と家族方へのお礼品、麻の太い紐、細い紐、麻布、糊、膠、黒漆などを買ってきた。

――先ずは金筒を片付けてからだ。

金筒の蓋の部分、胴の部分の寸法に麻の布を裁ち、それぞれを糊を付けて巻く。それを数回繰り返して蓋と筒に麻の衣装を何枚か着せた。次にその上から細い麻紐を揃えて全体に強く巻き付ける。そしてその表面には薄い膠液を何回か塗った。これで麻紐の鎧を着けた筒ができたわけだが、第一工程はここまでで、布や紐が固まるまでこのまま何日か放置しなければならない。仕事は一旦中止だ。

翌日、若先生（図南）は幸い快く面談してくれた。

若先生の顔は丸、四角、三角のいずれの型にも当てはまらない。強いて言えば下膨れの賀茂茄子だ。元吉を見るとすぐに礼を言った。

「天神饅頭を貰って有難う、徳さん」

あらためて饅頭の御礼を言われて、元吉は御礼が少なかったかなと思いながら頭を下げる。

「こだなもので不調法ですが、あがてけらっしゃい」

図南は右手をあげ、わかったとの表示をし、

「元さん、このたび算法や天文の勉強に切り替えるそうだね。あんたにはもっと漢方を習熟して、将来は官医になってもらいたかった。父もそう言っていたよ。私としては大変残念だ。でもね、算法や語学はこれから大事重要な知識だ。まあ頑張ってくれないか。ところで、湯島天神には時々行くの

かね」

図南の青白い顔、掠れた声、痩せた体付きはどこか悪いのではないのか。学問好きもいいが自分の体を心配しないといけない。

「若先生、一つ教えて下さい。天神様と明神様はどやんばいだべか」

「なに天神様と明神様……どう違うかと聞いているのかな」

「うんだっす」

「先ずは御祭神が違うだろう。天神様は天之手力雄命《あめのたぢからをのみこと》と菅原道真公だ。また、明神様は大己貴命《おおむなむちのみこと》、少彦名命《すくなひこなのみこと》、それから平将門命《たいらのまさかどのみこと》だ。例の『将門記《しょうもんき》』の将門だよ。ついでに言うとな、湯島天神の御紋は梅鉢だということは知っているだろう。では神田明神の御紋を知っているかな」

「知ゃねなっす」

「神田明神はね、流水巴《りゅうすいどもえ》という紋だ。怨念を水に流すという意味を籠めておる。将門の霊を水神としているわけだ。わかるかな」

「うんだば、怨念を流すことですね……。わがたがっす」

「それからね、上野国高崎の妙見寺には『妙見縁起絵巻』という一巻があってね。それによると、承平元年（九三一）に平将門と良文が染谷川で平国香との戦いに敗れて逃走する際にな、童子形の妙見菩薩が現れて助けられたとの逸話が描かれているらしい。ところで承平天慶《じょうへいてんぎょう》の乱（注2）は知っているのか……知らないなら、まあいい」

「知ゃねがったす。んだがもすんねす」

「もともと将門の先祖である桓武天皇は北辰（妙見様）に対する御信仰が厚い御方であったらしい。武家の守り神の八幡神を奉ずる宗像神社は、妙見様が変化したお姿をお祀りしているという伝説もあるようだ」

図南は下膨れの円い顎を上げて見せる。言葉にも気遣いは薄れてきている。そろそろ切り上げを予告しているのだろう。

「まあ、余計なことを喋ったが、国の律令を守る側と地方を統制しようとする勢力とはこうした争いがこれからも続いて行く運命にあるのだろう」

そう言って元吉を見ると目が宙を飛んでいる。緊張しているのか……いや眠いのかも知れない。これまでだ。

「まあ、お互いに巻き込まれたくないが、あんたなら上手く世渡りをするだろう。また会おう、元さん」

「わがたす」

元吉は口のよだれを手で拭って頭を下げた。

こうして何年か世話になった図南先生のもとを去ることになった。

そして、また会おうと言ってくれた先生と元吉とはこれが最後の面会となってしまったのだ。

（注1）算額《さんがく》とは、江戸時代に流行した神社・仏閣に奉納する和算問題を記載した信仰文化的な額をいう。難題な和算問題の回答に成功して神仏に感謝し更なる勉学を記念するもの、あるいは自作和算問題に回答を求める

ため額にして奉納し公募するものなどがある。解法を公募する問題には、多様な図形の中に複数の接点を持つ円を入れるなど平面幾何学に関係するものが一般的で、庶民が解法を得られる奉納算額が大多数である。例外的には、神の助けを乞うためわざわざ特殊な難問を奉納して願い事の成功を祈る算額もある。こうした祈願額の中には、奉納者の祈願満期を過ぎても回答がないことが多い。実際にはこれに挑戦する数学専門家以外には問題を解けないのである。

日本における高名な和算学者としては、寛永一二年（一六三五）～二〇年頃に上野国（群馬県）藤岡に生誕したとされている和算家（数学者）関孝和《せきたかかず》がいる。彼は中国の天元術を研究し『発微算法』を著し、点竄術《てんざんじゅつ》という代数計算法を発明して、和算を高等数学として発展させる基礎を作った。また、円周率を少数第十一位まで算出している。

このようなこともあり江戸中期には和算が全国的に盛行されたため、算額も寛政、享和・文化・文政の頃を中心に隆盛している。ちなみにこうした算額奉納の習慣は世界中に類例がないという。

（注2）承平天慶の乱とは、平安中期（九三一～九四七）東西で同時期頃に起きたいくつかの反乱の総称である。その代表的な反乱は、関東では平将門の乱、瀬戸内海では藤原純友《すみとも》の乱がある。いずれもこの時代の律令制度の崩壊、および地方武士の台頭をもたらした事件で、将門の乱の鎮圧には平貞盛、純友の乱の鎮圧には源経基がそれぞれ活躍している。乱を鎮圧することは、そこに加わり勝利した人間の勲功認定や待遇改善に繋がり、その後の人生を幸福に導くだけではない。敗北して衰退した側の多くの恨みや怨念をも背負うことにもなった。それら各地の合戦やこれに関わった人達が生きた有為転変の人生模様などは、多くの伝説、物語、絵巻などによって後世に伝えられてきている。

（二）音羽本多塾

登場人物

高（高宮）元吉
　二十九歳　音羽塾下僕

永井右仲（正峯）
　四十歳前後　湯島の数学師

鈴木誠政
　五十二、三歳　本多塾門下生

お梅
　不詳　「千鳥」女将

天明四年（一七八四）四月の下旬、元吉は会田安明の周旋状によって音羽本多塾の本多利明下僕として弟子入りが許された。今度は青瓢箪のような事務方の吉田良蔵に向島で購入した蛤と小鮒の甘煮を持って行ったので愛想よく事を運んでくれている。

その日の八つ半（午後三時）頃、事務方への手続きや塾長への挨拶が終えて、がらんとした広い和室の教場に所在なく座っていた。他に門生は見当たらないのでひと休みだ。

——もう皆さん帰ったのかな、事務方の話では現在塾生は満員だと言っていたが。

その時北側の廊下を歩く音がして誰かがぬっと入ってきた。その人物を見ると、偶然にも以前から時々算額の教えを受けたことのある湯島の数学師永井右仲《あきなか》である。

——あれ、彼もここの門生であったのか。

元吉は慌てて一礼する。

右仲は顔は童顔だが、体格のがっしりした見るからの偉丈夫だ。しかし元吉の前に大きな体を据える格好がやや猫背だ。その上の小さな顔を傾げて元吉を見ながら低い声で尋ねる。

「おお、あんたも来ましたか。近頃医者の勉強をしているとは聞いていましたがね」

元吉はきまり悪そうに頭を掻きながら
「はい、あのう……鶴岡先生にも算額を教わっていて……すいません」

右仲（鶴岡とも称す）は元吉の肩を軽く叩いて言う。

「あのね、こうなれば同輩ですよ、先生はもう止めましょうよ。ああ、この塾では出会ったばかりだが、ちょうどいい機会だ。その辺で一杯やりましょう、入塾祝いも兼ねましてね。そうだ、塾で算

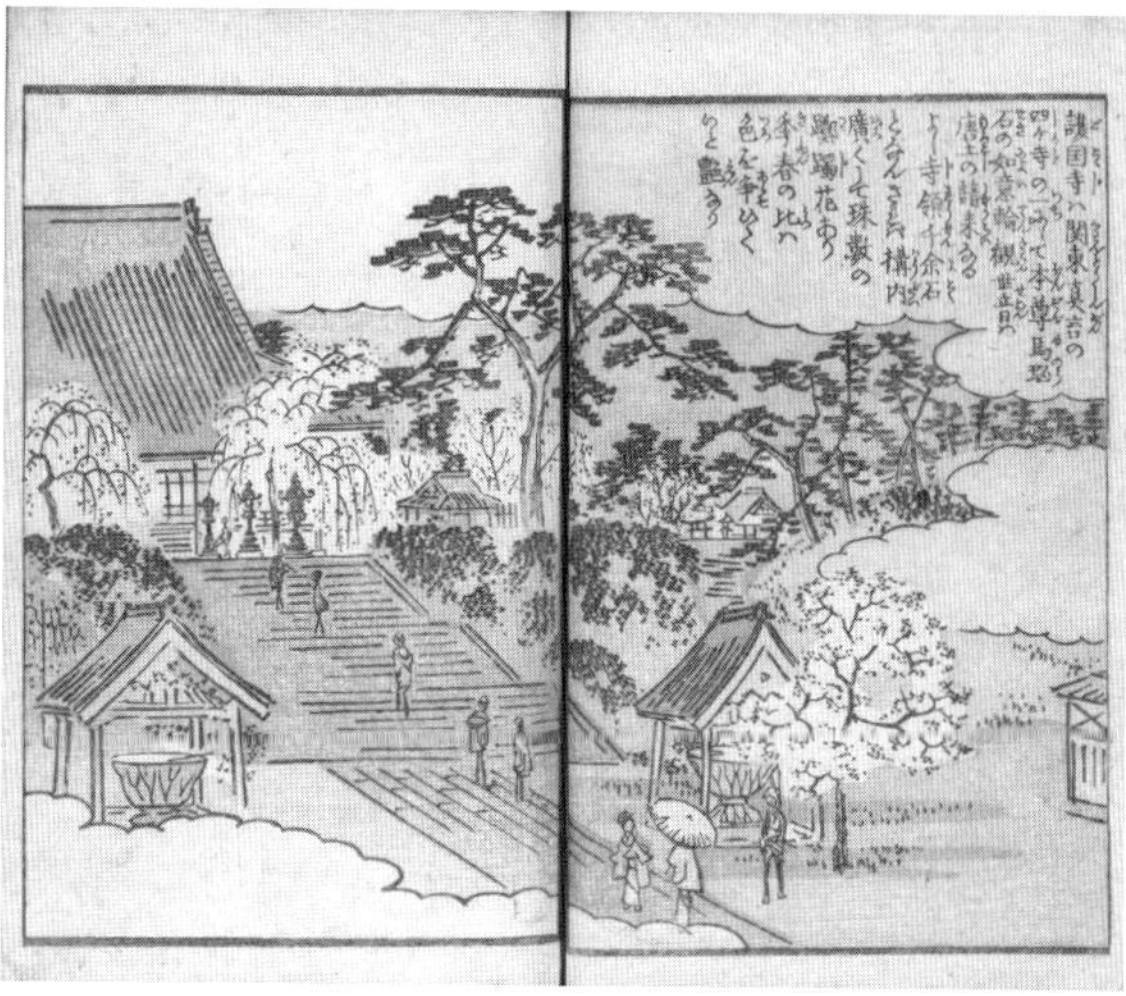

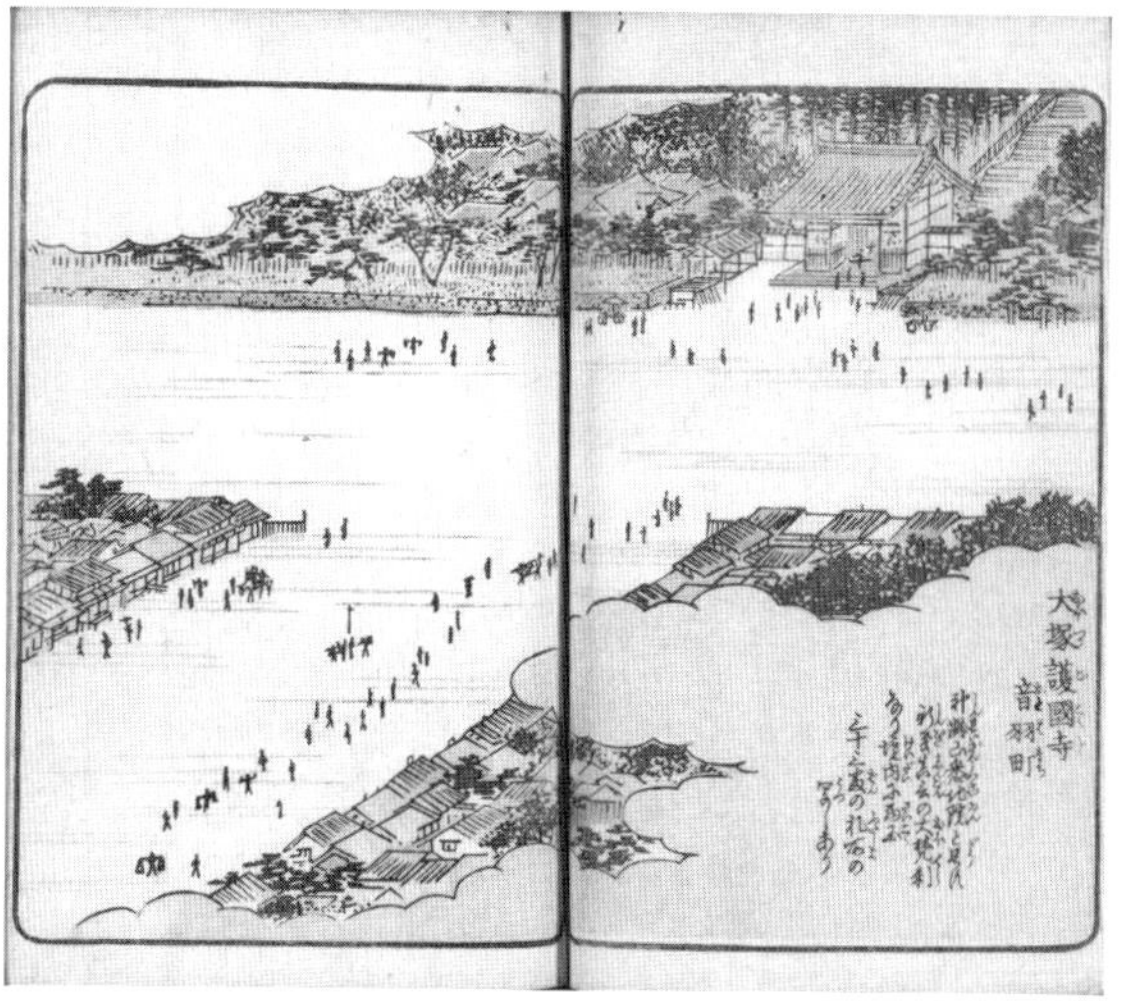

図２　（上）護国寺（下）大塚護国寺音羽町
（歌川広重画『絵本江戸土産』より）

額仲間の（鈴木）誠政《あきまさ》さんにも声を掛けてみます。ちょっとお待ちになっていて下さいな」

音羽本多塾は真言宗豊山派大本山の悉地院護国寺の参道近くにあった。東南を向いた護国寺本堂は鬱蒼とした森の中の音羽山上にあり、ところどころに広い台地を設えた途方もなく長い石段が門前の東西青柳町に下っている。そこから江戸川橋に一直線の参道が伸びていて、広い参道の両脇は、音羽町一丁目から九丁目まで町家街が形成されているが、その外側は概ね広大な武家屋敷である。

町家の裏通りに入ると、目立たない迷路のような場所に料理屋が何軒かある。三人は連れ立って年長で先輩の鈴木誠政が懇意にしているという塾近くの割烹店「千鳥」に向かった。

路地裏をしばらく歩くと、白い花の咲いた小さな植木鉢をいくつか並べた店があり、その店の前に濃い藍色に群れ千鳥の柄を染め抜いた着物を着た大きな年増女がいて、打ち水をした三和土の上でこちらに尻を向けながら、紺色に着物の柄と同じ千鳥が群れる暖簾を揚げているところだ。

三人が近づくとちらっとこちらを見てからゆっくりと向き直り、腰に妙な科を作って見せた。これが女将の歓迎振りなのであろう。

鈴木は相変わらずのお多福顔だなと思った。

「やあ、お梅さん、お目出度い再会だね。寂しかったよ」

鈴木は笑い顔を作りながら金壺眼の大目玉でお梅を見つめ、小柄の体をお梅に近寄せて背伸びをし、皺の寄った口先をひょいと突き出して見せた。

平たいお梅さんのおかめ顔が鈴木の脂《やに》臭い息を避けながらすっと肩を後ろに引いた。

「いらっしゃいませ。でも本日は本多塾の龍虎と言われている両あき（誠政・右仲）様が珍しくお揃いで」

女将お梅の案内で奥の六畳ほどの部屋に入る。年長者の鈴木がどうぞと勧められ、片手を上げて床の間を拝みながら上座に座った。下座の左右には右仲と元吉が大山が並んだようにどっこいしょと腰を据えると、まるで鈴木は両関取の前に座らせられた童子のようだ。その威圧感に押されて鈴木は薄い溝板のように背中を反らせる。

「元吉さんは前から右仲（鶴岡）さんとは算額での知り合いだそうですな」

急に声掛けされた元吉はギクッとして鈴木を見る。

「んだ、いや、えー算術を教えてもらっていました」

鈴木は浅黒い瓢箪顔の苦笑いを隠すように壺に埋まった目玉をくるりと回し、

「在所は東北方面ですな、仙台ですか」

「出羽の楯岡です」

「楯岡ですか……。立石寺《りっしゃくじ》のある天童の上の方ですよね。その辺で〝五月雨を　あつめて早し　最上川〟と『おくのほそ道』で芭蕉が詠んでいますよねえ、元吉さん」

「ええ……ああそうでした」

元吉は鈴木の問いかけの寸前ふと故郷を想い、それは大石田で詠んだ句であるが、最初の句では〝涼し〟であり、後から〝早し〟と訂正された句だったたな、などと思ったりしていたので返事がひと呼吸遅れた。鈴木の窪んだ眼には厚い瞼が蓋のように降りている。自分の北方知識が満更でもないだろうと言うように。

お梅が大盆に乗った徳利と口取り魚などを運んできた。

「先生方、冷《ひや》でいいんでしょう。小魚の甘露煮と伽羅蕗でやっていて下さいな。亭主がこれから日本橋の河岸へ飛んで生きのいい鯛や鮃の大物を探してきますから」

誰もお梅の大袈裟な話には乗ってこない。

今度は永井のあきさん（右仲）が小丸顔から低い音声を出す。

「あのぉ、お梅さん。今日は少し込み入った話がありましね。お酒とおつまみがあればそれで十分ですよ」

これに目玉の鈴あきさん（誠政）が追いかけて言う。

「後で、ご自慢の阿亀《おかめ》蕎麦をいただければね」

元吉は、お梅が上客とみて座敷に上げたのに、酒とつまみでよいだの、最後は蕎麦にしてくれなど、一杯飲み屋のような簡単な注文だけでは商売にならないから不満を示したのであろうと思った。

鈴木は尖った口ですっと一杯目の冷酒を啜ってようやく頭の歯車が回転し始めたことを自覚した。するとと脳の奥に溜まっていた塾への反発意識が自然にこぼれ出る。

「ところでね高さん……いや元吉さんでしたかね。我らが塾の本多大先生についてはもう先刻御承知のこととは思いますがね、先生は世間に高名な算法学者であり天文学者でもありますよ。ですがね、ここで少し私からの情報を入れておきたいと思いましてね。先生はね、えー越後の人で誠に辛抱強い方でして、人一倍の勉強家です。それは間違いありません。ですからご自身の専門知識は大変豊富ですよ。ところがですね……こう言っちゃあ何ですが、門人の教え方は誠に下手糞ですよ。よく言えば不器用な方です。私は昔から算術（和算）を勉強しています。ですからその道を深めたいと思って入塾しました。しかしですよ、私が今までに音羽塾で先生から何を学んだか、いや学び取ったと思いますか。いいですか、残念ながらここに来てから私には算術知識の進歩についての実感が無いんですよ……、ええ、本当の話ですが。またご両人ともお互いに趣味にしている算額の計算法についても同様ですね。私が未だに塾で勉強した成果を自覚してないことは、私の記憶力が悪いからとも言えるかも知れませんが、でも、他の大勢が同じような感想を持っているとすれば如何でしょうかな。その表れですが、近頃なぜ大勢の生徒が塾を辞めてゆくと思いますか……。むしろ率直な答え、いや真相を言いましょうか。先生はですよ、塾生がどうすれば勉学の成果を得ることができるかなどということはですね、これっぽちも考えていませんよ、ええ……全くの話」

鈴木はここで首に反動を付けて杯の酒を一杯流し込み、喉の渇きを癒してから目玉を強く光らせる。

目玉先輩の鈴木に聞かされている愚痴話にさすがの永あきさん（永井右仲）も堪りかねて発言する。

「誠政さんのおっしゃることはよくわかります。先生のやり方には確かに独善的なところがありますよ。あたくしもそう感じている一人です。ですが、今回入塾された元吉さんに誤解されるといけませんのでね、こちらからは少し異なる角度からの意見を述べてみましょう。また、こうした機会は貴重ですし、またお互いに一寸先はわかりませんから……ええん。私も従来から鈴木先生御同様の和算屋でしてね、今は専ら算額の勉強をしていますが。ああ元吉さんもそうでしたね。ですから生来、計算が合わないと割り切れない性分の人間なんですよ。中途半端で投げ出すことはできません、私には……。算額問題などを見てもですね、計算問題を解き明かすには自ら苦労して考え抜く以外に方法はありません。しかし、その計算経路を知れば誰でも答えを導くことは容易にできますよ。つまり算術とはですね、計算方法の具体的な経路と必然的な法則を当該問題に当てはめてみる技術のことですから。ところがです、そこには実際には自身の記憶知識と別の方式が隠されているのですね。自分の知らなかったもっと確かな計算方法がです……。こうした他人の教えや算術書（注1）によって新たに得られるのは、思いもかけなかった別の計算方式です。世の中には考えられなかった計算方式が人の発想で数多く生まれているのです。個人の創意工夫からですね。これが計算技術の進歩です。未来永劫の進展なんですよ……ええん」

永あきさんはここで一杯水を飲み喉の痰を切る。

「えー、それを知れば解けなかった難問題が簡単に解けるようになるわけです。本多先生の教え方は、ご自身の著書もあるが、専ら著名な人物の書物を中心に勉強し、それを基にして教授していることは間違いありません。特に島国の日本が必要な学問、例えば航海に必要な天文学、測量術、地理学、貿易に必須な経済学などです。算術はそれらを会得するための基礎となる計算技術です。繰り返しますが、算術では方式を理解するのはあくまで自分自身の記憶力如何なのです。ですが、その数式を応用した計算過程では計算式応用の壁にぶつかることは往々にしてありますね。その難問に手こずっている時には先生が指導してくれるのです。先生が聞いてくれというのはそういう意味だと思っています。また各門人に対して先生は、自らの勉強法や努力の実態を見せることによって、個人固有の卵をここの教室で温め、成長を促し、その未知の創作や発想の基を内蔵する卵を孵化させようと努力しているのですよ。私にはそう思えるのですが、いやそう思いたいのですが、如何でしょう……」

永あきさんの話がここで終わったようだ。

要するに、この塾は個人という木知の鳥が持つ卵を孵化させるための貸し巣箱のようなものだ。この巣箱に用意されている孵化の条件を上手く利用できた卵のみが孵化して巣立てるのだという話だ。残念ながら鈴あきさんにはそこが理解できていないという意見らしい。鈴あきさんは先生が手足を徒って助けてくれるものと思い込んでいる溺れ鳥に過ぎないと言っているわけだ。

鈴木誠政は未だ壮年なのに老人のように目が窪んでいるが、その眼玉を剝いて相手に向けた。

「永井さん、お話から伺えば、俺は孵化できない死んだ卵なのだろうかね」

永井あきは急いで両手を振ってそれを否定する。

「そんなことはありませんよ。とっくに立派な大鳥に孵化されているじゃあないですか、先輩」

「へえー、これでも俺はもう大鳥ですか……。いやたとえ孵化しても千鳥にもなれないだろうね、恐らく、うーん正直な話だが」

永井は更に加えて言う。

「本多先生は、塾生がここを離れる時が当人が孵化を悟った時だと言っているようですがね……」

鈴木は、今度は両方の窪みからはみ出すような目玉を見せて、

「生憎ですが、私は未だ悟っていないのでね……何にもね。これじゃあいつまで経っても塾を飛び立つことはできないわけだ」

元吉は、この両あき先生の論争を見て、

——なるほど本多先生は経世家としてもまた教育家としても優れた人物に相違ない、この両者を操っ

ておいでになるのは確かに大先生なのだろう。

そう思った。

ここで、お梅さんは魚の煮物、焼き物、野菜の煮つけ、珍しい鳥肉の焼き物、酢の物、口休めの大根おろしなどを亭主とともに運んできた。

鈴あきは満足そうな笑顔を亭主に向けて言う
「いやー、これはまた御馳走だな。早速戴きましょう」

しばらく一同はこの料理に舌鼓を打っていたが、話題は再び大先生に戻されていく。御馳走を食べてから鈴あきの高音は更に滑りがよくなってきているようだ。


「あのね、話が戻って悪いがね、私はね、先生の知識多様性には尊敬していますよ、ええ、皆さんとご同様にね。但し一つだけ注意を払うべきことがあるのでね。それはね、彼には獅子の習性があることが私にはわかっています。つまり、弟子を千仭《せんじん》の谷に蹴落すんですよ。這い上がれるかどうかを試すためにね」

「それはそれとして話は変わりますがね、大先生がこの頃熱中していることは何かおわかりでしょうかな。北方蝦夷地の問題ですよ。近年オロシアの松前・蝦夷地（アイヌ）への侵攻が心配されているらしいのでね。大先生の考え方はだね、今後の日本人はオランダ語は勿論だが、アイヌ語、オロシア語を早急に覚える必要があると言っている。オロシアが侵入してからでは遅いのだそうだ。かなり前からオロシア国が日本人漂流民を教師として日本語を習得していることは事実だという」

鈴あきはここで一旦話を止め、前の二人を伺いながら煙管に刻みを詰めている。間を取っているのだろう。

元吉は鈴あきのここまでの話を考えた。

一点は、入門者が注意すべき大先生の突き放し教育法であり、他の一点は北方蝦夷地の問題に付属するアイヌ語、ロシア語の習得についてである。大先生の教育法を「突き放し教育」と受け取る塾生と、鳥に羽搏きを与える「巣立ち教育」と受け取る塾生がいても仕方がないだろう。

――むしろ語学の問題が重要だ。

以前からオランダ語については興味があって、根津前田塾においても少々の単語は記憶するように努力してきている。しかし、なるほどこれからは北方の語学が対外的に重要な手段となっていくに違いないと思った。

永あき（右仲）は大きな体をゆらゆらと左右に揺すりながら鈴あき（誠政）の警告めいた話を聞いていた。このゆっくりした貧乏ゆすりは彼の癖だが、それが急に止って猫背を伸ばし、また痰の絡んだような低い声を出す。

「えーと、誠に唐突ですがね、お話しておきたいことがありまして……ええん、実はですね、私は近いうちに旅に出ることになりました。〝算額修行〟にです。大先生のお勧めもありましてね……。先程も鈴あきさんからお話があったわけですが、先生に千仞の谷へ蹴落されたのかもしれませんね」

鈴あきはびっくりした顔で永あきを見る。目玉が飛び出るような顔だ。

「ええっ、冗談だろうそれは……」

「いや本当の話です。数日前に大先生との話で決まったのです。私もどうしたものかと一時迷っていましたが、個人的なやむを得ない事情も重なりましてね」

「うーむ、〝算額修行〟ですか。それでいつ頃です、出立は。行き先はどちらの方角へ……」

「ひと月後です。行き先は最初は西か東か迷いましたが、西の方角に決まりました。先ずは京の都を目指すつもりです。中山道を上りましてね。できれば最終目標を長崎までと行きたいですね。成り行きでどうなるかわかりませんが。道中の算額奉納で費用を稼ぐことができればの話ですから。大先生のお勧めもありましてね、オランダ大通詞の吉雄先生にもご指導頂きたいと思っています。先生には紹介状を書いて頂きましたので」

元吉は、永あき（鶴岡）がこの際大鳥（鶴）に孵化したのだろうと思った。

永あきは申し訳ないように背を丸めて元吉に言う。

「元吉さん、いや……高殿。こんなわけで残念ですがね、しばらく江戸を留守にしますのでね。よろしくお願い致します。鈴あき先生と塾生活を充実させて下さい。ええん……その前に塾でまた会いたいですね」

「わがったがっす……いや、わかりました」

「ああそうだ、お二人にお願いしたいことがありましてね。修行に出る前にですね、愛宕神社に算額を奉納したいと思いまして。記念の奉納としてこの三名の共同算額を、如何でしょう……」

永あきはそう言って猫背を曲げながら二人を見る。

「算額の共同奉納ですか、いいでしょう。賛成しますよ、永あきさん……。ではね、その扁額費は長年ご厚誼を頂いた御礼として私に負担させてもらいましょうか。その代わりと言っては何ですが、造題は私にお任せ下さいな。奉納前文は無論永あきさんにお願いするとして、えー……」

鈴あきはそう言いながら元吉にぎょろ目を向けて言った。

「後の算題を誰が標すかとなれば、えぇと……この際元吉さんにお願いするしかないだろうな。ねぇ、永あきさん」

今度は鈴あきの目が反転して右仲に向けられた。

元吉は追い詰められた感じがした。もう逃げられないここで詰みだ。

――んまぐねぇなこれは。

そこで助けを求めるような目を右仲に送る。その気配を意識したのだろう永あきは、

「元吉さん、ここは頑張ってやってみて下さいよ。解答の操作過程を練習するにはよい機会でしょうからね。お願いしますよ」

鶴岡は先生として非情な素振りを見せる。低い声には困ったら相談してくれというような含みも少しは受け取れる。元吉は諦めて返事をする。

「わかりました。やらせていただきます」

鈴あきは、元吉のきっぱりした承諾の返事に追い打ちの矢が放てないでいる。永あきは締め括りに近い頃合いとみて、

「それからですね、扁額費は三等分ずつの頭割りとしませんか、公平にですね。言い出し兵衛は私ですが、お互いに自己の将来発展を願う算額奉納ですから。それからここの勘定は私にお任せ下さ

い」

元吉は、新入塾者も一人前の勘定に入るとはやや配慮が足りないなとは思ったが、永あきは算術の鶴岡先生だけあって、ここは公平に勘定を合わせているのだと観念した。

この時、鈴あきさんが便所に立っていくと、鶴岡先生が元吉にすっと膝を近寄せて来て耳打ちする。

「ちょっと聞いていいですか、元吉さんはよく湯島の明神社にお参りしているらしいですね。私の所も近いのですが」

「ええ……はい」

「この頃参拝に行きましたか、社殿回廊に毎年多くの祈願算額が奉納されていますが。何か面白いというか、難解というか、話題になるような算額が奉納されていませんでしたかね……」

元吉は一瞬ギクッとした。例の「魔球算額」のことではないかと思ったのだ。それを言おうか言うまいか一瞬迷ったが、頭より先に本能的に否定の返事が口から出た。

「しゃねなっす……いや知りませんが」

そう答えてから、元吉は疑問符が付いている算額について尋ねた。

「永あき先生、祈願算額はお目出度いことのお願いですよね。怨念とは関係ありませんよね」

それを聞いて永あきは猫背をすっと伸ばし、何故かそそくさと座を立つ。

「ああそうだ……、でも最近は平凡な算額問題が多いからね」

そう言って先生は傍を離れ、小型の顔を乗せた大きな肩を不安定に動かしながら何か考えているようであった。

人生とは分からないものだ、元吉が鶴岡先生と直接話をしたのはこれが最後となった

しばらくして鈴あきさんが帰ってきてから、お梅さんと亭主がそこへ熱々の蕎麦を運んできた。いつもは掛蕎麦の上に蒲鉾・椎茸・湯葉などが乗せてある「千鳥」名物の〝阿亀蕎麦〟だが、本日は主役の蕎麦に甘辛く煮た一枚の大きな油揚げ、斜め切りにした太い葱、それに小さな柚子の皮一片だ。脇役の全てが代えてある。

——これは〝狐蕎麦または上方の狸蕎麦〟だ。女将は本席を化かし合いの場と見たのかな。

鈴あきさんが、その変化した蕎麦を配っているめかし込んだお梅さんの澄ました顔を見ると、

——私はおかめじゃあないよ。

というような反発の波動が来た。それを避けるために慌てて天井を向いたが、その目は一瞬裏返っていた。

（注1） 算術書（発行所・著作年月日等略、順不同）

『塵劫記』（『新編塵劫記』吉田光由著・三巻）『じんかうき・増補新編塵劫記・新塵劫記・諸家日用大福塵劫記・改算補栄海塵劫記大成・改算塵劫記・他多数』『算法童子門一、二、三、四、五』（村井中漸）『綴術』（會田安明編）『方程両式前集　后集』『社盟算譜　上下』（白石八蔵長忠編集、旭岡池田先生校訂）『玉拾勘者御伽雙紙　序上中下』（中根保之丞法舳）（国立国会図書館デジタルコレクション参照）

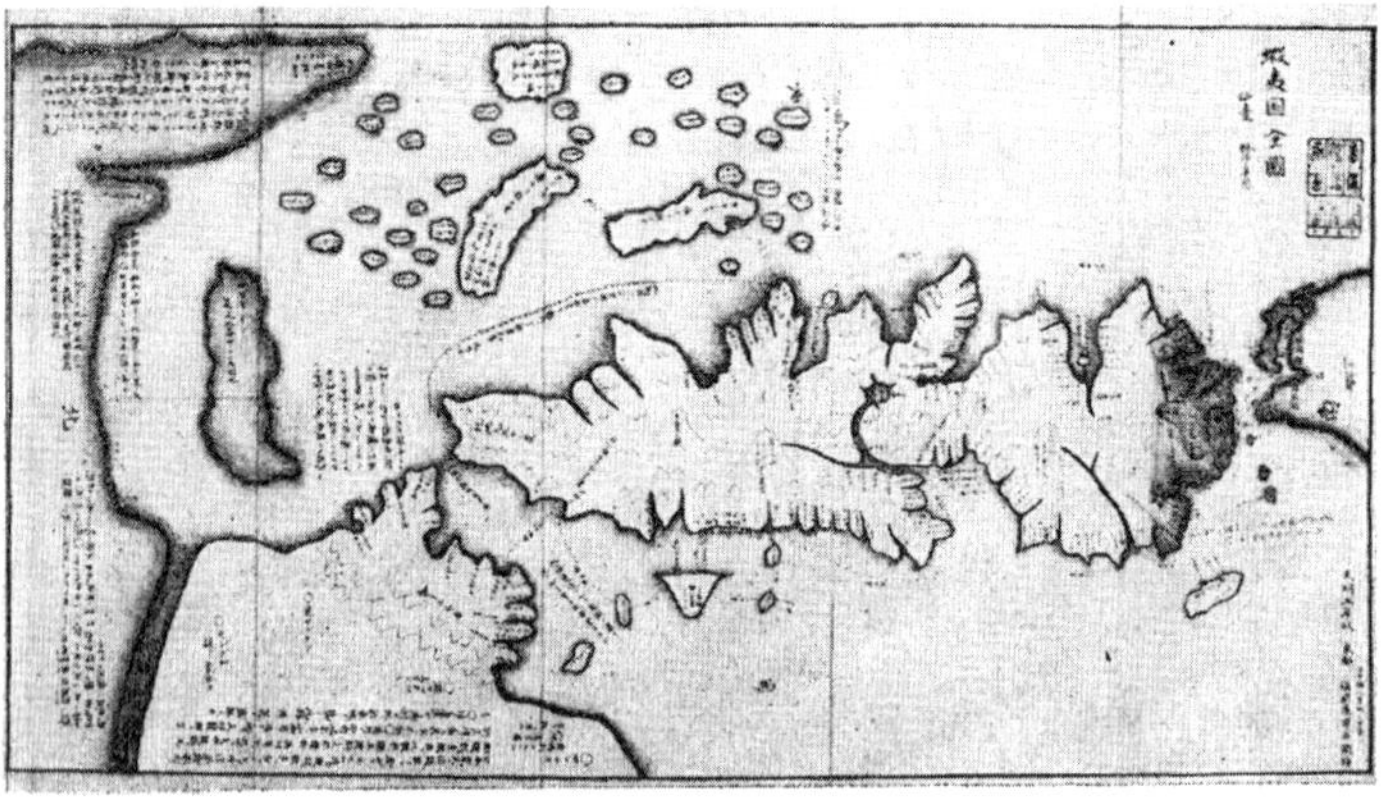

図３　天明５年（1785年）上梓・林子平原図「蝦夷国全図」
（照井壮助著『天明蝦夷探検始末記』より）

（三）渡島蝦夷

登場人物

田沼意次　六十五歳　側用人兼務老中
松本秀持　五十四歳　勘定奉行

昔々、人々の殆どは北陸の先の方に大きな陸地があるなどとは思っていなかった。しかし実際には本州北端の陸奥国《むつのくに》（みちのく）の更に北には海峡を隔てて大きな半島があった。

特別な人達が見ることができた日本最古の歴史書『古事記』の中巻「景行天皇記」では、その地には〝伏不人等（まつろはぬひとども）〟として蝦夷（エミシ・恵美寿・えみし）が住んでいることになっていた。またこの半島は勅撰の正史『日本書紀』の記述では「渡島（わたりしま）」という島になっているが、その実態は全く分かっていなかったようだ。明治二年（一八六九）からは「おしま」となる（平凡社刊『旧国名でみる日本地図帳』参照）。

これら記紀の記載による蝦夷・エミシは、古い中国書『山海経《せんがいきょう》』の「毛人・えみし」に倣ったものらしい。また、そこには渡島蝦夷という古の北倭《ほくわ》が土着したものとする記述もある。（注1）

つまり、日本北辺の本島東北部、東西蝦夷地（北海道西部東部・道南道東）、奥蝦夷地（千島・カラフト）などには、その地に生活しているアイヌ（アイノとも）という先住民族がいたということだ。彼らは独自の言語を持ち、主に狩猟、漁猟、採取により自然と共生して生活を営んできた。独自の文字はなく、口承による伝承がなされ、他民族とも物品交換での交易が行われていた。

このアイヌの大地には、すべての事象に神が宿ると信じ、彼らはその恩恵によって自然に順応しながら生きてきていたのだ。

アイヌの民族は、その生活圏である集落（コタン・kotan）は、カムイ（神界・kamui）が形成するものであって、そこでの生活は、すべてはカムイと直結して行われていくものであると考えていた。しかし近年この蝦夷地へは、そこに渡来してきた和人（シャモ・松前藩の家人や運上屋の雇入者）、赤狄人・赤蝦夷人（オロシア人）などの進出によって、先住民アイヌたちとの領有権争いが繰り広げられている。

――こうした人間達の闘争によって静かな大地（モシリ・moshir）が穢されてゆく有様に、カムイはさぞ怒っているに違いない……誠に悲しいことだ。

アイヌ民族は、恐らく時代に関わらずこのような悲嘆の憶《おも》いを心に抱いているのではないだろうか。

蝦夷地においてアイヌ民族と大和民族とが最初に交流した時期は、概ね一三世紀から一四世紀頃と言われている。その後、寛文九年（一六六九）六月には、シブチャリの首長シャクシャインを中心とした揉め事により部族間の主導権争いがあったが、その際、松前家からの一方的な干渉によってアイヌ民族の蜂起が起こる。これは後世「シャクシャインの戦い」（寛文蝦夷蜂起）と呼ばれている。

既にオロシアは、広大な北の大地をウラル山脈を越えて沿海州東部に至り、更にカムチャッカ半島・千島列島へ領土を拡張させてきている。また近年、このアイヌの蝦夷地にまでも出没してきたのは、オロシア帝国の南方進出政策の一環である先遣隊員の探検活動によるものと考えられている。

オロシアの北方日本への接近について、当時警鐘を鳴らし続けた日本の民間人は沢山いる。その中には本多利明、平秩東作、吉雄幸作（耕作）、三浦梅園、そして重要な対オロシア対策を書物に著した工藤平助、林子平などがいる。

天明四年（一七八四）三月二十六日早朝、老中田沼意次《おきつぐ》の嫡子山城守意知《おきとも》（若年寄）が死亡した。三月二十四日、旗本佐野善左衛門政言《まさこと》による殿中刃傷事件で受けた刺し傷が致命傷となったのだ。その加害者である佐野は意知死去の翌日に切腹となった。被害を受けた意知は享年三十六歳、政言は二十八歳であった。

　この折、田沼政治に批判的な世間には嘲笑的な落首が多く張り出されていた。その中で、

　　鉢植えて梅か桜が咲く花を　誰れたきつけて佐野に斬らせた

という落首が、オランダ商館長イサーク・ティチング（第一四二・一四四・一四六代）によって世界に伝えられている。日本の将来を憂える識者の一句であった。

　こうした災難による精神的ダメージが癒えない老中田沼意次ではあったが、仙台藩医工藤平助が意次側近者を通じて上呈した書籍『加模西葛杜加風説考《カモシカットカフウセツコウ》』（別名『赤蝦夷風説考』）は、日本の北辺防備に対する意次の新たな関心を高める効果があった。その記述内容を仔細に検討した結果、意次は、部下である勘定奉行松本秀持《ひでもち》に命じ、非公式ではあるが蝦夷地を管理する松前地域の調査を行った。

　その調査結果により、松前家の対オロシア対策放置の疑い、更には蝦夷地における無届の不正商取引横行などが濃厚となり、これが公的な「蝦夷地調査探検隊」派遣構想に結び付いたのである。

　この松前家極秘調査を実際に担当したのは秀持の部下で勘定組頭の土山宗次郎《つちやまそうじろう》だった。

　その年の五月十六日には、土山宗次郎の実態調査書および工藤平助の著書を添えた正式な上申書が松本伊豆守秀持より老中田沼意次に提出され、これは同月二十一日に意次自身の仮決裁がなされている。但し、実施項目については、更に意次の全体考察が行われていて、未だ最終的な決済には至っていない。現在、それが大変に遅れているのだ。

　通常、意次の決断は早い。しかし、先の刃傷事件もあったので、今回は今までになく慎重な判断がなされているようだ。それは多分実態調査が行われた場合の松前家の反応を警戒しているからだろう。

彼らも黙って眺めているほど善人の集団ではない。自分達が将来的に不利益な状態に追い込まれると、あらゆる手段を講じて反撃を仕掛りてくる連中なのだ。

田沼の外交的な要請を受けて、松本は数度にわたり松前家江戸屋敷用人の下国舎人、横井関左衛門らと下交渉を行い、一応具体的な見分計画をまとめた。この派遣を「巡検」ではなく一歩下がった「見分」としているのも、松前家の体裁を考慮した穏便な政策であった。

あの事件以来、田沼の行動が誠に用心深くなっていることは当然のことであろう。しかし、今までのような積極的な発想力と行動力が鈍っているのも事実であった。確かに、現在進行中の田沼政策の一つである「印旛沼開拓政策」なども重なっており、八方から反対勢力が暗躍しているのだ。彼らは必ずどこかの事案で綻びや隙を見つける筈だ。田沼もそれを十分警戒した動きをしているので時間がかかる。

しかし、それだけではない。実は秀持自身も、縁者である伊賀者の古坂勝次郎から先日再び危険信号を受けていて、心理的にはもう一刻の猶予もないのだが、残念ながら自分の裁量ではこの事案は一歩も動かない。まして上申書が仮決裁されてから既に越年となっている。残されている田沼の最終的な決断を急がせねばならない。まごまごしているとこのままこの案件は御破算になってしまい、後世の日本国防衛に大きな禍根を残すに違いない。

見分隊派遣に関して、伊豆守秀持は既に老中田沼へ直接の面談を何度か申し入れている。そして意次側近者には派遣方法としてある秘策を考案していることも匂わしてある。

天明四年（一七八四）十一月六日、老中田沼意次は御用部屋に入って上座にどっかと腰を下ろし、

――この問題は未だそう簡単には決められないぞ……。

と考えている。

この度、伊豆守の提出している案件は誠に重要な国家的事業であって、最終的に成功する算段が揃うまでそう簡単にまとめられるわけがない。政策反対者もいる中で、一歩間違えば自身をはじめこの政権の命取りとなるからだ。特に、財政逼迫の折り、見分隊派遣が莫大な費用を必要とする理由などを諸役人達に理解させることなど簡単にできるわけがない。

――どうしていま蝦夷地などを見分するのですか。オロシア問題など松前藩に任せておけばよいのではないでしょうか。

――地方行政の実態調査ならば巡検使を派遣すれば如何でしょう。

――何故そんなに膨大な費用が掛かりますか。また、天災後の大飢饉で財政的にそんな余裕はないでしょう。

陸奥国の先が見えていない連中の頭では大方このような反応しか返ってこないだろう。

古参閣老四名の順序は、久世広明《くぜひろあきら》、牧野貞長《さだなが》、井伊直幸《なおひで》、水野忠友《ただとも》であるが、いずれも田沼家姻戚関係者または同様な間柄となっているので、最古参の田沼意次の重商主義政策にはこれまで表立って反対する人物はいない。用心深い水野老中以外は簡単な説明で済むだろう。が、この事業の幕府側負担についてあの水野を納得させるのは容易なことではない。この際、最終的な決定は上様の御直裁を戴くしか方法はないだろう。

――それにしても松本伊豆守の秘策とは何だろう……。

強硬に面談を求めているので何か算段があるに違いないが、意次には本件について、何か気の進まない気分がある。どうも最近は踏ん切りが利かないことが多くなった。

――加齢現象もあるのかな……。

その時、待機していた松本秀持が、御用部屋坊主（お城坊主）の迎えによって部屋に参上した。

秀持は面長な顔を縦に動かし、お定まりの挨拶を述べながら大きな目で田沼の顔色を窺った。意次の端正な顔付から、微妙な思惑に揺れている表情を瞬間的に読み取った。

――日常の疲れが出ているのかもしれない……今日は長話はまずいな。

意次が常に無駄な時間を費やすことを嫌うことを知っている。最初に何から述べるべきかを的確に判断しなければならない。

「先に提出しました書面にて、蝦夷地の儀につきましてはご決裁頂いておりますが、本日はその中でも緊急を要する関連事項がいくつかありますので、ご相談申し上げたく存じます」

秀持はここで用心深くまた意次の表情を盗み見たが、広い額が見えただけで顔の変化は読み取れない。手にした資料を見ながら報告を続ける（注2）。

「先ずは蝦夷地の実態報告ですが、部下の普請役佐藤玄六郎による現地の状況では、蝦夷地本島の周囲がおよそ七百里程でして、山岳地、湖沼地、樹林地の外はおおよそ原始の荒地だそうです。但し、この面積はざっと千百六十六万四千町歩になります（注3）。捕らぬ狸の皮算用になりますが、仮にこのうちの十分の一を耕地に適用できるとすれば、百十六万六千四百町歩です。想定ですが、この地で得られる石高を概算してみますと五百八十三万二千石となり、この数字は幕府天領合計の石高四百三十五万石を軽く上廻ります。またご懸念の開拓労動力ですが、玄六郎の話では、浅草の非人頭弾左衛門の呼び掛けがすべて成功した場合には、諸国からの蝦夷地百姓応募者は約六万人にも達することが予想されるそうです。無論、これは綿密な開拓者年次入植計画の上で実施された場合のことです。入植者らの農業生産物、消費物質などを取り扱う商人達も移住して町づくりが行われることでしょうし、交通・流通を図る手段としての道路建設や安全な航路開発も講じなければならないでしょう。つまり、玄六郎の報告を基礎にして考えますと、将来的にはですね、古来より夷人、和人が平和的に共存していた農業地である奥羽地方と同様な新開地となるであろうとの見解でありました。問題は、その蝦夷地における実地検分隊早期派遣の方法です」

秀持はここで報告を止め、長い顔を少し上げて意次の反応を探るが、今日は頭の回転がぎこちなく、どうも説明の流れが滞ってくる。真の目的が最後の付け足し言葉となって出てくる始末だ。

意次は、この玄六郎の実態報告には自分自身の希望的観察が多く含まれていることを感じている。秀持の言葉にあった〝捕らぬ狸〟の話であるが、この計画話は正にその通りだ。およそ仮定のご馳走を押し込んだ〝ればたら折詰〟に近い。

意次は平静を繕って、続けてくれというように整った顔を秀持に向けて言う。

「その早期派遣のための部分だがね、できれば簡略にな」

やや高音だが優しく響く。永年の小姓勤めで体得した声色だろう。

「いやこの件はすべて重要問題ですが、肝になるところは見分御用船の件です。ええ……ではその最重要部だけを掻い摘んで申し上げます。第一点は、玄六郎を間に置いた話です。堺屋市左衛門という蝦夷地の事情に詳しい船乗りが鉄砲洲に居りまして、渡海費用捻出を相談しましたところ、公儀廻船御用達の苫屋久兵衛の雇い船を借りるよりも、新船建造の方が安いものと考えられます。無論、運搬諸荷物の現地における経済活用を工夫することが条件です。〝お試し交易〟とでも称する商取引（収入）資源の運搬を確保することです。つまり、船の運航に必要な喫水量に見合う販売商品の積載です。それが船を安定させる重しにもなるのです。これについては苫屋も共に了解していることでして、関係費用の収支会計はここに記した書面の通りで、幕府のお勘定所はじめ四方の誰をも傷めることはありません。要するにこの事業会計では幕府の一時立て替え金は必要ですが、結果的には収支がとんとんとなり、幕府の持ち出し経費は一切ありません。大きな声では言えませんが、実際には帳簿外利益を相当生む筈です。第二点は、下蝦夷にクナシリという島の場所があります。そこは南部の町人が場所請負人となっていまして、荷船は松前藩の三港（福山・函館・江刺）とは無関係に南部領での引き渡しとなっているそうです。沖口番所や松前船の舟改めを受けずに廻船運用が可能となります。第三点は、江戸から松前までの関係諸藩への協力要請についてです。これは勘定奉行の私が公文書を通達し、御用船運航には万事差支えの起こらないように取り計らいます。以上簡単ですが、御用船建造について早急にご裁可賜りますようお願い申し上げます」

意次は、用意された書類を眺めていたが、広い額の下に高く伸びる鼻柱がゆっくり回転し秀持の顔に正対させた。これは人に疑問を質す時の癖だが、横長の眼が塞がっているように見えるのであまり威圧感を与えない。むしろ柔和な印象を受ける。

「うむ、良い相手を選んだ……ご苦労だった」

意次はここで目を開いて秀持に一度頷いて見せる。

「第一の話についてだ。新造船造り立ての見積書では一艘の造船費用が金千二百三十両となり、この度は二艘を建造するとあるが、この事業全体の貸付金総額はどのくらいに膨れ上がるのだろうか……無論、概算でいいのだが」

秀持には財政逼迫の現状を懸念している意次の心理状態はよくわかる。だが、この御用船建造問題を納得させることが、この案件成功への山場となるのだ。

「はい、幕府の立替金総額はおよそ三千両程度で収まるでしょう。但し、蝦夷地の交易実態が解明された暁には、御用船は払い下げとなり、その受け金として一千六百両近くが戻ってまいります。また、残余の立替金については〝試し貿易〟交易の利益金が充当されますので、事業貸付金のすべては回収されます。この間、数年の交易期間はありますが、御用業者の苫屋久兵衛がしっかりしていますので全く心配しておりません。従って、主殿頭様がこのたび金三千両拝借を差し許される勘定扱いは、勘定奉行限りの一時融通金となり、ご老中方への評議事項となる心配はないものと考えます」

――ふーむ、なるほど、秀持はうまく考えたな……。

意次は、勝手方老中水野出羽守忠友には内緒で事を運ぶことができるかも知れないと確信した。秀持の言う第二、第三の問題は特に問題はない。また、将軍家の直裁は儂の裁量で何とでもできる。

――よし、この大事業はここで踏ん切りをつけて始めよう。

「伊豆守、よくやった……では伺いの通り仕れ」

意次の甲高い言葉が秀持の耳の奥で快く回る。

——歯切れのいい決断だが、この言葉をどれ程待っていたか。

「ただし、この事業遂行には信念を持った人材を集めることが必要不可欠だ。その選考に当たっては身分を問わないぞ。広く有能な識者を選んでくれないか」

「はっはぁ」

秀持は一丁上がりの気分で肥満した体を前に折って額を畳に付けた。この時、意知事件で前に痛めた腰部にまたビッと激痛が走った。

——また悪い事でも起こるのか、これは……。

多分〝田沼関連痛〟とでも言えるギックリ腰に違いない。

（注1）日本の古代においては、『古事記』中巻「景行天皇記」のヤマトタケルによる征服記事の中には既に「蝦夷」の語があり、また、『日本書紀』の景行天皇二七年二月条、武内宿祢報告奏上文には「男女並に椎（つい）（もとどり）を結び身に文（刺青・いれずみ）す。為人（ひととなり）勇み悍（こわ）し。是を総て蝦夷と曰う」などの記述もあり、蝦夷征討によるヤマト政権に服従しない民族の北辺国存続を明記している。（※参照『蝦夷誌 南島誌』荒井白石著・原田信男校注／東洋文庫・平凡社）

（注2）本項記載蝦夷地等の数値については『天明蝦夷探検始末記』（照井壮助著・八重岳書房・一九七四年）を参照した。

（注3）北海道島嶼の面積は八万三千五百十四・八平方キロメートル（北方四島を含む）。

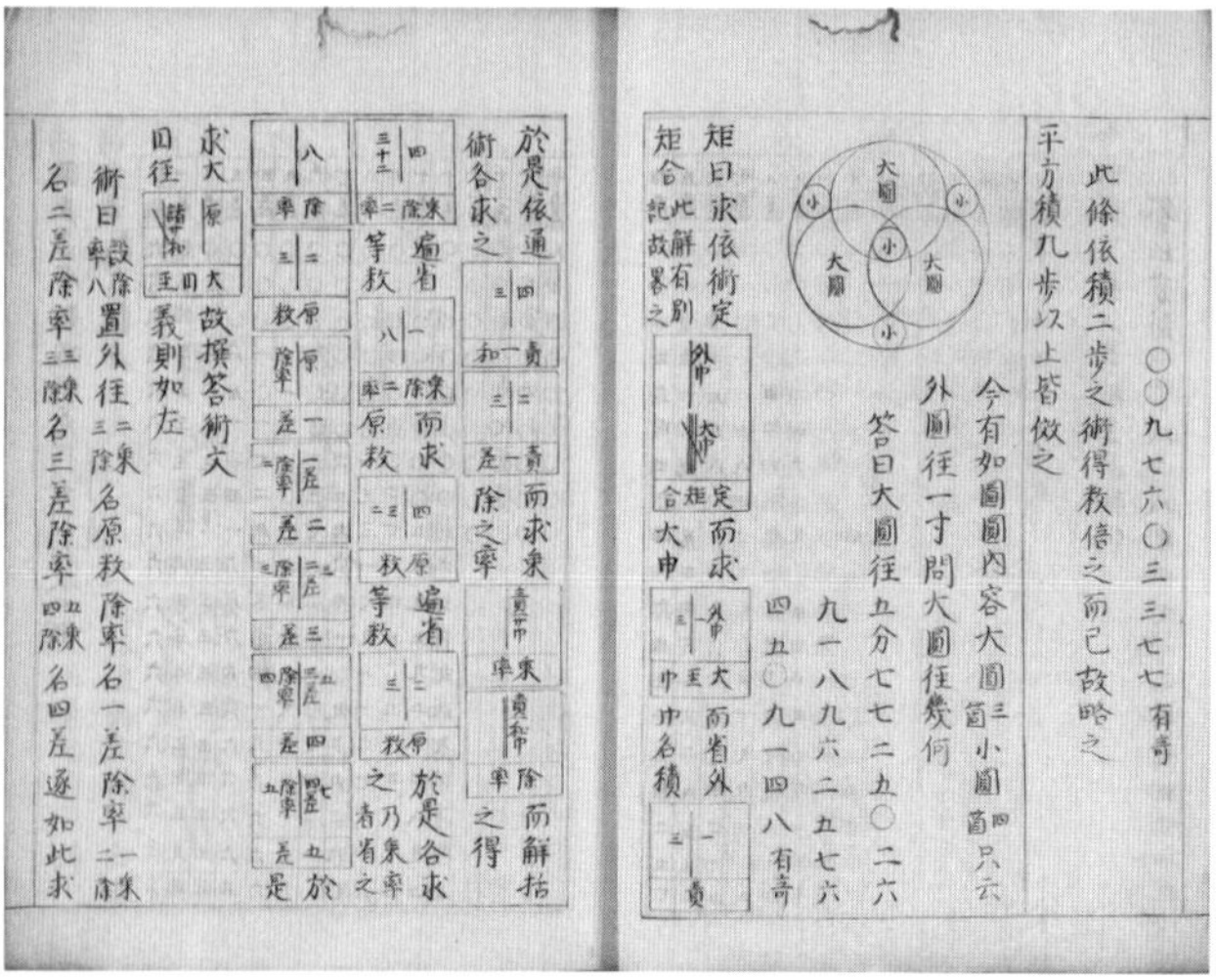

〇〇九七六〇三三七七有奇

此條依積二歩之術得数倍之而已故略之

平方積九歩以上皆倣之

今有如圖圓内容大圓三箇小圓四箇只云

外圓径一寸問大圓径幾何

答曰大圓径五分七七二五〇二六

矩曰求依術定

矩合此解有別記故畧之

於是依通術各求之

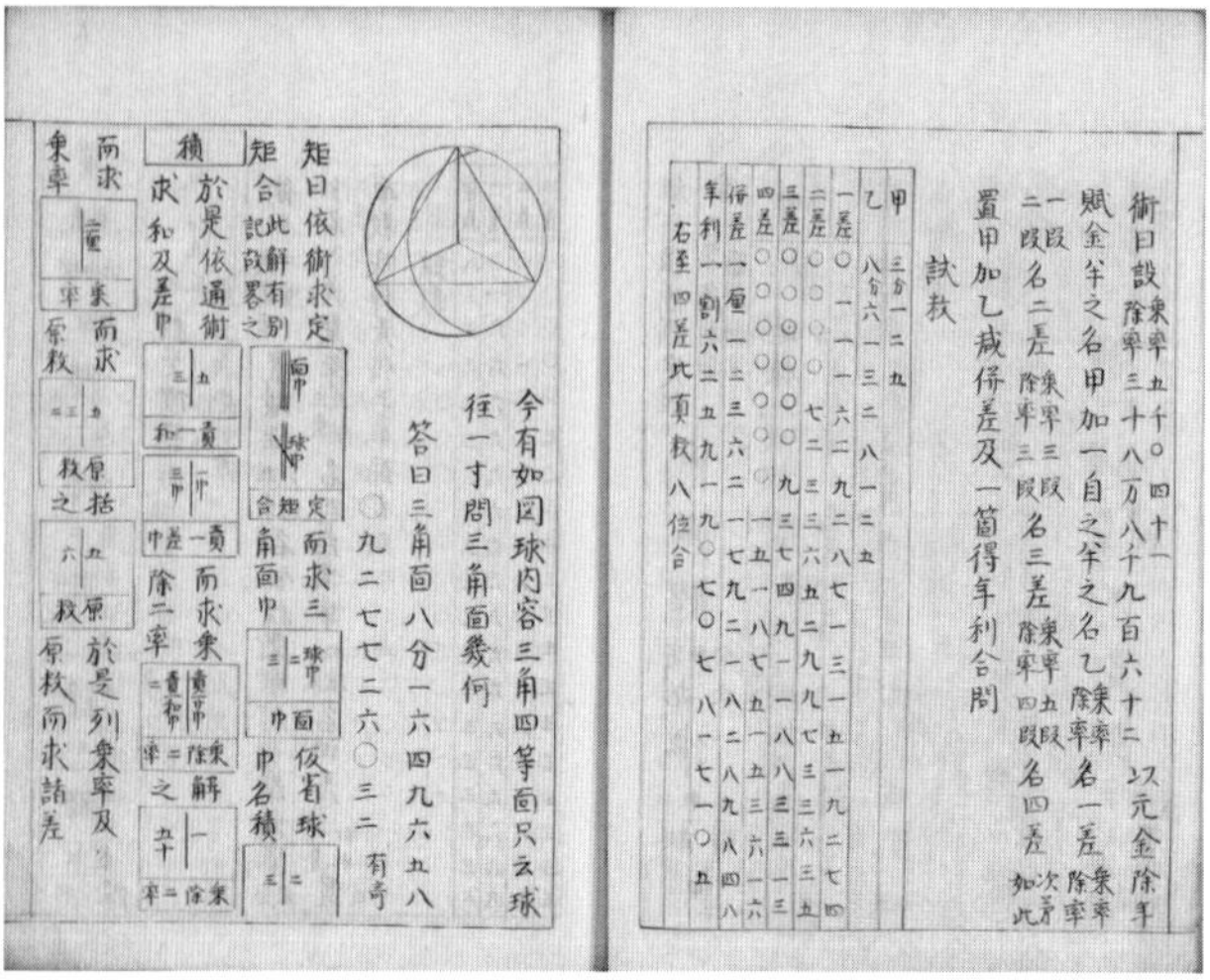

術曰設除乗率五千〇四十一

置甲加乙減得差及一箇得年利合問

試数

今有如図球内容三角四等面只云球

径一寸問三角面幾何

答曰三角面八分一六四九六五八

矩曰依術求定

矩合此解有別記故畧之

於是依通術求和及差

図４　合田安明編纂の算学書『綴術』（一部）
（国立国会図書館デジタルコレクション）

(四) モ・カムイ(静かな神)

登場人物

田沼意次　六十五歳　側用人兼務老中

松本秀持　五十四歳　勘定奉行

本多利明(北夷斎)　四十三歳　経済思想家(音羽塾長)

合田安明　四十三歳　最上流和算家

高(高宮)元吉　三十一歳　音羽塾下僕

天明四年（一七八四）十二月始めの昼頃、元吉は塾長の本多利明に呼出されたが、塾では音羽先生からの呼び出しはろくなことがないと言われているので、恐る恐る塾長部屋に顔を出した。

元吉が部屋に入り畏まっていると、

「まあ、くつろいでくれないか高《こう》さん……うーん……コ、コウさんか。コウさんと呼ぶとね、どうも語呂が降参（＝負けた）と重なってるな……」

塾長は大きな丸顔であるが短く突き出た顎を持っている。茶色の頭巾を冠っているのでまるで恵比須様のようだ。その小さな顎を右手で撫ぜながら何かを考えている。

次に煙管を持って、煙草を火皿に詰めながらやや掠れ声で言う。

「私はね、自分では北夷斎《ほくいさい》、または魯鈍斎《ろどんさい》とも称している……これにはそれぞれ訳があってね。い、いまその説明は止めておくが……人の名前や字《あざな》はね、その人間の生きていくための目標であってね、その大切な名前が、つまり人生の看板なのだよ……。昔から先祖がくれた看板があればね、それを踏まえて行動し、もし自身が新たに思うところがあれば、それを看板にすることだ。他者に対して、自分本位の目標を一向に気にする必要はない……。但し語呂は気を付けなければいけない。そ、それで印象が変わるからね」

初めの話は名前の語呂についてだが、何か拘りを持っているようだ。この先生は前から話し方に少し訥弁《とつべん》（つかえがちな）のところがあり、それもあってか、語呂の音声には異常に気を使っているのかもしれない。

塾長は、また新しい刻み煙草を火皿に詰めてから火鉢に近付け、

「大変勉強しているとは聞いているが……ここではどのような書物に目を通したのかな」

そう言って煙管の煙を深く吸い込む。

「はい、先生の御講述では『補授時暦《ほじゅじれき》』、『歩五星通軌《おしはかるごせいつうき》』、『整数術《せいすうじゅつ》』といった暦学・天文・数理などについては、一部を書写させていただき勉強いたしましたが、何分難しいので未だよく理解できておりません。また、こちらにありました吉田光由著『新編塵劫記《じんこうき》（上中下）』なども拝読しました。お陰でそろばんの乗除計算の練習、田畑の面積計算、川、堤の普請、継子立《ままこだ》て、ねずみ算などが面白く理解できました」

利明はやや驚いて元吉の顔を見つめる。

「あなたは最上流《さいじょうりゅう》算学者で『綴術《ていじゅつ》』の編者合田安明《あいだやすあき》氏の紹介だが、短期に、よ、よくそれだけ読めたものだ……。算額修行に出た湯島の永井正峯氏からも、数理には十分な知識を有する塾生とは聞いていた。な、なるほどな……」

元吉は塾長から永井先生の名が出てきたので懐かしく思ったが、その後どうされたかについて知りたいところだ。

「あの、永井先生は、いまどの辺りにいるのでしょうか」

利明は大きな眼を開いて一瞬戸惑いの顔を見せたが、首を振って言う。

「それがよくわからないのだ。しばらく前に、道中で体調を崩しているとの連絡があったがね……元気でいれば、うう、良いのだが……し、心配している」

その時、元吉の頭には神田明神の魔球算額が浮かんだ。

——まさかあの算題を造ったのは……。

またあの時、ふと現れた古観堂の加藤卯三郎は偶然だったのか。彼は永井塾にも出入りしている人物だが……。

やや間を置いてから塾長の利明は、丸い恵比須顔をやや顰めて言う。

「ところでこれは極秘情報だがね、この度私はね、来春派遣される予定の御公儀〝蝦夷地見分隊〟に随行させてもらいたいと申し出た。懇意なある人物に依頼してね。誠に唐突な話ではあるが、我が国の北方問題が大変懸念されるのでね。どうしても座して手を、こ、こまねいてはいられないのだ。ところがだ、私の体力ではね、はるか荒波を渡って松前、アイヌやオロシア国の見分と交渉などに加わることなど、到底無理な話だろう……わ、わかっている。そこで一計を案じた。私の名前で一行に雇い入れてもらい、その直前になって私が病人となり、やむを得ず随行代人を、た、立てることを考えたのだ。つまり見分隊に替え玉を送り込むのだ。実はね、その代人となる替え玉があんただよ、こ、高さん……」

元吉は、塾長が高さんと言ってこちらを両眼で睨んでいることを理解できていない。未だぽかんとして塾長の顔を眺めている。

「うーむ、ど、どうも降参という語意が重なってよくないな。この名前を何とかしなければ……」

利明はここで、はたと膝を叩いて述べる。目玉が大きくなっている。

「分かりやすく言い換えそう。ここの塾生の中から、公儀の北国測量役人の手伝い者としてあんたを選んだ。私の代理人としてね。いいかね、これは公儀の極秘の仕事なのだ。漏らしてはいけない。

だ、誰にもね。但し、あんたは会田氏からの預かり人なのでね、私が派遣の訳を手紙に記して会田氏に渡したい。彼の了解を得たいためだ。それを持参して返事をもらってきてくれないか、ほ、本日中にだ……ちょっと待っててくれ」

利明はそう言って隣の書斎に入ってゆく。

元吉は自分一人を観客にした大舞台が、自身のまわりを回転してゆくような感じがして戸惑っている。その元吉の頭の中では、鈴あさ（鈴木誠政《あきまさ》）の瓢箪顔から発せられる、〝とうとう千仞の谷に蹴落とされたな〟という高い声と、永井あき（永井右仲《あきなか》）が童顔を傾げて囁く、〝大鳥に孵化《ふか》しましたね〟という低い音とが、互いに振動し合って共振していた。

元吉は、懇意にしている魚屋で塩引鮭一尾を包んでもらい、下りの酒樽を提げて小石川菊坂台町南の和算家合田安明の寓居を訪れた。

合田は家人から元吉のお土産を聞きご機嫌だ。

「ごっつぉ……ありがとう、あがてけら」

そう言って長い顔を奥に向ける。

元吉は御無沙汰のお詫びと本日訪問の口上を述べた。

合田は、音羽塾長本多利明の手紙を丁寧に読んでから、小さい口を細かく開閉して優しい声を出す。

もう山形弁は消えている。

「こいづは、厄介な話だな。前にも心配だとは言っておいたが、今回、あんたは何かの事件に巻き込まれているような気がする。自分では未だ気付いていないらしいが……。それが地方への出張に繋がっているのだと思う。今までも本多塾からは多くの者が秘密に地方に出ているからね、過去の実感では……。わしもそこにいたのでうすうす感じてはいたが、本多塾の大本には、何等かの大きな組織が関与しているに違いない。確かに本多先生が、北方問題について以前から研究されていることは承知している。この度は公儀の見分隊に関与して詳細な情報を得たいらしい。それで、本多殿としては、この度はあんたを選んだ訳だ。今までの勉強によって得た知識を利用してだね……」

元吉にはようやく自分の立場が見えてきている。

「わがったがっす。そういえば知り合いの先生がしばらく前に南の方面に出ていき、その後の音沙汰がありません」

会田は長い首を立ててきっぱりと、判決文を読むように言う。

「これはもう断れない。本多先生は何故か名前を変えることも望んでおられる。つまり、あんたはもう逃れられない運命に嵌っているのだ」

会田は長い顔を寄せながら囁くように言う。

「実はね、私も一時期幕臣になったことがある。鈴木彦助と称してね。現在はこうしてその社会からは抜け出しているがね」

ここで家人が茶菓を運んできたので両人は一服する。合田は灰吹きに火皿を叩きながら言う。

『和名類聚抄《わみょうるいじゅしょう》』では、最上川を毛賀美と記し、アイヌ語ではモ・カムイ（静かなる神・平安をもたらす神）と呼んだそうだ。米沢吾妻山付近を水源とし、庄内地方の酒田で日本海に注ぐ大河の最上川だ。

この川は、我らにとって母なる大地を流れる神の川であることは間違いない。時に目を覚まして大暴れするがね。清和源氏足利氏支流の斯波《しば》氏以来、ここを治めた最上氏一門は、元和八年の〝最上騒動〟で残念ながら改易となっている。ところで、最上氏の氏族であった長瀞《ながとろ》城のある楯岡はあんたの故郷だろう」

「んだっす……はい、そうです。家祖の楯岡満国《みつくに》は最上満直《みつなお》の四男です」

「改易になった最上氏だが、その後の氏族者として最上姓を名乗っている人物もいるだべか」

「しゃねなっす……いや、わかりません」

「んだばこの際だ、あんたの出生地名だから最上と名乗ってもさすけねぇ。地名を名乗る人は他にもいがっす……」

「んだがもすんねすが……」

いつの間にか山形弁が交わされている。

「名はどうするか、ほんて」

しかし、ここで最上氏直系氏族を表す名の義や満などの文字を使うと世間の物笑いにされる。

「先生、名前の参考にいま床の間の掛物を拝見していますが、こえん意味を教えてください」

行人狼徳内（ぎょうにんとくをうちにはぐくめば）
隋持得成就（じにしたがってじょうじゅすることをうべし）

「この軸の筆はね、〝仏教を修行する人、その内部（心）に徳を養えば、それが身に付くに従って事が成功する〟という意味だろう。どこかの高僧に書いてもらったらしいが、署名や落款がないのだ。

なしてんだやな……」

「あんのですね、さすけねば、掛軸にある上句行人のところの〝徳を内〟の二文字をですね私にいただけないでしょうか……。徳内《とくない》という名にします」

合田は軸の文字と元吉の顔を見比べて言う。

「最上徳内か……んだばわがた」

この日、元吉は、こうして高元吉《こうげんきち》から最上徳内と改名した。そして、人生のほぼ折り返し点となる三十歳を過ぎてはいたが、波乱に富むことが予想されるこの街道を突き進む決心をしたのである。

その日、音羽塾長本多敏明には和算家会田安明からの親書が徳内を通じて届けられた。

「高元吉改め最上徳内か……。最上、うーむ、アイヌ語のモ・カムイの名を頂いたとは幸先がいい。会田先生の命名は、さ、さすがだな」

本多は恵比須様のような頬を更に膨らませた。

「はい、先生方のお陰です。頑張ります」

「徳内も、徳を内に養うことだそうで良い心掛けだ。これからはね、恐らくかなり厳しい命運が待っていることだろう。し、しかしだ、何も恐れることはない、モ・カムイの御加護が必ずある。そう信じて行動してくれ……。信念をもって事に当たれば、何事も成就するものだ。い、いいか……、後方にいる我等がいつも応援していることを忘れるなよ」

本多敏明はそう言って、ふっくらした両手で、徳内の握りしめた固い拳骨を柔らかく包んだ。しかし、徳内はただ頭を下げているだけで適切な返事ができなかった。掛軸の言葉のような本多の元気付けが、この世での最後の暇乞いのように胸に浸み込んだのだ。

こうして、国の将来に大きな影響を与えることになる一つの歴史の歯車が、大きく回転を始めたのである。

図５ 最上徳内（シーボルト著『日本』第１巻収載／川原慶賀画）

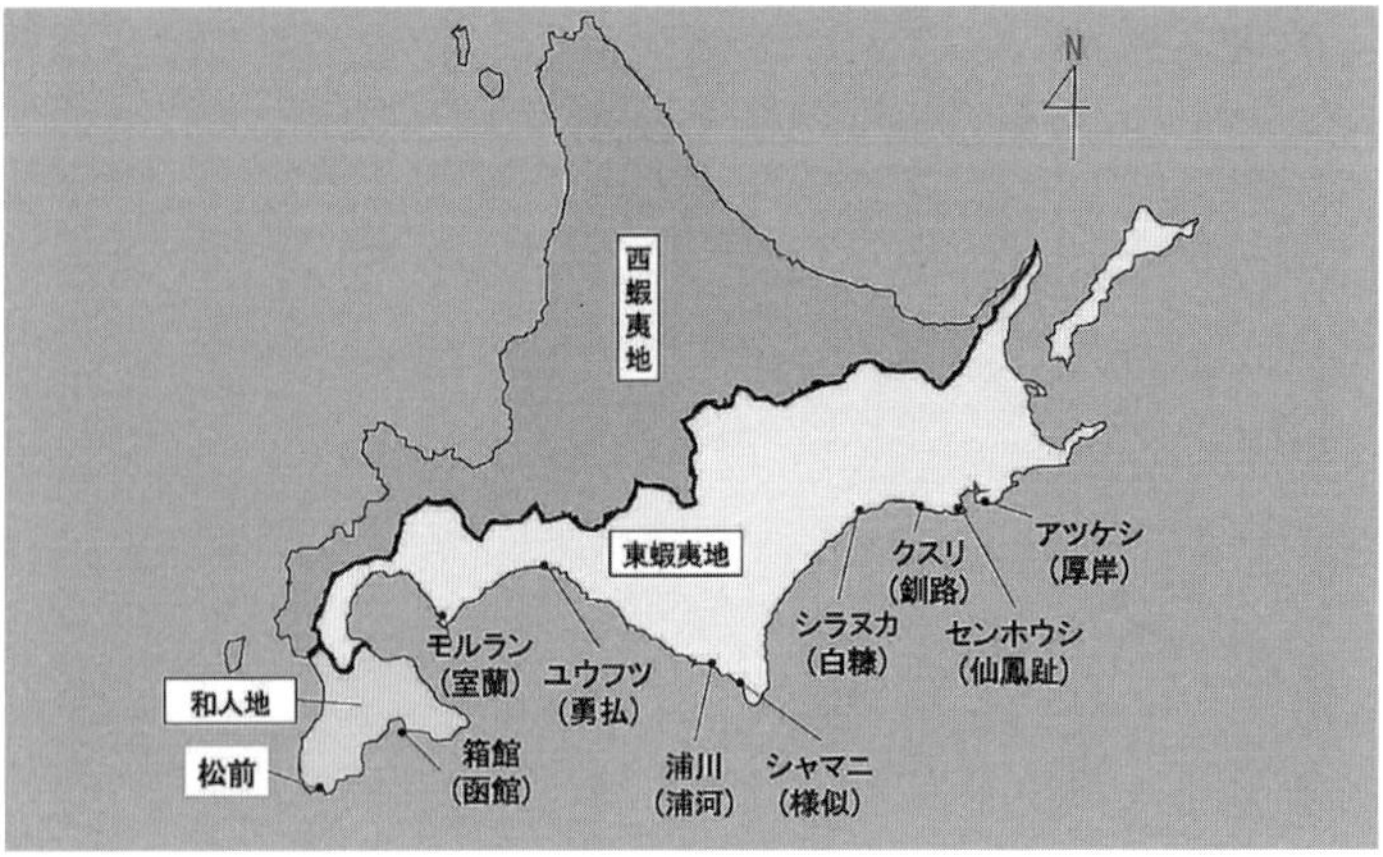
N
西蝦夷地
東蝦夷地
和人地
松前
箱館
（函館）
モルラン
（室蘭）
ユウフツ
（勇払）
浦川
（浦河）
シャマニ
（様似）
シラヌカ
（白糠）
クスリ
（釧路）
センホウシ
（仙鳳趾）
アツケシ
（厚岸）

図６　蝦夷地略図

（五）蝦夷地見分隊

登場人物

山口鉄五郎　三十九歳位　見分隊普請役
青島俊蔵　三十四歳位　見分隊普請役
大石逸平　三十歳位　普請役下役
小前勘兵衛　四十五歳位　松前福山港番所藩士
最上徳内　三十一歳　見分隊雇人（竿取）
松井一郎　年齢不詳　馬医師（荒井庄十郎）
（三十八歳位）
山下太兵衛　四十歳位　蝦夷通詞見習

天明五年（一七八五）の三月初め、建造が遅れていた御用船神通丸、五社丸が品川に入港した。新造船二隻は、これから船体の検査を受けて幕府御用船の籍に入れられ、苫屋久兵衛によって買い整えられた積み荷の搬入を行うことになる。

こうした事情によって、第一次蝦夷見分隊員の選考は既に行われていたが、隊員達の乗船した船団を組んでの松前入りは、御用船の船卸しが遅れたため断念せざるを得ない状況だ。

第一次蝦夷地見分隊は目立たないように分散し、極秘に千住から陸路を出立、草加、越谷、古河、宇都宮、白河の関を経て、二本松、福島、岩切、一ノ関を越える。更に北進してようやく盛岡、野辺地、青森に至る。

青森の先の細長い海岸線を北上し、日本列島北端の津軽三厩《みんまや》（三馬屋）に三々五々到着したのは、天明五年の四月のことである。

この早急の手配は、幕府としては誠に異例の早さであったが、わが国土を侵食する恐れを持つオロシア勢力への緊急対策が必要であることを、幸いにも上層部が認識できたからである。それでも、御用船二艘の千石積輸送船が、ようやく松前藩の福山に入港したのは、四月も中旬になっていた。

ここで隊の編成を整え、物資の補給、道案内人、医師、護衛、通詞などの要員支援を松前家に依頼して整備する予定だ。

幕府の行動計画に基づく第一次見分隊派遣吏員は、普請役五名（山口鉄五郎高品《たかただ》・庵原弥六宣方《のりかた》・佐藤玄六郎行信《ゆきのぶ》・皆川沖右衛門秀道《ひでみち》・青島俊蔵政教《まさのり》）と、その下役五名が正員である。

そして、この見分隊派遣の目的は、表向きには蝦夷地探索並びに産業開発であるが、実はオロシア進出に対する国防上の対応策を探ることを真意としている。

この見分隊は、次のように東西二班及び指揮班（予備班）の三班に分かれる。

第一班は、赤人と呼ばれるオロシア人などが出没するキイタップ領ノッスゾミからクナシリ、エトロフ島方面の危険な東蝦夷地域探検組となる。この組は、普請役山口鉄五郎、同下役大塚小市郎、普請役青島俊蔵、同下役大石逸平などの四人に加え、松前藩侍分案内者の二人、通詞（通詞助を含む）三人、医師一人、及び竿取《さおとり》・小者らを合わせて二十人程の大人数となったが、赤人対策も考慮しての組織編制だ。

第二班の西蝦夷班は、ソウヤ、カラフト地域に渡ることになっていて、担当は普請役庵原弥六、下役引佐新兵衛である。

第三班は総指揮を司る組だ。指揮役の普請役佐藤玄六郎、同下役皆川沖右衛門、同下役里見平蔵、同下役鈴木清七の四名がこれに当たる。当初は松前表において兵站事務、試み貿易などを受け持つが、班長以外は第二班の北蝦夷地方の探査に合流することになっている。

音羽塾の塾長本田利明代人として、竿取（測量の間尺持・標棒担ぎ）に臨時採用された最上徳内は、第一班に所属する下役に加えてもらっている。各班には調査、補給などの補助員として、臨時に雇い入れた人達も各班に数名ずつ配置されるのだ。

天文・地理・測量などに十分な知識のある徳内が見分隊に採用となったのは、塾長が懇意にしている普請役青島俊蔵政教によって、実地調査には専門知識を有する者が欠かせないという強い要請によるものであった。本多塾長と青島俊蔵の関係はよくわからないが、本多が以前から平賀源内と関係があって、青島が源内の弟子であったことが関連しているらしい。

出発前の数日間、各班の隊員達は、関連物資補給などの必要から松前藩の協力により、城下町の借り上げ宿舎に分宿して待機することになった。地元の松前藩にとっては異例のことであるが、幕府勘定奉行からの見分隊協力要請を受けているので、拒否するわけにはいかない。

見分隊としては、来るべき危険地域への出立を目前にしたこの期間は、隊士の士気を涵養するための休養日となり、また班員同士の懇親の機会にもなるのである。これらの諸費用は無論公費から賄われる。

松前藩は通常、渡海の人物改めが甚だ厳しく、武士、虚無僧、六十六部、道心者などは藩の特別な許可がなければ上陸を許されない。例え地元への用件で添え状などを持参した者に対しても、十日間以内の逗留で退去させることになっている。また、他国の諸職人・商人・猟業者等については、就業可能な時期をおよそ半年間とし、それぞれの役割に見合った賦課金を徴収して居住を許可した。

このように厳しい藩の入国統制であったが、この度は命令に近い幕府勘定奉行からの要請ということであり、やむを得ないことだと判断した。

藩は、こうした政策上の見地から、見分隊員達の無聊を慰めるためとして、班員を分散して町内の料理屋などへ招待した。また、そうした席には案内者として、侍分の目付役を一人付けることを当然考えた。従来、松前藩がこの地に根を張った理由の一つは、渡島《おしま》半島の松前藩領と、東側に続く蝦夷地集落のある地域の気候が、厳しい寒気の到来する時期を除いて比較的に温和であるためだった（推定される松前の平均気温は7～10℃程度だったらしい）。

海岸背部の陸地は殆どが山地で、耕作の余地はほぼない。但し、湾部の水深は深く、港に適した場所もあり、古くから買積みの北国廻船・北前船《きたまえぶね》（注1）が往来し、領民もニシン、昆布、鮭などの特産物と、米、味噌や家具調度品との交易が盛んであった。従ってこの地域は、本州各港の文化が多く輸入されている。特に、日本海沿岸諸港を西廻りに経由して、近江商人などの上方商船との取引が盛んに行われていたため、京都、関西地方の文化が浸透した。そのため街の全体に都会的な雰囲気があり、小京都とまでは言えないが、北境の港町にしては裕福で優雅な佇まいを見せている。

その港からは山手への道をしばらく登り、自然林を抜けた見晴らしの良い丘の上に山荘的な料理屋「岬亭」がある。この店には固い岩盤地層の地形を利用して建てられた大小の座敷を持つ棟が数棟ある。奥の方には部屋を結ぶ複雑な渡り廊下を設けた離れになっているところもある。広い中庭を持つ中央部は南向きのやや広い宴会場となっていて、その北側には厨房や職員専用の仕事部屋・宿舎などがある。その西側奥には、客人も非公式に宿泊もできるような幾つかの部屋が付属しているようだ。非公式に隠れ遊びができるメノコ（menoko・女夷）なども いて対応しているらしい。

こうした蔭の商売は、藩としてもある程度は許容している。しかし、注意しなければならないのは「場所」（注2）での交易違反の防止、アイノ国の漁労統制、赤人との密貿易取締まり、渡島領土への他国人侵入などだ。これらは藩の存立を脅かしかねない重要な課題である。そのため、各港湾番所の所属藩士を軸とした統制組織を構築していく必要があり、現体制維持に反抗する芽を摘んでいかなければ危ない

施政者側としては、こうした案件も重要だが、このところ他にも藩の運命を左右するような事態が

押し迫っているのだ。いま藩の経済活動維持に係わる特別な不安が発生しているのは、この度、幕府が見分隊（巡検隊）を派遣して来たことである。

その目的は一般の凡人でも容易に推察できた。つまり、この幕府調査は単なる実地見分ではなく、どの様な手段で、この蝦夷地全体を直轄支配領とするかを検討するための予備調査であることは明白だからだ。松前藩としては、シャモの国及びアイノの国に関わらず、藩の交易権を持つ「場所」をできるだけ隠蔽し、何とかこの見分隊の実施行動を制限するように画策しなければならない。そうして松前藩独特の蝦夷支配を守るべきだ。多くの藩士はそうした考えを持つよう常日頃から上層部によって教育されていた。

某日の夕刻、見分隊第一班の普請役青島俊蔵は、下役の大石逸平、竿取の最上徳内を従えて「岬亭」に入った。松前藩福山港番所藩士小前勘兵衛の招待を受けてのことだ。小前は第一班の接待掛かりを務めている。

女中の案内で南側広座敷に案内された。この店の馴染客勘兵衛は、背が小型で茶巾絞りのような顔をしているが、それを利かして見晴らしの良い部屋をあらかじめ押さえていたらしい。

小前は縁側に出て猫背を伸ばし、目鼻口の寄った顔を港に向けながら自慢する。

「ここは眺めのいい部屋です。青島殿、いかがです……」

そこの座敷からは港に艫《とも》を並べる諸国の商船がよく見えた。下を見ると部屋は崖の上になっていて、前方は針葉樹の自然林が港の方に続いていた。

「なるほどねぇ、今日は港内も賑やかだ」

青島はそう言って張り出し縁側に出て小前に並び、両手を前に組んで突き出しながら港を飲み込むような大あくびをする。体格のよい男で、額も広く大きくその声も太い。

「ああーぁ」

小前勘兵衛は、狭い額の下に窪んでいる両目でそれを横に見ながら説明を加えるが、言葉にはところどころ変な国訛りが混じる。

「この岬亭はですね、以前はもっと港に近い場所にありましてすね、明和乙酉（一七六五）頃、松前地震に遇いました。大きな地震でしたが幸い津波の被害はなかったす。松前は裏山が高くて海が深い場所ですからね。地震はご免ですよ。何でも先代が海岸からの避難場所を探してですね、ここに新岬亭を造ったわけです。未だ港の方の店も宿泊施設として使ってますがね」

「ああそうかね」

青島は、調子を合わせるようにぼそっと言って部屋に戻った。広い部屋には床の間を背負って青島、その右側次席に大石、青島の向かいの下座には小前がそれぞれ座った。

「ところで、連れの竿取役は別部屋らしいが、ここで一緒じゃあいけないのかな、小前さん」

「いやあ、これは言い忘れてました。岬亭の酒宴席はすね、士分でなければ下の大部屋という決まりでしてね。申し訳ないすが、藩の決まりなんで仕方ありませんです。ですが決して粗略に扱うなんてことはないすから、大丈夫です」

小前の言葉には、どこかで、す・す・と濁った空気が漏れ出ているような話し方がある。この男の生国はどこだろう。青島には今のところ見当が付かない。

この間に運び役の男達が酒や肴を蒔絵付きの膳に並べている。近郊で採れる魚や野菜などの刺身、酢の物、焼物、煮物などが順不同で無神経に運ばれてくるが、この辺での初夏の魚介類はマイカ、イワシ、マス、サバ、タコ、ソイ、アブラコ、アワビ、ウニなどであり、いずれも生食が新鮮で最高だ。

小前は、雑談のうちに二人の見分隊士にひたすら酒を勧めていたが、相手は酒が強い。二対一の返杯を受けているうちに自分が酔ってきている。青白い猿猴《えんこう》のような顔が赤く染まってきている。

小前は青島の方を窺いながら大石の傍にすっと寄り、お椀のように開いた相手の耳にささやき声を作って吹き込んだ。しかし音声が濁っていて、ただのがらがらした雑音となった。彼は小声の会話には向かない声帯を持っているようだ。

「大石殿、東蝦夷の御見分場所はすね、かなりきついところらしいすがね、案内人の数が少なくありませんか……私が調整して何人か増やしましょうか」

大石は首を捻って小前の臭い息を避けながら、大きな両耳をぴくっと動かす。

「小前殿、私はただの下役でしてね……それは上司に聞いてくれませんか」

内緒話の全く通じないその声の高さと大石の回答に小前は内心ムッとした。

――これは餌にも網みにも引っ掛からない小魚で、人間としてはただの朴念仁《ぼくねんじん》（道理のわからない者）に違いない。ああ聞いて馬鹿をみた。

この時、上司の青島が、役者のような大きい目鼻を付けた顔を小前に向け声を掛けてきた。

「小前殿、すいませんが大部屋の竿取の様子を見てきてくれませんかね。一人で退屈していないかなと思いましてね」

小前は続いて青島攻略の作戦を考えていたのだが、その腰を折られた。

「へえ、へえ、わかりましたす。下の大部屋には臨時雇いの通詞や医師達も大勢居ますのでね、多分退屈してはいないすよ」

捨て台詞のような言葉を残して小前が部屋を出ると青島は大石に言う。

「先方は見分隊の見張りを増やす算段らしいがね、その手には乗らないよ……いいな、相棒」

「山口組の下役にも注意しておきます。ただ大塚小一郎は呑兵衛だからな……」

大石はそう言って片手で首を叩いたが、自分のことは棚上げしているようだ。

春の初めにとれた時不知《トキシラズ》（春採れる鮭）にきつく塩をしたものが塩引きである。この塩引きした鮭のあら（頭・骨）を、野菜（大根・にんじん・いも）などと大鍋で煮込み、野菜類が煮えたころ酒粕を入れる。これが粕汁だ。

岬亭の大広間には、何列かの長机のところどころに大鍋が置かれていて、その粕汁がぐつぐつ煮えている。夏場でも夕飯には鍋が欠かせない。それがこちらの御馳走だからだ。鍋の間には、刺身、焼いた魚介類、海藻の酢の物、干し魚、野菜の漬物や精進漬などが雑然と置いてあって、長机の両側には、大勢の人間が肩を並べて飲んだり食べたりしている。全くの追い込み座敷だ。

人塊を避けた机縁の奥で、最上徳内は総髪を無造作に後ろで括った三十代の男と並んで話していた。どんぐり眼《まなこ》で間の空いたへノ字眉の大柄な男だ。

「やあ、隅の方に居ましたな最上さん。上のお連れさんが心配してましたが、松井先生と一緒なら心配いらない。まあ十分召上がってください」

小前が立ったままで癖のない言葉を二人に掛けた。

「ごっつおさんです。勝手にやってますよ……こちらは見分隊の隊士で竿取役だそうで」

先生と呼ばれた男が、小前を大きな目で見上げながら相撲取りのように言う。最上とも話が合っているようだ。

「えっ、こちらは医師の先生ですか」

徳内はびっくりして、アイノ語を教えてもらっていたその男を見直す。

「いやあ……私の相手は馬ですよ」

松井と呼ばれた男は、右手で後ろに束ねた髪を掴んでゆすった。馬の尻尾のつもりだろう。

小前はそれを見て補足する。

「今度移入した南部大芦毛の駿馬は最高ですがねえ。でも享保の頃には、松前藩の馬も良馬が繁殖しましてね、幕府に上国産の馬を献上するほどになりましたよ……ねえ先生」

「うーむ、ですがね、馬の体格がいまいちでね。駄用馬としてはいいが、乗馬としては将来性が疑わしいと思うよ」

「先生は厳しいな……ところで松井先生、今度の三厩からの渡海は大変だったらしですな。強い西風があったので、沖口番所でも皆が心配しましたよ。いくら順風でも、渡船が海峡の流れに巻かれて潮巻《うしおまき》にならないかとね」

小前は、自分の洒落たオチの表現が相手に伝わっているかを確かめるように松井を見た。今回の渡海は小前が言うように確かに海が荒れて大変だった。松井はここで束髪を軽く上下に揺すってうなずきながら軽く言葉を返す。

「〝貧乏神けふ立かへる追手風　あとのなかめにふくふくという〟……誰かがそんな戯れ歌を詠んでいたがね」

この時、実は松井の頭には昨年まで江差に一緒に滞在していた東蒙山人（平秩東作）の坊主頭が浮かんでいた。

「先生は今回もしばらく松前に滞在されるでしょうが、まあよろしくお願いします」

小前は、さてというように最上の大ぶりな頭を上から眺め、この辺ではあまり見ないでかい頭だなと感心する。

「最上さん、上のお二人は間もなく奥部屋に移りますがね……この広間の続きにも奥の用意がありまして、今晩はそこでお休み下さいな。但し大勢で雑魚寝ですがね。枕はどうだったかな……」

「奥部屋ですか……私はここでもかまいませんよ、小前さん」

最上は小前（おまえ）さんという音声が気になった。何だか目下への呼び方に聞こえるのではないかと思う。音羽塾長北夷斎先生の言葉が頭に浮かぶ。

〝名前は人生の看板だ。語呂の音声には注意しなければいけない〟

先生のご意見で俺は「高」から「最上」へと名前を変えたのだ。

「いやあー、あとの片付けもありますからね」

小前は特に気にしている様子がない。人間は、常にその名を呼ばれているとその音声に馴染み、他人よりも受け止め方が快く優しく愛おしく聞こえているのかもしれない。

最上はこの時北夷斎先生を思い出した後だったが、松井は何気ない様子で尋ねてくる。

「最上さん、測量の仕事はどちらで習ったのかな」

松井はまるで最上の頭の中を見通していたかのようだ。

最上は一瞬ギクッとして、透視眼のような松井の目玉を見つめながらぎこちなく答える。

「はい、んーと、護国寺前の塾でしたす。あー音羽塾です」

松井は、すぐ本多利明先生の塾だなとわかった。先生は数学、地理学、測量技術の専門家で、北夷斎先生とも言われるように蝦夷地への関心が高いことも承知している。また、わが師の平賀源内先生との親交も深い。

「なるほど、でも今回は間竿《けんざお》を使っての平面測量などは到底できないだろうからね。せいぜい目測での地形図が作れればいいとしなければ……」

松井は測量専門家のような話しぶりだ。

「んだがもすんねっす……」

最上は途端に田舎弁となって感心した。この先生は何でもご存じなんだ。恐れ入ったな。

「現地人に尋ねる必要もあるよ、アイノ語をよく覚えてね。直に聞き取ることも重要でしょうな。

松前藩の付け人には、いろいろと思惑があるのでね」

「はい、ありがとうございます」

最上はようやく言葉は戻ってきているが、きょろきょろと辺りに目を廻らしている。

「すいません……ちょっとしえんつ（便所）に行ってきます」

最上はそう断ってすっと座を立ったが、後からは通れない。

横の松井が何気なく曲げた膝をぴょんと飛び越えていった。

――本当に竿取なのか。大男にしては身軽な奴だ。それにしてもでかい頭の恰好が亡くなった吉雄藤三郎通詞にそっくりだな。

しばらくして最上が便所から帰ってきて、右手を立てて松井に立礼をしながら座った……何事も無かったように。

――この男に賭けてみよう、もう時は少ない。

松井は組んでいた両腕を解き、傍らの袋からゆっくりと小冊子と筆軸のような小木の束を取り出し、それを最上に差し出した。

「あのね、これはこの一年で私が集めた〝アイノ ハウケイタク アノカル〟つまり〝アイノ言語帖〟だよ。携帯用の複写帖なのであんたにあげるよ。今度の見分に使えると思うのでね。アイノにも尋ねる必要があるだろうからね……ただ語彙は未だ少ないよ。これから帳面にどんどん増やしてくれないか、新しい語をね。それから、これは貰い物でオランダ渡りの筆記用具だ（後に鉛筆と言われる）。小刀で先を削ると中から乾いた墨の棒が出てくる。叔父貴が長崎で沢山買って持っている。これもまた必要な道具だろう。差し上げたい。あげたいとはアイノ語ではね〝オマンデル シュイ（差し上げたい）〟というのだよ」

最上は驚いた眼を向けて松井を見る。

「えっ、ほんて頂けるのですか、先生。私はいま仏様に会ったような気分でがっすよ。でも……ご厚意にお返しする物が何もありませんが」

「いいのだ、いまお返しは……。ただ〝クイカリ アン（貰った）〟で。あんたにはいつか自分が感じた借りを返すことができるよ……。私も長崎で以前ある人から冊子を頂いたことがあってね。馬の治療法を記録したものだよ。そのお陰で今は馬の医者として暮らすことができているわけだ」

松井はへノ字眉の間を深めて更に言う。

「最上さん、世の中の全てはね、廻っているのだよ。お天道様も、お星様も、この大地もね……。最上さんがこの〝アイノ アノカル〟を使い、未知の蝦夷地を正確に調査する。そしてそれを最上さんが冊子に記録する。その冊子は次第に広まってこの地の開発を助け、日本国の防備を固める大事な資料ともなる」

ここで松井は座り直して最上に正対した。

「いいかい、最上さん、ここは大事なところだがね……。領土を正確に把握して、それを有効利用することは大切なことだよ。それはまた将来、日本を他国からの侵略から守り、友好な国々との商業を盛んにして全国の人々を豊かにする基地となる。無論、カムイの大地に生きるアイノの人達の幸福にも繋がってゆくだろうよ。しかし、それには先ず住民の言葉を理解できなければ話にならない。意思疎通は必須条件だと思う。どうかそのためにもこの冊子を十分に使って頑張ってくれないか。ましてこれからはアイノ語だけではない。オロシア語も習得する必要があるだろう。朝鮮、清国の言葉もね……。あなたならきっとできるよ。〝チョウカイ　ラメハカリアン（私は推量できる）〟。日本国のために頑張れるとね」

松井はここですっくと立ち上がった。そして心に宿る信念を予言するように団栗眼が輝いた。

「いつの日かね、お返しの日がきっとくるよ、最上さん。こうしてぐるぐると廻ってね」

松井は右手の拳を頭上にぐっと高く挙げて大きな輪に回す。

この時、松井と名乗る荒井庄十郎の脳裏には、先輩格の工藤平助、林子平、吉雄耕牛などの顔が次々と浮んでくる。庄十郎は反射的に心の中で〝ホルチス　ヤマト〟と叫んだ。そして、天井に向かい何度も何度も拳で輪を描く。

「廻れ、廻れ……もっと廻れ……」

最上はそれを目で追っていると大きな頭もそれに連れて回転する。すると、突然上体がぐらっとするような眩暈《めまい》を感じたのである。

この頃、和人の住む松前藩が治める地方をシャモの国、それ以外の蝦夷人が居住する所をアイノの国と言った。また、シャモの国に近い蝦夷地を口蝦夷（近蝦夷地）、遠い蝦夷地を奥蝦夷と称した（『蝦夷草子』最上徳内著より）。口蝦夷地から東蝦夷地のある以東へ向かう陸路はないので、山口鉄五郎と青島俊蔵の率いる第一班の二十名弱が、御用船団（神通丸・自在丸・飛船一艘・艀船一艘）に乗船して松前から海岸伝いを進んだのは四月の下旬であった。

蝦夷地見分隊第一班は、多くの河口周辺と海岸にへばり付いた小さなアイノ部落と、要所に設けられた松前藩が預かって「場所」を運営する運上所などを見回りながら東進する。急き立てるような松前藩案内役の様子が少々目立ってきてはいるが、いまのところ特に不都合な問題は発生していないようだ。

一団はようやく襟裳岬を過ぎ延々と続く長い十勝の海岸を左にして進んだ。この辺りは中央部の大山を背景にして大地は大きく開けてくる。

海路の途中、アイノ乙名《おとな》(蝦夷の酋長または松前藩下部組織の役名)達とのオムシャ(目見え)(注3)の礼を行い、交易の試みを手配したこともあり、行程の進行は遅れている。

こうした中でも、ようやくアッケシ(厚岸)を過ぎてキイタップ(霧多布)に到着した。東蝦夷地の終点とされているネムロ(根室)にもあと一息となってきている。この先のノッカマプを過ぎて、ノサップ(納沙布)岬の鼻先を半円を描いてぐるりと回ると、奥島々と向き合う奥蝦夷地となる。

見分隊の最初の計画では、ノサップ岬の根部にあたる根室(ネムロ)が東蝦夷地の終点となっていたが、できれば奥島(クナシリ島、エトロフ島、ウルップ島など)にも渡海して、異国との境界を実地見分するという意図があった。

竿取の最上徳内は任務の間竿を担いで、普請役の青島俊蔵とその下役大石逸平の動きに従って行動している。

なおこの組には、松前藩侍分案内者である近藤吉左衛門と藩通詞の山下太兵衛が同道していた。この連中が見分隊員の目付役を兼ねていることは当然だ。これら松前藩の同行者たちは、槍、鉄砲などで武装した小者を数名従えている。最初は、公儀役人の見分隊にも従者と装備を提供したいと申し入れたようだが、本隊の指揮役から丁寧に辞退されたようだ。松前役人の武力による威圧的態度に反発する感情も加わっていたのだろう。

徳内は組に付き添っている藩の付き添い通詞の山下になるべく接近していた。彼は、通詞が現地のアイノ人と交わす会話には聞き耳を立てていた。アイノ語の発音を習得したいためだ。

その他にも理由がある。徳内が見た各地のアイノ人達には、シャモの国からやって来た和人の所作や振る舞いに強く怯えている様子を感じている。彼等にはまだ和人に制圧された過去の記憶が生々しいのだ。

元来、東蝦夷地に住むアイノは、生活の手段としての漁猟もカムイの恵む範疇（節度ある貯え）で行ってきた。しかし、シャモ（和人）が強大な武力を背景としてコシャマインの戦い（注4）などを経て支配者として君臨すると、交易の産物を安価に提供させる手段として、誠に理不尽な条件を課してアイヌを取り扱った。そしてその後、シブチャリの首長シャクシャイン（注5）が蜂起した戦いが起きたが、結果的に反乱集団が松前藩に敗北し服従した経緯がある。

このアイノ人達に抵抗なく接することができるのは藩通詞達だろう。彼等とシャモの取引には欠かせない存在なのだ。徳内には先ずはその通詞にうまく取り入る必要があった。

幕府見分隊役人という煙たい連中の中で、士分でない徳内の竿取という役割は松前藩吏から見れば単なる雇いの測量技術屋さんであって、扱いは小者と同じ気楽な相手である。

徳内は、彼らには全く横柄な態度を見せず、むしろその立場をうまく利用した。気楽な顔で誰にも挨拶をし、こちらから丁寧言葉をかけたのだ。

東蝦夷地に廻った松前藩の蝦夷通詞と称する男は二名であったが、青島組に付いた山下という人物はどうも陸奥か陸中の出身者らしい。言葉は江戸の言葉を使っているが、発音に奥州人でなければ真似できないような鼻から息が抜けるところが時々ある。それが郷土の余韻を引いているところなのだ。歳は四十歳を超えているようだ。顔は大きな丸顔で、腹が出ている小男だが、商売柄か、声は澄んでいる。

東回り見分隊を乗せた廻船神通丸が、ある日の夕凪時、十勝川を過ぎて白糠沖辺りに一時停泊していた。乗組員一同の食事休息のためだ。

山下は早々に夕飯を掻き込んで狭い船室から抜け出し、甲板に上がった。大勢の中で喧騒に巻き込まれるのにもう嫌気が差していたのだ。

日没後で西の空は未だ赤い。船尾を見ると艫の方に誰かがいる。よく見ると、船尾の甲板に広げた紙のあちこちに何かを記入している人物がいる。大きな人物で頭が大きい。

山下が黒い影の後ろへ向かってそろりと近寄って行く。この才槌頭は竿取の最上だ。

――何だこの男は不用心な、俺が傍に行って懐の匕首でブスリと首を刺したら一巻の終わりだ。よし、この際少し脅かしておいてやろう。

音もなく一歩二歩と距離を縮めながら猫のように背を丸めて目標に迫ってゆく。先方の夕焼け空に徳内の才槌頭が大きく浮かんでくる。

徳内は、甲板に誰かが上がった時から気付いてはいるが、その気配からは身の危険性を全く感じない。そのままにしておいてもよかったのだが……。近寄った山下は、徳内の肩を後ろからポンと叩こうとして手を上げた。その瞬間、徳内の才槌頭がこちら向きに回転した。

残照の空にぬっと真っ黒な顔が現れた。黒い塊の中で金色の両眼が光っている。まるで天狗か鬼のようだ。

「ウファーアー」

山下はびっくりしてどすんと腰を抜かした。目が回ったのか焦点が合わない。

「どうかしましたか」

頭の上から心配そうな声がした。声を掛けた徳内の顔はもう元の人間に戻っている。

山下の心の臓は未だ収まらない。床に体を起こして胸をさする。

「脅かすな……ほんて……」

声が震えている。

「通詞の山下さんじゃないですか。おばんです」

徳内は丸く太った山下に両手を貸して、どっこいしょと助け起こした。

「俺は通詞見習いだよ。今のは何だろう……錯覚かな」

「知らねす……。そうかもしんねすが、実はこの面です」

徳内が懐から出して山下に示したのは、目玉を金色に塗った黒鬼のお面だ。

「これにはまだ黒髭を付けていませんが、里神様の厄払い面です。額に角はありませんが、顔は確かに鬼ですね」

山下は、何だ、俺はこんなお面に腰を抜かしたのか、と情けなく思う。徳内の方は、この際この鬼面を種に山下に近付いてみたいと思っている。

「このお面の今回の用途はですね、これから島で面談するアイノ首長への土産品ですよ。彼らが祈祷の魔除けに使うのではないかと考えましてね。幾つか用意していますか……。確か〝オマンデルシュイ〟でしたね、差し上げるという意味のアイノ語は」

徳内はここで松井から教わったばかりの語を使ったが、彼らが如何にカムイの厚い信者であるか、また、魔物を徹底して忌嫌うことも承知している。しかし、果たしてアイノがお面を快く受け取るだろうかと心配だ。山下からは、未だ自分を脅かした黒鬼面の余韻が去っていないらしい。徳内は、彼が落ち着くまでゆっくり製作過程を説明する。

「山下さん、このお面は私が造ったものです。本体は和紙と木屑をほぐして糊を混ぜ、木型で型押した砂地に入れて押し固めます。それを乾燥させて面に漆を塗っただけのものです、ほら、こんなに軽いのが特徴です。これに熊皮の毛でも使って髭を造り、膠で接着すると本当のお面になりますよ」

山下は先程自分を脅かした未完のお面を恐る恐る取って顔に付けてみた。

「うーむ、なるほど軽い……これに腰を抜かしたとはな」

「自家製でもお面の効果があったのですよ、山下通詞いや見習さんが身をもって証明してくれたのですから。これなら魔除けに使えますね」

山下は先の失態を挽回するように威勢を張って見せる。

「よーし、ではこの腰抜け見習いがオムシャで面の贈り物をしたいとアイノの乙名に取次いでみようか。……でもどうなるか、そのときの縁もあるからな」

しかしすぐに今後の成り行きを考慮して自信の無さそうな顔をしている。

最上はこの人物にはあまり負担を掛けないことにした。

岬亭で松井から聞いた話では、アイノは極端に疫病を恐れているが、厄除けのお守りは特にないらしいとのことだ。

「山下さん、そんな正式行事でなくても、私がそっと渡しますよ。裏の方でこそこそとね……」

山下はしきりに太い首を捻っている。自分に足りない何かを感心しているのに違いない。

――待てよ、この竿取は小者役だが以外に頭が回るようだ。松前側の奥地踏査引き延ばし工作も、彼に吹き込んでおけば上司に伝わるかもしれないな。だが、先に俺を脅したときに、大きな紙に何か書き込んでいたようだ。風景を写すのには時間が遅すぎる。一体何をしていたのか。先ずはそれから聞いてみよう。

「最上さんよ、先程貴殿は地形図を製作していたようだが、夜目も効くらしいな」

山下は最上が広げていた図面を指さして言う。

「ああ、この図面ですか。これは地形図ではなくて以前に天文家によって描かれた星の図（星図）ですよ。この図を見て腕を伸ばして手を使ったりしましてね、日没時の星の角度（高角度）や位置を確かめていたのです。ついでにあの黒い大山（十勝岳）の高さもです。ほら、こんな具合にしてね……」

そう言って最上は長い腕を伸ばし、北側の奥に大きく聳えて見える黒い山影に、右指を横二本にして当てて見せた。

「さきほど高さを測ってみたのですがね、山までの距離を私の推定とした場合の角度計算ではですね、この山は大体六百六十丈（一丈は十尺で約三・〇三メートル強）です。きりのよい数字で六六六丈（約二〇〇〇メートル）と覚えるといいですよ。あの山までの正確な距離を測定すればもっと正しい数値にはなりますが」

「なーるほど、六六六丈か。覚えやすい数字だな。あんたは天文もやるのか。俺はあんたがいつも間竿を担いでいるから、地面ばかり見ているものと思っていた」

「間竿は私の身分を表す標識ですからね。でも、結構便利で杖の代わりもしていますよ、多分熊は追い払えませんがね」

「いやあ、あんたなら虎でも大丈夫そうだよ、最上さん、加藤清正のようにね。私と違って背が高いから……ところで最上さん、見分隊はね、この東蝦夷地のどの辺までを東の境界と考えているのかねえ。我々の認識では、下蝦夷とも言われているネモロ（根室）あたりが東の端っこになるのだが」

「山下さん、下っ端の私に聞かれても無理ですよ……まして今回はですね、上司の考えだけではなく、もっと上の方の計画ですからね。でも多分島までは行くようですよ……海を越えてね」

「最上さんよ、でも東側は北風が吹き荒れる海峡だ、船がもたないよ。あんたは天文を見ていてわかるだろう。もう航海の時期は過ぎている、海を渡るのは危険だ」

「お説の通り確かにもう海の荒れる時期ですからね、私には当日の気候まで予測できませんが、三途の川も何のそのですよ。何しろ上の方は行け行けどんどんですからね……」

「そちらはそうだろうが、こちらは生身の人間でね。あまり渦巻きに入るのは御免だね。肝が小さいのでね……」

徳内は、先刻腰を抜かした人間の正直な告白だろうと思う。

「いやあ、見分隊は貴藩にまで迷惑を掛けるつもりは無いでしょうよ。ところで山下さん、この時期は、統治場所のアイノさん達の島渡もお休みですかね」

山下は手を横に振って言う。

「あの連中は別だよ。未だ暫くの時期は皮で縫ったような四、五人乗りの小舟で行き来しているようだ。彼等も嵐の中ではじっと動かないがね。カムイのお怒りを受けるからだろう」

徳内は、海や山の神様が全てのアイノを統治しているから、天候の良否も肌感覚でわかるのだろうと思う。

「最上さん、見分隊も上司連中は乗船を避けるだろうね。自分の命は惜しいから」

「いえ、多分、侍の面目があるから責任者の普請役や下役も渡海することになるでしょうね、第一回見分隊の成功に掛けてどんな天候でもです。私も計測には必要な竿取ですからお供させられるでしょう。こうなったら何処までも付いていきますよ……この組に参加した時から、もう覚悟はできていますから。里の神様（モ・カムイ）に誓ってですね。えっへっへぇー」

「なるほど……神様にね」

通詞見習いの山下が白糠沖で予測していた通り、根室への見分隊道中が遅れたため、既に季節は七月半ばを過ぎている。

ネモロに入ってから、松前藩吏としては東蝦夷地の見分終点地はここを東端境界地とすることを必死に勧めるが、山口、青島の両普請役は一歩も譲らない。更に、ノサップ岬の象の鼻を回り、蕨のようなノッケ半島の根元を陸路で越えてシベツに到着したいと考えている。何としても渡海して、東にくっきりと浮かぶクナシリ島の「泊」に上陸し、初期の目的を果たしたい所存なのだ（注6）。

しかし、奥島からの帰路を考えると、荒海を御用船神通丸、雇船自在丸で渡航するのは不安であった。船体をかなり補強しなければ、巡行海路の無事が誰にも保証されていない
先程から運上屋の会所広座敷では東蝦夷地見分隊一同が集合している。普請役の今までの調査結果の説明と今後の調査方針が述べられ、一同の最終意見を求められた。

クナシリ島に渡海する計画については、松前藩吏達の意見は相変わらずだ。今回の渡海は無理です、強行すれば現在の御用船は難破の危険があります、などの一点張りである。

「他に何かよい思案はないかな」

そんな情けない言葉も山口から出ている。

床間の前に並んで座っている普請役山口鉄五郎と青島俊蔵は、ぐるりと見分隊一同の隊員を見渡しているが、発言する人物は一人もいない。冴えない顔が俯き加減にして互いに目を合わせないようにしている。まるでお通夜のような態度だ。

そんな中で、後ろの方でこそこそ話をしている人間がいた。才槌頭の最上と丸顔の山下だ。

「おい、そこの二人……。皆真剣な協議中だぞ、私語は慎みなさい」

先程良案は無いかと言っていた普請役の山口鉄五郎が注意した。誰も協議に乗ってこない苛立ちがあって音声も尖ってくる。背の低い山下は、反射的に亀の首が引っ込むように頭を沈めた。座ってい

ても高く目立つ最上の頭は、皆の列から上にはみ出している。そのとぼけた顔が左右の様子を窺ったが誰も反応している様子はない。何か注意されたのは自分らしい。

「竿取の最上だな……おめぇさん、良案があるなら皆に披露してみなさい」

最上はなんで俺なのかな、山下と相談中だったので何が何だかわからない。

「はい、えーと、良案はありませんが……今はこちらの山下通詞見習いさんと相談していました」

山下が慌てて横から手を出して最上の膝を突っつく。

おい、余計な事を言うな、との合図だろう。

「山下通詞見習いだと、何の相談か。今はクナシリ島への見分視察を協議中だ」

最上は、この人に話しても無理だとは思ったが、

「クナシリ島に行ってくるための相談です」

「何だと、島へ行ってくるだと……この荒海で行く方法が無いんで皆が思案しているのだぞ」

山口は角口《つのくち》を更にとんがらかせて言う。傍で会話を聞いてるもう一人の普請役青島俊蔵が手を上げて言う。

「まあ山口さん、最上らにもっと話を聞いてみませんか」

三角顔の山口も頷いたので、青島が手で二人を招く。

竿取の最上と通詞の山下は借りてきた猫のように丸くなって前列に進んで左右に並んだ。

青島が大きな顔を二人に振りながら言う。声は太いが柔らかい発声に抑えている。

「山下さんと最上よ、島へ渡る工夫があったら、何でもいいから意見を言ってくれないかな」

「はい、では私から申し上げます。山下さんと相談していたのは、この際、数名が蝦夷船に分乗して渡海したらどうかということです……アイノの手助けを借りてですね」

「何っ……アイノの手を借りるのか」

青島は、瞬間これは一つの考えだと感じた。

「ええ、そうすれば、今でも海峡を渡ることが可能ではないかと考えました。海峡の急流に逆らわず、上流から少しずつ島に近寄るわけですね」

青島は広い額を天井に向けてしばらくは唸る。

「うーん、なかなか難しい芸当だが、アイノにはそれができるかもしれない。ただアイノ達が上手く手伝ってくれればいいがな……我らにもあまり好意をもっていないだろうからな」

「はい、アイノの説得は山下さんとこの私でいたします。ただ見返りに備蓄米数俵と、酒が何樽か入用ですが、どうでしょうか。できれば煙草も何把かあれば有難いです。また、成功した暁の報酬も約束しませんと彼らは乗ってきません。何しろ相手も身体を張って行くわけですから」

「それは大丈夫だ、廻船には十分積んであるから必要な分量を使ってくれ」

横から山口が発言し、分厚い唇の縁から泡が飛ぶ。

「彼らの蝦夷船を見たことがあるのか。あのね、大波が来れば一発でひっくり返るぞ」

分厚い唇の口角から泡が飛び散る。

「はい、先日アッケシで見ています……四人の漕ぎ手を入れて一隻に最大七名が限度です。これに波を避けるような改良を加えます」

山口は目尻を引きつって言う。

「改良だと……素人が考えるほど甘くないぞ」

「はい、わかってますが、今は誰かが改良しなければと思います」

「よし、それではあんたの考えを言ってみてくれ」

山口は腕を組んで聞いてやろうという態度をとる。

「先ずは波除けの工夫ですが、苫船《とまぶね》のように低い枠を取り付けて上部全体を防波皮で覆います。蚕のようにです。次に、船の両脇には鞴《ふいご》のような革袋を付けて浮力を安定させます。三つ目は、船体の安定を図るため、中心部に鉄板を取り付けて重くします。多分そう手間は掛かりません」

この時、大石逸平が手を上げて発言を求めた。顔が蒼白になって目が据わっている。青島が頷くと、

「この島の見分には是非私を派遣して下さい。お願いします。今回は私と最上竿取の最少隊員だけで十分だと思います」

恐らくは決死隊になるだろうとの覚悟を決めたのだ。若い血潮が熱く燃えているのだろう。

山口と青島は黙って顔を見合わせている。戦場に若い隊士を送る際の堅い顔だ。悲壮感が漂っている。大石の申し出に、青島は大ぶりな役者顔を引き締めてただ静かに頭を下げた。

北の果ての夕刻は寒気が忍び寄り、体が冷え冷えとしてきている。

「よし、相分かった。ではご一同……前途の安全を祈念して一杯飲んで温まろう」

何故か、青島の横にいる山口が尖った顎を上に挙げて大声を発した。

夷ハヤスヲ以テ。オットセイヲ。ナゲ突ニスル躰
ヤス
ヤス

図７　著者蔵『三国通覧図説』挿絵
（※明治 26 年東都書林版掲載の田中茂松（12 歳）による模写図）

（注1）「北前船」下りの海路は日本海の対馬海流を北上して日本海沿岸諸港を経て蝦夷に至り、上りの海路は下りと同じ沿岸海路を通り対馬海流に逆らって運航し、関門海峡を通過して瀬戸内を通り、大阪港に至る商船である。近江商人との交易が行われた北前船には主に弁才船《べざいせん》が使われたが、これらの船は、船首・船尾の反りを強くしたり、舷側下部の部材等を強化したりして、北国海路に耐えるように改良されていた。この北前船は、日本海沿岸諸港を経て北上し、東北を飛び越え蝦夷地に渡り、米、酒、砂糖、塩、日常生活品、紙などの商品を運び、帰り船では上り荷の海産物、鰊粕、数の子、身欠きニシン、乾しナマコ、昆布、干イワシなどを積んで運航し、各港で商取引を行った。

（注2）「場所」この当時、松前藩領内は勿論、渡島及び蝦夷地では年貢米の収穫が全くなく、藩士に給地を与えることができなかったため、やむを得ず藩は蝦夷地の適切な場所の交易権を給地として藩士に与えていた。この給地を「場所」と呼び、そこを与えられた藩士を「場所持ち」または「支配所持ち」と言った。『蝦夷草紙』（最上徳内著・吉田常吉編）によれば、この交易権を有する「場所」の多くは、慶長年間（一五九六～一六一四）に区画されたものと言われていて、その広さは一定せず、口蝦夷では一場所は一郡程度とされ、奥蝦夷場所では一郡より広く一国に相当していたという。また「場所」の設定には、蝦夷の酋長が関わり、部族の境界が基礎となっていたらしい。最初は藩士の場所持ち自らが蝦夷交易を行っていたが、規模が大きくなるに従い商人の関与が不可欠となり、次第に商人が勢力を得て「場所請負人」となっていく。そして、藩士はその商人収益による料金（運上金）を取得するようになっていった。その交易所を「運上所」または「運上屋」と称し、場所請負人は、請負場所に支配人・通詞・帳役・番人などを派遣して、蝦夷との交易を行った。

（注3）「オムシヤ」蝦夷語ウムシャの転訛で、ウは互いに、ムシャは撫でる摩るの意。蝦夷人が互いに久闊を叙する際の礼式、または蝦夷地で有司《ゆうし》（役人・名主・組頭など）や知行主に謁見する時の礼儀となっている。知行主は蝦夷との友好関係を円滑にするため、年に一度知行場所に赴きウムシャを行い、彼らの欲する土産品を

進呈して酒を振る舞うことが定例となっていて、後には交易に発展する。海辺百里ほどの長蝦夷《おさえぞ》が有司に対するには、松前通詞に手を引かれて臨む。背を屈み謙遜の礼をとり恭しく合掌する。通詞の問いにだけに答える。有司の手を諸手で拝し取り、己の胸に摺り付け、感伏して嗚呼と叩声《ぬかずきごえ》を発する。座を退きながらヤイコエルシカレと言い再拝する。有司からはお土産として米・麹・酒・煙草などの下げ渡しがあり、通詞からは恐縮して戴きます旨の答辞がある（最上徳内著『蝦夷草紙』参照）。

（注4）「コシャマインの戦い」康生三年（長禄元年／一四五七）渡島半島東部の首領コシャマイン（胡奢魔犬）が中心となって蜂起したアイヌ人と志濃里（志苔・志海苔）のシャモとの騒動。康生二年に発生した殺人事件が発端となってアイヌ人が団結し、シャモに向けた戦闘が行われ、武田信広らが中心の和人団によって征服された。

（注5）「シャクシャインの戦い」寛文九年（一六六九）六月、シブチャリの首長シャクシャインを中心に起こしたアイヌの部族間抗争が発端となった戦い。この部族抗争の中で松前藩への武器供与要請の使者に関する誤報から、松前藩への大規模なアイヌ蜂起に発展したものであり、後に「寛文蝦夷蜂起」も呼ばれた

（注6）この年中に見分隊の一部が、クナシリ島への渡航を実行したのかどうかについて、明確な幕府の記録は無いらしい。この後起こった政変で都合の悪いものは消されているのであろうか。当時の記録については、寛政二年（一七九〇）九月に上梓されている『蝦夷草紙』（最上徳内著）巻之二「オムシャという蝦夷礼の事」において次のように記されている。

「天明五年（一七八五）蝦依れば夷国界見分の台命を蒙りて、有司東蝦夷地へ巡行す。既にクナシリ嶋に至りて、蝦夷の習ひにて、オムシャといふ事あり。有司に謁見するの礼なり。云々」

これは五年後の自記記録であって、天明五年クナシリ嶋渡航の客観的な証拠とはならないが、「既にクナシリ嶋に至りて」と記してあるのでこれを尊重したい。同誌の編者吉田常吉氏（東京大学史料編纂所助教授・

一九六八年当時）記載の最上徳内略伝によれば、天明五年の踏査について八月中に国後島に至ったが、松前藩の阻止により一行は引き返したとされている。また厚岸には大石逸平が一人で滞在し、他はことごとく福山に帰って越年したと記されている。

昭和四十九年（一九七四）九月発行の『天明蝦夷探検始末記』（照井壮助著）「天明の蝦夷地探検関係年表」では、天明五年八月中旬に神通丸・自在丸にて山口鉄五郎、青島俊蔵がクナシリに上陸して島内の見分を行ったと記している。この際、乙名サンキチ、脇乙名ツキノエと会うともあるが、徳内の同行には触れていない。「徳内も一緒か？」と記しているが不明確である。この記述は恐らく天明六年三月の渡航の記録と考えられるが、同書の文中では、天明六年（一七八六）二月呈上の佐藤玄六郎による松本伊豆守への報告書による推定とされている。いずれにしろ、このあたりのクナシリ嶋初渡航の時期については不明確な状態である。但し、当時の最上徳内が、最初にその技量を公に発揮したのはこの時期であることは疑いない。

(六) アイノと赤人

登場人物

最上徳内　三十一歳　見分隊 竿取
青島俊蔵　三十四歳　見分隊普請役
山口鉄五郎　四十歳位　見分隊普請役
フリウェン　二十五歳位　蝦夷語の通訳
ツキノイ　四十歳位　クナシリ島の脇乙名
イコトイ　五十歳位　アッケシの乙名
マウテカアイノ　七十歳位　シャルシャムの乙名

イバヌシカ　三十歳位　赤人の通訳
イシュヨゾフ　三十三歳　赤人の代表者
サスノスコイ　二十八歳　赤人の同僚
ニケタ　二十八歳　赤人の従者（三丹人）

松前において越冬した東蝦夷地見分隊は、年明けの正月早々に活動を開始した。

天明六年（一七八六）一月下旬、山口鉄五郎・青島俊蔵の組では、知力、体力に優れているという噂が立っている竿取の最上徳内を先渡しとして松前を出発させた。またこの際、大石逸平もカラフト（唐太・樺太）への先駆けに選ばれている。

これに先立ち、山口、青島は連名で、松前藩士の案内役同行を辞退する決断をした。前年において、見分隊の東蝦夷地見分の進行がかなり阻害されたことを実感しているからだ。

徳内は山口、青島らに見込まれたことを有難迷惑に感じていたが、〝徳を内に養うこと、モ・カムイのご加護を信じよう〟との精神を思い出した。

徳内は東蝦夷地に詳しいアイノを案内に雇い、未だ雪で覆われて凍結している未開の陸路を単身で進む。若き日、故郷の出羽甑岳において、神仏習合の修験道修行を体験した心身の霊力がここで生きてくる。また、道中では東部各地のアイノとも交流し、海辺路や山峡の地理、アイノの食事、日常会話などを実践的に習得したのである。

こうして徳内はこの難路を無事に突破し、三月の初めようやくアッケシ（厚岸）に辿り着いた。アッケシでは、ここの総乙名で蝦夷地東北部の王者イコトイ、日本語に堪能な青年フリウェンなどの協力を得て、渡海用に改善した蝦夷船で海峡を渡り、三月二十日、無事クナシリ嶋のイショヤに着岸した。イショヤでは、クナシリの乙名サンキチ、脇乙名ツキノイに協力してもらいながら、平地に小屋を掛けて野宿した。

基地造成のため徳内が海岸一帯の岩場を探索していると、南側に面したある岩山に大きな裂け目を

図８　クナシリ總乙名・ツキノエ（貲吉諾）の肖像
（蠣崎波響画『夷酋列像』より）

発見した。そこを通り抜けた崖の中段のところには広場があって、その奥は洞窟となっている。その中はかなり広く、奥からは入口方向に向かって僅かに風が通ってくる。

——これは有難い場所を見つけた。

洞窟内には先人のいた気配は全くない。早速小屋掛けの場所からこの岩屋に移ることを、ツキノイに相談し実行した。洞窟内で煮炊きしても自然に煙が排出され、近くには山からの湧き水も流れ出ているという恵まれた天然窟だ。だが、ツキノイをはじめアイノは洞窟の中は好まないようだ。アイノ達は中の造作には手を貸したが、夜はアイノ部落へ帰る。昼間でも洞窟の中は居心地がよくないらしい。

——アイノは洞窟内ではカムイの神気が薄れてしまうのかも知れない。

徳内がそう考えて聞いてみた。

「岩屋は嫌いなのか……フリウェン」

フリウェンはただ頭を横に振るだけだ。彼のアイノ髭は薄く、どことなく和人の面影がある。

——アイノは習慣の違う和人の中にいるのが辛いだけだ。

フリウェンの方はそう思っている。しかし、それを言ってみても仕方がない。

ここに住み着いて数日後の朝、蝦夷の騒ぎ声に目を覚まし、広場に出てみると、東南に開いた視界の一面にはすべて流氷が漂っていた。北海から吹き寄せたのだ。

これではとても通船はできないので、徳内はしばらくの間クナシリ滞在を決意せざるを得ない。

蝦夷達は、この自然の与えた氷の舞台を逃すことはしない。流氷に飛び移りながらアシカ、アザラシなどを捕獲している。また、一団のアイノは山に登り赤熊を捕りに出かけるなど忙しい。彼らにとっては大切な収穫の時期なのだ。（注1）

アッケシから渡ってくる見分隊本隊員のための洞窟内基地を設営した徳内は、次に周辺の地形や海辺の状況などを点検した。

蝦夷船ならば砂浜での着船に問題はないが、貿易のための大型船着岸となると、岩礁が無く深度のある湾と船着き桟橋が必要となる。無論、以前から風避け場は山陰沖に設けてはいるが、艀での荷揚げでは作業効率が誠に悪いのだ。しかし、これはそう簡単に小人数でできる仕事ではない。

そうこうしているうちに三月の中旬になってしまい、総乙名イコトイは、松前からアッケシに到着した東蝦夷地見分隊員を蝦夷船で迎えに行き、クナシリ島の基地に案内してきた。

数隻の蝦夷船に守られ、徳内の改造船で島に上陸してきたのは、東蝦夷地班古参の普請役山口鉄五郎、同下役大塚小市郎および竿取、通弁など山口配下の数名だ。

山口は、渡海の後の真っ青な顔を徳内に向けてぼやく。

「いやあ……最上、おめぇさん改良の蚕船は確かに安全だがね、山のような大浪に揉まれた。目の奥がくらくらしている」

未だふらつきながら左右のこめかみを押さえている。

徳内には、この時の山口の三角顔が萎んだ蚕蛹《さんよう》のように見えた。船上では頭を水平に保ち、視点を近辺に止め、決して下を向いていてはいけないのが鉄則なのだ。

「お疲れ様でした。無事ご到着で何よりです」

そう言いながらも、直接上司の青島普請役が見えないのが従者としては気になっている。山口はそれに気付いたかのように、一度向こう向きに歩きかけたが振り返って言う。

「ああ……このたび青島殿は後発だ。五社丸が松前で補強されているからそれを待っている。恐らくこちらへ到着するのは四月初め頃だろう。それまではこっちの組の指揮下に入っていてくれ」

「そうですか……わかりました」

徳内は承知せざるを得ない立場だ。

——おかしいな……青島さんには何か他に意図があるぞ。

一同は、徳内の準備した洞窟基地には大変満足したようだ。その後、山口らは島周辺の港湾適地の見分を隈なく行い、交易の産品や交換方法などを検討していた。徳内もその一向に加わっている。

山口一行は、御用船に上乗《うわの》り（積み荷とともに船に乗った荷主代理）している青島を待ち、更にエトロフ（択捉）島、そして赤人のいそうなその先のラッコ島（ウルップ島）にまで向かうことを決め、その周辺を見届けることにしたいと考えている。

ところが、山口に松前の皆川からの船便連絡があって、〝本年も蝦夷地交易の試みを御用船で行うよう〟という江戸の指示書が届いたので、下役の大塚小市郎と小者がアッケシに帰り、交易指図に当たることとなった。

しかし、最大の問題は、赤人の動きを探ることだ。それが見分隊の最大の使命だからだ。できれば赤人を確かめるため、アイノを使って先島の様子を探りたいものだ。そんな意見も出ていた。

イショヤの洞窟基地の中では、今夜も和人一同が干し魚を肴にしてアイノの濁り酒を飲んでいるが、アイノ達は誰もいない。相変わらず部落へ引き上げているのだ。

小男が一人洞窟を出てきて、ふらつきながら広場の片隅へ向かう。赤い下三角の顔は普請役の山口だ。中段広場の縁に立って前を捲りひょいと腰を捻る。崖下は暗い海だが、すり簓《ささら》（竹の先を細かく割って束ねた民俗楽器）のような波の音がする。仰ぎ見ると、天上には満天の星が輝いている。

――天女でも降りてきそうな、神々しいほどの舞台だ。

最後にぶるっと身震いをして面を上げると、東の空に満月が輝いている。

「かがっぽい（まぶしい）」

――あっ、まずいなこれは……恐れ多いような場面だな。

山口は月光に何か霊気を感じたようだ。だが、人間はこういう瞬間にふと名案が浮かぶものらしい。先程得た徳内からの情報によると、クナシリの脇乙名ツキノイは、性格はやや剛直であるが、赤人の情報に詳しい人物であるということだ。

――待てよ、ここはラッコ島の赤人を先ずそのツキノイに探ってもらうことにしよう。こちらは安全を確かめてからだ。その交渉は最上に任せればいい。彼は何でもやってのける力があるようだからな、フッフッフ……。

山口には珍しく合点のいく発想が生まれてくる。

――何故か頭が冴えている。何かの御利益があったのかな、まさか、あの……。

クナシリ島の脇乙名ツキノイはイオシキエペレ（酔っ払い羆）という綽名があるほどの酒好きである。大きな太鼓腹を左右に揺すって歩く。体に厚司（あっし・アイヌの織った上衣）を巻いている。腕も脛も毛むくじゃらで、この大男の顔の殆どは黒髭に覆われている。口を開いた時にだけ真っ赤な舌と唇が僅かに見える。なるほど羆の口のようだ。

ツキノイは、クナシリ島では十八人もの妻妾を持ち、諸所に家を与えて住まわせている。これらの妾達に米と麹を配って濁り酒を造らせたり、オヒヤウという木の皮でアッシ布を織らせて衣服を縫わせ、生産する製品を集めて運上屋と交易している。実女という妻は夫の家にいて、家財の全体管理を行っているが、妾の存在は身内と同じ扱いとし、双方は互いに嫉妬することはなかった。むしろ夫の家に何かあればウタレ（身内・後に下人の意とも）として骨肉のように相親しんだ。

運上屋で請負人の飛騨屋久兵衛とは十年ほど前（安永四年・一七七五）に、酒に酔って飛騨屋の荷物を押領し、物議を醸したことがあるが、今はとてもそんな元気はない。

どこか体の具合でも悪いのか……、実はそのツキノイはいま無性に腹が立っているのだ。

額にまで密生した前髪、その直下に横一本の太眉、そこからは青黒い目玉が剥き出て左右に動いている。今までは東蝦夷地の厚岸、霧多布、国後と、西蝦夷地の宗谷場所は飛騨屋久兵衛の請負場所であって、ツキノイの生産品も含む交易が行われていたのだ。しかし、幕府のお試し交易試験によって、天明五年は各場所産品の半分が買い上げとなり、苫屋久兵衛の取り扱いに変更され、翌六年は東蝦夷地三場所のすべては苫屋にこの交易が代行されることとなった。ツキノイのような自家製品の交易には、飛騨屋久兵衛との今までの慣行となっていた厚遇や特典は全く無くなるのだ。

「シラポロレイ　シリクランデレ（むかついて　どうにもならん）」

――この鬱憤をどう晴らしてやろうか。うーむ、また今日も体に悪い酒になるだろうな。

飛騨国出身の飛騨屋久兵衛は、甲斐武田家の家臣を祖先としていたが、この縁は後の運命にも引き継がれてゆく。渡島蝦夷地の松前藩主となっている蠣崎家も武田氏ゆかりの系統だからだ。

飛騨国は天正十三年（一五八五）、金森長近が豊臣秀吉から三万八千七百石を高山藩所領として与えられ治めていたが、金銀鉱山、山林資源の豊富なことから、徳川幕府が飛騨国を収公し、金森氏は出羽国上山《かみのやま》に転封となった由来がある。

やや遡るが、江戸元禄期頃の城下町開発には建築資材となる膨大な木材が必要であった。その材木を扱う「木場材木問屋」の中に、紀伊国屋文左衛門を後ろ盾とした栖原屋角兵衛という人物がいた。江戸の栖原屋角兵衛は資材の木材を北国に求め、飛騨屋に資金を融通して奥州南部下北の大畑に出店させ、木材伐出拠点を構えた。この頃としては大英断であった。後に飛騨屋はこの栖原屋の後押しで、この拠点から対岸の蝦夷地松前に進出することとなる。

なお飛騨屋では、搬出木材は船積輸送の関係で、木目が通り節の少ない使い勝手のよい寸甫材《すんぽざい》として加工した。江戸の栖原屋がこれを商い材料としていたことは言うまでもない。また、金具加工の鍛冶屋を含むこれら木材搬出加工のための専門職人達は、概ね故郷の飛騨国から募り、下北大畑に移住させて厚遇し、同国出身者としての誇りを持たせた。

しばらくの時代、飛騨屋はとんとん拍子に事業が発展する。しかし、世の成行きは無常であって、いつまでも順風満帆で事は進んでくれないのだ。

二代目飛騨屋久兵衛（三十歳）は、初代から引き継いだ蝦夷檜伐採事業を拡大し、沙流《さる》、久寿里《くすり》（釧路）、厚岸、石狩、夕張、天塩などの地を独占的に経営した。しかし、寛保二年（一七四二）に亡くなり、息子（七歳）の後見役として縁者の今井所左衛門が登場して以来、栖原角兵衛の遠隔支配は滞りがちになり、そこにはお定まりの飛騨屋の事業を狙う人物がいろいろと登場することとなっていく。

ここでその人物達の舞台や役柄を述べている余裕はないが、その後の経過で目立った役者となったのは、南部下北大畑店使用人嘉右衛門、松前藩家老蠣崎佐士、目付湊源左衛門、桧山奉行明石半蔵、江戸材木商新宮屋久右衛門などである。この間伐採事業からの一時撤退、嘉右衛門の横領一件、藩との軋轢等々多くの困難にも遭遇し、飛騨屋の罫線表には浮き沈みもあった。

しかし、算盤勘定の結果として、財政難の松前藩が安永三年（一七七四）までに飛騨屋から借り入れた総金額は八千百八十三両となっていた。この引き当てとして藩領の絵鞆《えとも》、厚岸、霧多布、国後、宗谷などが飛騨屋「場所」請負となったのである。

三月二十七日、流氷が融けるのを待っていたかのように一艘の蝦夷船がイショヤから船出した。厚岸の乙名イコトイの猟船（チップ）だ。

船の中の四隅には漕ぎ手の四名の屈強なアイノ男がいる。アッシ織の鉢巻き、筒袖で羽織のような皮製の波除上衣を着て、帯のような皮紐を締めている。また、両脚の膝下は毛むくじゃらの素足にオテレキという皮の長靴を履いている。

船の舳先《へさき》には濃い髭面のツキノイ、後方の艫《とも》には優しい髭の青年フリウェン、そのアイノ達の真中には大きな体格で髪も髭も長く垂らした総乙名のイコトイがあぐらを組んでいる。毛玉のような大きな髪の塊からは耳と鼻先が僅かに見える。

その横に才槌頭のシャモ（和人）が一人座って居る。竿取の最上徳内だ。この度は普請役の山口から先島のエトロフ（択捉島）、ラッコ（ウルップ島）の赤人渡来調査を命ぜられた。先導役にはクナシリ脇乙名ツキノイと通詞役としてフリウェンが従っている。また、ツキノイの見届御用についても、その説得に指名された。苦虫を潰したようなその時の山口の顔とその分厚い唇が頭に残る。

――出る釘は打たれるか。

徳内は今までの「積極」行動を自戒し、活動段階を切り替えて「漸進」に流儀を低下させることにした。目立たない方が有利なのだ。しかしこの度の矢は既に放たれている。もう遅いのだ。

――今はやるしかない。

数日の後、フリウェンから最近ツキノイの元気がないという情報を入手したので、彼を伴ってその住まいを訪れた。フリウェンの知り合いの蝦夷に頼んで、所有していた干し鹿肉を徳内が密かに持参していた煙草と交換し、ツキノイの養生見舞いとしてフリウェンに持たせている。

「シラポロレイ　シリクランデ」

ツキノイの言うこの言葉の本意についてよく聞いてみると、飛騨屋からの慣行となっていた取引上の特別待遇が苦屋で打ち切られていることを知った。

「エラマン　ペ（わかるよ）、ネコン　カ（何とかする）……俺の上司に頼んでみる。安心してくれ」

今度の仕事を無事終了してから、近く来島する上司の青島普請役に依頼して、苫屋に必ず飛騨屋慣行を守るよう約束させることをツキノイに誓った。

徳内はフリウェンの通詞と、岬亭で松井一郎から貰ったアイノ語帖を参照しながらツキノイとの話をつけた。こうした徳内の実直な熱意ある説得にツキノイは応じたのだ。

蝦夷船はイショヤを出て、クナシリ島南岸を東に向い、アトイヤ岬を左に見て進む。クナシリ（国後）島、エトロフ（択捉）島の間には国後水道の海流があるが、アイノ船はこれを独特の舟歌を唄って乗り越える。

この時、真中のイコトイが髪を振りながら突然唸り声を出した。

「ウオウー、ウフウー……」

狼の吠える声らしい。何らかの合図だろう。

舳先のツキノイが進行方向に姿勢を正し、鬢《びん》の毛を整え、髭を撫でてから合掌し、太い音声を発している。

「啞々々々ー、牟々々々ー（アアアアー、ムムムムー）」

神の御前に居ますとの意だ。アイノ一同はそこで一瞬頭を伏せる。ツキノイが高音で音頭を執る。

「ケッケー、ケッケー、ケ、ケーエ……（いざ、いざ、いざー）」

今度は一同がキッとして頭を立て、進行方向を向く。ツキノイは拳を握り臂を曲げ、脇下を打ちながら唄う。

「ランマー（いつも）……ムイ（神）、アイイーネェー（常に）……ウコラチ（同じ）ヤイガタ　ショモキノ（恐れ無くして）、モイレノドウー　オオ　アーリィーキィー（後に続け）」

ここで繰り返す本歌となる。本歌の後は一同が声を揃えて唱和する。

「ケ、ケーエ、ケ、ケーエ　ケ、ゥ、ケーエ（いざ、いざ　いざー）」

それにつられていつの間にか徳内の口も動いていた。

この舟歌を繰り返しながら蝦夷船は波を越えてゆく。

こうして四月十八日には列島一の大きな島エトロフ島に無事着岸し、この島の西岸に沿い、ゆすり立つ波の岩礁を避けながら北に進む。

五月四日の朝方、内保《ないぼ》というところに着いて一泊し、翌日の午後にはシャルシャムに到着した。

シャルシャムの乙名マウテカアイノは厚岸の乙名イコトイの舅だ。既に髪は白い。小男だが顔は大きく両眼は白眉の下に窪んでいる。この聟とは久し振りの面談となるので「対面の礼」を行うことになった。

それから蝦夷が大勢集まって来て小屋の外で酒宴が始まった。砂地に枝を組んだ台を置いて、干し魚や濁り酒が振舞われている。乙名の婿殿が来島したことを祝っての饗応だという。また、村々からも女子供まで大勢が徳内を見学に集まっている。この島にシャモ（和人）が訪れるのは三十前（宝暦六年・一七五六）の堀川屋の手船漂着（注2）以来の事で珍しいのであろう。

そのうちに徳内は、この宴席の隅の方で頭巾（帽子）を被った背の高い一塊《ひとかたまり》がいることに気付いた。

そのうちで頭巾の下の桃色の顔の二人が他のアイノ顔とは違う。

――あれは赤人じゃあないのか。

傍に寄ってゆくと彼らの一人は頭巾（帽子）を脱いで手を差し出した。がっしりした体格で、風貌は江戸長崎屋の窓際で見たことのある江戸参府のオランダ人と同じだ。

「イドニンカリ　ヤイショコレ（会えてうれしいです）」

その赤人はアイノ語でそう挨拶を言い、呆然としている徳内の手を握ってくる。他の二人も同じように頭巾を取って手を出した。オランダと同じ彼らの挨拶だろう。

徳内にはどうも合点がいかない。

――島の西北部にあるシャルシャムにオロシヤ国の人物（松前では赤人と称す）が何故居住しているのか。

「何処から来たのかな……」

徳内が呟いた。

すると鷲鼻の赤人は、ロシヤ語でイバヌシカに何か喋っている。

「ダー　ダー　ヤー　バニィラ（ええ、ええ、わかりました）」

彼らに付いていたイバヌシカがそう言って頷いた。彼らは天明五年の夏、赤人の船でウルップ島（ラッコ島）に来航したが、仲間内に争いが起こり、三名が山中に逃れたため帰還の乗船に乗れなくなり、置き去りとなったという。やむを得ずこうして蝦夷に世話を受けていると述べているが、その後、アイノに連行されてこちらに来島しているらしい。

――本当に置き去りにされたのか、はたまた猿芝居の一幕か……。

しかし、彼らは現実にこうしてアイノと生活を共にしている。この地の蝦夷人イバヌシカは、既に赤人の言葉を習得していて蝦夷人との通詞を行っている。また、今では彼は赤人からホオナンセと呼ばれているという。恐らく彼らの信じる耶蘇教（キリスト教）にも入信しているのだろう。

——赤人の蝦夷地への侵入と蝦夷人との交際術は誠に見事なものだな。本日ここに姿を現したのも何かの算段があるのかな。

徳内は少なからず驚きまた脅威を感じた。

——しかし負けるわけにはいかんぞ。

徳内は覚悟を新たに、窪んだ眼を大きく見開いて自分を指さしする。大きな耳たぶが真っ赤だ。

「アノカイ（私の）……レ（名前）……モガミ（最上）トクナイ（徳内）。タン……シャモ（こちらは日本人）。チチコルレへ　ネコナ（其方の名は何と）」

今度は徳内が赤人にたどたどしいアイノ語で問う。

「アイノイタク　イラモシカレ（アイノ語はあまり知らないのでね）。イズヴィニィーチェ　ミニャー（ごめんなさいよ）」

一番大きな赤人はアイノ語と母国語で答えるが、自分の鷲鼻に指を当てて名乗る。

「イジュヨゾフ……。サスノスコイ……、ニケタ」

ついでに指を二人に向けてその名も告げると、その一人サスノスコイは髭の伸びた顎を引いて目礼した。もう一人はイジュヨゾフの従者で山丹人らしい。頭髪の薄い頭をペコリと下げた。

そこへ小屋の方から大男のイコトイが数名のお供を引きつれて現れ、こちらへ向かってくる姿が見えた。その中にはフリウェンもいる。こちらの赤人達を探していたらしい。すると、赤人達は慌てた様子でイバヌシカを通して徳内に告げた。

「（今度、我々のいる所、来てくれ、歓迎する）」

そう言って頭巾を被る。

四人はイトコイの従者に促されてそそくさと小屋の方向へ向かった。イコトイは獅子のたてがみのように生えた頭髪の中から太い声を出してフリウェンに何かを指示した。通訳を頼んだようだ。殆ど単語の羅列だが意味は通じる。

「赤人、別の小屋に預かっている」

徳内は同様に単語を並べて返事をした。

「有難う、後で、赤人を尋ねる」

徳内にはラッコ島の事情が分からない。

――ツキノイはラッコ島に赤人の様子を見に行くことになっているが、赤人はこのシャルシャムにいる。おかしいな。

徳内はこの時それを知らなかったが、ウルップ島（ラッコ島）における赤人と蝦夷人には過去に争いの歴史（注3）があった。しかし、今は互いに連携していたのだ。

実はウルップ島には既に赤人の入会権《いりあい》が成立していて、内密の共同猟場となっていた。そしてウルップ島以北の列島はもう赤人が領有していたわけだ。更に赤人は、次第に蝦夷人を圧迫し、草刈り場の範囲を南に拡大してきている。

徳内は普請役山口鉄五郎のエトロフ島到着を待っていたが、五月の中旬になってようやく彼と小者がクナシリ島来島の時と同じように多数の蝦夷船に守られてやってきた。

――魚の乗っ込みの場でもないのにな、大袈裟なことだ。

徳内は苦笑いを押さえて出迎えた。ツキノイからの情報では、現在ウルップ島には赤人は誰もいないという連絡がイコトイにあったようだ。山口にも連絡が届いたのであろう。

その後、イコトイの進言もあり、山口はエトロフ島見分を後回しにして、南風のある今、ウルップ島に渡ることとなった。船は大型の丸木を穿ち底とした扇帆《せんはん》（扇型の帆）船だ。弓・矢（クウ・アイ）で武装した蝦夷人を乗せた数十隻の蝦夷船が、警護のために周りを取り囲んでいる。

山口はイコトイの勧めもあり、ウルップ島は小さい島ということなので島を一巡りして海上から船で巡察することにした。

――ここまで来て一歩も島に足跡を残せないのか。

徳内は山口に海辺の深度計測を願い出てみた。山口は巡検船運航のための海辺調査という理由を断れない。徳内は数名の測定助手を伴い、別の小舟に移り海辺の深さなどを計測しながら岩陰の海辺に上陸した。四方を見ると蝦夷人があちこちに数人いたが、誰かに指示されているらしく誰もこちらには近寄って来なかった。そして今は視界に赤人の影はない。

巡検船は徳内の調査を待って、早々にエトロフ島へ帰島した。まるで泥棒猫が隣りの家に忍び込んだような落ち着かない巡察だった。この間、イコトイは赤人船団の襲撃を大変恐れていたらしい。経験上赤人達の自身の権益を守る強硬態度には相当に懲りているのだろう。

山口はこの辺の事情には無頓着で気楽なものだ。

エトロフの場所小屋には、この度のイコトイら蝦夷人の働きを称えるため、関連者を大勢招待した宴を開き、蝦夷人には酒、煙草、米など土産物を与えて解散した。

一方、普請役青島俊蔵は御用船五社丸に上乗り《うわのり》（積み荷とともに船に乗ること）して、四月の下旬に松前港を出港した。僚船自在丸も従っている。五月初めにはキイタップに着船して船舶を交易に就かせ、蝦夷船に乗り換えてクナシリに向かった。

上陸したクナシリ島ケラムイ岬の泊りにある場所小屋では、ちょうどウルップ島を巡回調査した後にエトロフ島から帰島してきた山口鉄五郎と自身付の竿取最上徳内と出会った。

「やあ、久しぶりですな。元気ですか……」

大きな体を二人に寄せてきて肩を叩く。声も大きい。

「山口殿ご苦労でした。松前藩との話し合いが長引きましてね、遅れましたよ。あちらには公儀の蝦夷地お試し貿易で不利にならないような画策がありますね。ええ、どうも私は彼らにだいぶ恨まれているようです」

山口は青島の言葉を受けて大きな耳を赤めて言う。分厚い唇からは大粒の飛沫が飛ぶ。

「いやー、こちらは東の荒海で蝦夷船に揉まれてた。もう勘弁だよ。眩暈《めまい》が止まらないで困っている。こちらさんは金仏《かなぶつ》（金属製の仏像）で何ともないようだが」

山口は徳内を指さして言う。

――金仏と言われたのは初めてだが。

徳内は才槌頭を回してみてそうかなと思う。青島は先発者達の巡廻状況を聞き、

「最上よ、ご苦労だが、またエトロフに渡って赤人の探索を続けてくれないかな。有司としてクナシリへ行ってね、彼らを連れてきてもらいたいのだ」

——隣の家へ行くような気軽さだな。雇いの竿取でも果たして公儀の有司と扱われるかな……まあどうでもいいが、ツキノイとの約束の件をこの際伺い出てみよう。

徳内は金仏と言われた大きな頭を下げ、

「実は山口殿に頼まれましてね、アイノのツキノイをウルップ島探索に先行してもらいました。これをツキノイは快く引き受けましたが、一つ願い事を取り次いでくれと頼まれた一件があります」

青島は上陸したばかりで疲れているせいかあまり落ち着きがない。徳内の話をふむふむと頷きながら一応は聞いたが、体を揺すって急かすような口調で言う。

「ああ、要するに飛騨屋との慣行を苫屋にも継続してもらいたいということだな。苫屋のクナシリ運上屋には話をしてみるがね、彼らと蝦夷人との仲立ちはできないよ。我ら公儀のお試し貿易もこれからだからな……。ま、安請け合いは禁物なんでね」

そう言ってそそくさと離れて行った。徳内は梯子を外されたような気分がした。

五月の終わり頃、徳内はイコトイに蝦夷船での案内を頼みクナシリを出発した。前と同じように荒波を越えてエトロフ島に着岸し、西海岸を北に進む。ナイホに着船して一休みの後シャルシャルムに向かい、岸に着くと蝦夷人が大勢出迎えていた。蝦夷の村々を連絡する何かの仕掛けがあるらしい。

何とその中には赤人も立っているではないか。

徳内はイコトイに頼んで浜辺に掘建て小屋を設け、そこに赤人達を呼んだ。彼らに付いている通詞役のイヌバシカも一緒だ。こちらには蝦夷通詞のフリウェンもいる。徳内が挨拶の後で胸を張り、

「本日は大公儀役人としての公務による面談である」

そう告げたが、通訳自身が言葉を理解できない。

「こちらはこの国の役人だが尋ねることがある（アラスチーチェ、モージナ ヴァス）」

そう言い直すと、フリウェンからイヌバシカ、そしてようやく彼らに徳内の意図が伝えられた。

彼らは一瞬緊張したが、質問には素直に応じた。

彼らの出身地・氏名・年齢を尋ねると左記の通りであった。

・代表者　イルクッコイ之産
　シメオン・トロヘイイシュ・イジュヨゾフ（三十三歳）
・同　僚　オホツコイ之産
　イワン・エンコーイシュ・サスノスコイ（二十八歳）
・イジュヨゾフ従者　ネルチェンスコイ之産
　ニケタ（二十八歳）

そこで徳内は、代表者と同僚、従者の三人にはクナシリ島の上司による尋問があることを告げた。

二ヵ国語の通詞は、フリウェンが日本語を蝦夷語にし、それをイバヌシカを通じて赤人語に直すことで何とか意思が伝達されている。概ね単語の羅列だ。

次に徳内は、外国人は日本国の国法で島での居住は許されず、早々に国外へ退去させられることを

述べる。

「日本国、法律、外人、島、居る、駄目、本国、送還」

フリウェン―イバヌシカ―イジュヨゾフと単語が流れる。

イジュヨゾフはこれを聞いて両手を広げ、首を振りながら早口で言う。

「ク　サジゥィリェーニィユ　エータ　ニヴァズモージナ（残念だがそれは不可能だ）」

イバヌシカは意味がわからず、真似して首を振るだけだ。同僚のサスノスコイは片手で顎髭をしごきながら青い目を大きく広げ、イジュヨゾフに続いて言う。

「ダー　ラードナ……イポーニツ　プラホーイ　シュチーチ。イフ　ホドバイ　カグダ　ヤ　ベルモン　ダモーイ（まさか……日本人の悪い冗談だろう。殺されるぞ、帰れば）」

サスノスコイはゆっくりと発語している。最後の「殺される」のところでは、念を入れて自分の喉ぼとけに右手指を揃えて水平に当てている。首を斬られるという仕草だろう。

サスノスコイ―イバヌシカ―フリウェン……訳語が進むほど簡略化されて徳内へと伝えられる。

この時イバヌシカのところで「アン　ライケ（殺される）」というアイノ語を聞いたイコトイの頭がぐっと上がり、その獅子頭が深く頷いて見せる。徳内に何かの注意を促しているようだ。

徳内の現在の立場を考えるとただ一人だけの国の役人だ。場合によっては赤人から殺されることも考えられるからだろう。今までも互いに無勢の時はそのような事件があったのだ。

徳内はこの場の緊張感を敏感に察知し、ここで王将を雪隠詰めにしてはいけないと思った。

「まあ、また明日話をしよう。今日はここで終わりにしたい……。皆で飯でも食べようか」

徳内はそう言って今日の質問を中断した。そしてイコトイ、フリウェンなどに頼んで飯を炊いてもらった。持参している干し肉、干し魚などを焼き、酒を用意して赤人達を接待した。

「フクースヌイ　フクースヌイ（うまい　うまい）」

そう言いながら彼らも喜んで飲んだり食べたりしている。前にも逢っているので親しみもあるのであろう。

翌日、イコトイの強い助言もあって、徳内は赤人の本国送還はすぐに行わないという約束でクナシリ島行きを説得した。それより前に、イコトイは額を覆う長い髪を左右に分けて徳内本人を説得していた。通詞のフリウェンが訳した大要は次のような意味である
「先ず、これから俺の言うことはクナシリの上司には内緒にしてくれ。これからはあんたの誠実さに賭けてみたい。実はこちらに来ている赤人と我らアイノはな、ラッコ島の平和共同漁労の約束を結んでいる。彼らがここにいるのは多分何か残りの役目があるのだろう、計画的にな。しかし、あまりこちらが急ぐと赤人本隊が動いてくるだろう。それではまた争いになる。赤人は、列島の南方面への進出が目的だからな。この度はその切っ掛けを作るのが目的だかもしれない。俺たちの祖先が同じ目に遭っているからわかるのだ。挑発に乗ってはいけない。俺達の祖先は、カムサッカまでの島々の大酋長だった。赤人もそれをよく知っていて、それなりの礼儀をわきまえて行動している。だから今、俺がこうしてシャモとの仲介ができるのだ。赤人との話し合いは、シャモと赤人の双方が同じ人間として話をすることができるかな。上下の身分を越えて。赤人は少し気性は荒っぽいが人情には脆い。こちら側が同等の立場を採って話せば、彼らは必ず素直に応じてくれるだろう。威嚇的な態度は却っ

て反発を招くのだ。わかってくれないか」

徳内は、アイノの総乙名イトコイの真っ当な話に、最上という名は彼らのモ・カムイ（鎮める神）でもある。これはイトコイの言葉を借りた神のお諭しかもしれない、と思った。

その赤人達三人を伴ってクナシリ島に帰島したのは六月の初めであった。赤人との会談は陣屋小屋の座敷で行われた。

普請役の山口鉄五郎、青島俊蔵、赤人のイジュヨゾフ、サスノスコイ、従者ニケタ、総乙名イコトイ、両脇には通詞役のフリウェン、イバヌシカが両脇に控えている。

イジュヨゾフは唐木木綿裏皮の上衣に猟虎皮の股引、サスノスコイは羅紗の股引きに木綿の上衣、ニケタは上下木綿という恰好をしている。三者は羅紗靴を履いたままだ。彼らの流儀なのだ。

この三者を国内不法侵入者としての取り調べとはせず、海難事故遭難者として人道的な扱いを行ったことは、イトコイの頼みを徳内が青島、山口に必死に頼み、その条件を飲んでもらったことによるものだ。

「この列島をなす島々を和国領土として隣国が未だ認識している状態ではないとしても、従来からアイノ達が暮らしていたことは歴史的な事実だ。また、その蝦夷地領を公儀（徳川幕府）から預かっているのが松前藩である」

そうではないのかと主張して山口は相当抵抗した。

青島はそれが正論ではあろうが、

「今ここは、ただの外国人遭難者を披見する場としておいて、イトコイの顔を立ててやった方が我らも無難だろう。アイノと争いを起こせばこちらは不利な立場ではないのか」

という青島の意見で、山口は不承不承応じているのだ。

座敷前の三和土には、徳内その他関係者一同が莫蓙を敷いて胡坐をかいて控えている。

ふと徳内は横腹をそっと突く指先を感じた。何気なく後ろを見ると、そこに丸顔の山下通詞見習いがいた。彼は人差し指を口に当てて言った。

「しっ……後で」

会見では一切を青島が取り仕切り、山口は三角顔で素知らぬ風情のだんまりを決め込む。会見の内容は徳内の尋問の時と変わらない。通詞を煩わせて無意味な応答が繰り返されただけであった。赤人達の海難事故証明が不明確なのだ。遭難時の模様などは何もわからなかったし、赤人達は終始ニコニコ顔をしていたが、こちら側が参考になるような証言は何も述べず、実際に遭難して助けられた人物とは思えないほど陽気な態度で応対している。彼らの意向としては海難事故の遭難者としてではなく、

「本国へ戻るのは危険なので、できれば長崎に移動させてもらいたい。オランダ船に頼んで欧州方面に退去したい」

青島はこうした代表イジュヨゾフの申し出には応じなかった。これでは亡命者ということになる。隣国の人間として同情はするが、この場で勝手に入国を認めるわけにはいかないのだ。

徳内も同様にこれは赤人の甚だ虫のいい話で、こちらが赤人国逃亡者幇助になりかねない。また、幕府がとてもこれに応じるわけがないと思った。

しかし青島俊蔵と最上徳内にとっては、ここで赤人と応対した会見の場が、後日遭遇する苛酷な運

命の震源となっていく。

徳内の後ろにいた山下はいつの間にか消えたようにいなくなっていた。


東蝦夷地見分班の責任者として、普請役山口、青島らには役目上先々の島のいくつかは実際に見分しなければならない役割が残っていたので、いつまでも赤人に関わっているというわけにはいかない。隣の大きなエトロフ島見分だけでも大仕事であり、時期的にも早く終わらせる必要があった。

山口、青島の相談で、この赤人達三人をクナシリ島に残し、最上徳内に看視させながら説得させ、できれば赤人達を早々にカムサスカ方面へ退去させるのが上策という結論となった。

それから七月の終り頃まで、徳内には生涯またとないクナシリ島での赤人との共同生活となった。

徳内は、最初は残っていたフリウェンも交えて赤人語の単語帳を必死に製作し、日常会話には数日で困ることが殆どなくなっていた。だが、事態は急速に変転することになる。

ある日、イジュヨゾフと海岸を散歩して赤人語の初歩会話を練習していた時のことだ。イジュヨゾフから徳内が仰天するような言葉をかけられた。

「徳内さん、あなたにだけは特別な話がある」

何と日本語ではないか。

徳内はのけぞって気絶するほど驚いた。立ち止まって相手を見つめ、

「イジュヨゾフさん、あんたは日本語ができたのか」

イジュヨゾフは腰を屈めて手の平を徳内に向け、

「ああ、ごめんなさい……。最後まで黙っていようかと思っていたが、あなたは誠実な方だ。秘密を守ることができると思う。だからお互いに情報を分かちたいのだ。実は、サスノスコイも長い間日本語の教育を受けている。ニケタは未だ少しだけだが」

徳内は才槌頭を振って言葉を振り出す。

「驚いたな、これには……」

イジュヨゾフは左右の眉を寄せて言う。

「徳内さん、約束できるかな、秘密を共有することを……。時間がないのだ。ああ、日本語では刻限かな、彼らがウルップ島から帰ってくる前に大事なことを話し合っておきたい」

向こうからサスノスコイがやってくるのが見えた。イジュヨゾフはそれを待っていたのだろう。

――断れば二人に襲われることもあり得る。

徳内は背筋が寒くなるような気分がした。腕をこまねいて目を瞑る。

――赤人は互いの秘密を共有すると言っている。こちらには特に秘密はないが、相手には山ほどあるだろう。格言にもある。〝虎穴に入らずんば虎児を得ず〟。

アイノから貰った徳内の猟虎皮の靴が砂地を後ろへ蹴っている。この動物的な仕草は徳内が何かを決心した証拠だ。徳内は目を開いてイジュヨゾフをじっと見詰めた。

「そうか……わかった。もう考える余地はないようだ。秘密を守ることにしよう。お互いのだ」

そう答えると、イジュヨゾフがすっと寄ってきて大きな手を差し出した。

「スパスィーバ（ありがとう）」

男の約束を交わす握手を求めたのだ。

天明六年（一七八六）八月の始め頃、山口と青島がエトロフ島の見分を終えてクナシリに帰島したが、両人ともあまり元気がない。

エトロフの総乙名マウテカアイノ、クナシリの乙名イコトイ、アッケシの総乙名イコトイらの勧めがあり、ウルップ島以北の見分はできなかったらしい。

今となっては島の名前も赤人領に変えられていて、無理に船舶を連ねて渡航すると紛争になり、赤人が武力で衝突してくることもあり得ると判断したためだ。

そんな影響もあって、山口、青島の二人は最上に預けた赤人達をカムサカス方面へ即刻退去させることにした。青木は何故か難しい顔をしていたが、山口は子供を諭すような口調で最上に告げた。

「あのね、あまり難しく考えないでね、彼らには何か欲しいものを持たせて早く帰ってもらえばいいのだ。エトロフから連れてきたのだからな。とりあえず元のアイノに戻してくれないか。後はアイノがカムサカス方面に動かす工夫をするだろうからな」

――何だか調子のいいことを言ってるが、竿取の俺よりも自分で赤人を説得したらどうだろう。

最上は既に赤人達とは相談ができていた。

イジュヨゾフの話では、エトロフからはカムサスカの北方にチヨウキチ国という赤人国ではない国がある。先ずはそこに向かう予定だという。その国を経由して欧州へ向かうらしい。

「最上さんよ、日本国にはもっと用事があったのだが残念だ。今回もしもだ、あんたが国外に出て欧州方面へ行きたいならば、一緒に連れて行くよ」

イジュヨゾフの誘いには徳内も一瞬心が揺らいだが、今回逃亡者となるのは未だ早いので、また別の機会にしたい、と言って断った。

「ああ、そう……。ではね、俺が持っている赤人国通行証を渡しておくから、出国可能な時に使ってくれ。何時になるかわからないが、先方に落ち着いたらオランダ船に頼んで居場所を知らせる。約束するよ」

「有難う。また逢えるといいね」

徳内はこの通行証を有難く受け取り、

「これは記念に私が彫った熊だ。適当に分けてくれ」

三人には運上屋にあった古材を丸彫りした熊の三体（座・立・歩）を手渡した。

何日か同居生活をして友情を持ち合っていた赤人達と徳内は、互いに抱き合って涙を流し別れを告げたが、イジュヨゾフらとの約束は将来どのようになるのであろう。

山口、青木の前では、赤人達は徳内の説得にしぶしぶ納得した形で退去を承諾し、蝦夷船に乗ってエトロフ島に送られていった。彼らの目指す国はその遥か彼方だが……。

その蝦夷船の中には徳内にとってもう一人、別れ難い蝦夷人がいた。蝦夷語通訳のフリウェンだ。

徳内がしばらく前に聞いてみたことがある。

「フリウェン、おまえの顔は日本人に近いし、日本語も上手だ。俺は不思議に思っているのだ……お前さんの身の上だよ。決して口外しないので、差支えなければ聞かせてくれないか」

フリウェンはしばらく黙って俯いていたが、

「私の父親ははじめ源五郎という奥陸奥の日本人船乗りでしたが、こちらでアイノと知り合いになり、山や沢を渡り歩くようになりました。そのアイノ達と何かを探していたようですがわかりません。ある日、アイノの話では父は険しい山で遭難し亡くなったそうです。母はこちらのアイノ人の娘でしたが、私を生んで間もなく亡くなってしまいました。私は孤児になったのです……。孤児の私を育ててくれたのは松前に住む日本人の一家ですが、ある事件に巻き込まれて二人は亡くなりました。親に縁がなかったというわけです。これが父の源五郎が母に置いていったという唯一の形見です」

フリウェンはそう言って腰に付けていた黒い皮の小袋を見せてくれた。袋の口は紐で固く括ってあり、紐の先には根付（留め具）が付いている。象牙細工の大黒様だ。

「形見の袋を開いたのか」

「いいえ、袋を開くと父母との絆が消えてしまいそうで……。でも重みがあるので小石のようなものですよ」

「父母の想いがその中に永遠に閉じ込められていることを考えると悲しいな。親達はいつの日かその軛《くびき》（束縛）から開放される時が来ると願っていた。私はそう思うがね……フリウェン」

「確かにそうですね、私もそう思います」

「どうだ、私が立会人になる。ここで一緒に拝見させてくれるかな」

「ええ、お願いします。では開けてみます」

フリウェンが永年解いていないらしい堅い結び目を爪の先で丹念にほぐして袋の口を広げる。すると、中からパッと目を射る光が射した。

「うわっ、小粒だが金塊だ」

フリウェンの顔が一瞬輝いた。父母の想いが乗り移ったのかも知れない。

「親父さんは、何処かで金鉱を見付けたのかも知れないぞ」

徳内は、これは個人のみならず国としても重要な事実を秘める発見だと感じた。

「徳内さん、いつの日か私と一緒にこの袋の謎を探してくれますか。お願いします」

フリウェンは希望に胸を膨らませて父母の宝物をしっかりと両手に包む。徳内はこうしてフリウェンと宝探しの約束を交わした。

徳内もこのあとすぐ山口、青木らに引率され、イトコイが仕立てた蝦夷船に乗ってアッケシに向かった。

蝦夷船団に守られて荒海を進む船中、徳内の心中には、

――決死隊の覚悟で一緒に出発し、その後会っていない大石逸平さんは今頃どうしているのかな。

〝シラポロレイ シリクランデレ〟と言っていたツキノイとの約束は未だ果たせてはいない……。

別れてきた人々への忘れがたき想いと、幾つかの果たすべき約束事が複雑に交錯していたのである。

（注1） 射殺した熊は肉を分け、首に皮を付けて神楽獅子のように背負い、女蝦夷の出迎える中を、哺々哺々（ほほ・ほほ）と笑いながら喜ぶゴゴキセという獲物揚げの歌声を挙げて帰る。霊獣である熊の霊は魂魄として残ると信じられている。蝦夷はこれを尊崇する意味で、その皮付きの熊の首は丸木小屋の北隅（ソパ・神窓）から

部屋に入れる。これに供物を供えて拝礼して祭り、集落の蝦夷全員がその肉を食す。この振舞いが終わるとその頭骨を祀って神とする。もし熊に児があれば、飼育して寵愛し、秋の末の漁業仕舞で法に定めた方法で熊を殺し、酒宴を開いて「イヨウマンデ」（イヨマンテ・狩猟民族の物送りの意）という大祭礼の熊祭りを執り行う。（参照『蝦夷草紙』）

（注2）宝暦六年丙子（一七五六）二月七日、伊豆国浦賀の湊から出帆した紀荔園村堀川屋八右衛門の手船沖船頭友右衛門が難風に逢い、五月十七日エトロフ島の西南地の海辺に漂着した。船頭友右衛門が漂着してから最上徳内が来島するまでの三十年間は日本人は上陸していなかったという。この地には、クナシリ島に渡船する時の日和待所としてアドイヤ、ペレタルベという所がある。またその北方には蝦夷村モヨロ（最寄）があり、ここの乙名はクテンルトである。（参照『蝦夷草紙』）

（注3）明和辛卯八年（一七七一）ウルップ島（ラッコ島）で猟虎（ラッコ）猟を行っていた蝦夷人に、大船に乗った八十人余りの赤人が突然襲ってきた。赤人達は鉄砲で蝦夷人を脅して猟場を荒らしたうえに、蝦夷人の捕えた猟虎をも没収した。クナシリの乙名サンキチ、ツキノイ、エトロフの総乙名マウテカアイノ、アッケシの総乙名イコトイなどが相談し、翌年の安永元年、五十余艘の船に数百人が乗り込んで赤人を待ち伏せ攻撃した。双方に死者、負傷者が出たが、赤人は蝦夷勢に撃退された。安永二年（一七七三）、赤人はウルップ島以北の島に住む蝦夷人を仲介者とし、講和を望んで交渉してきた。そこで蝦夷人も猟場の平和的共有を条件に話し合いを決着させることにしたのだ。これ以来、赤人のウルップ島入会権が成立して共同猟場になっているという（参照『天明蝦夷探検始末記』）。

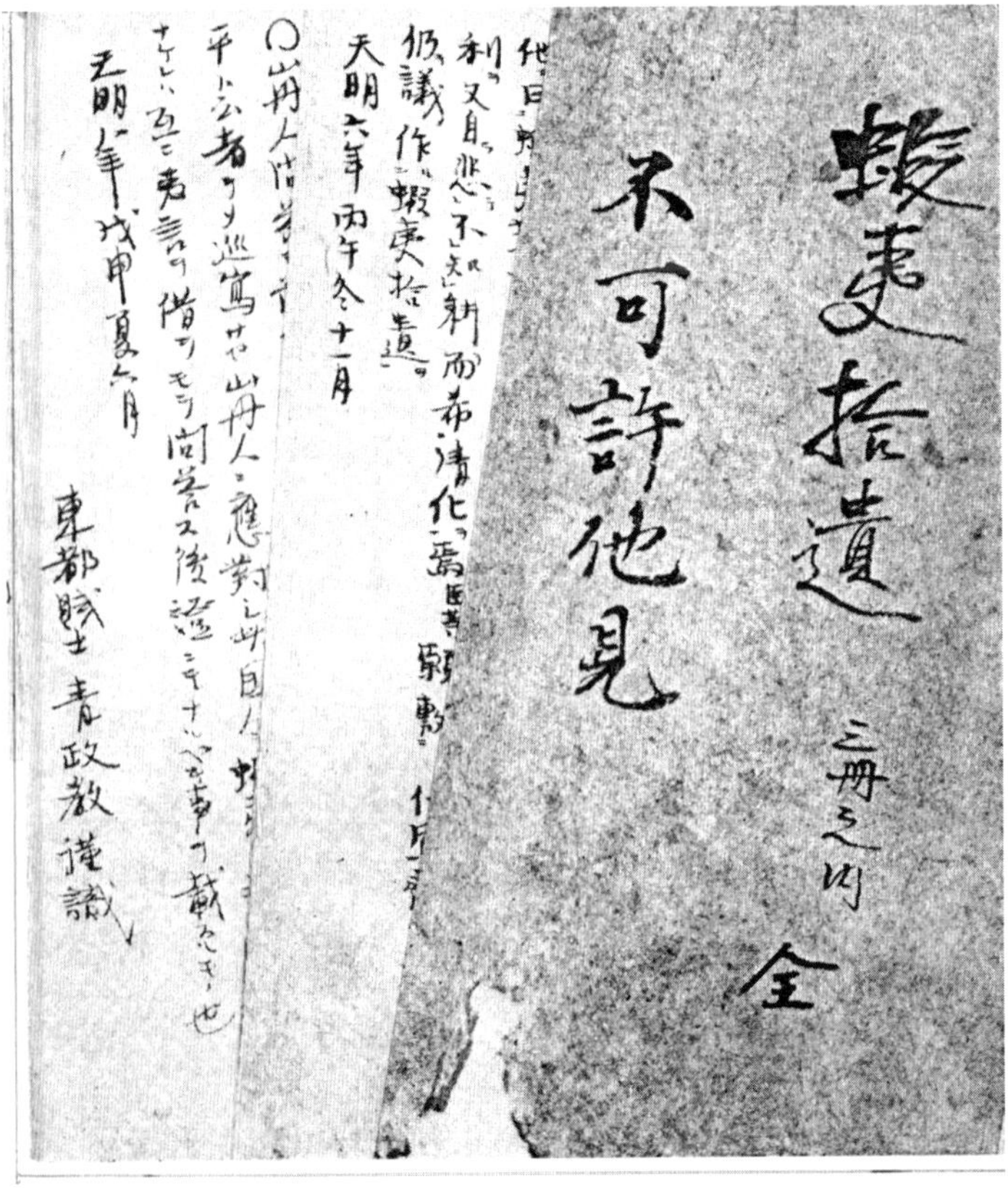

図9　『蝦夷拾遺』青島俊蔵改訂本
（照井壮助著『天明蝦夷探検始末記』より）

(七) 幻本『蝦夷拾遺』

登場人物

大石逸平　三十歳　見分隊普請役下役

山口鉄太郎　四十歳位　見分隊普請役

皆川沖右衛門　四十三歳　見分隊普請役

青島俊蔵　三十四歳　見分隊普請役

佐藤玄六郎　四十五歳　見分隊普請役

最上徳内　三十一歳　見分隊竿取

大石逸平は当初決死隊に志願したものの、初めから役割が裏方側に回る運命を持っていたようだ。ツキノエがラッコ島（ウルップ島）に赤人の見届け役として派遣されることになった折に、東蝦夷班はその探索支援のため、別動隊として山口普請役の下役大塚小一郎並びに青島普請役下役大石逸平に通詞を付けてエトロフ島に先発させようとした。ところが季節が陽暦の九月となっていて、海は連日風波が荒れ狂い、風待ちのためクナシリ島の湊に釘付けとなってしまった。

山口鉄五郎は下三角の顔を海に向けて青島俊蔵に諮る。

「青島さんよ、最悪の状態だ。これじゃあ海上十里は無理だよね。どうする……」

青島も広く青白い額の顔を曇らせている。

「北の海は冬景色が意外に早いですね。もう時期を逸したのでしょう。やむを得ません、来春まで待つことにしませんか」

二人は部下の派遣を取り止める決心をした。そればかりではなく、自分達も含めてさっさと本隊をシベツに引き上げることにしてしまったのだ。こうして大石逸平の最初の出番は失われた。

ところが彼には次の貧乏くじが待っていた。

翌天明六年（一七八六）三月初旬の昼頃、上司の青島から話しがあった。

「大石さん、ご苦労だがね、ソウヤからカラフトまで行って来てくれないかな……遠くで大変だけどね、西班が手薄らしいのだ」

――何だか伝書鳩を使うように簡単に言われるが、青島さんには距離感が薄いのだろうな。

「私は地の果てでも構いません。日本のために頑張ります」

――幕府ではなく日本のためにか、大きく出たな。

青島は大石から日本が出てきて心中では満足しているのだ。だが、この時の二人には、ソウヤ越冬班からの蝦夷飛脚がこちらに急行しているとは思いもよらなかったのだ。


ここで少々時計の針を戻し、別動隊の動きに注目したい。

見分隊西蝦夷地班を担当したのは普請役庵原《いはら》弥六と下役の引佐《ひきさ》新兵衛の二人で、松前藩からは侍分案内者として柴田文蔵、通詞の二人、医師一人、竿取・小者などが加わり十数名の隊員編成となった。ところが松前藩は出発直前になって、侍分の柴田にはその下役として工藤忠左衛門、および差添足軽の田村運次郎を加えてきた。また田村には鉄砲を所持させているという念の入れようだ。ソウヤを前線基地としてカラフトの探検を行う見分隊の目的はわかっているので、ただのお手伝いではないことは明白だ。

松前藩としても既に事情がほぼわかっている東蝦夷地のクナシリ方面よりも、今までの不確かな北蝦夷方面の地形探索や、海上交通路確認などの知識を見分隊と共有する目的があるのだ。

間を置かず指揮班（予備班）の普請役佐藤玄六郎は、下役の鈴木清七と共に五社丸に上乗りしてソウヤに入港した。交易の仕事と同時に庵原らのカラフト入り後詰の役を務めるためだ。但し、蝦夷船に分乗してカラフト探検に乗り出す見分隊を援助するため、この際、下役の鈴木も庵原組に同行させる手配を講じた。天明五年（一七八五）七月のことであった。

この第一回のカラフト見分はシラヌシまでは到達したのだが、藩の付き添い連中は今までの経験から、これ以上の進行は危険ですと引き返しを進言した。

庵原は相手（カラフト）が途方もない広大な陸地であることがわかり、二艘の蝦夷船などでは準備不足で、到底無埋な話であると納得した。また、時期も既に遅きに失しているとの判断から、庵原は探検を来年まで延期することとして、八月中にソウヤに引き返してきたのだ。そこで越冬経験を積むためでもあったという。

ここまでは、先ずは見分準備行動として、まあやむを得ないこととされるのだが、後で考えれば、その後のソウヤでの越冬について、庵原達の極地生活上の甘い見通しが災いを呼んだことは間違いない。彼らは蝦夷人がほぼ魚や獣類の生食で生活していると勘違いしていたようだが、蝦夷の食習慣は長い年月で培われている。野菜の塩蔵品や、乾燥品も十分食べているのだ。

全地雪で覆われる越冬の北蝦夷地では、野菜類が全く欠ける生活となる。生の菜食で暮らしてきている和人では到底身体がもたないわけだ。越冬隊員には理由は分らないが全身の倦怠感、食欲不振、脱力、出血傾向などの症状が出現し、一同は徐々に病態を進行させていった。そして、最後には今では誰でも知る病気（ビタミンC欠乏による壊血病）によって命を落とすのだ。但し、その時期は日光のやや強まる初春を過ぎた頃からであったらしい。

彼らの病状が、最初に蝦夷飛脚で松前に報告されたのは天明六年の二月末で、それから着便には早くても一ヵ月を要した。

当初は全員が病み果てており、松前に救援を要請する蝦夷飛脚が早く松前に着いて、何とかしてもらいたいという状態であり、全員が神仏のご加護を念じていた。

こうした病魔が漂う陰気な空間へ、長旅の疲れも見せず大石逸平が踊り込んできたわけだ。時は既に三月末の夕刻になっている。

ガタピシと居小屋の入り口を引き開けて威勢のいい大声を出した。

「おばんです。皆さん」

声を掛けたが返事がない。

三月の初め頃からは既に忌まわしい死神の訪れが始まっていたのだ。

最初は鉄砲足軽の田村運次郎、次に通詞の長左衛門、続いて三月十五日に普請役の庵原弥六、また二十一日に柴田の下役工藤忠左衛門、二十八日には松前藩士の柴田文蔵の五人が次々に亡くなっていった。暗い中をよく見ると、全員が横になっていて痩せた顔の白目が並んでいる。大石の大きな両耳がぴくぴくと勝手に動く。

「何だ、これは……」

二の句が継げない。そのまま青白い顔を強ばらせて立ち竦む。

奇しくも同じ頃、松前には西蝦夷班越冬隊員の遭難事件第一報の蝦夷飛脚が藩の役所に駆け込んでいた。

隊の本部では、指揮班普請役の皆川沖衛門と東蝦夷地班の普請役青島俊蔵がのんびりと互いに煙草の煙管をくゆらせている。山口鉄五郎は東部地域に向かいつつあり、指揮班長の佐藤玄六郎は何処かへ出張していて留守だ。

飛脚便を見た皆川の顔色が変わって思わず青島の気楽そうな顔を睨んだ。

「おい、ソウヤが大変な事態となっているぞ……」

青島は皆川のダミ声に、未だ何が何だかわからずに太い両眉を上に押し上げてみせた。

このような事態に遭遇して、関係者の驚きと混迷は寸時続いたが、一同が気を取り直して即日決めたことは、藩庁と見分隊普請役の役割分担だ。

藩庁の対応は不明だが、見分隊としては、
一は、皆川がソウヤへの救援人員と物資派遣の手当をする。

二は、青木が江戸表への事件報告書を書いて発送すること。

三は、見分隊は幸い大石逸平をカラフト先渡りとしてソウヤに先行させているので、この際現地対策者として遭難者への援助、食料、装備等をさらに補完することを命じることにした。

ソウヤの大石逸平は、これを待たず既に行動を開始している。

——先人の努力を無にしてはならない。屍を越えて進む。

彼は心を鬼にして行動する人物だった。

ソウヤの運上屋と蝦夷人などの協力を得て、松前からの救援隊到着まで、生き残り隊員の介護を依頼し、自身では不十分ながら支度を整えて蝦夷船でカラフト先渡りを実行した。青島の命令を守るためだ。自身の行動範囲では、ナヨロ、クスリナイ辺りまでの沿岸部へは進行することができたが、それより北部および東部への奥地探検を実施する装備は持っていなかったのだ。

やむを得ず七月の初めにはシラヌシに引き返し、そこから撤退してソウヤに戻った。そこには松前から詰役となって派遣されたていた同じ普請役の下役里見平蔵が、引き上げのための残務整理をしていた。

　行動派の大石はソウヤで小舟を仕立て、北岸から東周りに北蝦夷地海岸線を見分するため早々に出港し、八月半ばには東蝦夷班の拠点となっていたキイタップを通過してアッケシの湊に入った。

　この大石の探検は、庵原弥六に次ぐ二人目のカラフト探検者、また、佐藤玄六郎に続く全島周回者としてその業績を後世に残すことになったのだ。

　アッケシの居小屋には、背の低い四十前後の貧相な男が、猟犬の子犬を抱え上げて揺すっていたが、逸平が薄暗い土間に入ると、痩せた三角の顔を向けてニッと笑った。

「アハハ、やはり人間の匂いがしたらしいぞ」

　手にしている動物の敏感な感覚を褒めているのだろう。

「大石逸平です。ソウヤから戻ってきました」

　山口は分厚い唇を子犬の頭に当ててから、

「ああそうか、ご苦労さん。港で見たろうが、いま御用船が入港していて、ここにはこの子だけだ。誰もいない。まあ、上がって休んでくれ」

　逸平はそのまま近寄り、上がり框に半腰を掛けて告げた。

「山口殿、実はですね、西班員の五人がソウヤで亡くなりました。越冬による病らしいです」

　山口はびっくりして子犬を置き、しばらく逸平の大きな耳を見つめた。

「本当か、それは。……庵原殿は無事か、（引佐）新兵衛はどうした」

「残念ですが、庵原殿は三月の半ばに亡くなりました。引佐さんは辛うじて助かっています」

「うーむ……せつねェ（かなしい）」

山口はそう唸って腕を組む。山口の大きな耳の先端がピクピクと動いているが、逸平の耳は動かないので共振はしないらしい。少し離れた場所では子犬が無心に動き廻っている。それから逸平はこの悲惨な一件についての内容を山口に詳しく報告したのだ。

交易事務は未だ少々残ってはいたが、山口鉄太郎と大石逸平は、ちょうど良いところで松前に向かって出港する御用船五社丸と雇船自在丸に上乗りとして便乗し、八月下旬には松前に入港することができた。

松前の居場所では、纏め役である指揮班普請役の佐藤玄六郎と皆川沖右衛門が、これからの手順を相談していた。その結果、見分隊作業が見切りの時に入ったことを互いに悟った。通常この二人の意見があまり合わないことは皆に知られていることであった。しかしこの度は、〝人生は短く、仕事は限りなく続く〟という認識が合致して、今は江戸への見分報告書作成に神経を集中すべき時だということで一致した。

二人の呼吸が合致した様子は、相撲用語で言えば短い「仕切り」からの「立合い」を思わせる。早速一同を一室に集めて二人の意向を全普請役に諮り、異論なく了承された。

佐藤玄六郎は無精ひげの伸びた丸い顔を摩りながら思う。

――まあ、第一次蝦夷地見分隊としてはこんなものだろう。

東蝦夷地班は概ね初期の目的をやり遂げている。西蝦夷地班では、責任普請役庵原弥六はカラフト探検の実績を残し、残念ながら越冬死したが、カラフト再上陸した東班大石逸平のお陰で見分隊の役割は概ね全うしたのだ。

――さあ今のうちに早く報告書を取りまとめよう。

そう思い立つと気が急くのが佐藤の性分だ。

皆川は御用船交易の早期切り上げを行うためアッケシに急行することになった。

佐藤は一室に籠って諸般の総括作業を指示し、各々の報告書を作成してもらうよう手配した。江戸への届出書には概要をまとめ、それを原文として、佐藤が別の書誌に編集するのだ。だが、全体の内容を公にするかどうかは別の話だ。

「青島組の竿取、最上徳内は何処に居るかな」

徳内は佐藤に呼び出されて部屋に入った。中には佐藤玄六郎と青島俊蔵が煙草の煙をくゆらせていた。玄六郎は胡坐をかいてだんびろ（広い横幅）の巨体を揺すっている。どう見ても相撲部屋の親方という感じだ。玄六郎が青島の方へ大きな獅子鼻を向けてどうするというような目つきを送る。

「佐藤さんからどうぞ」

青島はそう言って四角い役者顔をゆっくり頷いて見せる。

「最上さん、青島さんから東方面の仕事ぶりを聞いたよ。蝦夷地の絵図面を描いているそうだね」

「はい、簡単な部分図ですが」

「まあ、後日また地面を測るために必要な作業だろう。でも今回の報告届までに附図はできないだろうがね。さて、その上で頼みたいことがある……。ウルップ島周辺の報告をまとめてくれないかな、概略でいいんだ。それとエトロフ島の赤人追放の件も付けてだね」

徳内にはピンときた。

――なるほど、赤人の件をこちらへ振る相談だったか。

江戸への報告では、赤人との関わりをなるべく避けたいのだろう。しかし、自分の業績としては残しておきたいのだ。

「何しろ、あんたの活動は蝦夷人や松前藩でも大変な評判だそうだからな……。お陰で初期の調査が順調に進んだよ。だが、赤人のいたことは松前の連中にとっては公儀に隠しておきたい一件なんだ。といって、こちらも今頬っ被りするわけにはいかない。松前が後で問題にすると厄介だしね。まあ、痛し痒しのところもあるわけさ……うーん」

――まずいなこれは、赤人とはなるべく目立たないようにしていたのだが……。

何とか上手く書いて乗り切るしかない。徳内は重くなった才槌頭をただ下げるだけだ。

佐藤玄六郎がこの時にまとめた内容は、後述する冊子（佐藤本）となって残され、竿取の最上徳内が苦心してまとめた東蝦夷地における赤人に関する情報が、この報告書に載せられている。但し、徳内の関連性は不明であるが、赤人の人物像や、御禁制のギリシャ正教キリスト磔刑像を彫り込んだ唐銅板を模写した挿絵などもある。残されている九十丁の冊子中には、表紙に「不可許他見」と記載があるものもあり、この当時ご禁制のものであったことは間違いない。

兎にも角にも、天明六年丙午（一七八六）閏十月、佐藤玄六郎行信署名花押の前書きを有する『蝦《え》夷拾遺《ぞしゅうい》』という世間には出せない〝幻本〟が存在している。最初に報告書としてまとめられた「佐藤本」と呼ばれるものや、その後青島が追記したと考えられる「青島改定本」など、関係者が僅かながら秘蔵していたのだ。

この書に佐藤玄六郎は、松本伊豆守秀持の命を受けて派遣された者（于朝被遣）として、山口鉄五郎高品《たかただ》、庵原彌六宜方《のぶかた》、皆川沖右衛門秀道、青島俊蔵軌起《のりゆき》、佐藤玄六郎行信の氏名を記しているが、彼はその連名下に「等ヲ」という文字を付した。これは情報を与えた他の者達への配慮を表したものであろう。竿取の最上徳内もその一人であったわけだ。

また、同時に作成されたものと考えられる蝦夷本島の地図「蝦夷輿地全図」（伝青島俊蔵作）も現存している。

ここで、別巻「赤人之説」の記述内容に注目しておきたい事実があるので、いくつかを紹介しておきたい。六十三丁から六十四丁に左記の説明文章がある。

「赤人ノ通詞タル者名ハ　ヒヨトロ　少ク和語通ス　ビヨトロヵ和語通スルハ昔陸奥国北ノ郡佐井ノ商人徳兵衛ト云者有　自ラ十六人ヲ帥テ一船ニ乗リ彼国へ漂着シ　今ニ存命ノ者陸奥国佐井ノ勝左門　奥戸利八郎　大間村ノ長松宮浦ノ長作伊兵衛　以上五人有勝左門ハムスクハイ城主ヨリ扶助シ置ヵル　此人ニヨリテ和語ヲ習タリト云シヨシ因茲南部人ニ問ニ徳兵衛等　延享元甲子年佐井ヨリ發シ　再ヒ国へ不帰ト云」

また、七十三丁から七十四丁には、

「又問　戊戌年来赤人ノ通詞ビヨトロ云者　少我国語通ス　其由聞我国南部ノ商船其国ニ漂着シ　存命スル五人ヲ扶助シ置　倚之我国語ヲ学ヒタリト云　如斯有リヤ否赤人イシュヨ對テ曰有之今ニ三人存

命　イルクツコイニ住シ各士官ノ中ニ加ヘラレ　其二人不知詳一人ハ帝ヨリ　ベイタラレヲンセヱイチヤ　ト名ヲ賜リ凡行年八十ニ近シト雖モ健ニテ勤仕ス……」

これらの記述を見てもわかることだが、前述の赤人イジュヨゾフらが和語を理解できたのは、ヲロシイヤ（ロシヤ）国では以前より、和人漂流民を止めて教師と為し、日本語学校を設けて教育していたことを物語っている。

さらに、七十五丁から七十七丁の文章には、「明和八年卯ハンヘンコロ云者（ファン・ベンゴロ・モーリッ・ベニヨヴスキー）云々……」との記述がある（前書『ホルチス ヤマト』二十三章〔『赤蝦夷風説考』〕参照）。この人物の行動内容の紹介文を勘案する時に、長崎の阿蘭陀大通詞吉雄耕牛、工藤平助、林子平、本多利明、青島俊蔵、そして最上徳内への情報バトンタッチが見えてくるようだ。

いずれにしろ『蝦夷拾遺』原本作成とは別に、佐藤は山口と共に天明六年（一七八六）十月の前半には公儀への報告届書『蝦夷地之儀ニ付奉申上候書付』を作成していた。

十月の初めに、江戸の組頭金沢安太郎からは勘定奉行所差立ての文書で佐藤、山口には名指しの帰府指令書が届いていた。何だろうこれはと思っていたが、奉行指令では猶予はできない。

獅子鼻で太った佐藤玄六郎および三角顔で痩せ型の山口鉄五郎はこの命令を受け、連れ立ってそそくさと松前を出立して江戸表に向っていった。

この時、帰府指令はなく、松前留守居組の将として残った青島俊蔵は、大きい顔で広い額の役者顔を右左に向けて諸般の指図をしている。その泰然とした姿や立ち振る舞いには、一流の役者としても通用する貫禄があったという。

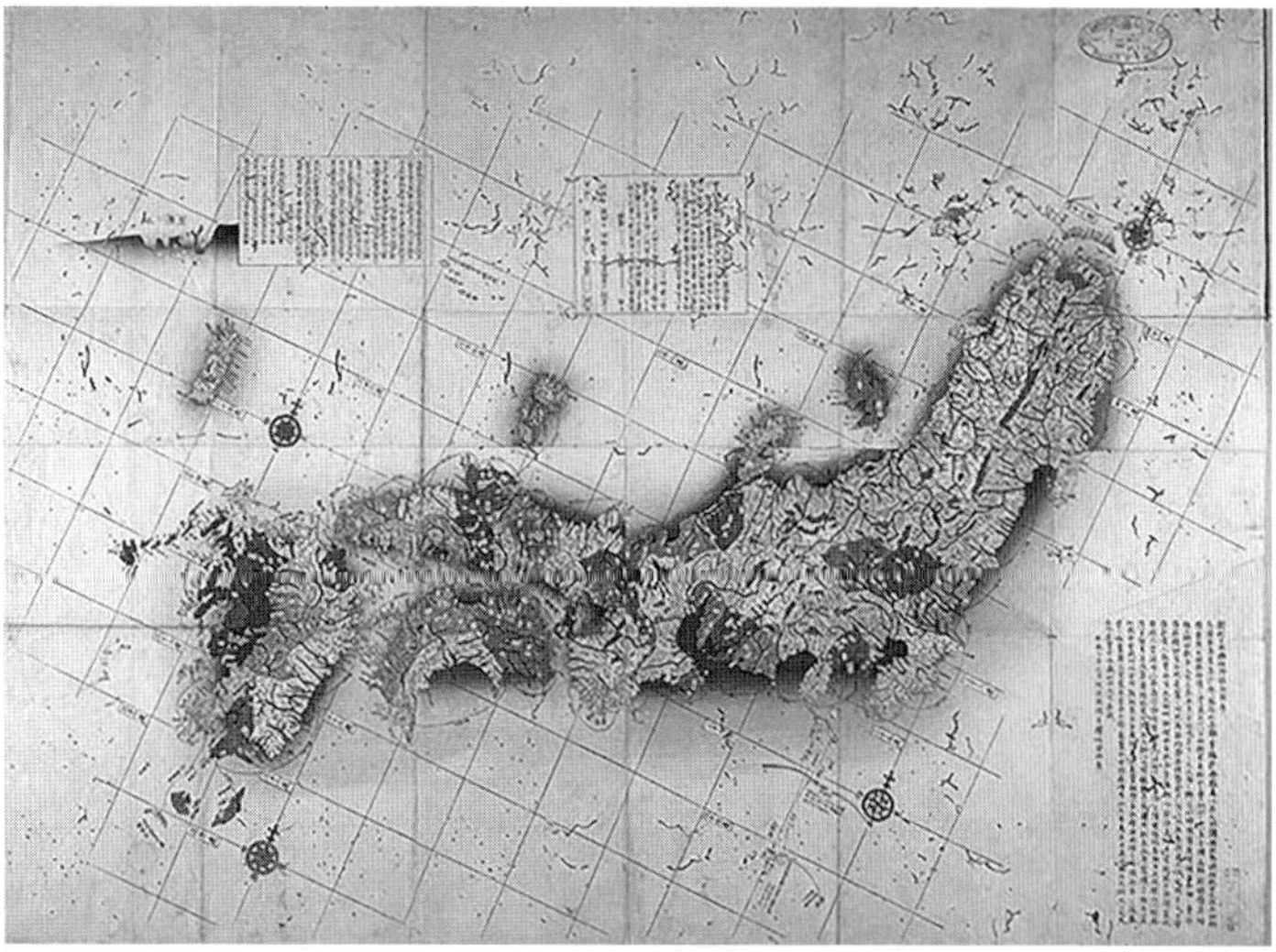

図10 『日本輿地路程全図』

これに従う才槌頭の最上徳内は、役柄も竿取のため当然のんびりと構えていたのだが、内心はあまり冴えない気分であった。

――ツキノイの願い事、フリウェンの父が残した秘密を捜し、また、蝦夷地での赤人とオロシヤ国の蝦夷地侵入問題なども残っている。お前はあまりのんびりしていられないぞ。

その大きな頭蓋の内壁には、このような記載のある付票が張り付けられていたからだ。

図 11　松平定信自画像（鎮国守国神社所蔵）

（八）勝手帰村

登場人物

青島俊蔵　三十四歳　普請役
佐藤玄六郎　四十五歳　普請役
音右衛門　五十歳前後　苫屋松島運上所主任
山口鉄五郎　四十歳　普請役
金沢安貞　五十二歳　勘定組頭
梶原源兵衛　六十歳位　金沢家用人

帰府組が出立した後、御用船破損の報を松前残留組の青島俊蔵が受け取った。五社丸が六月に帰路床丹のニシベツ沖で破船、続いて翌月には神通丸がシベツ沖で破船したということだ。

アッケシに出向していた皆川沖右衛門がこの災害情報を受け取り、直ちに江戸と松前に急報した。また、ちょうど居合わせた大塚小市郎と引佐新兵衛を現地に向かわせてこの件の始末を任せたのだ。

いずれも根室海峡・野付水道で、この時期に遭遇する東北風の厳しい洗礼を受けたらしく、この破船により積み荷の殆どは海中に四散することになった。

しかし、この災難で乗組員の全員が救助されていていることは不幸中の幸いだった。また、御用船のうち自在丸は逆風により現地に至らず難を免れているらしいとの情報があった。

青島は、ちょうどその場に居合わせた最上に目を合わせ、つとめて静かに言った。

「ネモロで御用船の海難事故が起こったらしい。皆川殿の知らせでは、大塚と引佐が現地に向かっているようだが……。さて、こちらとしては今どうすることが最良の方策だろうな、最上……」

——救援方法を竿取の俺に聞いているようだ。寺子屋の先生の試験でもあるまいし、頼み方にしては高飛車だな。

答えはわかっている。土地の蝦夷人に援助を依頼するしかないのだ。徳内は直感的にそう思ったのだが、

「さあどうでしょう……わしらには良い知恵は浮かびませんが、先ず救援船を差し向けてはどうでしょうか」

「なるほど、救助船か……どこからか借りるのか」

「はい、できるだけ積み荷を回収してみたらと思います」

俊蔵は、そのことに初めて気が付いた。

――ある程度の積み荷が回収できれば、被害が軽くなるかも知れないぞ。

ここは徳内の手腕を利用するべきだと考え、四角い顔を丸めながら猫撫で声で言う。

「その交渉は、最上よ、あんたにすべて任せるが、やってくれるかな」

――厭と言える立場ではないことはわかりながらの頼みだ。しかし、ここが大事な場面だ。

徳内は、ふとある考えが湧いた。

「少し金が掛かりますが、いいですか」

きっぱりとした声で力が入っている。

「この際だ、任せる以上は正当な出費は惜しまない」

この青島の言質をとってから徳内は動いた。早速松前にある苫屋の運上所を訪れ、鬼の面のような厳つい顔付きの音右衛門と手船を借りる相談をした。

「苫屋さん、これから飛騨屋さんにも同じような依頼をすることになっているのだが……お宅は単独請負と二店で積み荷回収を競争する場合とは、どちらが有利になるだろうか、わしの一存で決まるわけだが」

主任の音右衛門は太い眉を寄せて急いで言う。

「無論、積み荷回収作業では単独請負が苫屋の望みですよ、最上さん、よろしく頼みます」

「ふーむ、そうかね。但し、その場合に苫屋さんには一つ条件がある」

徳内は、ここで一服煙草を点けて間を置いている。

「うちでは永寿丸がすぐ動けます。人足も付けますがね」

主任は乗り気を隠さないで海の塩風を受けた太い声を潜めて言う。

徳内はじらすような穏やかな口調だ。

「この仕事はね、多分シベツからノッケにかけた沿岸での広範囲な積み荷回収作業となるだろう。だから、どうしてもアイノの手が必要なのだ、苫屋さん……。アイノの協力を得るにはね、アッケシの総乙名イコトイの協力が不可欠なのはわかっているだろう。そこでだね、クナシリの脇乙名ツキノイと飛騨屋が行っていた優遇慣行を、苫屋クナシリ運上屋でも引き継いでもらいたい。これが条件だ。その代わり、この度の御用船破船救援事業の一切は苫屋さん単独請負でお願いすることとし、また、最終計算では、諸費用額の一割を秘密金として別に支払うこととする。公的契約書には総額に混ぜて計上しておくのでばれる心配はない。これを約束するがどうです」

音右衛門は徳内をまじまじと眺め、

「最上さん、貴方は商人になっても成功する人だね。いいでしょう、この音右衛門がお約束します」

徳内の交渉で救援事業は苫屋の活動で始まった。

飛騨屋も助っ人として加わったが奉仕の立場となり、囲い荷や拾い上げた積み荷に濡れ損はあったが、その殆どはアイノの助力で船揚げされキイタップに運ばれている。

一方、江戸に向かった二人の帰府組普請役は供の者を伴い青森湾の油井に到着していた。津軽海峡を船で渡った後、三厩《みんまや》からの帰路は、平舘《たいらだて》海峡と陸奥湾に面する蟹田、油川までは一本道であるが、この時代、油川は左右の街道に向かう場合の分岐点となっている。

それから一行は、青森、野内、浅虫、小湊、野辺地、七戸《しちのへ》、五戸《ごのへ》、三戸《さんのへ》、一戸《いちのへ》、沼宮内《ぬまくない》、渋民《しぶたみ》と馬や籠の旅を進める。数日の道中を重ねて、目の前には大きな町並が見えてきた。

最初に音を上げたのは、痩せ我慢の肥満体佐藤玄六郎だ。獅子鼻が膨らむ。

「盛岡か……ここは。五、六本の大きな街道が集まっている陸中国の中心地だ。後学のために少し城下の様子を見たいもんだね……どうです山口殿」

「それもそうですが、この先には花巻温泉もありますよ。もう少しの辛抱ですから、足を伸ばして温泉で休養した方が疲れを癒すにはいいんでないすかねェ」

山口は三角顔に薄ら笑いを浮かべながら応じている。頑固な性格が出てきているのだろう、佐藤の提案を受け入れる様子はない。

こうして佐藤と山口は、盛岡城下を横目にしながら通り過ぎ、ようやく花巻の温泉宿に辿り着いた。

「あーあ、じょんのび、じょんのび（ゆったり、ゆったり）だ」

温泉の風呂を浴びてから、山口はそう言いながらあてがわれた座敷に寝転がっている。両腕を広げて大ノ字になり、広い古ぼけた天井板の模様をぼんやり見つめていると実家の感覚に戻り、頭の空間にはなつかしい田舎言葉もぶつぶつと湧いてくる。

だがその時だ、山口は廊下に人の気配を感じた。

「ムッ……」

一瞬身を翻し脇差を掴んで全身を低くした。廊下の様子を窺ってから足で障子をパッと開けると、佐藤玄六郎の巨体が浮かない顔を乗せてそこに突っ立っていた。

「どうしました、佐藤殿」

佐藤を部屋に連れ込み並んで座ったが未だ黙っている。

「何処か痛むのですかな……」

佐藤は獅子鼻を横に振って弱い声を絞る。

「上様がお亡くなりになったそうだ」

先程、宿の亭主から情報を貰ったというのだ。

後で聞いたところでは、将軍家治が死去したのは、天明六年（一七八六）の八月二十日頃であったらしい（享年五十）が、江戸で公式に喪が発せられたのは九月八日であった。なお天明元年（一七八一）には、既に一橋治済《はるなり》の子家斉《いえなり》が将軍世子と定められていたので、次の新将軍に補任されることになるだろう。

「十月初めの金沢様からの奉行所指令状には何にも書いてなかったがな……えっふぇ」

佐藤の咳払いにも力が抜けている。

「らちかん（仕方ない）……佐藤さん、江戸へ急ぎましょう」

山口は切り替えが早い。

間もなく宿を出立して街道を急ぐ二人の姿があった。時に辺りの山河も十月中旬となり秋色が濃くなってきている。道中一抹の不安を抱きながらも、奥州街道をひたすら南下して、下野国の宇都宮からは日光街道に入り、越谷宿、草加宿、千住宿を経て、浅草寺を目前にしたのは既に十月も晦日となっていた。

二人はその足で勘定組頭の金沢安貞の役宅へ出頭した。

この金沢家四代前の金沢安左衛門正法はお目見以下の火消与力であったらしい。しかし、安貞の代からは経理に才能を認められて支配勘定、勘定などの職を務め、安永三年(一七七四)七月には勘定組頭に進んだ。かなりの出世頭だ。

屋敷の用人梶原源兵衛に案内されて奥の座敷に通された。安貞の日常は武芸に励み質素な暮らしを好むという噂があったが、なるほど部屋には何の道具類もなくがらんとした感じだ。

二人は掛軸も掛けていない床の間を向いて座る。時刻は昼時であるが、朝から何も食べていないので力が抜けている。そのうえ江戸は生憎時季外れの西の風が強く吹き荒れていて、両人は頭から砂埃を被っている。

「やあ、帰って来たか……」

そういう大声が庭の方からして、五十歳を過ぎたが皺もない下膨れの顔の安貞が木立の蔭から現れた。眼袋が大きく、眉はへの字で、両眼はやや中央に寄っている。

雑巾で足を拭き、廊下に上がって来て木刀を床の間の縁に置いた。紺色の稽古着のままだが、中背で筋肉の発達した身体からは湯気が立っているようだ。日課の素振りをしていたのであろう。

安貞は部屋に並んでいる大きな丸い黄粉餅と、同じく黄粉を振った三角の蕨餅のような大小の旅姿に一瞬立ち止り、大きな黒目を左右に動かしながら優しい声を作って添える。

「ご苦労さんだったね」

「遅れましたが只今戻りました」

丸餅の佐藤玄六郎が発声して、二人は砂埃を畳に振り落としながら頭を下げる。

「いま用人を呼んで手洗いを用意する。おーい、誰かいるかー」

安貞の声で用人の源兵衛が現れ、用件を命じられている。

「湯を沸かしてな、二人の旅装を解いてもらえ。それから湯漬けぐらいはすぐできるだろう」

佐藤が慌てて両手を翳して述べる。

「本日は両名帰府のお届けに参りました。また改めてご報告に伺いますので……」

「ああ分かっている。だがな、どうしても今話したいことがあってね……。まあ少し落ち着いてくれないか。だんだんに話したい。また腹も減っているのだろう。腹の虫が鳴いている。先ずは腹ごしらえからだ、うん」

源兵衛は二個の小桶に湯を入れて縁側に置く。二人は庭で衣服の砂を払い手や顔を洗う。足はそのまま埃を叩くだけだ。源兵衛はそのあと飯炊き男と共に銘々膳を座敷に運ぶ。

三人が食後の一服を吸ってから安貞が、

「これから、少しややこしい話が始まるが、辛抱してくれ」

そう前置きを述べてから本題に移る。

「わしの家は金沢と称しているがね、その昔は江馬《えま》という姓でね、武蔵国久良岐郡金沢郷の出身だ。

その後郷の名の金沢を称し、万治元年頃お目見以下の御家人として召し抱えられ火消与力を務めていた。わしはその五代目だ。それがだんだん昇進してね、現在の職を頂いた。だがこれは私の力量と言うよりは、全く時の運だろうよ、うん」

安貞はそこで湯飲みから白湯を口にして二人の様子を窺うが、何の表情も無いので続ける。

——何だか難しい話のようだな……。

実は山口はさきほどから便意を催している。押し出しの癖があるのだ。グッと尻を窄め、足の踵を当てて押さえ、膝を揃えて我慢をしているが、この分では到底留め置きができそうもない。目の前では大きな目玉がジッとこちらを見ている。耐えられる限界が来ている。

——もういけない。

脇の下には冷汗も出てきた。口を固く結び、歯を食い縛り、両手の指を丸めて強く握る。しかし効果は……あッ逆効果だ。このままだと漏れるぞ。

目を剝いて〝南無妙法蓮華経〟。

「山口殿。厠に行きたいなら言ってくれ。用人に案内させるが」

不意に前方の安貞が声を掛けてきた。地獄に仏だ。先程からの不安定な状態と顔の形相に気付いたのだ。山口はこれ幸いと急いで言う。

「はい、すいません……おォお願いします」

源兵衛が呼ばれて、離れた厠まで廊下を案内してくれた。

——ああ、せつね（つらい）……急げ、源兵衛。

ようやく厠に辿り付いて駆け込んだ。

無事に用を足し、何とか大事に至らずに済んだようだ。厠を出て一息つき、邪気を払うように大きな深呼吸をした。辺りの空気が胸の奥に浸み込む。もうそんな季節がやってくるのか。

「ところで、この屋敷にはあまり人気が無いね……源兵衛さんよ」

山口の問いに源兵衛は作り笑いをして答える。

「えッヘッへェ、やはり気付きましたか。いまは当番者だけでね。もう無人の館ですよ」

山口はえっと驚き、立ち止ってぐるりと辺りを見回す。

「まあ、その訳を大将がいま話しているのでしょうがねェ」

源兵衛の投げやりな言葉を聞いて、山口は急いで元の座敷に戻った。

「すいません。話の腰を折ってしまいました」

山口は恐縮そうな顔で自席に戻った。煙草をくゆらしていた二人は何かを相談していたらしい。

「いや、心配ない。あんたの留守に佐藤氏《うじ》からおおよその蝦夷調査報告を聞いたよ。クナシリ島では赤人を尋問したそうだな、ご苦労さんだった。さて、続きを話しておきたい」

金沢は商品経済が旺盛になり、消費活動も盛んとなって庶民の暮らしが大いに発展し、新たな江戸文化が興隆してきたことなどを述べている。しかし、浅間山の大噴火を切っ掛けに、利根川の大氾濫による印旛沼、手賀沼の開拓工事や新田開発工事が壊滅的な打撃を受けたこと、天明三年頃からの東北地方の大飢饉、離農農民、江戸の大火などが起こり、米価の高騰による市場経済の悪化などから、庶民をはじめ武家社会の財政が逼迫していて、田沼政権が次第に世間から疎まれてきたことなどをかい摘んで話した。

また、田沼政権に対する御三家を中心とする幕政改革の機運が高まってきていたこと、そこに乗じて吉宗公の孫で、陸奥国白河藩三代藩主松平定信一派の政権奪取のための隠密工作が行われていることなども付け加えた。

「そこにまた新たな問題が発生したのだ。八月二十日の家治公ご逝去だ」

長い前置きが済んで、ようやく話が核心に触れてきている。

「先に佐藤氏にも伝えたが、あんた方の松前出発の後、御用廻船の神通丸と五社丸が大風で破船した、それぞれシベツ、ニシベツでね」

山口は驚いて佐藤を見ると、佐藤も獅子鼻の穴を上に向けて天井を仰いでいる。万事休すという風情だ。

「未だあるんだよ、その先が……」

二人が丸顔と三角顔を金沢に注目させる。

「将軍家家治公が亡くなったその日に、ご老中の主殿頭様は即時出仕差し止めとなり、その七日後には老中を罷免された。その上に加増の二万石を召し上げられて、差控えを命じられている」

山口はつい尖がった口が動いた。

「政権交代ですか……」

「よくあることですよね、うん」

佐藤も同調して頷いている。

金沢がこれを睨んでから言う。

「その次だが、これが今回の重要な決定でね。蝦夷地一件差止及び見分役一同の帰還命令が発令された。つまり見分隊の即時解散だ。それに伴い、勘定奉行の松本伊豆守様が罷免されてね、このたび新たに桑原能登守様が就任された。いやあ、実は伊豆守様とは家系に多少の縁続きもあってね、私を引き上げてくれた恩人だった」

金沢はごつごつした手の平で顔を摩る。佐藤と山口は同時に唾を飲んだ。

――早くしてくれないかな、この先が思いやられる。

「というわけでね、わしも小普請入《こぶしんいり》（注1）となった。元の木阿弥さ。この屋敷も返上することになっている」

金沢が無理な笑い顔を作ったが、音声は聞こえなかった。

佐藤は次はこちらの番だと悟り、丸い顔を強ばせる。山口はどうにでもなれと三角顔を天井に向けている。

「二人の身柄については、恐らく十日後くらいに新勘定奉行の桑原能登守様から公式な申し渡しがあるだろう。こちらからの帰府届け出を受けてな。ああ、それまでに報告書を連名で作成しておいてくれないか。内容はもう簡単でいいだろうがね」

このあと金沢は一言付け加えた。

「わしは皆の苦労が報われず、誠に申し訳なく思っている。しかし、今はこれも天の定めと諦めるしかないぞ。だが蝦夷調査はいつの日か日本国の将来のために重要な業績となってくるに違いない。

わしはそう信じているよ。それから桑原盛員《もりかず》様についてはね、あの方が長崎奉行の頃からよく存じているが腹の据わった人物だ。当面は上の指示で動くだろうが、先々きっと悪いようにはしないだろう。安心してくれ」

二人は中途半端な結論であったが金沢邸を後にした。

山口は帰り道で佐藤に話し掛けた。

「佐藤さん、わしは蛇の生殺しでまだ成仏できないがね、この分だと二人とも当然お払い箱だろう」

佐藤は腕組みを解いて、着物を叩きながら珍しく捨て鉢な言葉を吐く。

「俺たちは〝くたびれ儲けの骨折り損〟だったのかもしれない。これが日本国のためになる日まで生きているとは思えないよ、うん」

山口は金沢邸で少々引っ掛かる場面を思い返して尋ねた。

「ところでね、佐藤さん、わしが厠から帰った時にね、金沢さんはクナシリ島の赤人尋問の話を聞いたと言っていましたね……。実はあの一件は青島氏《うじ》の独り舞台でしてね、私はだんまり役しかやってませんよ」

「いや、わしはあの時、赤人のことなど組頭に話していないよ。わしはクナシリにいなかったしね」

「ああ、そうでした……」

――では金沢組頭は誰からこの話を聞いているのか。青島氏は未だ松前で残務整理中で竿取の最上も同じだ。しかし、組頭に報告した人間があの中には居たことは確かだ。

それから十日ばかり経った十一月十四日、勘定奉行所から普請役の役宅に公式申し渡しの呼出しがあり、佐藤玄六郎、山口鉄太郎両普請役の両者は役所に出頭した。

見分隊活動の重要な記述「蝦夷地見分報告書」(注2)は、あらかじめ奉行に提出している。

新勘定奉行の桑原盛員はこれを預かり置きとしていて、両名へは左記のような申し渡しがあった。

それは、十月末に発令となった蝦夷地一件差止めに伴い、

「御用無之候間、勝手帰村」(もう御用はないので、自分の都合で郷里の村に帰ってよい)

という木で鼻を括ったような内容で、いわゆる〝召放《めしはな》ち〟(官職、資格等の取り上げ)と同じであった。

下げていた二人の頭の中は瞬間的に真っ白となった。

(注1) 小普請入　家禄三千石以下の旗本・御家人で、職務に過失がありその役職を免ぜられ、小普請奉行の管轄下に編入となること。

(注2) 「蝦夷地見分報告書」　後に佐藤がこれを詳述した複写原本は、山口鉄五郎高品、庵原彌六宣方、皆川沖右衛門秀道、青島俊蔵軌起、佐藤玄六郎行信の連名による『蝦夷拾遺』、最上徳内著『蝦夷草紙』などの資料として参照されている。なお、天明六年(一七八六)閏十月二十二日、金沢安太郎安貞は見分報告書を桑原能登守盛員に提出したが、この原本は却下されたという。(『天明蝦夷探検記・年表』照井壮助著・八重岳書房刊参照)

（九）

たそがれの少将

登場人物

井伊直幸　五十八歳　大老・近江彦根藩主

松平定信　二十八歳　老中首座・陸奥白河藩主

水野忠友　五十六歳　老中・駿河沼津藩主

阿部正倫　四十二歳　老中・備後福山藩主

牧野貞長　五十四歳　老中・常陸笠間藩主

鳥居忠意　七十歳　老中・下野壬生藩主

松平定信（陸奥白河藩主・幼名・賢丸《まさまる》、別名・楽翁）は、田安徳川家初代当主であった徳川宗武の七男として宝暦八年（一七五九）十二月二十七日に誕生した。祖父は享保の改革を実行した八代将軍徳川吉宗であり、出自を尊ぶ当時としては最高に恵まれた血統であった。但し、定信は十七歳で陸奥白河藩二代藩主・松平定邦《さだくに》の養子となった。この時、田安家の兄治察には未だ跡継ぎが無く、定信の養子話には田安家としては反対したが、当時の将軍家治の命によって決定された。これには松平定邦が溜詰への家格格上げを望み、田沼意次の裏の助力を得て行われたと言われている。

定信には、幼名に賢丸（賢く転がる）という名を与えられている。その名の通り、諸葛亮ではないが、生涯を通して才知と徳行に優れた人物と親むように努めた。そして、近辺からは小人をできるだけ遠ざけた人物であったらしい。無論、自身の判断による人物評価ではあるが。そのためか、言い方を変えればかなり人見知りがあり、思い込みの強い男であったようだ。

即ち、当時におけるこの人物は、良く言えばマルチ人間として万事にその才能を遺憾なく発揮している。また、情緒や美意識などにも優れた感受性を有していたらしい。彼を取り巻いていた多彩な人物像を見れば成程と頷けるわけだ。

反面、理想主義的な信念が濃厚で、頑なとも言える性格があり、規律に厳格で形式を重んじ、融通が利かないところがあったとされている。また陰に籠もる癇癪持ちなところもあったと言われている。

定信が辿った経歴の変遷とその因果関係などから見て、一般的にはこのように評価がなされている。また、楽翁、花月翁、風月翁などの別名があるように、その人生においてはとりわけて花鳥風月の風情を愛した様子を窺い知ることができる。

さて、この定信の行動は、それからの日本のために望ましい影響を与えたのであろうか。また、遭遇した人物達にはどのような幸運または悲劇をもたらしたのであろうか。
皮肉なことに、彼自身が老中在仕で最後に足を引っ張られた想定外の一件などは、その性格がブーメラン効果のように作用したものと考えられる事件であった。そのこととは直接関係ないのであろうが彼は公家達に「たそがれの少将」または「夕顔の少将」という呼び名を付けられているようだが、いつ頃の命名であろうか。その根拠となっている定信の若き時代の和歌がある。

心あてに見し夕顔の花散りて　尋ねぞわぶるたそがれの宿

（あて推量に見た夕顔の花は散っていて、尋ねてみると心寂しいような夕暮れの屋戸であった／※「わぶる」には「迷う」の意もあるという）

定信は月一度の和歌の会を行っていたらしい。著書『宇下人言《うげのひとこと》』にはその様子が次のように記されている。

「月に一度づゝ、和歌の會をなす。短冊などものべ紙を切りたる也。懐紙ものべがみを用ゆ。歌よみ終れば、はぎもち、だんご又は湯どうふなどやるなり。酒は和歌會の始めと終わりに出すのみ。風流にも質素にせよと教しゆる微意なり」

（『宇下人言・修行録』松平定信著、松平定光校訂、岩波書店刊参照）

ところで、右の和歌「心あてに」の典拠は『源氏物語（夕顔巻）』であることはよく知られている。彼が源氏を熟読していたことは、文化年間の自叙伝『修行録』に御歌所へ奉るためとして、
「文政五年正月十日此より又源氏物がたりをかく。是にて七部なり」

と記されていることでも分かる。この文章から、それ以前の筆写が六部存在していたことが想定されていて、源氏物語の〝もののあわれ〟なども「心ふかくつくしけれ」と自負しているのも宜《むべ》なるかなというところだろう。

『源氏物語〈夕顔巻〉』の贈答歌としては、源氏に所望された夕顔を扇に乗せ、その扇面に書き付けて贈った和歌がある。

心あてにそれかとぞ見る白露の　光そえたる夕顔の花

〈あて推量ですが源氏のお方かと存じます。白露の光を添えた夕顔の花のように美しいお顔ですから〉

源氏の返歌は、

寄りてこそそれかとも見めたそがれに　ほのぼの見つる花の夕顔

〈近くに寄って見てください、たそがれですから、ぼんやりとしか見えない花〈私〉の夕顔〈夕方の顔〉を〉

である。松平定信の歌は両者をミックスした派生歌とされている。

また、さらに加えるならば「心あてに」の出典ついては、古今集選者で三十六歌仙・凡河内躬恒『古今集』秋下の詞書〝白菊の花をよめる〟である。

心あてに折らばや折らむ初霜の　置きまどわせる白菊の花

〈手折るならばあて推量に折ってしまおうか　初霜の白とまぎらわしい白菊の花を〉

これは白の重なりにどうしたものかとまどう場面だが、夕顔の〝心あてに〟でも同じで、光る源氏の輝きに掛けた場面の効果を表している。

前記のように定信の『源氏物語』書写に費やした執着心は異常とも言える。彼の生涯を通じて源氏を探求しようとした事柄は一体何なのか。単なる〝習字〟ではあるまい。また、光源氏への〝あこがれ〟だけでもないだろう。

彼は優秀な頭脳を持ち、多才な人物であり、あるミッションを成功させる情熱は卓越している。また、何事も殿様芸の域を越えていたところがミソ（特色）だ。もっと穿って言えば〝超手前味噌〟的な多角的活動家ということになるかも知れない。

しかし、源氏物語に対する執着とは自己矛盾的なところとして、時にあっさり手を引いてしまう性格があることだ。これは自分を楽な立場に移す行為に他ならないが、彼の別名を楽翁というのも頷けることだろう。

難しいところは、彼を評価または批判する際には、彼の行動には、異質な情熱と性格とが複雑に共存し絡み合っているところを理解しなければならないことだ。つまり彼の本質は、よく言えばこだわらない（拘泥しない）温情的性格と、悪く言えば思い込みの強い（執念深い）冷徹な性格とが電池のように自己同一化していて、適宜プラスとマイナスに使い分けられていたのではないだろうか。

天明七年（一七八七）六月十九日正四つ（午前十時）、近江彦根三十五万石の当主井伊掃部頭直幸《かもんのかみなおひで》は、大手門から桜田門、下乗橋を渡り、各門を通って二の丸に入った。その先は中雀門から御玄関に行く通い慣れた道だが、なぜか玄関前でふと敷石に足先を突っかけてしまい右の踝《くるぶし》を痛めたようだ。大したことはないと思ったのだが、自然に右足をやや庇った歩行になっている。近頃肥満体となってきているので時々よろけるのだ。

――この度の政争の失敗で、わしもがっくり気落ちしたようだな。

天明四年以来、大老として田沼政治に手を貸してきたが、新将軍家斉の実父である一橋治済が、前将軍家治が亡くなって浚明院《しゅんめいいん》となって以来、失脚した旧実力者老中で奏者番であった田沼意次の代わりに、御三家が推戴して老中となった松平定信に手早く舵を切り替えた。いわゆる掌反《たなごころかえ》しを見せたのだ。これにより、松平定信は老中となって気鋭満々となっているところだ。

井伊大老が玄関に入ると、四つを告げる大太鼓がドン、ドン、ドンと城内に鳴り響いている。これは老中が御用部屋に到着するまで続く。

御同朋頭と御同朋が老中部屋まで付き添って世話をする。同胞が佩刀を持って歩き、同朋の下役である奥坊主が摺り足で廊下を進みながら、

「掃部頭殿、お上がり……」

と高い声で触れを回す。そして老中部屋の上屋には大老の座があり、直幸がそこに座ると老中一同が揃って平伏して挨拶をする。大老はこれに軽く会釈を返すだけだ。

大老は老中の上にあって、将軍と同じように老中を官名で呼び捨てにできる。但し、酒井、井伊、堀田、土井四家の出身で、十万石以上の者が老中にならなければ就任できない最高職だ。そして歴史上大老になった人物は僅かに十名を数えるのみである（井伊直幸は七人目）。

老中全員が揃ったところへ御側衆のうちの御用御取次二名が入って来た。大老はこれに平服して将軍の様子を尋ねる。

「本日の上様、ご機嫌をお伺い致します」

「上様にはますますご機嫌よういらせられます」

と御取次が答えて退出する。

通常はこのようなセレモニーが行われているのだが、本日は異なっていた。

「本日上様におかれましては、松平定信侍従殿に御老中上座、勝手方取締掛を仰せ付けになりましたので御披露申し上げます」

定信は、ゆっくりと座を上座に移し、老中一同を見渡して申し渡しを行う。聡明そうな青白い顔で、額の左には一本の血管が筋のように横鬢に向けて走っている。この時、松平越中守定信は満二十八歳であった（注1）。

威儀を正して甲高い声で一同に述べる。

「先程上様より老中首座の任をご下命頂きました。早速でありますが、私の施政に対する改革方針を簡単に申し述べておきます。おわかりのように、（天明の）大飢饉以来、農村の疲弊と社会秩序の崩壊は未だ続いています。この際、農村復興、綱紀粛正、財政再建、それと外国勢力への防備体勢の構築は急務の政策だと考えます。以上の四本柱が制度改革の骨組みとなります。さて、農村復興については些かの経験があるのでそれを実行する予定です。経験則に基づく具体的な方策を早急に実施します。綱紀粛正には先ず前幕政の是正です。不都合な政策や悪弊を糺す必要があります。例えば、蝦夷地開拓や印旛沼開発事業などは差止とします。これには痛みを伴う役職者や関係者もありますが、やむを得ません。これに異を唱えることはできないでしょう。また財政再建では、私は祖父有徳院（徳川吉宗）様の享保改革を見習います。通貨政策を含む手段で、今の財政を再建していかなければなりません。これに伴って幕府全階級の倹約政策を継続してゆくことが必要です。抵抗はあるでしょうが、奥向きの生活改善も欠かすことはできません。一方、武士、庶民の生活をより豊かにしてゆくため、前政権とは異なる新規産業を振興し普及したいわけです。官民を問わず、有司の策を採り上げて検討し、役立つ政策を積極的に行ってゆく所存です。最後になりましたが、外国諸勢力に対する防備対策も重要な課題と考えています。正当な国論の基に諸外国の動向を注視してゆき、後世に禍根を残さぬよう随時対処する所存です。但し、部外者等の不必要な雑論については混乱を招くのでこれを排し、外国関連文書、書籍、文化的な庶民活動などを厳しく吟味し統制していくつもりです。以上についで、早急に具体的な実施案を作成する予定であります。参画される幕閣各位にはご協力を頂きたいと思います。ああ……追ってですね、上様より閣内諸侯の中にも、新体制参画のお達しが下される方があるとは思いますが、どうぞよろしくお願いします」

松平定信は首座としての所信表明が終わると、一同に青白い顔を向けて、軽く会釈しそそくさと席を立って別間に移っていった。

大老席の井伊直幸が大柄な肥満体を窮屈そうに曲げ、右足首を摩りながら足を組み代えてどっこいしょと胡坐をかいた。大きな両眼を覆う蝦蟇のような眼袋をゆっくり開けたり閉めたりしながら思う。

——それにしても手回しが良すぎるな。お膳立てができ過ぎている。

直幸が誰にともなく呟く。低音で響く声だ。

「玄関先で躓いてね、右足を捻ったらしい。今日はどうも幸先が良くないとは思ったが……なるほど大当たりだ」

それをすぐ前で聞いた水野出羽守忠友《ただとも》（駿河沼津藩主）が円柱型の顔を大老に向けて上げた。中央には大きな鼻が付いている。右手で禿げ上がった頭を掻きながら言う。声も太い。

「中将殿、うちは解任されますよ、ええ。何しろ一貫して田沼様に同調していましたからね。まさかこうなるとは思いませんから。養嗣子の田沼殿ご子息はやむなく廃嫡としましたが、もう遅かった」

少し離れた席にいた阿部伊勢守正倫《まさとも》（備後福山藩主）がその声を聞きつけて追従する。細面で一重瞼の声はか細い。

「出羽殿、多分こちらも同じ目に遭うでしょうね。でも運命の成り行きは分かりませんよ、長い目で見た先のことは……」

大老の直幸は伊勢守の言葉に思った。

――そうかも知れないが、長い先まで見る命があればの話だ。

水野の隣にいた牧野備後守貞長《さだなが》（常陸笠間藩主）が澄んだ声で発言する。

「越中殿の立案した施政方針は大変御立派ですよ。しかし、その政策を実際に施行してゆくとなると、かなり難しい局面に逢うだろうね。まあ、お若いから、容易に乗り切ってゆくでしょうが……いずれにしろ、残る方々は覚悟して頑張ってくださいな、ねえ伊賀殿」

鳥居伊賀守忠意《ただおき》（下野壬生藩主）は並び大名を決め込み、〝沈黙は金〟の諺を守って控えていたが、牧野備後守に突然話を振られ大袈裟な狼狽の態度を示した。白髪頭と縦皺の寄った眉間を左右に振り、両腕を前に泳がせて老人らしい嗄れ声を絞る。

「いやあ、わしはもう齢だでね、骨ばった尻を叩かれても役立たずさ。とっくにお払い箱に入っているだろうよ」

直幸は鳥居のこの発言を聞き、先日面談した旧知の老人がふと漏らした言葉を思い出した。

――松平越中殿の配下にはどうも裏工作組がいるようですと言っていたな……危ないぞ、これは。

その後、松平定信は、天明七年（一七八七）七月から寛政元年（一七八九）正月に掛けて田沼関係者に対する徹底した粛清を行った。

田沼自身をはじめ、彼の政治に関わった多くの役職者に対する処分については、「寛政の改革」の一端として江戸時代後期前半の史実に残されているが、その主な処分内容については次の通りだ。

田沼意次（老中・奏者番・侍従）依願御役御免の上、所領二万七千石召し上げ、致仕、蟄居となる。但し、孫の意明に新知行一万石をあてがう。旧城相良城は没収の上取り壊しとなる。

水野出羽守忠友（老中・侍従）老中職を免ぜられ封地暇給となる。

松本伊豆守秀持（元勘定奉行・小普請組）家禄（二百五十石）のうち百石を収められ逼塞を命ぜられる。（連座者多数）

土山宗次郎（元勘定組頭・富士見宝蔵番頭）死罪。

特に「蝦夷地の儀」は不埒《ふらち》（お定め範囲外）とされ、蝦夷地探検者全員は国事犯扱い相当となり、召し放ち処分となっている。

溜間と評定所におけるこの処分の大義は、総合的に見て蝦夷地一件が公儀御用ではなく、田沼個人の私欲を満たす事業であったと判断したのであろう。

松前の残務整理を行っていた青島俊蔵と竿取の徳内も、その後、江戸からの蝦夷地御用差止引き上げの命令があって江戸に帰還している。

青島が下谷坂本町二丁目にある我が家に着いたのは天明七年の四月頃であった。失意の中ではあるが、ここにおいて大切に持っていた『蝦夷拾遺』原本の改訂作業を懸命に行い、遂に天明八年（一七八八）六月には改訂版（青島改定本）を脱稿している。

一方、小者で臨時雇人である竿取・徳内の召し放ち後の行動などは、誰も気にすることではなかったが、彼は江戸にいて、未だ原図のままの蝦夷輿地図などを補修していた。

江戸の基地である東尾久村の華厳院および坂本町の青島の家へは勿論、音羽先生の本多塾、郷里先輩の会田安明邸にはしばしば訪れた。先生方とは蝦夷地探検の報告や相談を行っていたようだ。

またこの間、師匠の本多利明から勧められて、『赤蝦夷風説考』の著者である工藤平助、蘭学者の前野良沢、医師の大槻玄沢などを訪ねている。面談者の誰もが北方蝦夷地の現状には特別に関心が高かったため、徳内から蝦夷人や赤人の話を聞き、各自の持つ北方防衛の意見を述べた。

（注1）　当時の記念自画像（鎮国守国神社所蔵・天明七年六月）では、額は広く眉が開き、目は鋭く鼻は高い。また下顎は小さいが横顎は張っている。背は低い感じだ。

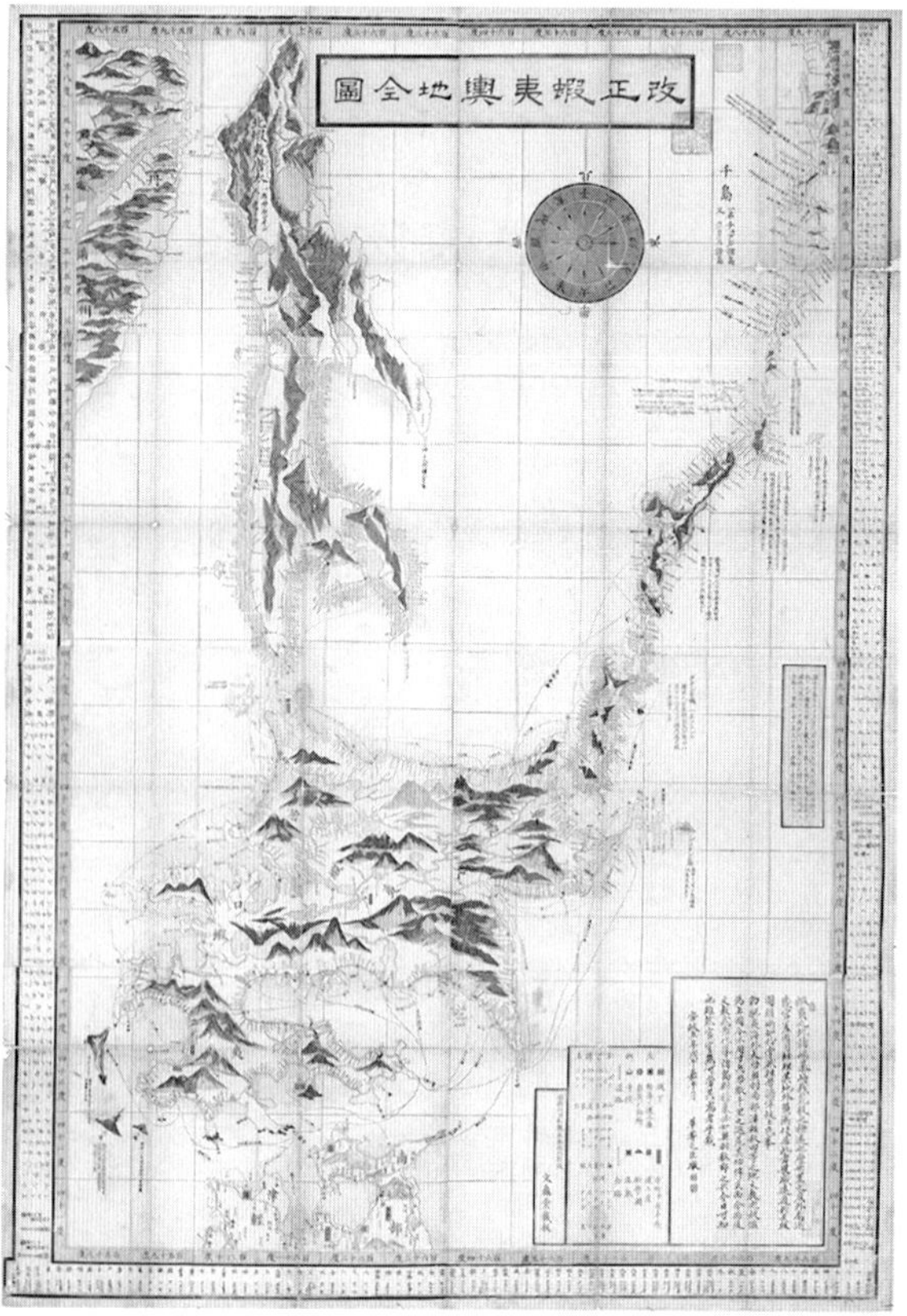

図 12　改正蝦夷輿地全図（安政 6 年版）

（一〇）満《よろず》塾《じゅく》

登場人物

最上徳内　三十五歳　満屋塾開設者
本多利明　四十八歳　音羽塾長
吉田良蔵　六十歳後半　音羽塾事務方
山下太兵衛　四十歳位　松前藩通詞見習
権　蔵　五十歳前後　またぎ・船頭
新　八　五十歳位　野辺地船頭

春　江　年齢不詳　新八の妻
島谷清吉　六十歳位　廻船問屋主人
ふ　で　十九歳　秀子・徳内の妻

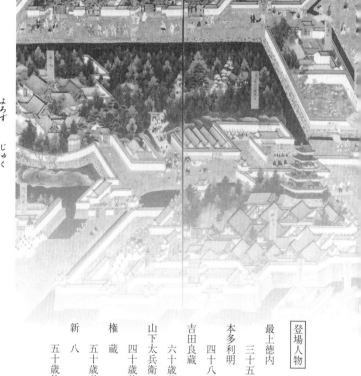

天明八年（一七八八）の八月頃より、最上徳内は陸奥湾に面した野辺地湊の侘び住まいに所帯を持って住んでいた。生活の実態は算術師匠であったが、世間には「満《よろ》塾《ず》」の先生という触れ込みだ。これにはよんどころない事情があった。それは、徳内の師匠である本多利明が大変懇意にしている水戸徳川家儒者の立原翠軒とも関連した話だった。

ある日、本多先生が徳内に極秘に依頼したことがある。現在未作成となっている「蝦夷輿地全図」の早期完成だ。恐らくは立原先生の北方領土確定の私案を受けたものであろう。水戸藩は以前より藩船を派遣して北方の国土を視察している事実がある。実は、何年か前、ベンゴロウ書簡（モーリッツ・ベニョヴスキー書簡／前巻『ホルチスヤマト』「赤蝦夷風説考」参照）の件があったが、立原翠軒もこのベンゴロウ書簡を大変重要視して本多との意見交換をしていたのだ。その結果、日本の北方領土を隣国から守るためには現状を正確に認知し、あらゆる事態に備える態勢が必要であるとの共通した考え方から、至急、北方の領土を正確に確認しておかなければならないという結論に至ったのだ。松前藩・アイヌに任せきりで良いとは思っていないのだ。

「徳内よ、この度お上は蝦夷地一件を差し止めとされた。北方を見てきたあんたにはよくわかると思うが、これは日本の国にとって大変残念な次第で、中断してはならない見分だった。特に赤人の注目している北方領土の地理調査は緊急で重要な案件だ。何とかこれを完成してほしい。頼むぞ」

本多先生は、蝦夷地支配が再び松前藩と請負商人達による旧来の形に戻っていることにも大変な危惧を感じていたようだ。

別のある日には、本多先生はこんな言葉も掛けてくれた。

「翠軒先生の門下にはね、『日本輿地路程全図』製作中である長久保赤水殿がいる。だがね、先生も言っているが、蝦夷地の正確な図面は未だないのだ。また、ご本人も御主人持ちの身で、了解なく遠方の実地調査には動けないようだ。この調査はあなたの双肩に掛かっているのだよ」

恩師の言葉を徳内は聞き、立原、本多両先生の「蝦夷輿地全図」作成への強い期待を承知してはいるが、いつの間にかこの件の任務を自分が負うような羽目に陥っていることを感じた。たしかに徳内は、蝦夷本島については先の見分調査でほぼ全体を把握していて既に図面にしていた。しかし、東蝦夷地諸島、本島北方地方が明確になっていない。ここで〝もうこの通りできています〟などとは誰にも言えない。図面は極秘にある場所に保存しているが、適当な時期が来るまでは秘密事項だ。今は手柄比べの種にはできない。

徳内は、今の日本に早急に必要なことは、千島の先のカムチャツカ及び宗谷の先のカラフトの探検だと考える。つまり、現在未確定となっている蝦夷地本島以外の未知の部分、特に北部の広大な土地と考えられるカラフトだ。ここについては大石逸平、庵原弥六の後を継いで、さらに奥地を見分したいと考えている。

この願望は彼の持つ探索本能に近い。命を懸けた先人に対する義務感も湧いてきているのだ。また、先の天明見分隊が大きな犠牲のもとに是正した、松前藩と組む一部の悪徳な請負商人によるアイノ無視の掠奪貿易が再び復活しているという（注1）。

この事態でのアイノ（蝦夷・夷人）への対応は誠に難しい。徳内の身辺問題は未だある。今回の調査には幕府の支援は全くなく、また全費用が自前であることだ。だが、この時期には徳内には未だ多少の貯えがあった。この二年間の営業空白で煙草販売の商売は中断されていたが、尾久町華厳院の倉庫内には商品の貯えが多少あった。これを今回の資金調達のため、知り合いの煙草商人にすべて売り渡した。身辺整理の目的もあった。

——北方探検には危険が伴う、覚悟して事に臨め。見分隊の故人庵原宣方殿を忘れてはいけないぞ。

その後徳内は、青島が『蝦夷拾遺』改定本を完成させた六月頃であろうか、江戸から忽然とその姿を消している。

天明七年七月末の午後、徳内の姿は渡島松前の山地にある一軒家の中にあった。徳内が見分隊員であった頃、何かと面倒を見ていたアイノのフリウェンの父親源五郎が懇意にしていた権蔵の詫住まいだ。猟師兼船頭という海山を股にかけて猟をする「両またぎ（東北の狩人）」の一人である。フリウェンからは何かあったら遠慮なく訪ねてくれと言われていた。権蔵の風体は猟師、顔付はアイノ紛《まが》い、居所は山の麓の一軒家などの要点を教えられた。

また、出会った時の掛け言葉が〝大黒根付〟、これを聞いた相手からは〝源五郎〟との返事があるという合言葉を教えてくれた。「山」「川」などの単純な言葉の交換ではない。

——なるほど、源五郎親父の相棒か。

徳内はすぐにそう悟った。土間の三和土《たたき》に続いた囲炉裏端には下座に徳内、その向かいの上座には、藩の通詞見習いである山下太兵衛が太った体を据えていた。

徳内は再度来藩の趣旨を山下にぼそぼそと説明した。徳内の依頼で山下太兵衛を呼び出してくれたこの屋の主人、夷人紛いの権蔵は何処かへ出ているようだ。

「山下さん、無理なお願いをして申し訳ない。今話したように、いずれは北のカラフトに向かいたいが、しばらくの間働きたいのだ。その間、私にできる仕事で、松前藩に臨時雇いで入れてもらえないかな。その段取りを付けてくれると有難いのだが」

最後にそう言って徳内が大きな才槌頭を下げる。徳内とすれば見分班での仕事振りには自信があったのだ。

太兵衛は少しの間黙っていたが、その上体を前後に揺すりながら言う。鼻から空気が僅かに抜けるような音声である。

「徳さんよ、実はな、言いづらいが、あんたはここ松前藩では白目で見られているのだ。つまり、好ましからざる人物となっているのだよ。クナシリで赤人の見張りをし、追放したことはお手柄として、一般庶民には有名人なんだがね。そのあおりで、藩が内緒で行っていた異国との抜荷貿易がおじゃんとなってしまった。あんたが一番奥の院の島々まで見分したことも祟っている。それでね、あんたは松前藩の特別指定人物なんだよ。つまり雇い入れどころか牢獄入りのお尋ね者なんだ」

山下はそう言って太い首を左右に倒し、両手首を重ねて見せた。じっとこちらを見つめる猪頸の顔が、徳内自作の金色の眼をした〝黒鬼の面〟のように見えた。

「ほんとか、それは……」

徳内は口をあんぐりと開けたままだ。そう言えばこのたび山下と会った時の様子が、以前とは少し違っていたようだ。丸い顔も固い表情だった。

「驚いたか徳内、追放だ、さあお縄を頂戴しろ……と言いたいが、ヘッヘッヘェ、まあ止めておこう。俺はただの通詞見習いだからな。どうだ、これで貸が一つ増えたぞ」

徳内は頭を掻いてぼやく。

「じゃあ聞くがね、山下さん。クナシリ島の赤人尋問の場で俺の横腹を突いたね。あれは何の意味だったのかな」

「俺はある夷人に狙われていたのさ。松前藩の忍びだろうと疑われてね。あの時はあんたに助けてもらおうと思ったが、まあ何とか自力で逃れることができたよ。だから借りは無いのさ」

徳内はそうかそうかと頷きながら言う。

「ところがあの直後にね、知り合いの夷人から相談があった。今ここから出ていった小太りの男は知り合いなのかと聞かれた。何か問題があったなと思ったのでね、わしがよく知っている藩の通詞さんだよと言うと、夷人は追跡止めの指示を出したらしい」

山下が今度は首を反らして徳内を見つめた。

「そうだったのか……それで島の抜け出しが無事だったのだな。では、これで今は貸し借りなしだ。あんたのことは小前の勘さんには黙っていよう」

――では、何の目的で赤人尋問の場所に潜り込んでいたのか。自分の興味だけではないだろう。

徳内はこうした疑念を抱いたのだが、今はしばらく様子を見ていようと思った。

「小前だと……福山港番の小前勘兵衛かな。以前に岬亭で会ったことがある」

「今の上司だよ。港の出入りを取り締まっている責任者だ。さて、あんたが安全にこの港を出る方法を考えなくてはな」

山下がそう言った時、後ろの戸蔭からどすの利いた声がした。

「もうできてるよ、渡し船の手配はね。でも夕方待ちだ。今は御用船の見回り船が動いている」

暗がりから音もなくぬっと出てきたのは権蔵だ。年は五十歳後半か。中背だが四肢の筋肉が鋼のばねのように張っている。頭頂部の髪は少なくなっているが、顎骨の張る造作の大きな顔は黒髭で覆われ、太い眉の下には達磨さんのような黒目の両眼が付いている。なるほど夷人まがいだ。これで睨まれては熊でも一瞬ひるむであろう。

権蔵は、いかのごろ漬け（肝臓を塩で漬けたもの）や、だっこ（メバル科の魚）を筒切りにして煮つけたものを囲炉裏端に並べ、そこへ番屋樽（漁夫の番屋で使う酒樽）から小分けした網おろし徳利（新調の網を下ろす際の祝い徳利）を置いた。

「手酌でやってくれ」

各自が茶碗酒でしばらくは上方の酒を味わう。松前港には北前船が大阪方面からの銘酒を運んでくるのだ。

「なるほど上方の酒は一味違うな」

山下が呟くと、権蔵が眉を上げて言う。

「古い番屋樽でコクが加わったのだろうよ。ところで徳内さん、三厩《みんまや》行きの船頭には話が付いているから安心してくれ」

そう言ってから権蔵の大きな眼が山下の顔を見て言う。

「面倒だ、これからは俺も徳さんと呼ぶがいいかね。内緒の話がある。本当は松前藩に所属する山下通詞さんには内緒にしたいところだがね、まあ、いいか……」

山下は眼を瞑って知らぬ顔の半兵衛を決め込んでいる。

「先日、フの字（フリウェン）から東蝦夷地の問題で言付けがあったよ。あちらではいま夷人への掠奪交易が盛んに横行していてね、南部領出稼ぎ農家の薄鈍《うすのろ》（まぬけ）共が、あくどいことをした夷人に狙われているようだとね」

権蔵の言葉で、徳内の才槌頭にはふとツキノイとの言葉が蘇った。

――シラポロレイ　シリクランデ（むかついて　どうにもならん）

彼の悲痛な告白だ。当時これに対して、徳内は上司に計らってみると決心したことを忘れてはいない。

――ネコン　カ（何とかする）

と答えている。その後、飛騨屋後任の苫屋に頼んで、ツキノイの慣行は復活し約束を果たしたのだが、「蝦夷地一件差止」を受けて、恐らく事情が変わったのだろう。権蔵は反応の鈍い徳内に眼を移して
「松前藩は動いていませんよ、徳さん。三厩からどちらへ行きなさるのかわからないが、ここからあまり遠くへ離れない方がいいですぜ」

傍で眼を開いた山下が続けて言う。

「そうだ、また間もなく出番が来るだろうよ。人生は博打と同じだ、ここは一つ賭けてみるべきだ、

徳さん……吉か凶か分らないがね」

徳内はいつの間にか二人から徳さんと呼ばれている。

——俺はこの地のカムイには未だ見放されていないようだ。

徳内は二人の言葉に強い神気を感じた。

「そういえば私の親戚筋が、こゝからは近い南部領の野辺地湊にいるらしい。若い時、煙草の行商で何度か野辺地に滞在したことはある。しかし、親戚には縁が遠くて今まで一度も会ったことはないが……この度そこを頼って訪ねてみようかな」

徳内の意向を聞いた二人は合点した様子だ。

「野辺地か、それは近くていい。連絡が付くようにしよう」

権蔵は達磨髭をしごいて言った。


徳内は翌日の昼前に三厩に無事上陸した。

三厩から平館《たいらだて》、蟹田《かにた》と津軽半島の東岸を南下し、青森湾に沿って油川《あぶらかわ》、青森、野内《のない》、浅虫と湾曲に進む。さらに夏泊《なつどまり》、小湊と三角形の夏泊半島底辺部を横切って行くと、急に眼前の視界が開けて大きな湾と山並みの姿が広がった。南海四国のような形をした陸奥湾の東側と北側は斧の形をした下北半島だ。湾の南側は夏泊半島で二分され、大きな湊の名前をとって西側を青森湾、東側を野辺地湾と称している。

この頃の野辺地港は、南部藩直営の大坂搬送「南部銅（荒銅）」や「俵物（長崎唐貿易の輸出水産物）」、その他農産物等の積出港として青森港に次ぐ殷賑を極めた港街であった。

日中はもう汗ばむ真夏の日差しだ。徳内は急ぐ旅ではないので、ここまでのんびりと日数を掛けて歩いてきている。初期の目的が外れているのであまり気が進まない道中なのだ。

松前を去る時、権蔵は野辺地に住む知り合いの船頭新八に手紙を書いてくれている。

「港で船頭新八と聞いてみればわかるさ」

処番地など知らされていないが、こうした港では名前で何処の誰かがわかるのだろう。包んだ表紙には封もしていないので船中で広げて文章を見ると

とくないさんをよろしくたのむ
のへじのしんぱちへ　　　まるごん

と記されていた。

野辺地の港町に着いてから、岸壁から近い通りにある一軒の鮮魚店に立ち寄り、板床を水洗いしていた若い男に尋ねた。

「ああ、新八さんか、多分船頭小屋にいるだろう」

やはりここでは有名な船頭らしい。その男は無口で、何も聞かず船頭達の居場所の船頭小屋に案内してくれた。

——ここは人情が端の方まで染み渡っているところだな。

徳内は久しぶりに何だか暖かい気持ちになっている。

北風を避けるためだろう、海からは近い場所ではあるが、緑の低木が覆う丘の下に頑丈そうな平屋

建ての丸木小屋があった。

二人が開いていた南向きの戸口に立つと、薄暗い土間の中央には分厚い板で造った長机が置いてあり、その周りには木製の腰掛が置かれている。ちょうど昼休み時であったらしい。机の上には弁当箱や湯飲み茶碗が雑然と置いてある。作業着であちこちに腰掛けていた赤銅色の顔が一斉にこちらを見る。鮮魚店の男は、その中の一人にすっと近付いて何か耳打ちした。中ほどにいた五十年配の長身の男がゆっくり立ってこちらへ近寄ってきた。体の動かし方には隙が無い。

この男が新八だろう。顔はやや彫が深く目鼻が整っている。陸奥の男女は少し間延びがあるが何故か形が良いのだ。

徳内が一礼して権蔵の手紙を差し出すと、上紙を取って右手首に掛け、中の手紙を開いてさっと読んでから首を一度振った。こちらを向いて低音の声で言う。津軽の訛りだ。

「今、支度を直しますから、少し待っていてくれませんか」

徳内は新八の言葉に何故か親しみを感じた。

奥の方に入り、少し間を置いてから新八は紺木綿の普段着に換えて出てきた。徳内が意外に感じたことは初対面なのに、新八の扱い方がやや丁寧なことだ。

新八は小屋の外に出て徳内を北側の小高い丘の方に案内する。小高い丘の上に立って海を見ると野辺地湾が一望できた。新八は木陰に座り、徳内にも横の座を勧めて言う。

「ここはですね、ご覧の通り、今は地回り船しか見えませんがね、年に二十隻ほどは長崎、大坂方面へ荒銅や俵物を運ぶ大船が入港しましてね、大変賑わう湊です。わしらはそれで何とか食ってるわけですよ」

「渡島福山港への直行便もありますか」

「無論あります。南部藩の産物が全国に積み出される湊ですから。特に大豆の積出は日本一でしょうな。ところで最上さん、あんたの東蝦夷地でのお働きはここでも評判ですよ。赤人を平らげた勇士としてですね」

徳内は松前とは全く異なる評判に驚いた。

「新八殿、それは買い被りですよ。私にはそんな力量はありません。赤人は自分で蝦夷からどこかの国へ帰っただけです。それどころか、お上からは召し放ちとなりましてね。今は風来坊です。今回、別な目的で松前に再渡行したところ、私は松前藩から追放となっていた次第です。このたびは権蔵さんに助けられましてね。ああ、権蔵さんは私の懇意な夷人から紹介を受けました」

新八は成程というようにやや面長の顔で頷いた。

「これから取り敢えず私の家に落ち着いてください。先のことはゆっくり考えましょう」

それから新八は徳内を港端の自宅へ案内した。

新八家の離れ部屋に通されて互いに一服してから新八が言う。

「先の見分隊の話は抜きましょう、最上さん。こちらでも蝦夷地の事情はある程度つかんでいますから。これからどうするか、ご意向を伺いましょう。私達に協力できることは致しますよ」

徳内は新八が私達と複数形で言うことは、誰か仲間がいるのだろうと思った。

「いろいろとお世話をお掛けしてすいません。有難いことです。私が蝦夷地を再度訪れた真の目的はですね、近年外国の進出で北方領土対策に少々不安を持っているためです。さらに北方の実態調査を続けるためです。幕府上層部が必要な調査を投げ出しましたのでね。それで、今は松前藩の隠れ貿易にとって都合の悪い人間となっているようです。ですから一旦陣を引いて様子を見たいと思います。そこで権蔵さんの意見もあり、しばらくは松前に近いこちらで機会を待つつもりです」

新八は端正な顔を少し前に出して徳内に尋ねた。

「お考えはわかります。ですが、この先ここでどう暮らしてゆくつもりですか」

徳内は新八の厳しい質問に才槌頭を左右に捻りながら答える。

「まあ、私に直ぐできることは算数塾の先生ぐらいですが」

新八は直ぐに反論した。

「塾の先生ですか。でも算数だけの専門塾では難しいな。ここは秀才児の集まっている場所ではないのでね。寺子屋のような、何でも塾の方がでいいでしょう。土地柄からですね」

そこへ新八の妻春江が入ってきた。体は大きいが顔は小型だ。土地の酒肴を運んできたのだが一瞬立ち止って徳内を見つめ、その小さい口元から津軽弁が出た。

「へえ、この方が赤鬼退治の徳さんですか。まるで普通の人だね」

新八が手を振って早くそこへ置きなさいという身振りを見せた。春江は盆に載せた手料理を二人の前に置きながら
「こんな田舎で何もありませんが、かながしらの良いものがありましたので」

と言いながら、魚の塩焼きと味噌煮料理を運んできた。いもとかぶのごろ煮、大根のがっくら漬な

ども別皿に付けている。

「後でたらのじゃっぱ汁も作るからね、召し上がって下さい」

徳内は奥さんの春江に大きな頭を下げながら、

「野菜や漬物も美味しそうですね。でも、土地のじゃっぱ汁はまた格別ですからね。懐かしいな」

新八は言う。

「この辺りではね、御馳走は海産物です。米が少ないのでね、通常はひえ、あわ、などが常食ですよ。あわきみ飯や豆の入った豆ままご飯などと言ってね……。ところで徳内さんはこちらは初めてではないようですね」

「ええ、私は羽前の最上楯岡に生まれましてね、高という半農半商の家でした。若い時分には煙草行商をさせられまして、ここには何回か訪れています。実はこの野辺地に親戚筋の家があるらしいのですが、未だ縁がなく一度も訪れていません」

丸々と太った春江は興味を引いたらしく尋ねる。

「お名前は聞いているのですか、そのご親戚の」

徳内はいずれは夫妻に聞いてみるつもりだったので答えた。

「私の爺さんの兄貴でしてね、姓は島谷《しまや》と言います。遠い親戚ですよ」

新八夫婦は一瞬驚きの表情を見せた。

島谷家はこの地の富商に数えられる酒造業、廻船問屋を営んでいる名家だ。史料（注2）によれば、野辺地島谷家初代又之丞は徳内のお爺さんの実兄で、現在は三代目の清吉が当主らしい。また、新八家とは奥さん同士が昵懇の仲でもあるという。広い世間ではあるが、一方ではこのように狭いのだ。

「一度清吉さんに会ってみませんか」

「そうですよ、よければ私が先に話をつけてきますよ」

新八夫婦はこの面談に大変乗り気だ。

徳内は思った。島谷さんに会ってどうなるのかわからないが、乗った船は既に動いている。ここで勝手な行動は不利だ。

――ここは新八夫妻にすべて任せる方が良いだろう。

「ご面倒を掛けてすみませんが、よろしくお願いします」

そう言って重い才槌頭を二人に下げた。

――この頭はまだいくらでも下げられる。


数日後のことである。船頭新八の案内で徳内は、港からやや離れた高台にある屋敷街の島谷清吉邸を訪れた。

会見すると、年は六十歳前後か、頭の髪は薄いが大きな顔で目鼻も大きい。徳内は訪問の挨拶に加えて、自身の父親徳兵衛の出自を述べた。土地の有数な富裕商人の貫禄が付いた清吉は鷹揚な態度でこれを聞いていた。清吉は腕を組み直して徳内をまじまじと見てから言う。重い津軽訛りが部屋に響く。

「やあ驚いたな、先々代又之丞爺さんはあんたによく似ているよ。頭のでかいところもな。その弟は確か羽後国の境にある庄内の酒田港辺りにいたらしいが。最上川を遡って羽前の楯岡まで行ってたのか……なるほどな」

徳内は思わぬところで才槌頭が縁続きの証になったことを知る。

――この頭は下げる価値があるらしいぞ。

清吉は続けて言う。

「徳内さん、あなたのエトロフ島、ウルップ島での働きはこの地では有名になっているよ。特にオロシア人と接見した話はね、子女の間では赤人退治の武勇談ともなっているようだ。そのあんたが島谷家の縁続きだったとはね。ただね、松前藩としては、幕府に痛くもない腹を探られたくない気分でいることは間違いない。まあ、当分は目立たないように時期を待つことだ。そこでね、新八さん夫婦にはあまり面倒を掛けないよう万事は番頭の安兵衛に頼んでおくよ。遠慮なく相談してくれ」

その後で清吉の奥さんや息子の清六にも引き合わされた。春江は清吉の奥さんとは古い知り合いであったので、話がとんとん拍子に進み、とうとう話は徳内の身の振り方にまで及ぶ。この際、後継者の居ない竈島《かまどしま》に住む島谷家の分家島谷清五郎の妹ふで（秀子・十九歳）を徳内に娶わせて、清五郎の後継者にしたらどうかということになったのだ（注3）。

徳内は話が思わぬ方向に発展していたが、〝これもモ・カムイの思し召しだろう〟と思い、奥さん方の話し合いにすべて任せている。

このような次第で野辺地湊に仮住まいを構え、何でも塾「満塾」を開き、徳内とふでとの新婚生活が営まれたのである。

そして、二人にはその年に早くも子宝（鉄五郎）まで授かっていた。

（注1）この頃から幕府の公的文書によるアイノの名称は蝦夷・夷人となっているため同様にした。

（注2・3）『最上徳内』（島谷良吉著・日本歴史学会編集・吉川弘文館発行）を参照して創作。

図 13　松前公園の桜

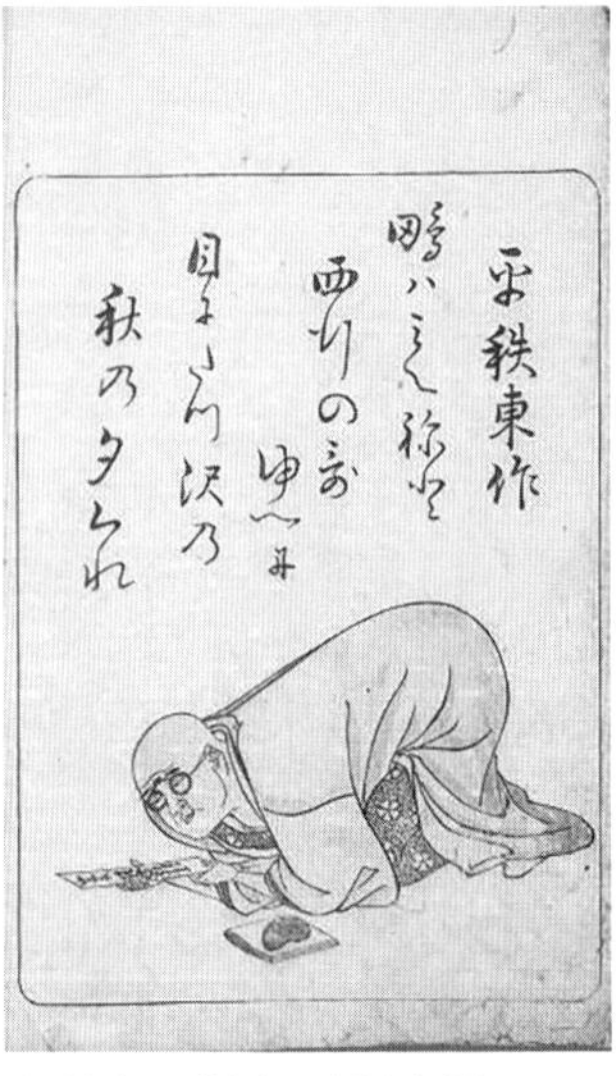

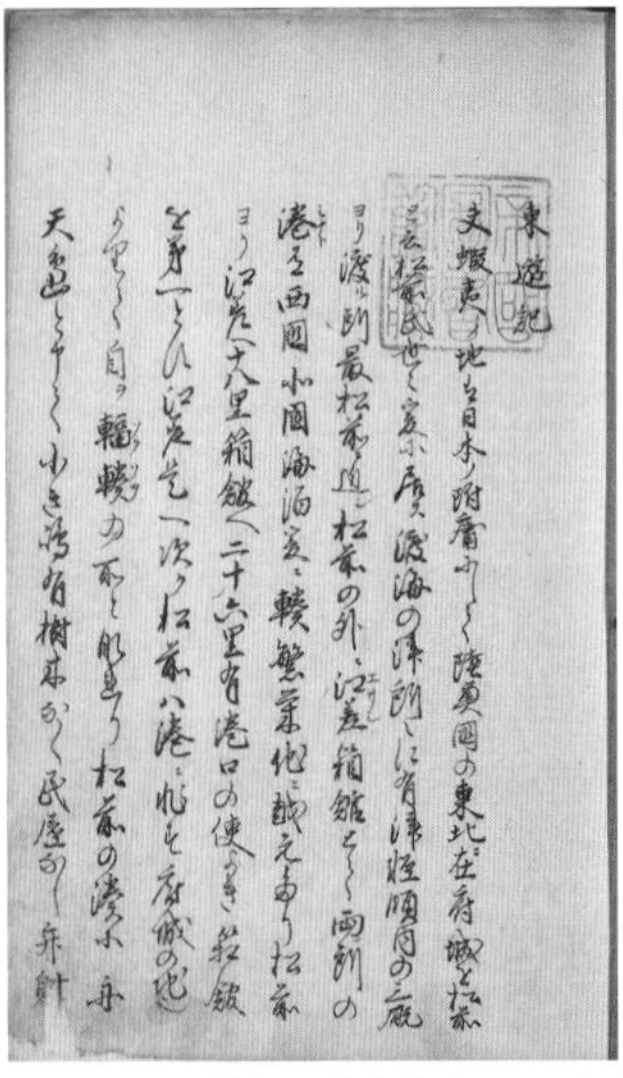

図 14（右）平秩東作（北尾政演〔山東京伝〕画『古今狂歌袋』収載）
（左）『東遊記』巻頭（国会図書館デジタルコレクション）

（一一）松前緋桜

登場人物

平秩東作	当時六十歳位	故人・戯作者
松前勇之助	当時十七歳位	松前章廣の幼名
花山院知子	不　詳	松前道廣夫人
松前道広	三十五歳	第十三世松前藩主
松前広長	五十一歳	松前藩家老
佐藤平六郎	四十歳位	花山院家青侍
吉兵衛	六十歳位	料亭「川吉」主人

北の国にもようやく初夏の陽気が訪れる寛政元年（一七八九）五月初めの頃、蝦夷地のクナシリ・メナシの夷人が一斉に蜂起したという情報が、ノッカマフから大畑湊へ逃げ帰った水夫から野辺地に届いた。和人七十一人が殺害された大騒動が勃発したということだ。さらに騒動は拡大しているという。これを伝え聞いた徳内は、直感的に恐れていた蝦夷地支配の請負商人による非道な交易がもたらした事件であることを覚った。

——至急何とかしなければ、蝦夷地は最悪の事態となるぞ。

先ず徳内は、江戸の青島俊蔵に「クナシリ騒動」発生の第一報を早飛脚によって走らせた。これより少し遅れて、アッケシから松前藩に急飛脚が届き、藩から江戸への急使が差立てられたのが六月のはじめ頃だったらしい。

騒動を知った松前藩は予想外に迅速な行動を執った。藩は隊頭に番頭新井田孫三郎を任命し、ただちに二百名を超える藩兵を集めた。新井田は数日で小荷駄隊を従える鎮圧部隊を編成し、陸路を東に向かって順次進軍を開始した。そして閏六月九日には早くもシラヌカに到着している。

時を移さず、鎮圧部隊幹部は当地シラヌカ、チクシコイ、クスリの夷人乙名達より情報を集めて事件の概要を掴んでいた。月末にはアッケシ惣乙名イコトイからも事情を糺したが、それによると、事件の発端は、飛驒屋支配人佐兵衛及び彼らの手先による蝦夷人への虐待や姦通によって発生しているようであった。

彼らの行動については、既に天明見分隊による報告もあり、佐藤玄六郎などにより再三の善処、改善を要望していたのであったが、田沼政権から実質的に松平定信に代わった政権側の方針が「蝦夷地一件差止」となって二年余を経過し、旧態依然の体制が続いていたため、その結果がこの騒動を引き起こしたものと言えるのだ。

これ以上の戦闘による惨事を避けるため、松前藩鎮圧部隊の新井田隊頭は、アッケシの惣乙名イコトイ、ノッカマフ惣乙名ションコ、クナシリの惣乙名ツキノエなどを説き、停戦武装解除を納得させた。また、彼ら蝦夷人生き残りのために、乙名達の涙ながらの懇願によって、反乱蝦夷が松前陣門に下り、徒党参加者全員の自首出頭を成功させた。

これで暴徒参加者は三人の惣乙名に身柄を預けられ、吟味を経て処分されることとなった。

七月二十一日、騒動によって和人殺人者と判明した三十七名については、松前藩検分の前で刑の執行が終了した。新井田隊頭は、イコトイ、ツキノエに対し、この騒動勃発の蔭には赤人の後押しがあったのかなかったのか、慎重に問い質したが、その事実は全くの風説であることを確認したということになっている。だが、真実はわからない。この時点で、蝦夷人達は赤人の二名が未だエトロフ島に居残っていることを証言していたらしい。

後の話では、その際、隊頭新井田孫三郎、物頭横井関左衛門の両名は乙名夷人に対して、厳しく赤人達の退去を行わせるよう申し渡したということになっているのだが、彼等の退去を確かめてはいなかったようだ。

七月も終わり頃、凱旋鎮圧隊はノッカマフから船でアッケシに入り、松前に騒動鎮圧を報告している。そこで、鎮圧に功労のあったイトコイの母（オッケニ）などの蝦夷人に対して、米や煙草を与えて功労を称えた。これに感激した蝦夷人達の間には、鎮圧隊の後に従い揃って松前に参上し、御領主様へのお詫びと御礼に伺いたいという意見が纏まった。

九月の上旬、鎮圧隊は船路や陸路を経て、この蝦夷人の一隊を従えて松前に帰還した。死罪となった三十七の反乱夷人の首級を掲げ、誇らしげに松前城下に凱旋したのである。

一方、江戸においては、この騒動に対してどんな反応と動きを示したのだろうか。先ずは松前藩江戸屋敷について様子を見てみたい。

幕府の資材置き場である御竹蔵の周りには、二間幅くらいの堀が櫛形に廻らせてあり、敷地の四方から荷を積み下ろしができるように数ヵ所の荷揚げ場が造られている。大川に面した西川岸には洪水を防ぐ高い土手が築かれていて、従って大船を係留する桟橋はないが、土手の中央部には内堀に出入りする荷舟のための資材搬入水路が設けられている。しかし、中型の船がようやく堀に出入りできる程度の狭いもので、頑丈な鉄の水門が備えてある。その土手の切れ目の上には橋が架かっていて、御蔵橋と呼ばれている。この橋の上から視界の開けた方向を眺めると、川向の西側には浅草御米蔵、遙か北方下流には七十六間の吾妻橋が見える。南側の川上は屋敷の蔭で見えないが、この先には長さ九十六間の両国橋がある筈だ。

松前藩上屋敷は御蔵橋から南側の土手下にある。敷地は短冊のような矩形だ。川の土手は屋敷前中程から二股に分かれて、その土手に囲まれた股の中は津軽越中守の下屋敷、その先は藤堂和泉守の下屋敷となっている。いずれにしろ御竹蔵前では藩の上屋敷として少し格が落ちる場所となるだろう。

藩主の松前志摩守道広はこの上屋敷をあまり好まず、奥方の住む中屋敷に居ることが多い。松前藩の中屋敷は下谷七間丁華蔵院南、大久保佐渡守上屋敷北側にある。三味線堀の一角だ。風雅な趣を凝らした庭園には数々の樹木も茂り、京の都から嫁いできた花山院常雅《ときまさ》の娘敬姫（知子《さとこ》）にとっても過ごしやすいのだろう。

この中屋敷によく出入りしていたが、今年の春（寛政元年己酉・一七八九年）三月八日に六十四歳で亡くなった戯作者の平秩東作《へづつとうさく》（本名立松懐之・通称は稲毛屋金右衛門）が、生前のある日、道広の長子章広（当時十七歳位か）に話していた不思議な話がある。義母で藩主道広奥方の知子も同席していたそうだ。雑談の折、東作が章広に話しかけた。

「ところで勇之助様、藩上屋敷の後ろにある御竹蔵の怪談を知っていますか、最近巷では噂になっているようですが」

「いや、知らない。どんな話だろう」

東作は声を潜めて言う。

「ある男がですね、御竹蔵の掘割で釣りをしましてね、沢山の魚を釣ったそうです。その夕方帰ろうとしましたところ、堀の中から何か怪しい声がしたそうです」

東作は聴き手の反応を確かめながら、一息置いてしわがれた声をわなわなと震わせる。

「置いてけ！」

しかし、章広と知子には特に怖がっている様子は見られない。東作は拍子が抜けたような顔を作った。章広は平然とした態度を保って見せ、声も軽ろやかに言う。

「なーんだ、怖くも何ともないよ」

その声に東作が負いかぶせるように続きを加えた。

「男が家に帰って魚籠を見ると、釣った魚が一匹もいなかったそうです」

勇之助は怪談に追い打ちをかけるように言い放つ。

「多分、そんなところが落ちだろう。狐の化かし方も同じだ」

これを聞いて知子も笑って相槌を打つ。

「優しい妖怪だこと」

「やっぱりこの怪談にはもっと工夫が必要ですね」

参ったという顔付きで言う東作のぼやきに、勇之助が反応した。

「滑稽堂（東作の別号）ならどんな工夫をするのかなあ」

東作は頭を掻いている。

「ええと……普通なら河童の仕業をもっと複雑に仕組むでしょうが、単純すぎますね。どうも話だけでは勇之助様にはあまり気に入らないと思います。時代遅れの古老の怪談話だけではね……私なら何か凄みを利かして目で見えるような工夫をします。怪しい音曲を加えることも考えます。つまり、五感で体感できるような仕組みを加えることです」

勇之助は興味を持ったように東作に体を向けた。

「目に見え体で感じられる工夫か、絵とか草紙とか人形の芝居などかな」

「その通りです。手っ取り早いのは恐ろしい化け物を描いて見せることでしょうね」

その後、勇之助が二十一歳で家を継いで若狭守となり、福山において我が国に来港する外国船に対応する際、わかりやすいような絵図面を何枚も描いて関係者に指示したことが知られている。

御竹蔵前の松前藩邸上屋敷長屋門から三挺の駕籠が供侍を従えて出ていった。両国橋手前の尾上町川端に見晴らしのいい船宿で、鮮魚料理屋を兼ねる「川吉《かわよし》」がある。多分そこへ向かったのであろう。六月も中旬末となり既に陽気は蒸し暑い。松前藩の当主道広は、下城して早々に川風を受けながら若鮎の塩焼きで一杯やろうという魂胆だ。また、たまたま本日は京都御所の公家花山院家からの客人もあったのだ。道広夫人は先述のように右大臣花山院常雅の娘であったので、実家からは折に触れて東国の無聊を慰めるためのやんごとない品々を送り届けられている。無論、松前家としてはむしろ倍返しとなることが当たり前で、それ相当のお返し品を贈呈するのも常であった。

松前家と堂上家（公家）との関係は、武田信広第一世（蠣崎を名乗る）から松前宗家となる五世慶広にまで遡る。彼が当時の猪熊事件（注1）により後陽成天皇の逆鱗に触れ、朝廷から蝦夷地流人となった花山院忠長《ただなが》を世話することが始まりだった。その後の世代では高野中将家、八条中納言家、花山院家などとの姻戚関係が結ばれてきている。

「川吉」の主人吉兵衛には既に話があって、墨田川面に面した二階角の部屋を二間続きにした席には数名の美人酌婦を揃えて待機していた。

「ようこそおいで下さいました」

と一同が頭を下げる中を分け入るようにして、

「やあ、いつも世話を掛ける。ここは風の通りが抜群だ」

そんな声を掛けながら松前道広が座敷の中央にどんと尻を落とす。三十五歳にしてはかなりの肥満体だ。自分でも太っていることを気にしているようだ。

「場所入りした関取のようだな」

そんな言い訳を言って勧められた座に座り直すと、続く客人の花山院家に仕える青侍《あおさむらい》（六位の侍）亀山平六郎を右奥に招いた。平六郎は萎んだ干し大根のような長い顔を左右に回しながら、座高の高い道広の後ろを回り、川に面した奥の席に痩せた体を並べる。最後に小柄の家老松前監物（広長）が道広の左横に座った。茶人のように静かな座り方だ。これで右前方に両国橋、左前方に遠く伸びる川筋が見晴らせる席に三者の顔が山形に鎮座したのだ。

主人の吉兵衛は座敷の敷居際に座り、挨拶を述べるつもりで三人に対面したが、どこかの本堂から抜け出てきた三尊仏のような姿に思わず笑い顔が出てしまい、

――お釈迦様でもあるまいに、御来迎のようなお並びとはな。

などと思いながら、挨拶もしどろもどろになる。

「本日は……誠に……有難く存じます」

早々に引き下がって中居達を急き立て、小鉢物の突き出し料理を運ばせる。酌婦達は酒徳利を持ってすり膝で客人に近寄る。

「平六さん、このたびはご苦労さんだね。昨年の大火で少し間が開いたようだが、そちらは変わり無いかね」

道広はそう聞きながら盃を干す。平六郎は、飲み掛けの盃を慌てて外し、顔だけを向けて、

「何しろ団栗焼けで、御所も丸焼けになりましたから、後始末が大変でした。お蔭様で皆様方はご

無事でお変わりありません。そのご報告も兼ねて、この度参上した次第です」

と三点を順番に並べた。

「団栗焼けか……東山の町屋で起こった付け火という噂もあった。まあ、鮎でも食べてからゆっくり聞こう」

遡上の鮎は清流の岩に付いた特別なコケを食べている。従って微かにその香りがある。秋には、はらわた（腸または子）を塩漬けにして造る苦味のあるウルカも酒肴には珍重されている。

「昨年秋獲りのウルカですが」

吉兵衛がそう言いながら皆の膳に添える。暫くして各自の前に大皿が運ばれてきた。水を打った笹の葉を沢山置いた上に、竹串で縫った若鮎が程々に並んでいる。緑の葉の中に鰭や尾頭に白く焼けた塩が固まって見える。竹櫛から焼鮎を丁寧に外し頭から丸かじりにすると、歯応え、味、香りの複合的な感覚が全身に染み渡る。傍らには熱い鰭酒も付けてある。

「まるで泳いでいる若鮎の群れですね」

平六郎は、目の前に現れている大皿の景色に見惚れている。

「あとは蕎麦を食べることにしている。平六さんは京料理で舌が肥えているから、たまには田舎の味もいいだろうよ」

道広は江戸の調理を田舎風と謙遜している。京の青侍である平六郎は手を横に振って言う。

「いやいや、公家の台所は相変わらず火の車ですから。為政の方々も、禁裏関係の生活手段をもっと真剣に考えて貰えると有難いのですがね」

これまで黙っていた家老の監物が急いで言った。

「亀山殿、それについては食事の後で話しませんか。ちょっとこの場ではまずいのでね」

平六郎は〝壁に耳あり〟だなと思った。

鮎雑炊の後、仕上げの手打ち蕎麦が笊に乗って運ばれてきた。

「こちらでは蕎麦汁の味が少々濃いとは思いますが」

吉兵衛はそう断っていたが、誰も気にしてはいない。

食事が終わり、ほうじ茶が出されたところで吉兵衛は宿の人員を一階に下げ、監物の傍には呼び鈴を置いて下がった。赤い顔が余計に目立ってきている監物が、懐紙を取り出して横向きになってちんと鼻水をかんでから、おもむろに言う。

「亀山殿、お待たせしたが、近年周囲が油断のならない状況でしてね、用心しているのですよ。もう心配なくお話しくださいな」

それを聞いた平六郎は、すっと席を立ち道広の前に進み、扇子を一文字に置いてから、傍らに置いた紫地に菖蒲菱の紋が付いた包みを開いて、一通の書面を捧げて渡した。

道広が見ると表紙には〝松前志摩守殿〟、裏面には〝たかの〟と差出人の記名がある。中には一枚の短冊があった。

奥山のおどろが下も踏みわけて
　　道ある世ぞと人に知らせむ

との一首が記されていた。

道広は左隣の監物に短冊を見せる。監物はいきなり和歌を見せられて最初当惑していたが、はっと何かを気付き居住まいを正した。

「後鳥羽上皇様の御製（注2）ですな」

道広は大きく頷いて、目の前にいる持参者の青侍に大きな目を向けた。

「〝たかの〟とあるから右中将様からだろう。ねえ、平六さん」

平六郎は、右中将が送った大事な御製の真意に気付いてくれることを願うのみだ。

「はい、その通りです」

道広は短冊を丁寧に包み紙に納めてから、太い首を膝に掛けていた白布で拭きながら平六郎に尋ねる。食事を摂ると汗が出てくるのだが、それだけではないのだろう。

「高野中将様は近頃如何されているのかな……もうかなりの御年だろうからね」

「ええ、右近衛様はそろそろ六十半ば過ぎにおなりです。あの事件（宝暦事件）（注3）がありましたから。ええ、永蟄居から三十年は経ちました」

平六郎は御製歌の意味とも関連するのだと思う。

道広はこの時に、ふと承久の乱における三上皇が、配流地に連行されて行く姿が頭の中を過った。まるで昨日のでき事のようにだ。その光景を振り払うように呟く。

「私は若い頃、その事件と隆古《たかふる》（義兄）殿のことを八条の母親からよく聞かされていた。垂加神道御進講の話もね」

――有難い……この方は心中弁えておられるようだ。

平六郎はすかさず続ける。

「左様ですか。八条中納言隆英《たかてる》様の御子で、お二人は御姉弟ですから。当時はご心配であったものと拝察致します。えーと、右近衛様は親書の御返事は遠慮したいとのお言葉でした。ですが、中将様への土産話に御領地の様子などを少し伺えると有難いです」

彼の述べる言葉は相変わらず三点の項目を重ねている。

道広は蝦夷人（アイノ）の話だろうと思った。京の都でも、渡島アイノの様子に興味があることを聞いている。

「近年の蝦夷地のでき事については、既にご承知なのであろう」

道広は、幕府の田沼政権改変による北方貿易などの様相ついて、あまり世間に知らせるべきではないと思っている。この時、監物が道広に助言した。

「平秩東作の『東遊記』は、まだ筆写したものがいくつか取ってありますので、この際、中将様にも一部差し上げられたらどうですか」

「高山彦九郎にも渡した冊子だね、見切り話よりそれがいいな」

亀山平九郎はこの会話を聞いて頭を下げたが、内心驚いていた。

――高山彦九郎か、意外な人物と逢っているな。

花山院菖蒲菱の絹布を手にして追いかけるように言う。

「恐れ入りますが、できましたら当家中納言（花山院愛徳《よしのり》）様にもお届けしたく、もう一冊よろしくお願い申し上げます」

「なるほどご尤もな話だ。妻の実家を忘れてはまずい」

道広はそうは言ったが、平秩の記した『東遊記』付録末尾には、彼の祖先にとって関わりのある重要な和歌が記載されてあることを知っていたであろうか。いや知らなかったであろう。この書の末尾に記された和歌二首は以下のごとくである。

花山院少将忠長卿此所に配流のとき、

都にてかたらば人も偽りと

はいん卯月の花の盛を

とよみ玉ふといへり。此花塩竈さくらとて、城内に有、緋桜也と言。此とき領主氏廣返歌有、

わきてけふ大宮人のながむれば

花の匂ひも猶まさりけり

塩竈《しおがま》さくらは、仙台の塩竈神社にあった八重桜である。縦皺のある淡紅色大輪の花が密生して咲き、雌蕊が緑色葉化している桜だ。また緋桜は緋寒桜ともいい、日本の暖地で咲く濃紅鐘形の花を下垂する桜である。この東作の記した桜の説明書きは兎も角、少将忠長が蝦夷地配流の際に、都人に言っても、陰暦の〝この卯月に桜の盛りとは信じられない〟と驚くだろうと詠じた桜花の一首が、その後「松前〇桜」として全国有数の桜の品種を誇る名所となっていく嚆矢となったことは疑いない。

監物が傍に置かれている呼び鈴を振ると、涼しげな音がした。

吉兵衛の渋紙色の顔が現れて太い声を掛ける。

「お船の用意ができておりますので、どうぞ下へお越しください」

一同はぞろぞろと川風の渡る船置き場に向かい、一艘の屋形船に乗り込んだ。船中にはきれいどころを揃えた土地の芸者衆が数名控えていた。青侍には何よりの趣向であろう。道広の配慮かもしれない。前後二人の船頭が揃って竿を岸壁に突き立てると、船は岸を離れてぐっと川面に押し出されて両国橋が後ろに下がる。

その時である。船宿の表から船着き場の岸壁に駆け寄って来た男が、両手で口を囲い船に向って大声で叫んだ。船中では互いに話が交わされていたが、この時、道広が急に首を立てた。

「置いてけ！」

という声が聞こえたという。

舳先の船頭は、岸から船を返せと言われたので船首を回したらしい。いずれにしろ、これが蝦夷地反乱勃発を知らせる松前藩飛脚第一報到着の知らせであった。

（注1） 猪熊事件　慶長十四年（一六〇九）に起きた朝廷の高官による密通事件で、後陽成天皇の怒りによって、京都所司代が命じた左近衛少将猪熊教利以下公家八人、女官五人、地下一人への懲罰処分事件。猪熊と同じ左近衛少将であった花山院忠長は、天皇の寵愛を受けていた広橋局に懸想し、牙医（歯科医）兼安備後の仲介で昵懇となり、逢瀬を重ねる仲となった。天皇の寵愛を受けていた。猪熊はこれを知り、懇意の公卿を誘って数々の乱行を行った。この事実が天皇の上聞に達したため激怒されて、今まではなかった関係者全員の死罪を命じられた。この事件の捜査と処分を依頼された幕府は、大御所徳川家康の意向を受けて、京都所司代板倉勝重、重昌が調査した結果、天皇の死罪命令は幕府の緩い処分案として実施された。この事案が、以後の幕府の朝廷政策を強固にする禁中諸法度強化に繋がってゆく。死罪は二人で猪熊教利、兼安備後。それ以外の公卿、女官等は遠方にそ

れぞれ配流となっている。花山院忠長は慶長十四年（一六〇九）から寛永十三年年（一六三六）頃まで、蝦夷地および奥州東北部に配流され、その後は出家して関東などに留まり、慶安五年（一六五二）帰洛している。

（注2）『新古今集』巻十七・雑歌中一六三三【太上天皇（後鳥羽院）住吉歌合に、山を】※現代語訳「深山に生い茂るいばらの藪　その下をさえ踏みわけ踏みひらき　世の人に告げ知らせずにはおくまい　このようなところにさえ道は開けば開ける世の中だと」（大岡信編『現代語訳　日本の古典3　古今集・新古今集』を参照）。

（注3）宝暦事件　宝暦八年（一七五八）朝廷において少壮公卿らと竹内式部が崎門学派、垂加神道に基づく『日本書紀』などの講義を行い、武家により政権を奪われた朝廷の在り方を正当化すべき考え方を説き、若き桃園天皇にも進講した。朝廷内部の守旧派派は、これを幕府の定める法令違反となることを恐れ、公卿の武術稽古禁止を理由に、自主的に該当者を京都所司代に告訴した。

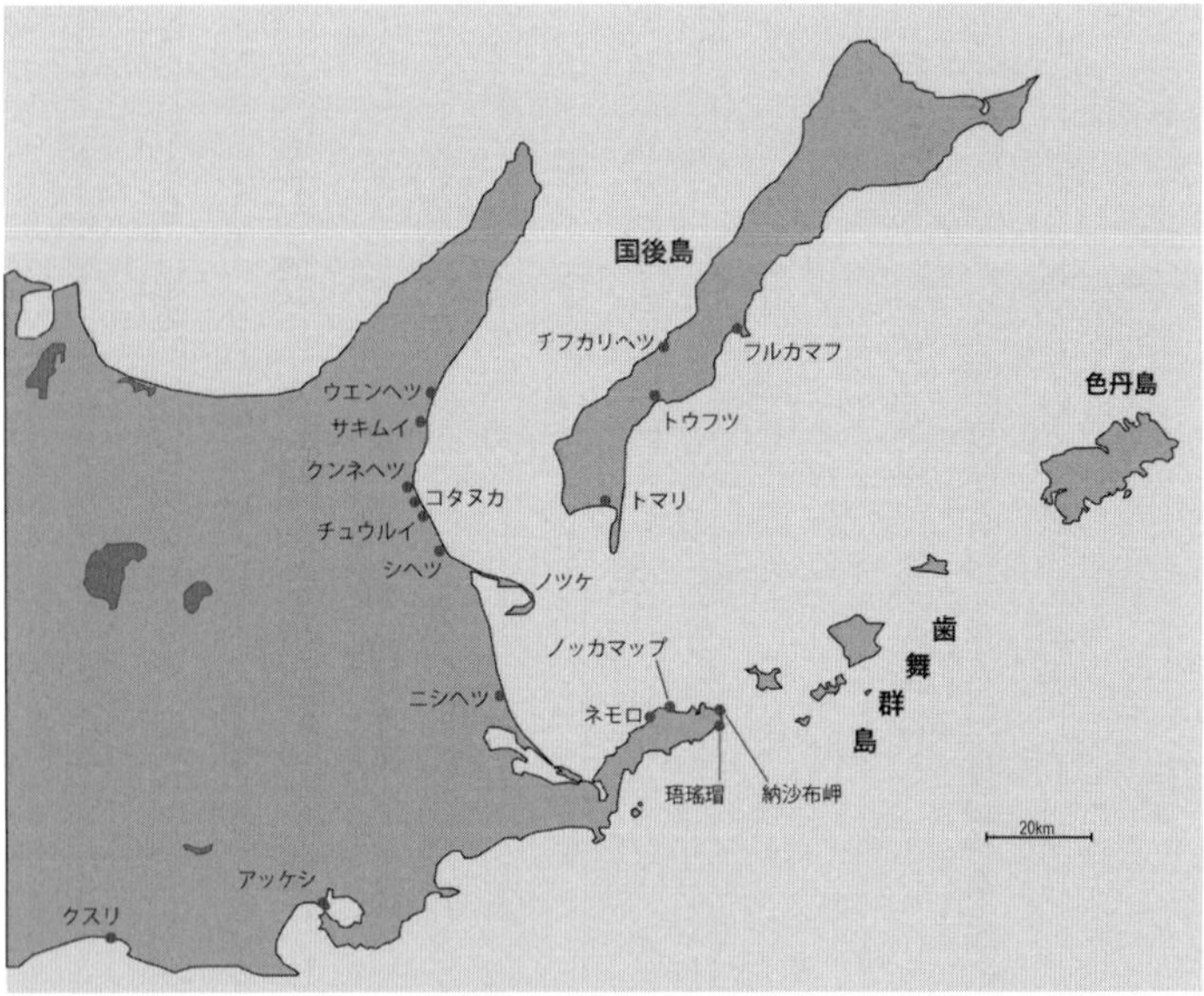

図 15　クナシリ・メナシの戦い「関係地名図」（根室市公式ＨＰより）

（一二）雪隠詰め

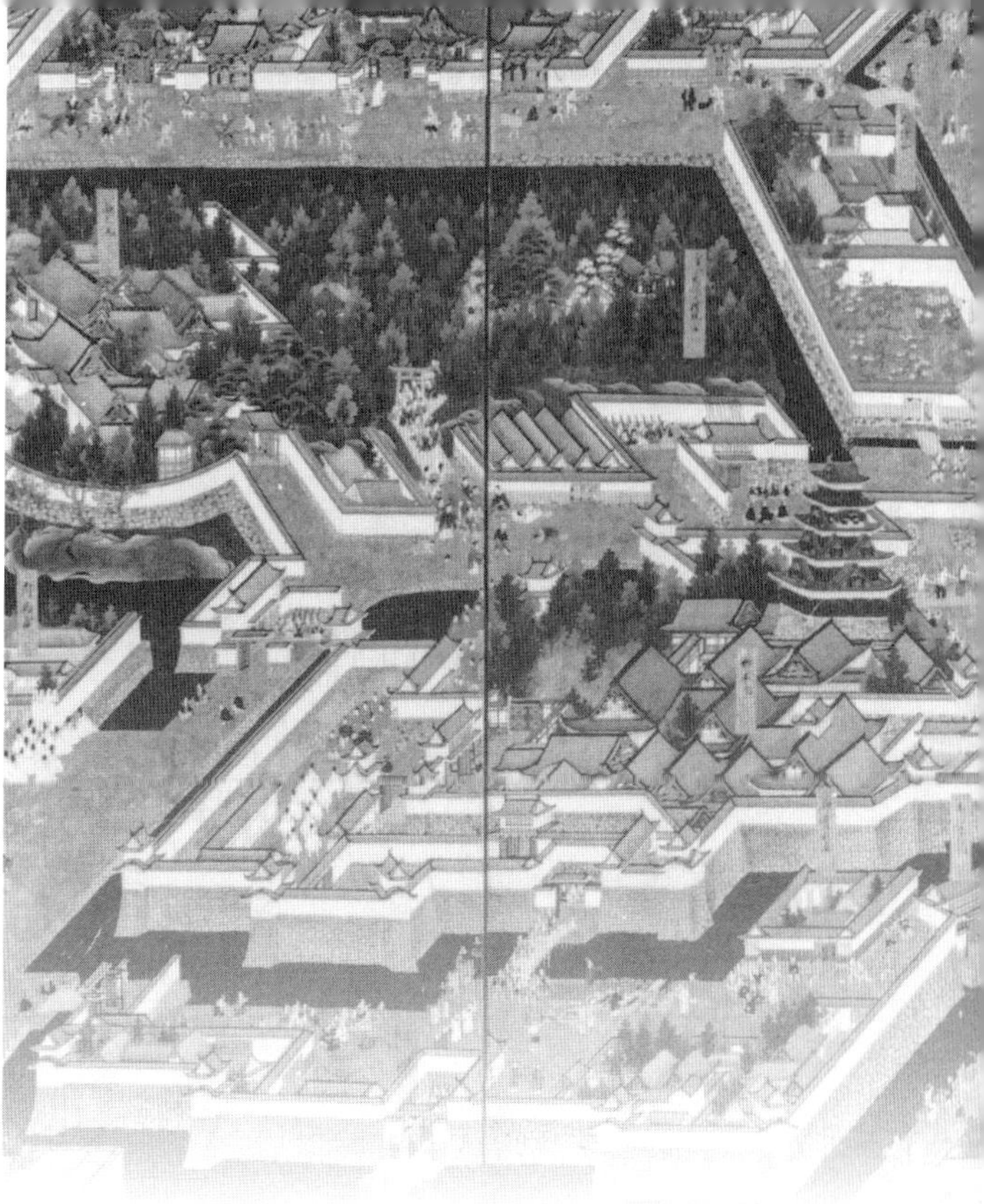

登場人物

下国主殿　五十歳前後　松前藩江戸詰中書院
久世広民　五十三歳　勘定奉行公事方
金沢安貞　五十六歳　元勘定組頭
松平定信　三十歳　老中上座
根岸鎮衛　五十三歳　勘定奉行公事方
青島俊蔵
最上徳内
ふで（秀子）
笠原五太夫
黒髪の権蔵

山下太兵衛
フリウェン
本多利明
徳兵衛

松前藩江戸藩邸の江戸詰重臣下国主殿《しもぐにとのも》が、勘定奉行公事方月番の久世丹後守広民邸に参上して、クナシリ・メナシ蝦夷騒動の勃発を急報したのは六月二十日の夜分だったようだ。

この時の勘定奉行は、久世の他に柳生主膳正久道、根岸肥前守鎮衛《やすもり》、久保田佐渡守政邦の四名で、一年交代で二名が勝手方、二名が公事方を務める。久世平九郎と柘植三蔵は、長崎奉行の時には同役となっていたが、勘定奉行でも天明六年から八年までは一緒であった。

部屋の隅から届く行燈の淡い光の中で、平九郎広民は、丸い胴体に丸い頭を乗せた達磨形の影を障子に写し、それを前後に揺すりながら主殿に尋ねた。

「騒乱現地への対応は既にしているのだろうが、これがどのような規模に発展するのか、それが問題だね、えっ、下国殿」

主殿は汗を拭くための手拭を手に持ったままで答える。

「第一報ではですね、藩の番頭新井田孫三郎が鎮圧隊を組織しまして、急遽現地に急行するとの通報でしたが、先発隊は二百名くらいの人数になると思います。もっとも現地の反乱規模によっては更に増員する用意はあります」

この主殿の話を聞きながら、平九郎は十一年前の安永八年（一七七九）に、長崎奉行交代で柘植三蔵正寔《まさざね》との事務引継ぎの際、オランダ大通詞吉雄耕作から聞いたベンゴロウ書簡（注1）を思い返していた。あの書簡原本の行方はそのまま謎となっているが、林子平の言うベンゴロウが記載したであろう書簡欠落部分の事項は、年月を掛けてその通りに進行しているのではないか。即ち、オロシヤ国カムサスカからの侵攻、蝦夷地侵略が着実に進行している表れではないのか。蝦夷人のクナシリ・メナシ反乱はその先触れなのか。これは蝦夷人の反乱を、その後ろで赤人が支援しているという証拠があるかどうかが最大の鍵だ。これについて幕府は至急調査しなければならないだろう。

平九郎には次々にそうした考えと結論が湧いてきている。だが、こちらの考えだけで、迂闊に御老中には言えない。正面から切り込めばどんな有効な技でも相手は必ず外して、鋭い応じ技で切り返しが来るのだ。彼が独自に編み出しつつある新甲乙流の剣法と同じだ。

「まあ、柔らかく脇からいこう」

平九郎はそう呟いたが、主殿には意味が判らない。

「脇からですか……」

「いや、こちらのことだが、あまり大騒ぎにしないで少し経過を見よう。貴藩の立場もあるからね」

「承知致しました。次々に報告が来るでしょうから、またご相談に参ります」

主殿が下がってから、平九郎は明朝早々に報告する老中松平定信への報告文を箇条書きにまとめた。

また、小者を走らせて元勘定組頭金沢安太郎安貞の来訪を求めた。安貞は前老中田沼主殿頭意次の政務中、印旛沼新墾検地に関わっていた理由で出仕を止められ、一時期は小普請に落とされていたが、先頃許されて一橋家に出仕している。しばらくして安貞が久世の役宅に駆け付けてきた。

「夜間寛ぎのところを済まないが、急用ができてね」

平九郎は安貞の体を気遣って言う。

「いいや、まだ惚けてはいられません。実はこちらにも、ちとご相談したいことがありまして、明朝にでもお伺いするつもりでした」

安貞はそう言って懐の手拭いを出して下膨れの顔を拭う。眼袋は大きく眉はへの字だ。平九郎はこちらにも相談があると言われ、直感的に同じ事件かも知れないとは思ったが、「早速だがね……」と言って松前藩からの第一報について手短に話した。安貞は中央に寄った両眼をぎゅと瞑って聞いていたが、眩しそうに開いてぼそっと言った。

「実はこちらも同じ用件です。青島前普請役が受けた配下からの急飛脚情報でして」

やはりそうか、平九郎も合点した。金沢はこれまでの経緯をよく知っている筈だろう。何故ならば、彼が当時の勘定奉行桑原伊予守盛員の下知によって、蝦夷地一件差止の沙汰を組下普請役達に通達した本人であるからだ。

「この度の騒動勃発がどのような要因で起こったにしろ、また、無事に鎮圧されたにしろ、その後松前藩の立場はあまり良くはならないだろう。そこでね、明日この件をお伝えする際にだ、御老中の鉾先をあまり松前藩に尖らせたくないのだ、こちらの言動でね。わかるだろう、金沢殿。何か良い方法はないかな……まあ、一服点けてからでいいよ」

平九郎は、前に置かれている煙草盆を煙草好きの安貞の方へ押してみる。

安貞は煙草盆を引いて、長筒から鋲鼠屋形延煙管を抜き火皿に刻みを詰める。平九郎は彼が煙草を吸うための時を置く。

安貞が煙管の羅宇先で左手掌を打ち、火皿の灰を竹筒内に落とした。

「そうですか、えーと、ご老中へのご報告では、一部の話を中心からずらすことが肝要でしてね、何というか、完璧な正攻法では少将は満足しません。あの方は明快な太刀筋を好みますが、必ず相手の隙を見付けようとする。要するに一本取りたいのですよ」

安貞は武芸を好み、毎朝木刀での素振りを欠かさない人物だ。話の表現がその方向に向かってゆくのはそのためだろう。

平九郎の体がまた前後に揺れている。障子の影がそれを映しているのだ。

「柘植の三蔵殿と違い、わしは武道には疎いもんでね。自然体でできればいいが」

平九郎は同僚の武芸者を思い出している。

「大丈夫ですよ、御奉行。相手の位は少将ですが、今はお山の大将ですから、いつも上から目線ですよ。低く構えていれば問題ありません。えーと、それから、できればこの騒動調査に、青島を普請役に再登用してやりたいのですが、どうでしょうかな」

——青島か、彼は蝦夷地でよくやったが、田沼組の俊英だからな。

「ふむ、どうかな、田沼関連者だから。これは先ず蹴られるだろうな、あんたと同じように」

「彼ははじめはよく蹴りますが、大抵は様子見ですよ。正気に戻れば元に帰します。まあ、そこが大将の育ちのいいところです。差し出した扇を一度蹴らせておいてから、懲りずにそれで煽いでみることですよ。こちらも扇子の骨を何本か作りましょう。折られてもいいものを」

安貞はそう言って、また煙草を火皿に詰めて煙を吸う。

平九郎は丸い顎に組んだ右手を当てて首を傾げた。田沼関連者を敵将の定信に持ち出すことは、こちらにはかなり不利な悪札となるだろう。

——危ない橋だな。

安貞は平九郎の不安を感じてか、今度は煙管の雁首を竹筒に一度当ててから、それをポンと打ちつけた。音を立てるのは町方風の所作だ。

「さて、そこで一つの方法がありますよ、御奉行。青島の話では、配下に竿取の徳内という巧者が居りましてね、これがアイノ語とオロシア語がかなりわかるようです。そこで、この度のアイノ騒動の裏に、オロシヤが一枚噛んでいることを少将に匂わせれば、青島とその配下が例え田沼関連の人物でも、必要不可欠な役者となるでしょう」

平九郎にはベンゴロウ書簡がふと頭に浮かんで言った。

「なるほど、やはりオロシアの後押しがあったのかな」

――これが切札になるかもしれない。しかし安貞は何故この度の事件とオロシヤとの関連を予測したのか。

それから二人はしばらく老中松平定信への報告事項を話し合った。

平九郎は翌朝、早々に下勘定所に顔を出して吟味役に御殿勘定所に詰めることを伝え、御老中の登城を待って、緊急の面談を致したい旨を奥祐筆に申し入れてから奥の控室に入る。

正四つ(午前十時)、奥の大太鼓が時を打ち終わり、老中達の登城が終了したことを知る。全員が揃ったらしい。

それから、暫くの間は老中合議が行われたらしく控室で待たされている。意外に静寂な空間で、ここが天下の中枢であることを忘れる。林間にいるような気分だ。

猫が歩くように御奥祐筆組頭が来て、老中御用部屋まで案内され、恐る恐る丸い体を屈めて入室すると、御老中の松平定信が既に上座に座っている。自分が先に着座しているのがこの人物の流儀だ。

——青白いいつもの堅い顔だ。確かにこの人にはその方が合っているようだ。

久世平九郎広民は上目使いに平伏し膝行して座を進める。その手には「伺書」と表書きした封書がある。

「丹後守、何か急用かな」

「昨夜、松前藩より届け出を受けたのですが、本年五月はじめに、管理中の東蝦夷地で蝦夷人と和人業者との間に騒動が勃発したとの報告です」

そう言って手に持つ「伺書」を差し出す。定信は、どんな用件でも常に書面にして提出することを義務付けていたのだ。

久世伺書には箇条書きで以下の如く記されてある。
一　松前藩蝦夷地東部のクナシリ、メナシにおいて蝦夷人が和人相手に騒動を起こし、和人側には七十余名の死者が出ている。
二　松前藩は飛脚便で江戸に急報し、番頭新井田孫三郎を隊長とする鎮圧隊を結成して現地に派遣した。
三　騒動の状況は逐次飛脚便にて届け、騒動被害地の拡大を防止するための方策を実施する。
定信はこれをさっと読んで久世に質問する。

「問題は第一項だ、丹後守。後は時間が解決するだろう。さて、和人業者に死者が大勢出ているようだが、この騒動の原因はわからないのかな」

「はい、いずれ双方に尋問してみませんと真相はわかりませんが、恐らくは、互いの利害関係だけではないでしょう。蝦夷人は利益にはあまり拘泥しないと聞いています。まして自らの利益を得るために、このような殺人を伴う闘争はしないでしょう」

――この男は、蝦夷地の様子をかなり勉強しているな。

定信は彼の情報には信憑性があると思った。

「そうか、では、この騒動が部族一体に及ぼす制裁を顧みず、彼らを死闘に追いやった原因は何だろう」

「わかりません。恐らく双方に関わる耐えがたい怨恨、または蝦夷が守るべき信念が絡んでいるのではないでしょうか」

――蝦夷人の信念とは何か。では、我らの持つ信念とどう異なるのか。

定信はこの男から何か宿題をもらったような感じがした。そして彼の箴言のような言葉に籠手を一本取られたような感覚を受けている。

「耐え難い怨恨を晴らすこと、あるいは蝦夷の信念を守ることか。なるほど、和人死者の数からみても、蝦夷人の覚悟を示すための戦いとなっているようだ。つまり、彼らの正義を守るための戦いかもしれない」

定信が顎を左方向にあげて言う。声の張りが弱くなった。

――定信とは論戦を避けたい。彼に理屈で張り合うことは厳禁だ。

平九郎が定信の肯定的な返事をそのように感じた時、定信の顔の左側が一瞬引き攣ったのだが、彼には見えなかった。この会話が貞安の言う、透明な様相に突入する狭間となっていたのだ。

「丹後守、では蝦夷の正義を守る信念は、〝和国は単律の国にて呂の音なし〟（『徒然草』）という我が国の信念とは相容れないと言うことかな。もしそうなら、八幡太郎義家公にもうひと働きしてもらうことになるぞ」

平九郎は思わぬ定信の論理にたじろいだ。

「いえ、そのような独立した信念を持つ者達とは思われません。単に和国に従属した蝦夷人として認めてもらいたい、ということだと思います。松前藩の支配下においてです」

平九郎は、蝦夷人の代弁者のような立場になっている自分が情けない気分になっている。そこで奥の手となる手札をここで使う決断をした。我知らず高音の語気も強まっている。

「御老中、蝦夷の騒乱に我が国を取り巻いている他国の介入がなかったかどうかを、一応調査するべきかと存じます。蝦夷人の騒動に乗じて、自国の利益を図る国をです」

定信は先手を打たれた感がした。懐紙を出して鼻を拭う。上気すると何故か水洟が出るのだ。

「その通りだ。我が国は四方を海に囲まれているが、虎のような近接国が幾つかある。どの国でも隣国に騒乱が発生すれば、自国に影響が及ぶことを懸念するのは当然だ。また、逆に騒乱を自国に有利に利用する国もあるだろう。隣国ばかりではないぞ、貿易に名を借りて、我が国の蓄財を、時を掛けて長期に緩やかに減らしてゆく国もある。これにも警戒しなければならない」

平九郎は定信の頭脳の動力が回転し始めたことがわかった。最後に彼は、日本を食い物にする国を指摘しているが、何故だろう。

――貿易に名を借りて日本の蓄財減らす国とは、唐とオランダしかない。

平九郎は定信の言葉で、「ホルチス ヤマト（強固な一大州）」という言葉を思い出した。このままでは我が国は危ない。南方向に延びる列島と島嶼群を強固な一大州にまとめて繁栄させ、大陸や諸外国の侵略に共同で備えるという考え方だ。日本は地勢的にまとめ役の位置にある。最近まで勘定奉行であった柘植三蔵がこの趣旨をよく理解し話していた。彼は鹿島神流の安部主計頭一信の高弟であった。しかし、定信がホルチス ヤマトを是認しているとは思えない。

「ところで、柘植長門守とは先年まで同僚であったな」

定信の不意の質問に平九郎はたじろぐ。以心伝心だろうか、定信も同じ人物を思い出していたらしい。定信は、三蔵が面抜き胴、いわゆる抜き技を得意としていたので覚えていたのだ。

「ええ……はい、そうです。年回りがほぼ同年ですので、一緒のことはありましたが」

質問の趣旨がよくわからないので、返答がしどろもどろしている。

「三奉行（寺社、町、勘定）の前だとすると、地方の奉行かな」

定信がさらに尋ねる。

「はい、十年ほど前に、長崎で入れ替わりました」

――やはり長崎か、では、例のあの問題を知っているのだろう。

定信は、鼠を咥えた猫のような気分を味わっている。ゆっくりと膝を組み直してからじっと丹後守に目を据えている。

「ベンゴロウ書簡のことは知っているだろうな……丹後守」

この言葉に、平九郎はピシッと面を取られたように呆然としている。

「はい……ええ……聞きかじりで、詳しいことはわかりませんが」

懐から袱紗を出して丸い顔を撫でるが、布が滑って汗を拭い取れない。上目遣いに見ると、定信の顔が僅かに緩んでいる。定信は畳みかけて質問する。

「当時のオランダ館長は誰であったか思い出せるかな」

獲物をいたぶるような定信の気分は益々緩む。声も優しい。

「よく覚えています。えーと、確かチチング、いやテチングでしたか（イサーク・ティチング）、本職は医者でした」

次に定信は上体を立てて、坊さんが引導を渡すような顔をして言う。

「その館長が、ベンゴロウ書簡についての伝聞を、ある大通詞に伝えたことを聞いている。多分、その辺が当時の長崎奉行まで漏れていたのであろう。まあ過去のことはどうでもいい、丹後守」

ここで定信は言葉を切り、平九郎の畏まっている達磨さんのような姿を見ると、軽く前後に揺れている。頭の重心を取っているのかな。

「要するに、べ氏がオロシヤが日本の北方侵攻を企てているということを我が国に伝えたという話がある。それでこの度の事件が発生した。つまり、新たにオロシヤの赤人による蝦夷騒乱介入の疑いがあるという重大な疑惑が生じたのだ。これにどう対応すればよいのか、ということを相談したいというのであろう」

定信は平九郎に要点を理論的に並べた。

「お、お言葉の通りです」

定信は。こちらの最強持ち札であったべ氏書簡を抜き技のように用いたわけだ。

――もう技も札もない、完全にお手上げだ。

定信は、当時の吉雄大通詞の言動を細かく掴んでいるらしい。幕府へ提出されたべ氏書簡の改造文を入手しているだけではないようだ。何故かチチングが大通詞に知らせたという内容が定信の頭に入っている。

――その大通詞から定信へか……まさか大通詞から平九郎と一緒に聞いていた同僚の三蔵ではないだろう。では、長崎奉行所に潜り込んでいる定信側の密偵か。そういえば金沢もオロシヤの介入を定信に匂わせることを勧めていたな。今まで深く考えてみなかったが、べ氏書簡の原本はオランダ商館で保存している筈だ。では、このオランダ館の書簡保管には何も問題はなかったろうか。

このように平九郎にはこのべ氏書簡に対する色々な憶測と疑念が生じている。いっそのこと体当りで、べ氏書簡の情報源を老中から探ってみたかったが止めた。この際は安全第一だ。

平九郎はそこで平伏し、彼の言葉を畏まって受けた様子を見せる。

定信はそれを見て結論的に言った。はっきりした口調だ。

「騒乱の内実探索はなるべく隠密的に行うことにしたい。松前側にもだ」

この時、奥祐筆がもう次の予定表を持って部屋に入り込み待機している。無言の終了催促だろう。

「この件で派遣する者の人選を急ぐように」

定信はそう言って席を立った。

平九郎は先程疑念になっていたためだろう、下城の道中で長崎の吉雄大通詞の顔が頭に浮かんだ。もうかなり高齢の筈だが、今頃どうしているのだろうかと懐かしく思った。大通詞の聖護院蕪のような頭と澄んだ声もだ。長崎奉行所内でのべ氏書簡に関する説明の一部分が蘇る。

「林子平氏曰く、幕府への提出文では消去されているべ氏書簡正文のうち、礼文後にはオロシア千島侵攻に関する文章があったものと考えられる」

――林子平氏の指摘を忘れてはいけないぞ。

平九郎は改めてその存在とこの件への彼の関与を自覚した。そうだ、その時に、その文章を削除した場合には一体誰が得をするのかと大通詞に尋ねると、耕牛先生は何故か言葉を濁していた。


七月の初旬、奥羽の野辺地湾では暑い日が続いている。

港に近い居宅の隣には「満塾」という小さな勉強小屋が設けてある。松前風評者の徳内が、この日も数名の近所の児童を満塾に集めて勉強を教えている。主に算盤の足し算、引き算、掛け算などを教えていた。塾生の家庭は商家が多いので、親の要望から算盤塾のようになっているがこれも仕方ない、生活の手段だからだ。小机が幾つかあり、回りに長掛の椅子があって、主役となる手造りの大きな算盤が前に置かれている。その脇には四角形の箱、三角形、矩形、毬などの模型が造ってあるので、算盤を使ってそれらの体積などを算出する方法を教えるのだろう。また、壁には太陽、月、星などを描いた大きな紙も貼ってあるので、天文などの話もするらしい。

妻のふで（秀子・二十歳）は、まだ生まれて一年目くらいの子を背負って、塾の子供に薬缶で麦茶を母屋から運んできた。山から流れてくる冷水で冷やしているので、子供が喜んで飲むのだ。

皆が喉を潤したあと、徳内が呟く。

「えーと、どこまで問題を説明したかな。忘れちゃったぞ」

「せんせー。この箱にそこのでかい球が幾つ入るかだよ」

後ろの方に居る十二、三歳の髪を散切りにした少女が答えた。

「ああそうだったな。箱の大きさと、球の大きさがわかれば計算することができる。そこまで話したな」

今度は前にいた坊主頭の十四、五歳の男児が言う。

「そんなこと、計算しなくても見ればわかるよ」

「そうか、じゃあ答えてもらおうか、定助。幾つだ」

徳内が球を持って、定助（ていぼう）という男の子にポイと渡した。

定助は球を両手でひょいと上に投げてみた。

「三つだよ」

なるほど、球を三つ入れると定助の言う通り箱は一杯になった。と皆が一斉に、やーいと囃し立てた。ていぼうは確か八百屋の息子だった。家業の手伝いで、丸い形の野菜を四角な箱に入れる仕事をしている。多分見当で分かるのだ。

その時、入口にすっと旅姿の男の影が差した。

「徳内、一本取られたな」

見ると待ちに待っていた元普請役の青島俊蔵が立っている。

「あッ、青島普請役、待っていましたよ」

徳内は慌てて青島を教室内に引き入れた。子供達は静かになっている。

「徳内よ、今の勉強だがな、この童子達に球の体積を算盤で出すのは早いだろう。まだ無理ではないのかな。正直、俺にもできないぞ」

徳内は才槌頭を掻きながら青島に言う。

「私はこの年頃ですね、田舎で先生にこれを教わっていましたので。あの、出羽でも神社仏閣の算額にはこの手の問題が結構多いのです」

すると散切り頭の少女（まさ）が後方から言う。

「おらも神社で見たよ、三角に球が入れてあるやつを」

青島がまさの方に右の人差し指を差し、

「そうか、おじさんが不勉強だった。これからは皆と同じ勉強をするよ」

ふッふッふーと誰かが笑ったようだ。

徳内は児童に、用事ができて本日の塾はこれで終わることを申し渡したので、一同がぞろぞろと教室を出てゆく。徳内の妻ふでが外で見送った。「またね」と言って手を振っている。しかし、残念ながらこれが満塾の最終授業となってしまったのだ。

徳内が母屋の方に青島を案内していると、五十年配で町人姿の人間が道の横から現れた。青島が紹介する。

「こちらはね、御小人目付の笠原五太夫殿でね、差添え役の御仁だ。今回は松前在住の交易商人で、常盤屋五右衛門という町人になっている」

五右衛門は黙って頭を下げる。

——これは何か芝居掛かった成り行きとなってきたな。

徳内は自分も一座の一人に加わっているような気分であったが、この時点では五太夫変する五右衛門の役割については全く考えてもみなかった。

「私は元青島普請役の測量を務めました竿取で徳内と申します。よろしくお願いします」

二人を母屋に入れて、一休みしてもらった。

五右衛門が港へ用事があると言って外へ出たところで、青島は徳内の袖を引き、裏口から一緒に港の方へ出て歩きながら小声で説明する。他の人には内緒だよという意味だろう。

「今回はね、率先して起用されるようお願いしていたが、人選はかなり難航したようだ。先ずは前の組頭金沢安太郎殿、次いで勘定奉行久世丹後守殿の並々ならぬご苦労を得てだね、田沼様関連者を忌み嫌う御老中越中守様の決裁をようやく頂いたものと聞いている。私も、この度は格下げの普請役見習いとしてようやく登用されたが、そんなことはどうでもいい。働ける場を頂けただけでも有難いし、蝦夷地へ来られて胸が躍る。さて、ここを上手く乗り切って安定させなければ、日本国の北辺がオロシヤの食い物になってしまうことが心配なのだ。また、松前藩もこだわりを捨てて協力しなければ、自分たちの存続が危ないことをよく承知しているだろうよ。ところで御小人目付の笠原はね、ある人が付けた私への監視役だ。手分けで仕事をすれば、奴は必ず私に張り付いてくるだろう。俺には松前での仕事がある、それでオロシア人関与有無の仕事はおまえに任せる。頼むぞ」

常盤屋五右衛門がどのように工作したのかわからないが、野辺地を出航する松前行き船便の手筈を付けてきている。出発までにもう何日もない。

徳内は、野辺地の縁者と関係者を回って急遽蝦夷地行きとなったことを伝え、「満塾」の休業と家族の身の振り方を相談した。この時には、この辺りの人々は蝦夷地反乱の様子をよく承知していたので、任意参加ではあるが、蝦夷反乱探索の件で再び蝦夷に出発する徳内は、親戚となった人々からは励ましの言葉を掛けられている。この際、残される母子は徳内の妻ふでの兄の家で面倒をみてくれることになった。

数日後、幕命の二者とその従者徳内の三人は、貿易船に乗って渡海し、七月半ばには松前に到着した。この度は反乱発生状況を含め、その後の藩の対応について見届ける公的な役割を持っているため、三人は松前藩からも歓待されている。従って先の松前追放処分者である徳内も、今回青島従者として来松しているため、以前とは異なり、それなりの待遇を得ていると感じている。

宿舎には、老職の下国舎人が福山港番所藩士小前勘兵衛に案内されて挨拶に来訪した。また、蝦夷通詞見習山下太兵衛など懐かしい満月顔も訪ねてきて笑顔を見せている。

「徳さん、出番が来たね。俺の予想通りだった」

「太兵衛さん、この後はどうなるかねえ。俺の運命だよ、吉か、凶か」

「それがわかれば、私も今頃は天下を取っていたかもしれないね、徳さん。でもね、蝦夷地ではあんたにカムイが付いていると思うね、モガミだから」

「そうだ、モ・カムイ（静かな神）が確かに付いているよ」

松前で一行はその後、しばらく鎮圧隊の首尾を待つことにした。


七月末になって、一行は急報により鎮圧隊が騒動の鎮静化に成功したことを知る。

その時、青島は、すっと頭を立てて言う。

「よし、鎮圧隊の帰還をのんびりと待つわけにはいかない。二手に分かれて行動をしよう。陸路で本隊を迎える者、海路で騒動の勃発地に向かう者に別れる。わしは隊と真っ先に正面から出会うのが筋だろうな。こうなったら徳内、あんたが蝦夷地に裏手から向かってくれないか、オロシヤ人関与の調査をやってくれ。相手の顔も言葉もわかるからな……笠原殿、よろしいか」

笠原は何も意見を述べずに無表情な顔をして頷いている。その役柄にはぴったりの役者ぶりだ。だが、史料では、寛政元年（一七八九）のこの三人の蝦夷地における行動は、今もって謎となっている。少なくとも青島と徳内はすべての行動を共にしてはいなかったらしい。青島は、その前半はともかく、後半には独自の裁量で蝦夷人と松前藩を仲介する責任を果たしていたからだ。

なお、同行した御小人目付笠原五太夫は、通常は御目見以下の者を監察糾弾する役目であるが、表向きは俵物を扱う商人となって、実際には松前藩を隠密調査する役割を持つ人間でもあった。こうした立場の笠原が、徳内と共にクナシリに向かったとは思えない。あくまで青島の行動に対する目付の役割が優先されるからだ。隠密役の彼は、青島の役割も自分と同様な仕事をするべき人間であると考えていた。しかし、松前藩に対する青島の対応を、同情的、温情的なやり方であると感じ、かなり批判的な見方で行動を注目していたのであろう。後日、彼が老中へ報告した内容の記録はないが、結果的には、青島に対してかなり不利な証言をしていたことが窺えるのだ。

このように、現地探索に関する後世に残された記録は限られている。幕府の記録には、青島が老中へ提出した報告書が残されているらしいが、これは受け取った老中首座の定信が、その内容を全く信用できないとして採用していない。以来、今日に至るまで正式な資料とはされていないようだ。

クナシリ島蝦夷の蜂起要因については、最上徳内の記した『蝦夷草紙』の文章に「嫉妬の深き事」の記事がある。しかし資料的には、後日一般に言い触らされた風説に近いものであろう。他にはないので、現時点ではこれを資料として一部を以下に抜粋し参照としておきたい。

其起り、此嶋は飛驒屋久兵衛受（請）負場所ニて、当場所惣乙名サンキチと云者、柔和なる蝦夷にて、佐兵衛という支配人、リンキチ娘に蜜（密）通すれども、敢て曲事なし。時にサンキチ大病にて、快気なりがたく見へけるが、酒は好物なるものなれバ、飲度旨を好ミける。依て家来蝦夷運上屋に其訳をいふて、酒を貰ひに行けれバ、勘兵衛といふ番人、酒を汲ながら、此酒は一期の名残なりといふて遺しける。則此酒を与ふれバ、無程サンキチ死失しける。家来蝦夷、兼て蜜（密）通を存じ居れバ、是物いひの種を残さん為、毒酒を与へたるものならん。夫故一期の名残とハ云たらんと、専憶説を云触らしける。又松前人に馴々敷女蝦夷運上屋より餅を貰ひ食せしに、是も程なく死失しける。（中略）云付けを背く蝦夷あらば、皆毒害すと云たる事あれバ、此末いか

成事かあらんと一同し、サンキチ兄の敵なりと云立、徒党を結び大変となりける。云々
（出典：最上徳内著『蝦夷草紙』吉田常吉編）

青島から東蝦夷地に赴いてオロシア人の隠密調査を命じられた徳内は、数日後、船橋の杭に結んでおいた荒縄（徳内からの信号）に、白糸（権蔵からの信号）が巻いてあったのを確認した。マタギ船頭で黒髭の権蔵在宅中の合図だ。それを受けて、早速徳内は山の一軒家を訪れた。権蔵は一般の蝦夷人と同じで、酒、煙草などの土産を貰って大変喜んでいる。

「また来たよ、大黒根付との面会が必要でね。彼と至急会いたいのだ権蔵殿、手伝ってもらいたい」

権蔵は濃い眉を開いて首を振り、〝急いては事を仕損じる〟という顔を徳内に見せる。

「まあ一服しながら考えよう」

権蔵はいぶし銀の短い煙管を使って、貰った煙草を吸う。

「これはいい香りの煙草だ」

そう言って徳内を見る。しかし、徳内が以前煙草業者であったことは知らない筈だ。ポンと煙管を炉縁で叩く。

「恐らくキイタップまで行ければ会えるだろうね。ただ、この騒ぎの中では海辺の陸路は危険だし、山道は逃げ込んでいるアイノが凶暴になっている」

青島も海路を往けと言って松前藩に依頼してくれているのだ。

「海路を往くつもりだが」

「船と漕ぎ手はどうするのだ」

「船は松前藩が検視船二艘と乗組員を用意するとのことだ」

権蔵は大きく頷き横目で徳内を見ながら言う。

「そうか……後は天候次第だな。で、俺は何をすればいい。海上の見張り役か」

徳内は大きく左右の腕を丸くして輪にした。

「道中奉行だ。海路往復運航の指揮を執ってくれ」

「何だって、マタギの俺がお奉行様だと」

権蔵は腰を抜かさんばかりに驚いた。

「そうだ。荒海を乗り越えてきた頭《かしら》だからできる。そう、黒髭の船大将だ」

翌日から、松前藩の船団貸与準備が、港湾番士の小前勘兵衛を中心に整えられた。太い帆柱を立てた一艘の検視船には、青山から臨時船団長の役割を任命された黒髭の権蔵が、大円旗（〇印の旗）を掲げている旗艦に乗船して指揮を執っている。彼は紺の股引姿に五三の桐紋が付いた黒の羽織を無造作に掛けている。頭は黒い布で巻いていて、体格が良いので見かけは立派な大将格だ。この衣装は徳内が町の古着屋で調達したものだ。他の一艘には、万が一の戦闘に備えて、身分を隠した戦闘員も数名乗り込んでいるらしい。

松前藩としては建前上、幕府役人の青島に請われて二艘の船を貸しただけという立場を採っている。また、船の運航や役割にも無関係で、その行動には何の責任もないということだろう。徳内も黒髭大将の付人として旗艦に乗り込んでいる。

七月半ばの吉日を選んで船団を組み、両船は福山港から出港した。

先ずは白神岬を経て津軽海峡に出る。しばらくは西の穏やかな風で安定した航行が続き、難関の大間岬、潮首岬沖も何事なく通過した。だが、この東の襟裳岬が前方に見え始めた頃、突然西北の風が強くなり、波が次第に荒れ始めた。この頃に特有な天候急変だ。

黒髭団長は僚船にも発火信号を発し、帆を下げて右に回転させ風を躱し、舵取りの傍らに立って斜め順風前進を命じた。それから一両日は北風によって流されたり、西の風で航路を直したりを繰り返し、全員が風波に翻弄されたのだ。

この難しい操船は、さすがに永年この海峡を往復している船頭でなければできなかったろう。船は二艘とも、一旦北の大地を遙かに遠ざかったが、襟裳岬を越えてからは海路を東北方向に戻すことができて進んでいる。しばらくして左方には十勝の山々が見え始めた。

通常航路に戻ったのだ。

その数日後、両船はようやくアッケシに入港した。

松前藩としては、留守居部隊との人員交代や、その他物資の運搬などの用務があって、船団の一隻はただちに福山に帰港する予定とのことだ。また、他の一隻も、その後のクナシリ島への渡航については、この船では無理であると主張している。但し、復路の運航は了解しているので、ここで待機するとのことだ。要するに藩の協力はここまでだという態度なのだ。

黒髭の権蔵はこれに業を煮やしているが、徳内は腹を括り、

――やむを得ない、この際、蝦夷船を借り上げるしかない。

と判断した。アッケシの地も、この事件のほとぼりが未だ抜けていない状態ではあったが、幸いに

も先の騒動関連者はすべて陸路で松前に向かっていたので、何とかクナシリ島行きの蝦夷船を借り上げることができた。

波浪防御の皮覆いが付いている定員七名の蝦夷船には、黒髭の権蔵、青島派遣員の徳内、松前藩蝦夷通詞見習山下太兵衛の三人と、蝦夷人が漕ぎ手として四名乗船した。

船は大波を被っても沈む恐れはない。蝦夷人達は、

「ランマー、ムィ アィイーネ、ウコラチ……」

「ケ、ケーエ、ケ、ケーエ、ケ、ケーエ……」

航海安全を祈念して、海のカムイを称える舟歌を合唱しながら船を漕ぐ。

キイタップ、ノッカマプを左にして進み、ノサップ岬を回って根室海峡を渡り、クナシリ島のオトシルベに到着した。

島に上陸して土地の蝦夷人に依頼し、フリウェンの居場所を探す。常識的には広い島だからそう簡単には見つからないと思う。が、蝦夷人には特別な連絡網があるらしい。数日後に、彼は三人の居場所に現れた。

「やあ、しばらくだったな」

徳内は彼を思わず抱きしめた。フリウェンはただ泣いている。

徳内は、同行の山下太兵衛をフリウェンに紹介した。親父の仲間である黒髭の権兵衛は先刻承知之助だ。久闊を叙す時刻が過ぎ、徳内は気になっている事件の真相を一刻も早く知りたい。

改まってフリウェンに尋ねる。

「騒乱が何故発生したかについては幾つかの情報があるが、いずれにしろカムイの国に住むアイノが大勢の和人を殺害したことは、俺には信じられない」

フリウェンは顔を上げて首を振る。

「ある年、アイノの居住地に大火事が発生した。これは自然出火を装った放火が原因だった。結果的にアイノ家族が大勢焼け死んでいる。こんなことは何回も起こっている。今回もアイノは大勢の和人に襲われた。だから自分達を守る戦いで和人を倒したのだ。防衛のためにだ」

権兵衛が黒髭の顎を上げて言う。

「ふーむ、これは何かの理由で和人側から仕掛けたのかも知れない。防衛反撃と言ったが、フリウェンの話に付け加えるとね、アイノは集団で襲われると、通常は全員が近くの山へ逃げ込む。一番に家族を避難させるためだ。次に、迷路のような峡谷に相手を誘い込んで、山の両側から遠矢で射殺する。狩りの手法だ」

マタギの権蔵らしい意見だ。徳内は話題を切り替えて尋ねた。

「フリウェン、この騒ぎに赤人は関わっていたのか」

この度、徳内の役割はその一点だからだ。

フリウェンは姿勢を改めて言う。

「実は、それがはっきりしていません。当時、彼らのうちの一人がラッコ島に居残っていましたので、疑われています」

徳内は誰だろうと思った。

「赤人は二人いたな。他に山丹人従者のニケタも居たが。残っていたのはイジョヨゾフかサスノスコイのどちらかだろう」

フリウェンが急に下を向いて眼を閉じた。

「どうしたフリウェン」

徳内は同行の二人を気に掛けているのだろうと推測する。

「こちらの二人は無関係な立場で心配ないぞ」

太兵衛は満月顔をニッコリさせる。黒髭の権兵衛は太い眉の大目玉でぐっと睨む。

「多分、兄貴分の赤人（イジョヨゾフ）です。ですが、彼が今回の関連者ではないでしょう。ウルップを動いた気配はありません。しかし……」

フリウェンは少々口籠っていたが、思い切って言う。

「イバヌシカ、ご存じですね、徳内さんは。オロシア語の通詞ですよ。奴がこの騒動に加わっていたのです」

徳内はそれを聞いて才槌頭をぐっとあげた。太兵衛が通詞との言葉に丸い顔付きが引き締まった。

――イバヌシカがイジョヨゾフに煽動されて一役買ったのか。

「ウーム、これは少し調べてみるべき事例だぞ」

徳内がフリウェンを見詰める。

「そのイバヌシカは、いま何処にいるだろうか。何とか探してくれないかな」

フリウェンは徳内を強く見返して言う。

「イバヌシカは今送られています、松前に。三十数個の塩漬け首の中に混じっています」

「ウファーアー」

この音声は他の二人には既に馴染みの山下の叫び声だ。その二人も一瞬呆気にとられた状態となった。徳内は自分の首を手で撫でながら自問している。

「彼が何故騒動仲間に入ったのか、それが問題だ」

フリウェンはふと顔を上げて言う。

「イバヌシカはホオナンセという耶蘇教名を持っていましたが、その教えとは関係がありませんか」

「それかも知れないぞ、耶蘇教信者は堅い仲間を作ると聞いている」

太兵衛が突然そう言った。丸い顔が林檎のように赤い。黒髭の権蔵は両手を上げて万歳の姿勢を見せる。

「ちょっと待った、耶蘇教が関連していると……これは大変な情報だな。だが皆さん、我々は今深い谷底に通じる迷路に入ったよ。度高みに引返すこと。これが原則だ」

マタギの習性だろうが正論かも知れないと徳内も思う。才槌頭を左右に回しながら
「少し大袈裟な話になるがね、耶蘇教の疑いが少しでも混じると、この探索は国の運命を左右する大仕事になる。皆さんの頸からもこの軛くびきの横木が生涯外れなくなる恐れがあると思う。だからこの際は、この一件にオロシアの介入は何もなかった、という我らの報告が必要になるだろう、権蔵さんの提案通りにね」

一旦そう言ったが、続いて、

「但し問題は未解決のままだね。後日、俺の責任で必ず再来して真相解明に挑戦するよ。皆さん、またその時は頼みます。フリウェンよ、しばらく時を待ってくれ」

徳内は一同に希望的な言葉を追加した。徳内の決意に傍の三人も合点する様子だ。

徳内、権兵衛、太兵衛の和人は、一旦アッケシに戻り、松前船で福山港まで戻ることになった。フリウェンとはまたお別れだ。

「フリウェン、ちょっと来てくれ」

黒髭の権蔵は彼との重要な話が幾つかあった。権蔵は周りを確かめてから言った。

「この源兵衛が残した大黒様の付いた革袋は絶対に離すな。実はな、その革袋の内側には、あんたの親父が発見した金鉱への地図が書いてあるのだ。俺は親父からそう聞いている。大事に扱ってくれ。また会おう」

帰りの船は穏やかな南東の風を受けながら行く。遠くの青い空に白い入道雲が盛り上がっている。そうだ、あの雲のように、高く湧いてくる情熱と希望を持ってさえいれば勇気は衰えないのだ。徳内は心に誓った。

――また来るぞ、この地へ……モ・カムイ。

蝦夷地騒動の一件が噂話として公儀評定所に持ち込まれたのは、寛政元年（一七八九）八月の末頃らしい。この噂には、蝦夷人が赤人に操られているという尾鰭も付いていた。また、天明に行った蝦夷地探検がその端緒となっているとのまことしやかな話も囁かれている。

老中首座松平定信は、この頃気分の晴れない日が続いている。むしろ自身の無能さに情けなくなっているのだ。

蝦夷地クナシリ騒動原因について、評定所における赤人煽動の噂話、以前から問題の蝦夷地貿易業者飛騨屋の不正、遠方をよいことに松前藩の不逞な態度と無策放置、いずれも何一つ的確な対策を指示できていない。老中首座として、これらの対応ができていないことは、宰相としての資質を問われていることになる。まして上様のご信頼に対し、また幕閣は勿論、大名、旗本に至る公儀施政を信じる諸氏全員への我が無責任ぶりを恥じなければならない。このままでは困窮の中で喘ぐ、旗本、御家人を救済するための案（棄捐令《きえんれい》）なども容易に打てないだろう。

蝦夷人から利を掠め取っていた飛騨屋に対し、定信は無性に腹が立った。それを見逃がしてきた松前藩にもだ。赤人に唆されて騒動を起こした蝦夷人も許せない。極秘で進めている調査派遣の普請役報告を待つまでもなく、今できることから始めなければならない。

こうして定信は、先ず現時点で可能な飛騨屋不正吟味の下知状を久世丹後守に下げた。「下知如件」と末尾にある将軍の命令文書だ。重ねて、勘定吟味役中井清太夫に対し、勘定奉行名での取り調べ通達を渡すよう指示して、落ち度のない念の入れ方をした。この度からは、奉行などとも以前のように対面の上で了解を得ながら事を進めるのではなく、決断はすべて自身の責任で行うことにしたのだ。

――専制的にはなるが、それ以外にこの事態を治めてゆく手段は無いぞ。

今は詰将棋のように先手々々の指し手をあれこれと考えている場合ではない。決断と実行こそが我が得意技であろう。

――ただ黙々と推し進めるのみだ。

悟りを開いたように、定信の合理的な頭脳は次々に台本を描いていく。

――中間に誰か置いた方がいい。梶原景時のような役割の人間を。

定信は鎌倉幕府初期の武家制度を思い浮かべている。この役目を、この年の五月十五日に従四位下弾正大弼に昇任し、御側用人となっている本多忠籌《ただかず》に依頼することにした。恩を着せるわけではないが、その当時、こちらも相応の役割を演じている。但し彼の学識・気質などについては、彼が若年寄の際、出納の諸事に詳しいこと以外にはよくわからないが、彼の名前である忠籌の「籌」の字が頭の隅になぜか残っている。「籌」は数を数えるための棒だ。「籤」という意味もあるらしいので、この際、この本多札を引いてみることにしよう。

十月十日、久世丹後守には本多弾正大弼より文書で厳達があった。飛騨屋の家財分散を防ぐようすべての財産を差し押さえること、並びに本人を江戸に呼び出すことを命令されたのだ。

十一月のはじめになって、普請役見習青島俊蔵、御小人目付笠原五太夫、従者徳内の三名が松前から江戸に帰還した。三名は奥州街道、日光街道と旅を急ぎ、千住大橋の手前でその足を止め、千住掃部宿の勘定奉行久世丹後守屋敷に帰着挨拶のため出頭した。この八畝ほどの屋敷は、後に萱野屋敷とも呼ばれていたようだ。千住宿は交通の要所であり、江戸四宿最大の繁華な宿場でもある。

現地での騒動関連者の調書、復命書、松前藩連行の蝦夷人名簿などを提出した。但し、従者徳内は待合所で待機している。

用務部屋で挨拶を受け、久世丹後守は笑顔を向けて言う。紋切り型ではあるが両名に、

「大儀であったな。しばらくはゆっくりと体を休めるように」

と労いの言葉を掛けて一連の書類を受け取った。

その後、青島と徳内は笠原と別れて、上野御山内北東部にある下谷坂本町二丁目に向かった。善性寺門前の左側に青島俊蔵の住いがある。

青島普請役を無事に彼の居宅に送り込んで一服する間もなく、その足で神齢山悉地院大聖護国寺門前の音羽町一丁目にある音羽塾を訪れた。

塾長の本多利明先生は大変心配していたらしい。

「おお、よく無事で帰って来た。目出度い」

と顔のたて込んだ皺を広げて喜んでくれた。

徳内はこの度の成り行きを説明し、恐らく青島報告を受けた公儀のお呼び出しがあると思うので、青島普請役宅に待機する旨を述べた。

「これは、私が作成した図面『蝦夷輿地全図』の写しです。この度、現地で訂正加筆しておりますが、二枚あります。確か水戸様ご家来のご要望もあると伺っておりますので、お分け下さい」

「ほう、長久保赤水先生が求めていた蝦夷地の図面だ。有難う」

「オロシア人侵犯の件は、またゆっくりお話し致します」

まあ大役に参加できたのも本多先生のお蔭だ。またの日に積もる話をして、お考えを承ろう。この時、徳内にはそんな呑気な気分もあった。

なおこの後の話だが、長久保赤水作図の『日本輿地路程全図』は、長崎オランダ館医師フォン・

シーボルトによって母国に送られ、当時の世界に初公開された。現在でもオランダ及びドイツの美術館に保存されているらしい。

このところ久世平九郎広民は、老中首座松平定信の行動にやや不安を感じている。前のように直接の相談が少なくなっているからだ。特に蝦夷騒乱以降は、文書も直々の手渡しはなく、本多弾正大弼忠籌を通じての指示、命令が増えている。しかし、珍しく十一月下旬には、直々手渡しの文書があった。二通だ。

「丹後守、早々に回答せよ」

上目遣いに見ると、今度も少し頬が緩んでいる。だが剣道で言えば、剣先はこちらの眼に向いた正眼の構えだ。彼が優位な立場に立っているという証である。平九郎はその二通を顔の上に捧げ、押し頂いて受け取る。帰宅して開封すると、

「蝦夷地に関する質問状」

とある。先に平九郎が提出した伺書のような箇条書きの条目であった。

定信がこちらに問いかけている内容は、各条目に付言するような理屈であろう。

「第一、松前藩が管理している島々の範囲を示すこと」

松前藩は恐らく蝦夷人が居住する範囲をすべて管理できていないだろう。また、反乱が発生した原因の一つには、島々占有上の利権が絡んでいるからだ。オロシア人が侵略している東方の島々に関する利権争いもあるだろう。しかし、この度の調書にはこれらについて全く述べていないのは何故か。

「第二、騒動原因となった飛騨屋等の不正交易を明確にせよ。飛騨屋のほかにも交易請負商人はいたかどうか」

蝦夷人、オロシア人および飛騨屋などの交易の実態、これを大目に見ていたこと、及びその上前をはねている松前藩などについて、今回の調査はこれら三者関係を前提に黙認している。従って不正成り立ちの基を糺すための資料とはならないと判断される。

「第三、得撫島（ウルップ島）を放置していた理由」

松前藩は番所や運上所をこの島に設置しなかった。また、ラッコ（海獺）の捕獲によるオロシア人と蝦夷人との密約協定について、それを知りながら見逃していたのは何故か。

「第四、通商を望む赤人への対策はどのように行われていたか。松前に贈物をしたという噂もある」

恐らく、この項目が定信の一番懸念していることではないか。しかし、これについては証拠となるべき事実は何もない。

他の一通については、松前藩家来の件についての質問であったらしいが、現在までその記録は見付かっていないようだ。これもかなり真を突いた厳しい質問であったに違いない。

——定信は青島、笠原らの提出した蝦夷騒動の調書、復命書を無視している。嫌な予感がする。

平九郎は勘定所の一間で、同年配で同役の根岸鋲蔵鎮衛《てつぞうやすもり》に会って相談した。定信の質問状に答えるには、さらに大掛かりな現地調査が必要だろう。

「ご同役、困ったよ。これを何とかしてくれないか。こんな大問題を、はいはいと二つ返事で答えられるわけがない」

平九郎が右手の親指を立てて見せる。定信のことだろう。

「わしも同じだ。このたびの案件は、あんたと同席するようにとのお達しだ。同じ公事方とはいえとんだ貧乏くじさ」

鉄蔵は口を結んで苦い顔をして見せる。だが彼の大きな耳朶が後退し、両頬が膨らんで笑い顔となっていた。先頃、部下の勘定役福島又四郎が役目上のお咎めを受け、鉄造自身も等閑のはからいありで注意処分に付されたばかりだった。

「参ったな。何かうまい方法はないかな、いずれは二人で呼び出される」

鉄蔵は顔をぐっと上に向けた。

「あのお方には変な癖があってね、人をいたぶる性格がある。だから、むしろその攻撃を受けてみることも一手だろう。受け身でな」

平九郎は瓜実顔の小さな目を鉄蔵の恵比寿《えびす》顔に向けた。

「すると、進んで虐められるということか」

「難しいのはだ、自然体で受けることだろう。あの人はその人間の裏を見る。作為を見破ることを喜びにしている。言い換えれば、言葉は悪いが勘繰りが強いのだ」

——どこかで聞いたような話だ。

平九郎の脳裏には元勘定組頭金沢安太郎の下膨れの顔が浮かんだ。

十二月のはじめになると、久世丹後守宛に老中松平定信から「口上」という命令書が届いた。その内容はおよそ次のようなものであった。

「この度の隠密使命について、青島俊藏には相手方への密通による反逆の疑いあり、その罪状追及を命ずる」

明けて寛政二年正月となり、平九郎はまだ青島の反逆罪疑いについて、彼の蝦夷派遣行動調査の最中であったが、今度は定信から至急の呼び出しかあった。なかなか埒の明かない丹後守の仕事に苛ついているのであろう。

即刻御用部屋に出頭すると、何の説明もなく「蝦夷糾の儀書付」と表書きした文書を直接手渡された。平九郎はこの時に定信の青白い左の頬が引き攣れていることを認めた。

——これは徒事《ただごと》ではないぞ。

その文書は、平九郎が現在進めている青島の罪状確認をする猶予もないもので、次のような内容の下知状であった。

「先に青島が提出した報告書の一部の内容から見ると、密偵としての役割を果たしていないばかりか、主命に背いて敵方に通ずる行為であった。そのうえ、弾正殿書簡を俊藏が見ている件は御小人目付が申している。依って即刻揚屋入り（御目見以下の武士を収容する牢屋に収監すること）を申付けよ。青島を送り込んだ後、松前役人を強く糺したならば万事詳細が判明するだろう。赤人がラッコ島に居ないという報告は偽りであろう。これも強く聞き取ること」

正月二十日、下谷坂本町二丁目の善性寺門前辺りでは既に正月気分も薄れていたが、青島俊藏の家にはこの日朝早くから家主の徳兵衛が訪れていた。

このところ青島家では、竿取の徳内が昨年末から居続けていて、家僕のような働きで奉仕していてくれる。飯炊き、掃除なども厭わしく思わない彼だ。昨夜も前祝いにと日本橋の魚屋で生きのいい魚を仕入れてきてくれたので、今朝の飯は残っている魚料理と餅を焼いて食べる程度で終わりにした。

北海調査完了のお蔭で、この正月は希望に満ちた日を送ることができている。

——徳兵衛さんは他に何か用事があるのかな。

今日のお茶飲み話は珍しく長い。世間話もほぼ出尽くしているのだ。

青島はこの数年地方へ出かけることが多いので、家主としては店賃の滞りが心配なのかもしれない。

今度は充分な前払いをしておかなければならない。

そう思って改まって徳兵衛に広い額を向ける。いつも言葉は明瞭であり声は高い。

「徳兵衛さん、今年も何かと留守がちになってお世話になると思いますが、これからもよろしくお願い致しますよ」

青島がそれとなく締めの挨拶を行ったがびくとも動かない。

「なーに、ご心配ありませんぜ。近所の子供たちも、先生から蝦夷の話が聞けるので楽しみにしているようですよ」

この徳兵衛のお愛想言葉を待っていたように、時の鐘がゴオォーン、ウゥン、と巳の刻（午前十時）を告げた。東叡山寛永寺御本坊南西に位置する吉祥閣脇鐘楼堂の鐘だ。表口に人の気配がしている。

「お迎えのお出ましかな」

青島は袴や羽織などはいつでも着用できるよう準備はできていたが、徳内にも用意があるだろうと左右を見たが彼の姿はない。徳兵衛は座って四角になっている。首を回しながら高い声で呼ぶ。

「おーい、徳内」

狭い家だから大声で聞こえる筈だ。

「先程用便に行きましたが、もう玄関ですかね」

昨日役人から書付を渡されて、二人を見張っていた徳兵衛が言う。外には大勢がいる筈だ。

徳兵衛がそう言うので青島が玄関口に出てみると、そこには羽織の裾を絡げた数人の役人風の男がいた。家の周りにも数名の下役らしい男が立っている。

「何だ、これは……」

「青島俊蔵、上意により連行する。神妙にせよ」

脇にいた二人が左右からすっと寄って青島の両腕を強く捕える。

「何だって、わしを連行するだと、何かの間違いだろう。えっ……」

青島は両腕を振り払おうとするが、捕り方は腕をさらに強く固めてくる。もう一人の役人が寄ってきて青島の上半身を捕縄でぐるぐる巻きにした。前の道には二挺の町駕籠が置いてある。

この時、奥の方から上半身をはだけて、捕縄で半身を簀巻きのようにされた徳内が二人の下役に引っ張られてきた。

「便所に隠れていたらしい」

捕り方の一人が言う。家主の徳兵衛は玄関脇にうずまってじっとこの様子を見ていたが、徳内は便所に隠れていたのか、いや、彼は本当に用を足していたに違いない。

「ああ、先生んまぐねぇーす……おらほ糞詰りだっす」

何とこれが二人の別れ言葉になってしまったのだ。

両名はただちに町駕籠に押し込まれて伝馬町に運ばれ、青島は揚屋に、徳内は大牢内に収容された。牢屋は代々石田帯刀が奉行を務めているが、今回のような政治犯についての取り調べは、入牢者の管理が主な務めだ。老中松平越中守の命により両人の吟味については、以後、久世丹後守及び根岸備前守の両名が立合で行うこととされた。

同職立合吟味は、これまでの取り調べでは極めて異例な方法であって、下命者松平定信の心中における久世平九郎という人物に対する不信の現われであったものと思われる。

（注1）ベンゴロウ書簡　日本では「はんべんごろう書簡」とも言われる。モーリッツ・ベニョヴスキー、別名ファン・ベンゴロは現在のハンガリー国生まれであるという。ポーランドの対ロシア抵抗組織「バール連盟」に所属して活動し、ロシアの捕虜となり、流刑地のカムチャッカ半島に流された。現地では仲間と共に反乱を起こし、コルベット船を奪取して逃走し、西南の日本に向かい千島列島を南下した。しかし、どう航海したのかは不明だが、船が入港した先は阿波国徳島藩日和佐であった。藩は外国船員の上陸を拒み、食料品、飲料水などを与えて長崎へ向かわせているが、この船はさらに海路を誤り奄美大島に流着している。そこでベンゴロウは、長崎オランダ商館長を経由して幕府に書簡を提出した。但しその内容は、高地ドイツ語で記されていた。

図16　渡辺崋山画「立原翠軒像画稿」（田原市博物館所蔵）

（一三）地獄と天国

登場人物

青島俊蔵
最上徳内
ふで（秀子）
本多利明
久世広民　五十三歳　勘定奉行公事方
根岸鎮衛　五十三歳　勘定奉行公事方
本多忠籌
松平定信　三十歳　老中上座

寛政二年（一七九〇）に行われた青島俊蔵と最上徳内両名の逮捕、入牢、吟味、仕置き等の一連の経過は、正月からこの年の八月末頃まで続くことになった。この間、両名にとっては、まさに天地の間を上下に振り回されるような体験を課せられたのだ。

正月二十日に連行され、伝馬町の牢屋に入れられた徳内は、二十三日に勘定奉行役宅（推定）に連行され、久世丹後守、根岸肥前守の両奉行による吟味を受けた。

尋問的な言葉でこのやり取りを示すとすれば、恐らく次のような問答となったであろう。

「先ずは尋ねるが、徳内、青島とお前とはこの度、蝦夷地騒動調査を行い、騒乱発生の原因と、騒乱と赤人との関連の有無を突き止めることになっていた。それに相違ないか」

「お答えします。私個人としては今回、お上からはそうした任務を受けてはおりません。あくまで自発的に、青島普請役見習様のお手伝いを致したまでです」

「なるほど。自ら発意して参加したことは認める。しかし、本件に参加すれば、自動的に、個別ないしは共同して行動の一部を実行することになる。それは、既に本件任務を受け持つ立場に代わるのだ。何故ならば、本件は機密の下に置かれた重要案件であるので、その調査行為には、共同して責任を負うことになるのだ」

「わかりました。ですが、私の関知できない、または了解できていない他者の行動や、機密任務については責任を負えません。また、この調査に関する私の私的な行動は、今回の調査に有害無益なものであったと認められているのですか。もし有害であったとすれば、その根拠を伺います」

その日の吟味を終えて、二人の奉行達は話し合った。

「今回提出されている青島復命書に徳内の名は出てこない。だから公的には調査任命者ではないし、単なる助っ人だ。調査によれば、渡島への渡海経費も全額自己負担しているとのことだ。所有私財を売った費用でな」

「彼が行った今回の行動は、青島の依頼でクナシリ島に渡り、赤人の騒動関与を探ることであった。そして、結果的にその証拠は認められなかったとのことだ。これは蝦夷語を理解する徳内以外には誰にもできない一人舞台の仕事だろう。それを、青島と御小人目付が鎮圧隊と蝦夷人の騒動関連者を調査している間に行っている。これを有害無益な行為とは言えないだろう」

このような両奉行の相談で、老中定信に差し出した伺書には概ね次のような文言が記されていた。

「小者徳内には本件に格別の嫌疑はなく、釈放が相当と認められる」

これを受け取った定信は考えた。

――この程度の奉行の判断では情けない。この男は単独行動をしている一匹狼だ。必ず何らかの赤人情報を掴んでいる筈だ。こちらは常に複数の経路を使って情報を得ている。もっと責めてみるしかないか。

確かに定信の猟犬的な動物感覚は一部当たっていた。

「奉行の伺いを却下する」

下命書は御側御用人本多忠籌を通じて奉行に渡った。その上、忠籌の口頭では、徳内を厳しく尋問するようにと勘定奉行に命じている。

「御用人殿、徳内は単なる小者のお手伝いです。この度は蝦夷語に通じているので赤人との関連について探ってきたようですが、その気配はなかったと報告しております。彼が赤人情報を隠す理由は全くありません。これ以上、彼を痛めつけてもどうかと思いますが」

平九郎は切れ目の長い瓜実顔で、本多忠籌を見詰めた。相手は陸奥国の大名で、今を時めく御側御用人だが、凛とした声である。忠籌は右掌を相手に向けて、

「いや、それはわかっている。但し、彼も前から青島と同道して蝦夷表を行動している。田沼期の特命でな。そこが宰相の心根を少なからず蝕んでいるようなのだ……丹後守、そうは思わないか」

叩き上げの旗本で、横紙破りの根岸鎮衛が、口べりを右腕で拭い、横から口を出す。

「多分そうでしょう弾大《だんだい》（弾正大弼の略）殿。だからと言って、今般の幕命に無関係な無辜の庶民を拷問することに正義がありましょうか。その結果、例え何らかの証言を得られたとしても、我らの調書に記載することは無理です。後世に惨めな汚点を残す行為となるでしょうから。時の権力に迎合した情けない武士の名を止めてね」

忠籌とは同年配ではあるが、誠に立派な覚悟を持っている。

――この連中にはあまり無理強いしない方が得策だ。

「よくわかった。両名の存念は尊重しよう。しかし、宰相の下命を全く反故にはできない。伝馬町の石田奉行には手心を加えてもらうよう、こちらから内密な指示をしておく」

一方、揚屋入りをしている青島俊蔵には、二十三日から、久世、根岸両奉行による共同吟味が行われている。概ね老中定信の下知状「蝦夷糺の儀書付」に則った内容についての尋問が行われているのだろう。その中で、青島が主張する主要な点は、この度の青島の行動には、御用を外れた行為があっ

たと断定している定信への反論であった。青島の心境としては、
一、騒動が発生した要因は、端的に言えば松前藩の蝦夷人への理解と配慮が足りなかったことである。それを松前藩に認識させる必要があった。
二、場所取引について、従来の慣例を無視し、己の営利を貪る一部の悪徳商人が居ること。従って商取引の規律を強化し、蝦夷人社会との調和を図ることが必要であると知らしめる必要がある。それを松前藩の懇意な人士（既に申告した人物）に働きかけた。
三、右事項について、当時、松前藩を指導できるのは幕府権限を持つ役人以外にはいないのだから、これを行った。この点については松前役人への御調査を願う。
四、騒動を鎮めた今こそが、その外せない機会であった。
五、赤人の騒動関与については全く証拠が得られていない。
こうした青島の反論に、その後、奉行側の動きはない。時は経つが何の説明もないのだ。

――牢中の徳内は如何しているだろう。全く気の毒なことだ。

但し、自身の心中には既に覚悟はできている。

松前藩の人間に助言をした行為に対して、隠密職務の立場を遵守しなかったこと、または、職務権限を越えた指導に対し、「与えられている任務を超える僭上な振る舞い」であるとして、その罪を問われれば、それを否定できる余地はない。謹んで罪を受けるつもりだ。しかし、こうした時期に派遣された当事者としては、蝦夷地騒乱鎮圧直後の世情安定を図るのが先決だと思っている。従って、助言を優先した行動については、幕府役人として極めて常識的な行為であったと考える。地方藩政の歪

みを是正する努力は、幕府の重要な役割でもある筈だからだ。そう考えると、青島にとって今回の奉行所における自身への取り扱いは決して納得できる状態ではなかった。

両奉行は徒に時を過ごしていたわけではない。青島の心中を蔑ろにしていたわけではなく、各種の裏付け調査が行われていたのだ。

その後の調査によると、幕府として松前藩に対しては既に本多弾正大弼から藩政改善の「御書簡」が下されていた。当時、松前藩への青島の助言に対し、その内容が本多書簡と大いに合致している旨の内緒話があったらしい。青島には極秘にその内容を漏らしていた疑いも考えられる。

青島の主張についても両奉行は無視してはいない。

証人のため、松前藩家老松前左膳、用人寺社町役兼帯下国舎人、番頭新井田孫三郎、寺社町役兼帯高橋又右衛門の四名が呼び出され、集中的な取り調べが行われていた。

松前家の蝦夷地支配状況、各地交易状態、直近までの場所請負状況、騒動後の経過措置、飛騨屋と松前藩の金銭関係、騒動直前までの手先者の処置、赤人とノッカマフの交渉事実について、松前藩と飛騨屋との債務状況と今後の計画等々を調書に記す仕事だ。

これらに『蝦夷地改正』と称する松前藩主差出の書類も添えられて老中定信に上申している。

小者徳内に対しては、両奉行による正月の尋問によって既に「無罪」が上申されていたが、何故か未だ伝馬町大牢からの出牢が許可されていなかった。定信の裁可が下りていないのだ。

徳内は生来頑丈な体力も次第に弱り、今は骨皮筋右衛門になっていた。春頃の食事で腹下しをしたせいもあるが、どうも連日白状を迫る拷問責めの仕置き疲れが原因らしい。まさに地獄の沙汰だ。

徳内が入牢して以来、何かと世話を焼いてくれ、上司にもあれこれと取り成してくれている源助爺さんが、今度は危ないぞと感じたのか、自身の腰にぶら下げていた浅草寺のお守りを外して徳内の手に握らせてくれた。

またこの間、水面下では、身分引受人音羽町一丁目の家主三郎右衛門（実は音羽塾長の本田利明）が、水戸藩の立原翠軒を通じて、老中定信に徳内釈放を働きかけていたのである。

老中定信は、水戸宰相に対しては、御三家の一員として、田沼意次に代えて自身を老中に推挙してくれたという借りがあった。そのお蔭で第十一代将軍家斉が十五歳と未だ年少のため、成長するまでの代繋ぎになれたという経緯がある。その水戸藩から小者徳内への寛大な処置を請願されている。

その徳内は、音羽町の学者本多利明に師事しており、暦算、数理の力量があり、アイノ語にも堪能で、地理、測量などに優れている蝦夷地探検の第一人者であるとのことだ。その能力を買われて、この度の騒動鎮圧にも乞われて参加していたようだ。

一方、将軍家の事情も変化している。寛政元年（一七八九）には将軍家斉が、薩摩の島津重豪の娘（近衛寔子）と結婚している。また、近年はこれに連動して、家斉の実父で一橋家当主の徳川治済の動きにも微妙な行動変容が起こってきている。

定信が行っている寛政の改革遂行には、倹約、農村復興、諸役人の統制、福祉政策、棄捐令などの苦味の効いた諸政策が必要な手段であった。しかしこれまた、結果的に大奥をはじめ幕府上層部の生活様式の維持を圧迫していることも事実で、女人の楽しみを奪う結果となっている。まして近日、「寛政異学の禁」（注1）を発令する予定だ。これは、幕府の学問所である昌平黌において、幕府が正学とする林家の朱子学以外の儒学を禁ずるものだ。しかし、中には蘭学書などを異学と捉えて反発する人間もいるだろう。島津重豪など蘭学を好む蘭癖人士には誤解を与える政策に違いない。

このように、これまでの定信の権力勢力図に薄っすらと暗雲が漂ってきている現状では、万事に留意しなければならない。小事は大事だ。小雨が山崩れの前兆となることもある。

――小者徳内は未だ赤人の件を白状しないのか。かなり強情者だが、この際、水戸藩主徳川治保《はるもり》などの不評を買うことも避けねばなるまい。

こうした定信の決断によって、五月一日、徳内の赦免が下命された。口達書として左記の文面が渡されている。但し仮出所令であった。

「徳内出牢申付、家持三郎右衛門（利明）預置申候」

その後徳内は、同年の八月三日に無罪判決を貰っている。

奥州野辺地村徳内

其方儀不埒筋無之候間　無構

右於久世丹後守宅申渡候

徳内俊藏召使成蝦夷地江罷越候者成

（※島谷良吉著『最上徳内』参照）

八月五日、両奉行は松平定信よりの呼び出しを受け、次のような青島俊蔵仕置申渡下知状を受けた。ご丁寧に青島俊蔵家財欠所手続き書類も付けてある。

一、青島俊蔵　　遠　島

二、松前家来　　　　　三十日押込め
三、飛騨屋久兵衛　　　蝦夷地請負取放し

青島俊蔵の死体が揚屋内で見されたのは、僅かに十二日後の八月十七日であった。やせ衰えた体は、覚悟の絶食自殺と考えられるが、従来、牢内では自殺があってもそれを絶対に認めていない。関係者全員が責任を負うことになるからだ。

両奉行より封書で、越中守定信に青島俊蔵病死に相違なしとの御届差出があり、同時に死骸取捨届も提出されている。恐らくは非人支配の弾左衛門による始末となったのであろう。

こうして、青島は自ら天国に旅立っていったのだ。


八月の下旬、音羽塾で謹慎中の徳内には寝耳に水の驚くべき通知があった。

最上徳内を士分に採り立て、御普請役下役に起用するとのお達しである。最上という生まれ郷土の名前もしっかりと付けられている。

〝最上徳内常矩《つねのり》〟

夢か幻か、耳を引っ張り、手の甲を抓ってみる騒ぎだ。

徳内は体の回復もあり、恩師の利明塾長としばし喜び合った。早速、姿を侍風に直し、浅草寺の観音様に御礼参りに向かったが、そこでまた奇跡的な喜ばしい出会いがあった。

観音様を拝んだ帰り掛けに、門前街の端で親子の乞食が物乞いをしている姿を見た。莫蓙の縁には細長い紙切れがあり、金釘流で何か書いてある。

「尋ね人　奥州野辺地　徳内」

とある。その二人をよく見ると、家内のふで（秀子）と長男の常吉ではないか。徳内を尋ねて、奥州街道を乞食道中をしながらこの江戸の地に辿り着き、浅草寺に参り、そのまま夫を知る人間を待っていたのであろう。

「おい、ふで、なしてんだやな」

「あれ、おらほしゃねなっす……」

声をかけた人物の格好が、全く予想できない武士である。

「俺だーべ、徳内だよ……わかたが」

なるほど侍姿ではあるが、よく見れば夫の徳内だ。声は変わらない。

「んだかもすんねす」

二人は抱き合って泣いた。それからふでと息子は、徳内に連れられて音羽一丁目に向かったことはいうまでもない。親子連れで歩く遥か向こうの夕空に、徳内の目には天国に上った青島の笑顔がくっきりと浮かんだ。これは間違いなく観音様の御利益であろう。

しかし、このような侍姿になれた仕掛け人が老中定信であったことは、今の徳内には全く想像もできなかったのである。

（注1）寛政異学の禁　寛政の改革で林家の聖堂学舎を幕府直轄の学問所「昌平黌」とした。寛政二年（一七九〇）より昌平黌で朱子学以外の儒学教授を禁じる令、書物屋相互の吟味を義務付ける令などを発令した。林家は

林羅山を始祖とする江戸幕府の儒学者・朱子学者家として代々続き、三代鳳岡から大学頭となる。林家八代述斎（一七六八〜一八四一）は美濃国岩村藩松平乗蘊の三男で、幕命により林家七代林錦峯の養子となった。祖父は享保の改革を推進した老中松平乗邑である。次男忠耀は二十五歳で旗本鳥居一学の養子となり、後に江戸町奉行に抜擢される。甲斐守と称し取締りに敏腕を揮ったため「妖怪（耀甲斐）」と世間に恐れられた。

図 17　大黒屋光太夫と磯吉
（『吹上秘書漂民御覧之記』収載）

（一四）『光太夫ロシア見聞記』

登場人物

ヤコフ・ニビジーモフ
年齢不詳　漂流地のロシア人

小市
三十五歳〜四十六歳　荷物賄方

磯吉
十九歳〜二十九歳　水夫

キリル・ラックスマン
年齢不詳　博物学者

庄蔵
年齢不詳　水夫
（ヨードル・ソチューコフ）

アダム・ラックスマン
年齢不詳

キリル次男（後のロシア使節）

新三
年齢不詳　水夫
（ニコライ・コロツイギン）

アレクサンドル・ウオロンツオフ
年齢不詳　伯爵

エカテリーナ二世
年齢不詳　ロシア皇帝

イワン・ピエル
年齢不詳　イルクーツク長官

マルチン・ラックスマン
年齢不詳　キリル三男

まえがき

これまでの物語の中で、本書では、当時の日本におけるロシアの国名発音をオロシアと記してきている。しかし、その正確な発音がロシアであることを、既に桂川甫周がロシア見分者大黒屋光太夫（幸太夫）の口述記録『北槎聞畧《ほくさぶんりゃく》』の中で明らかにしていたのである。ここでその発音由来の文章を掲載しておきたい。

魯西亜（ロシア）は昔サルモシアと言った国であったが、千年以上の前ハンガリヤのロシスなる人物が初めて国を開いて王となってからロシアと名付けた。また、この国の首都をモスクワと言うので首都の名を取ってモスコビヤとも呼ぶ。『乾隆御製集』『池北偶談』等の「俄羅斯、羅叉」も魯西亜のことであり、「魯（ロ）」の字は発音で口をすぼめ舌を転ばせるため「阿（オ）」音を伴うように聞こえ、わが国ではオロシアと呼ぶようになった。支那でも亦「俄羅斯（オロシャ・オロス）」となったようだ。他国名が伝わるうちに当て字で発音が変化することはやむを得ないが、訳字としては先ず「魯西亜（ロシア）」「羅叉（ロシア）」が近いと言える。

（※桂川甫周著、竹尾弌訳『北槎聞畧』参照）

二〇一四年一〇月一六日、国際交流基金JFCホール「さくら」において、「平成二十六年度国際交流基金賞」を受賞されたステラ・アルテミェヴナ・ブィコワ（モスクワ国立大学付属アジア・アフリカ諸国大学日本語学科長）氏による「モスクワ大学における日本語教育と日本語・日本文学の研究」と題する受賞記念講演が行われた。これはロシアの日本語教育史の大変興味深い講話となっている。

A・ブィコワ科長の受賞講演冒頭には以下のような内容の逸話が紹介されている。

「ロシアで日本語教育が始められたのは一七〇二年からであった。日本語を教えた最初の人物はカムチャッカ半島に漂着した伝兵衛という日本人の漂流民である。伝兵衛はピョートル大帝にも謁見を許され、その命令を受けて一七〇二年から日本語教師となったのである。一七三六年には、ロシア科学アカデミー付属日本語学校が創立され、日本人ゴンザによって日本語教育が行われた。当初は日本語教科書、辞典などが作られていて、中には一万二千語を収録した露日辞典もある。イルクーツク日本語学校の教師アンドレイ・タタリノフによる『露日辞典』は誠にユニークである。彼は東北出身の日本人漂流民三之助の息子で、日本名を三八《さんぱち》と言い、同じ東北出身であったため、約千語の言葉が掲載されていたが、それは歴史上初めての『東北弁の辞書』となっている」

（「二〇〇〇年にわたるロシアでの日本語教育の系譜に連なって」国際交流基金日本語国際センター参照）

Ａ・ブィコワ科長の言う伝兵衛は、江戸時代中期の人物で、ロシアを訪れた最初の漂流者である。彼は大阪谷町の質屋の息子であったが、一六九六年、大阪から江戸に向かう途中で嵐に遭い漂流の末カムチャッカ半島に漂着し、原住民に捕えられている。一六九七年に、幸運にもその地でロシア人探検隊員ウラジーミル・アトラソフに発見され、ロシア帝国の都モスクワに連れていかれた。その後、彼は日本人初の正教徒となる。ここで彼はピョートル一世に謁見したらしいが、皇帝と謁見した初めての日本人であったろう。しかし、皇帝は隣国とは言え、島国に住む一介の日本人漂流者に対して何故面会を望んだのであろうか。皇帝は恐らく当時の日本人にかなり好奇心を持っていたからに他ならない。さらに、日本語教師を命じられていることを併せて考えると、ピョートル皇帝の南方進出策を遠謀する深慮が感ぜられる。

ピョートル一世による伝兵衛謁見から一世紀弱の時間が経過した。

この間、時のロシア皇帝が日本人漂流民を謁見していた事例もあるようだが、一七九一年（寛政三年）になって、当時のロシア皇帝エカテリーナ二世（エカチェリーナ二世）に謁見し、帰国の許しを得た一人の日本人漂流民がいた。

伊勢国若松村百姓で当時千石船の神昌丸船頭格であった大黒屋光太夫（幸太夫）である。

この神昌丸遭難事件による漂流民十七名のうち、最終的には三名が無事に日本に送還されているが、そのうちの一名、小市は残念にも日本到着時に根室で死亡している。

光太夫は幕府の尋問により、ロシアで見聞したヨーロッパの文明について詳しく述べていて、後にそれを記録した書が桂川甫周による『北搓聞畧（光太夫ロシア見聞記）』である。

この記録は、当時の幕府上層部、蘭方医、蘭学者などへ、北国ロシアの地理およびその生活実態について多大な知識を与えている。後で考えれば、当時の日本の対外政策についても強い影響を与えたのではないだろうか。しかのみならず、その頃の大日本州構想（ホルチス ヤマト）推進者に対して、大きな活動力を与える情報を提供していたものと考えている。

『北搓聞畧』は既に復刻され史料書として存在するが、敢えて大黒屋光太夫が仲間を失いながら女帝に謁見までの経過について本書に挿入させることは、今この時点において欠かすことのできないエピソードであるからだ。

以下に引用する文章では、同書内容に多少の読物的変化を加えている。また、本章中の〈二〉〈三〉〈四〉では、底本として昭和十八年刊行の『北搓聞畧』（竹尾弌訳）を参照した。

〈一〉大黒屋光太夫という人物

幼名兵蔵は宝暦元年（一七五一）に、伊勢亀山藩南若松村の亀屋四郎治家の次男として生まれた。家は船宿を営んでいたが、兵蔵の幼少期に父親の四郎治が死去し、兄の次兵衛もまだ年少のため姉（国《くに》）が婿養子を迎えて家督を相続した。それで兄次兵衛は江戸の米問屋に奉公し、長じると兵蔵も母方の酒造業・木綿業を営む清五郎家江戸出店に奉公した。

安永七年（一七七八）、兵蔵は亀屋の分家四郎兵衛家当主死去に際し、養子として迎えられて伊勢に戻り亀屋四郎兵衛と称した。そののち、次姉（いの）の嫁ぎ先で、白子の廻船問屋で一味鍊右衛門という沖船頭小平次（大黒屋彦太夫）から、廻船賄職で雇われ船頭となる。

安永九年（一七八〇）には沖船頭に昇格して名を大黒屋光太夫と称した。この時、光太夫は二十九歳で、身長は高く色白で筋肉質の大きな体格を持ち、目は細長いへの字でまるで大黒様だ。また、鼻筋の通る面立ちだが眉間が広く、強いて言えばやや間延びした顔付であった。江戸での奉公先では厳しい仕事の中でも艱難辛苦各種の学問を治めていて、人からは偉丈夫（大きくたくましく人格の優れた人）と見られていた。但し彼の一つの欠点は、感情の表現に乏しく、万事に一拍置いた動作が感じられるところである。

〈二〉エカテリーナ二世の光太夫謁見まで

天明二年（一七八二）十二月、伊勢亀山領白子村百姓彦兵衛の持船神昌丸が、廻米、木綿、薬種、紙、

陶器などを積載して白子の浦を船出したのは、十三日の巳の刻（午前十時）である。神昌丸の船頭は大黒屋光太夫三十一歳で、乗組員は十七名であった。だが、夜半に駿河沖にかかった時に、当時は予想もできない暴風雨に遭遇してしまったのだ。

その後は、果てしない海上を流されて、行方も知れないままの月日が経過した。米は売るほど有ったが水がない。雨が降ると飲み水を溜めて凌ぎつつ、いつの間にか船上の生活も半年以上を経過し、天明三年の七月となっていた。

最初の遭難犠牲者となった水夫の幾八が下痢症状で死亡したのは七月十五日だのことであった。このころ海上では時々にわか雪が降った。北方の海に流されているのだ。

海に沈めた幾八の魂が寄せてくれたのか、小便をしていた小市が七月十九日に偶然前方に島影を発見した。一同は勇んで島に接近し、暗礁の無い安全な距離をとって碇を下ろし、斥候のため光太夫以下一同がはしけ船で上陸した。伊勢神宮のご神体、糧食、薪、鍋釜、衣服、布団なども載せた。

海辺には住人と思われる数名が我らを見ている。

陸に艀を上げると、最初は現地人らしい被髪《かむろがみ》で赤黒い人間が数名で取り巻いてきた。そのうちに彼方からズドンという鉄砲の音がして、赤いラシャ服の男が二人現れた。ヨーロッパ州人の顔だ。

我らは戦闘に備えて身構えたが、手を振って何やら言葉を掛けてくる。どうやら連中には殺意はないようであった。彼らは手ぶりで付いてこいという意思を表し、彼等の小屋に連行した。

小屋には頭株の大男が居た。同じように背の高い光太夫が己の鼻を指差して頭に言う。

「コウダユウ」

「コーダエフ……バニャーチ（わかった）」

大男も大きな手で自分の鼻を指さして言う。

「ミニャー　サヴート……ニビジーモフ（わしはニビジーモフだ）」

光太夫にはニーモという音だけが耳に残った。光太夫が、今度は自分の胸と海と土地をゆっくり指差してから大きくぐるっと回し、「ニッポン」と言うと、廻る指先を見ていて蜻蛉の目のような顔をしたが、

「イッポー？……イポーニツ（日本人か）」

ニビジーモフがやはりそうかという顔で頷き、また自分を指して、

「ルースキィイ（ロシア人だ）」

「ルスキー？」

――ルスキーとはどこだろう、やはりロシア人か。

互いにどうやら相手国が認識できたようだ。

この地の名は何と呼ぶのか尋ねると、アムチートカというロシア国の一部であり、隣はヒヨードル・ミハイロウイチ・ツエイと言い、もう一人はヤコノーノフというロシア人であると言った。

こちらは日本人農民の船乗りであり、たまたま昨年嵐に遭遇した漂流船の乗員であること、および上陸者の名前などを身振りを交えて伝えた。

ロシア人小屋の頭株の男は正確にはヤコフ・イワーノウィチ・ニビジーモフという男だそうだ。その赤ら顔をした大男は大変陽気な性質らしい。その後、彼は光太夫をコーダエフと呼んだ。

彼らが身振りで彼方の岩窟内に、寝るために適した洞窟があることを教えてくれたので、一同はそこを仮の住居と決めた。

光太夫は一同が腹が空いていることを考え、石を集めて竈を造り、釜で飯を炊いた。握り飯に持参の塩をかけて食べていると、島人が珍しそうに見るので、一個を与えたところ一口食べて捨ててしまったが、ロシア人は美味しそうに食べている。

夜、岩屋に入り布団を敷いて寝る。伊勢大神宮の御神体は高い場所に安置してある。外ではしばらくの間、入口を四人のロシア人達が守っていてくれたので安心であった。

朝起きてみると、停泊していた船が見えない。昨夜の強い風で碇が切れたようだ。船上に積んでいた荷は磯部に打ち上げられていたが、その他は船と共に跡形もなく流されていた。

ニビジーモフは両手を広げ肩を竦めて言った。

「ヴァルナー、ウビガーチス（波の持ち逃げだ）」

光太夫はただ茫然としているだけだ。

洞窟内では、前から体の調子が良くなかった三五郎と治郎兵衛の容態が悪化してきていた。ニビジーモフの指図で島民が彼らを背負い、ロシア人の住居に運んだ。ロシア人の住居は二棟立てで造られていて、一棟が頭のニビジーモフの住居で、手下達は他の一棟に共同して住んでいる。隣には大きな倉庫があり、干し魚や鳥の乾物などが置かれている。彼らは五年毎に交代で本国に帰国するそうだ。

次の帰国時期は何時だろうか。そう期待しながら時を待ったが迎えは来ない。

八月九日の朝、磯吉の父三五郎が病死していた。

日本人は合掌し、ロシア人は跪いて十字を切り、涙して呟いた。

「サンゴロ……スパコーイヌイ（三五郎よ、安らかに）」

光太夫は黙然としてこれを見ている。言うべき言葉が何も出ないのだ。

三五郎はニビジーモフの指示で土地の墓地に埋葬された。しかしその後、これらのロシア人達が目を背けるような傷ましい日本人の最期が続いた。

八月二十日午前二時に治郎兵衛、十月十六日午前六時に安五郎、同月二十三日午前五時に作次郎、十二月十七日午前四時長次郎、さらに翌天明四年の九月三十日午前八時に藤助が亡くなった。

そして彼らは次々に埋葬されている。

――結局は皆死ぬのか。

こうなると今度は誰の番だろうなどと気分が塞ぐ。ある日、生き残りの一同がそれとなく集まって今後の相談をした。光太夫も呼ばれたが、相変わらず無表情な顔付きだ。

「どうだろう、お頭」

荷物賄方の小市が発言した。

「こうしてつくねんと死ぬのを待っているよりもだ、海獺取りでもして、体を動かしてみようじゃあないか」

他の者が答える。

「賛成だ。腹も減るし、運も通じて言葉も覚えるだろう」

「おい、それは通じ（便通）の運か」

「どっちでも同じことだ」

そんな話の結果、ナキリイシ、ナツキスカ、チュク、ウニヤクなどの島々に渡り海獺漁を手伝った。言葉も必要に迫られて覚えるし、幾らかの手間賃も稼ぐことになった。そして待望のロシア船が近くの入江に入港してきた。

ところが運が尽きて、最後には詰まってしまったのだ。

その晩また大風がやってきて、神昌丸と同じように碇の鎖綱を擦切り、船は暗礁に乗り上げ、破船してしまった。

「バギーニヤ……ピチャーリヌイ　スート（女神よ、嘆かわしい審判だ）」

ニビジーモフは顔を真っ赤にし、両手の拳を天に突き上げて叫んだ。幸い乗組員二十四名は前夜艀で上陸していて無事だった。またこの度は荷物の皮革や船具も殆ど回収できていた。

数日後、気を取り直したニビジーモフは、ようやく片言を理解できてきた光太夫らに相談した。

「カピターン・コーダエフ、ドルーク……ピリハヂーチ　イヴローパ（船長光太夫、同志の皆さん、ヨーロッパ州に渡るぞ）」

ニビジーモフは地面に◎を描き、二重丸はここだと大地に両手を当てる。その先に飛び飛びに幾つかの〇を描き、その奥には大きな矩形を描いた。連なる〇は次々に線で結ぶ。最後に描いた矩形を右手で叩いて、指を自分と皆に回す。

「イヴローパ　ラスィーヤ（ヨーロッパ州　ロシア）」

次に、地面には船形の図を描いて言う。

「スードナ　ヂェーラチ　フスィェー（船は皆で造る）」

ここで死を待つより、進んで活路を見出すというニビモフ（略称）の心意気に励まされ、翌日からは、一同が破船の船具、標木などを集める。

生き残りの日本人と、遭難したロシア人達は共同して船作りに活動した。専門の船乗りばかりではなかったが、ロシア語と日本語が飛び交い、知識を交換しながらの作業が続いたのである。

生き生きと働いた一年は瞬く間に過ぎ去ったが、どうにか六百石くらいの帆船ができ上がった。

光太夫がこの帆船の名を提案した。

「ナズィヴァーチ　ニビジーモフ（ニビジーモフ号と名付けましょう）」

ニビジーモフは大変喜びだ。彼を先頭にして皆が互いに手を取り合って祝った。小島の浦には「万歳」「ウラー」の斉唱がとめどなく湧き上がっていたのだ。

そして、一七八七年（天明七年）七月十八日、ニビジーモフ号はアムチートカを出航し、同年八月二十三日カムチャッカに無事到着した。

カムチャッカに入港すると、出迎えた郡官のコーノ・ダニーロウィチ・ヲリョーニコがニビジーモフから漂流民を引き継いだ。

ニビジーモフ及びロシア人は、郡官により割の良い公務を嘱託されて港に残されることになったようだ。だが彼の顔色はあまり冴えない。ニビジーモフは光太夫の両手をしっかり掴んで言う。

「オーチニ　ジァーリ……ヤー　ハチェール　スタボーイ　パスマトリェーチ　イヴローパ……スパスィーバ　コーダエフ（これは残念だね。一緒にヨーロッパ州まで行こうと思っていたのに。有難う、光太夫）」

「ヴアーム　スパスィーバ　ニビモフ……ダスヴイダーニヤ（あんたこそ有難うニビジーモフ……　さようなら）」

光太夫も両手を握り返した。

光太夫は郡官の家に、他の八人はワシーリエ・ドブレーニンという郡官書記の家に止宿することとなった。郡官の家に泊まっている光太夫は、その家族と同じものを食べているので食事内容に困ることはなかった。

問題が起こったのは、その他の連中の食事だ。

彼らの常食する麦粉を練って焼いたパンは抵抗なく食べられたのだが、付いていた牛の乳は最初何だか分からず飲めていた。その時には皆が上手いと感じたのだが。

磯吉が翌朝起きたところ、老女が牛小屋に入るところを見てそっと後を付けていくと、牛の糞臭い暗い小屋で、大きな牛の下に潜って乳を搾っている。磯吉にはその絞られた乳は何か薄汚い感じがした。以来、どうも牛の乳を飲む気がしない。他の者にもそれを話すと誰も乳を飲まなくなってしまった。また加えて、この地方は近年にない天候異変で、新鮮な農作物が全く採れなくなっていた。地域は広範な食糧難に陥り一部は飢饉状態となっていたのだ。そのような中でも、郡官が心配して、麦粉、乾魚、牛肉などを持ってきてくれたのだが、牛肉については、我らは習慣として肉は食べないと言っていつも返していた。

この日本人の食事適応性の乏しい神経質な態度が、後で関連する疾病を招いてしまったのだろう。

郡官の下役が、たまたま近隣の農家が牛を屠殺したので分けてもらい、この際は日本人にも食べさせようと、程よく焼いた一股を担いで届けて来た。青瓢箪のような顔を並べている皆を見て言う。

「皆さん方よ、飢饉の時に、あれが厭だ、これが厭だでは餓死するぞ。先ずは飢饉が治まるまではこの牛肉を食べて一命を繋げたらどうか」

磯吉は、忠言耳に逆らうとは言うが、この際は命との選択だ。そう考えて、下役が焼いた肉を小刀の先で切り取り小片を口に入れた。

「フクースヌィ(美味しい)」

他の漂流民も、下役の忠言を受けて磯吉に見習った。しかし、温情の肉も食い尽くし、桜の木の内皮を水に浸して食うことも行ったが、もう体力の維持が限界となっていた。

一七八八年(天明八年)四月一日、水夫の勘太郎が午前四時に病死、同月五日午前八時、飯炊きの与惣松が病死、また、五月六日には水夫の藤吉が午後二時に病死した。

いずれも当時の日本では症例もないような病症で、股から足まで(下肢全体)が青黒く腫れるという状態が起こり、歯茎が腐って死ぬ。これは長期間の船上生活などで起こる野菜果物摂取不足の壊血病(ビタミンC欠乏症)という病気であった。

三人は郡官の計らいで土地の墓地に埋葬されている。

五月を過ぎると、河口の氷が融けてバキリチイという小魚が遡ってきた。水煮にすると美味しい魚であった。

一七八八年（天明八年）六月十五日、光太夫らの一行六人は、カピターン（副郡官）チイモヘー・オシボーウィチ・ホッケウイチ、クシャンテン・マトベーウイチら十五、六人のロシア人と共に、五間ばかりの長さで幅三尺ほどの丸木舟のような四隻の船に別れ、糧秣も積込んで乗船し、この地を離れてチギリというところに向かった。

一隻は七、八人乗りの船で、最初は上りの十三日、一端上陸して一日山路を越えてから、今度は何日か下りの船に乗り換える。それぞれ川筋の適所には駅舎があり、万事を援助してくれる。

一行はこのような上下流域・峠越えの遠路（水陸行程約三百七十露里）を進む。中には冬季に氷上を犬橇で渡る所もあったが、七月一日にはようやくチギリに着いた。

チギリという小村は五、六十戸の民家のある中継地であり、一同はここでしばらく小休止の日々を設けて体力を蓄えるのだ。その間、船中の食料品などを積み、オホーツクへの渡航準備をした。

八月一日にチギリを出帆し、二十四、五日の後、順風に乗ったためオホーツクに着いている。この海路は約八百露里であるが、陸路を採ると二千五百露里だそうだ。

この小都市は民家二百余のところであり、これから先は人家もない荒野を征くことになるらしい。ここの郡官イワン・ガヴリローウイチ・コヨフから光太夫には銀三十枚、他の者には各々二十五枚が渡された。恐らくは無一文の漂流者に対する人道的な給付金なのであろう。

光太夫ら六人は有難くこの銀子を頂戴して、皮の着物、帽子、手袋、靴などを求めた。

なおこの一行の中には、日本人の他に、カムチャッカ、ペヨートルガワニ、チギリ、イヂガなどから、本国に高級毛皮類（海獺、海豹、貂、熊）を運搬するワシーリイというセルジャント（軍曹）、その下役三人、任地から帰還してイルクーツクに帰る医者のミロン・ステバーノウイチ・ビリュチーコフの家族達四人、一人ずつのポルトガル人、ベンガル人などがいた。

医者のピリュチーコフは息子を医師の学校に入学させるために、将来欧州各地にあるウチーリシチエ（学校）へ入学させる予定だそうだ。イルクーツクでは受験準備のための施設もあるので、そこへ通学させたいという。

九月十二日、光太夫ら六人を含む一行十七人はオホーツクを馬で出発した。食料他の荷物は数頭の馬に付けている。医者の雇人で韃靼人のセコワには荷物馬を引かせている。次の宿場であるヤクーツクまでの旅行であった。行程は凡そ千十三露里で、この時期でもところにより雪が降り、手足も凍る荒野である。なおロシアの里法では、一露里が五百間でヴエルスタという。

ひ弱な感じの医者の婦人ナターリヤは、所々で夫ミロンの鞍の前に同乗させている九才の息子ミハイルを下して歩かせている。身体を温める意味と、長時間の乗馬疲れで手足の関節が強張るため、その緩和を図るための運動だ。乗馬に疲れると馬を下りて歩いたり、身体が冷えると木の枝を燃やして温め、他の弱者を思い遣りながらゆっくりと進んで行く。

ヤクーツクに近づくと所々に人家も見えてきた。途中の各宿場では、たまたまこの一行がお上の租税の品を運んでいたので、牛を屠殺して歓待してくれたりする。

こうして一七八八年十一月九日にはヤクーツクという宿場に着いた。人家は五、六百軒ある町で、郡官はイワン・グリゴレーウイチ・カヅローフという五十歳くらいのポルコーヴニク（大佐）であった。部下は二十人ばかりが使われていて、今までよりも高官であることがわかる。大変に太っていて、大声を出したが、応対は誠に良い人物であった。
ここでも光太夫には銀三十枚、その他の者には二十五枚ずつが与えられた。ヤクーツクでは、これまでの旅行経験を反省し、この銀貨で毛皮の寝袋なども調達し、改めて旅行準備を整えた。

ここでは新たに二人の下役人が加わり、一行は十二月十三日、イルクーツクに向かって出発した。これから二千四百八十六露里の距離を行進するのだ。但し、この先も人家は無かったが、九露里毎に官営宿場が設置されている。上下行路乗用の替え馬が常時用意がされていて、馬齢の音がすると宿場では待っていてすぐに継馬に替えてくれた。今までの乗馬は休ませて、下りの旅人に付けて元へ帰すという馬継循環が行われているようだ。

こうして道中何事もなく、一七八九年（寛政元年）二月七日、無事にイルクーツクに到着した。イルクーツクは人家三千余りある繁華な大都市で、支那、朝鮮、満州などとの商品取引も盛んであった。

光太夫らは、しばらく現地人との交流が途絶えた生活を行っていたが、テイモヘー・オシボーウイチ・ホケーウイチというオホーツクまで船中で一緒であったカムチャッカの郡官が、官の用事で当地に来てからは生活が一変した。彼は光太夫達を親切にいたわり、あちらこちらと知人を紹介してくれたりし、よく面倒を見てくれた。そのお蔭で次第に知人も増え、あちこちから招待されるようになった。漂流以来の今までのでき事や、東海にある日本の国とはどんな国かなどと聞かれ、有るがままを語るだけで次第に有名人となっていったのだ。

ある日、光太夫達は、キリル・グスタウイチ・ラックスマンという人の家に招かれた。請われるまま、経験してきた艱難辛苦の物語を話したところ、

「よしわかった、自身ができる範囲は限られてはいるが、諸氏の面倒は見させてもらおう」

と言ってくれた。なお、キリル・ラックスマンという人は、この時、光太夫のどこか間延びした顔に何らかの因縁を感じてくれたのだろう。その後、色々と面倒を見てくれるようになった。この人の官位はポルコーヴニクであるが、他にウチーテエリといって学校の教授でもあった。この先生は、十七ヵ国の言語文字にも精通している博覧強記の人物（博物学者）であった。また、性質は温厚篤実であって、光太夫を殊のほか親切に労わってくれた。

イルクーツクの長官イワン・エレフレーウイチ・ビイルというゲネラル・パルーチクを通じて、光太夫達の帰国願書もその草案を書いてくれた。

こうした中、水夫の庄蔵の片足（左右不明）が凍傷に罹っていたらしい。膝下が腐ってきて骨が現れてきたのだ。このままでは死ぬ。

「節からの切断しか方法はないぞ」

診察した医者の明快な判断により、大きな鋸で膝節から切り落としてしまった。術後の経過は良好で庄蔵の傷痕は回復したが、片足では帰国を望めないと思うようになり、ロシア国教であるギリシャ正教の洗礼を受けて、名をヘヨードル・ステパノウイチ・ソチューコフと改め、しばらくは療養生活の身となった。

一七八九年（寛政元年）八月、首都のペテルブルグからの通牒が届いた。その申渡しは一種の勧告

書であって、「帰国を思い止め、ロシアで役人となることが望ましい」という内容だった。

光太夫達は何としても帰国したいとの希望から通牒を返上し、再び願書を提出した。

一七九〇年（寛政二年）二月三日、再び通牒が届けられた。

「仕官の望みがなければ商人になってはどうか。さすれば家と元金を与え、租税も免除する。また繰り返すが、もし役人になるならば、最初は雇人となり、その後は順次カピタン（大尉相当官）までは昇格させる」

光太夫は次のような返答書を提出した。

「誠に有難いことではありますが、役人にも商人にもなる望みはありません。ただ帰国をお許し賜れれば、莫大な御恩と感じる者であります」

この返書を出してから、月初めに行われた三百文日当（一日当たり銅銭十文）の支給が中止となった。生活費用がなくなれば仕官の道しかないだろう。お上の費用交付中止に対してはそうした思惑が感じられた。こうなっても、光太夫達へのキリル・ラックスマン他の懇意になっていた金持ち商人からの援助は相変わらず続けられた。

一七九一年（寛政三年）正月になったが、何の音沙汰もない。

「どうも様子が変だな。願書が国王のお耳に入っていないようだ。首都に届けるべき提出採集品もあるのでどうだろう、一緒に同道しないか。こうなったら皇帝に直訴するしか方法はない」

光太夫はキリル・ラックスマンのこうした配慮に心から喜びを覚えた。

首都への旅を用意する中で、正月十三日の午前二時頃、水夫の九右衛門が病死した。また悪いことは重なり、新蔵も発熱し、病状が悪化してきていた。しかし、出発の迫るやむを得ない事情のため、新蔵の看護も含めて居残る人間に後の処置を頼み、同月の十五日にイルクーツクを出発した。キリル・ラックスマン、同次男アファナーシ（アダムか?）・ラックスマン、雇人および光太夫他一名が橇に同乗した。旧都モスクワに一泊してから、昼夜兼行で五千八百二十三露里の街道を急行した。その甲斐あってその行程を僅か三十日余りで走破できたのだ。

ペテルブルグ到着後、キリル・ラックスマンの紹介により、ゲネラール・アンシュの役人を通じて願書を提出することができた。ところが、この頃からキリルは急性肺炎の疑いのある病気になり、重体となってしまい、官医によって昼夜を問わずの治療に専念する状態となった。

光太夫は大恩人の看病のため昼夜付き添い懸命に介抱した。キリルの親族である弟や夫人の姉も病室に付き添っている。平生表情に乏しい光太夫も、この時ばかりは両手を合わせて神仏にどうか助けてくれと祈った。その甲斐あってか、二ヵ月半ほどで容態はようやく快方に向かった。

幸いにも、新蔵の病気の方も良くなって、パルーチクの役人に連れられて都に上ってきた。国王の御薬を届ける用事に便乗させてもらったのだ。

光太夫と再会できたのは数日後になっていたが、彼の話では、先の病気では死ぬかと思い、決心してロシアの宗教に入信し、名もニコライ・ペトローウイチ・コロツイギンと改めると、病気が不思議に治ったそうだ。またこの結果、新蔵と庄蔵は日本語教師に就任し、イルクーツクに住居も手当してもらうそうだ。しかし、日本帰国はもう叶えられないと寂しそうに物語った。

その年の五月一日、国王がペテルブルグからツァールスコエ・セローの離宮の方に移られたとの情報が得られた。太子・皇族をはじめ文武百官を連れての御移動は毎年の行事だそうだ。

同月八日、光太夫、小市、磯吉一行もペテルブルグを出立しその地に赴き、オシブ・イワノーウイチ・ブーシという人の家に泊めてもらい、願書の結果を待った。このブーシ氏は離宮の管理人を兼ねている人であって、往来の自由な離宮の花園に続きの庭があった。

同年五月二十八日、アレキサンドル・ウオロマノウイチ・ウオロンツオフ伯爵というゲネラール・アンシユの役人から、漂流民光太夫を召連れて参上するようにとのお達しがキリル・ラックスマンにあった。最初に提出した願書を受け取った二等高等官アレキサンドル・アンドレーウイチ・ベスボロコから上聞に達したようだ。

光太夫は直ちにキリル・ラックスマンに伴われて離宮に参上した。光太夫の衣装は薄鼠色フランス風ラシャ服という正装であったが、キリルの助言で、母国の羽織袴、脇差なども用意していた。

離宮御殿は五層の建物が連なる豪壮な建築で、床の一面には桃白色の大理石が敷かれている。一階には大臣や侍医達の控室があり、二階は大食堂、三階は御座所となっている。

キリルと光太夫は階下でベスポロッコとウオロンツオフに出迎えられて三階の控えの間に導かれた。ここでは先ず皇帝拝顔のための要領をウオロンッオフから懇切丁寧に説明された。しかし、ロシア語も未だ覚束無い光太夫が聞いても、役者ではないのでちょっとの時間で会得できるような所作ではない。正式な所作を望まれても畳暮らしの日本人にはどだい無理な話だと悟った。光太夫が面倒になって概ね了解したと言ったので、一同は宮中の拝礼の間に入場した。

宮中の内部は二十間四方ばかりの空間で、周囲の壁や床は赤、緑の斑な大理石で飾られている。南面する一段高い正面の玉座にはエカテリナ（エカチェリーナ）二世女王が白い大輪の花のように鎮座し、それを囲んで色とりどりの衣装を纏った金髪の侍女が五、六十人ほどいた。中には黒髪の女も二、三人いる。その下の平床には総理大臣以下の御歴々四百人あまりが両脇に起立して並んでいた。その威風堂々たる佇まいに光太夫も気後れがして立ち止まってしまった。ウオロンツオフが光太夫の後ろを押し、殺した小声で言う。

「御前に出なさい」

光太夫は仕方なく帽子とステッキをそこに置いて、皇帝の座を目指して進むが、硬くなっているせいか足と腕とが左右とも不連続に動いている。左右には笑いを堪えている様子が窺える。

ようやく御前に近づき、教わったように左足を折り、右の膝を立てて頭を下げ、皇帝に両手を上向きに揃えて差し出した。光太夫は〝物貰いでもあるまいに、何でこんなことをするのか〟と思う。

一方、ウオロンツオフはこれを見て顔を顰めた。

――両手を重ねて恭しく差し出すようにと教えたのに。

これは外国の人間が初めて国王に謁見するときの儀礼的な作法だ。

女王は気にせず微笑みながら、右の御手を伸べてその指先を光太夫の右掌に載せ、三度口づけのような仕草をされた。女王が、かなり太っている大きな体を折って前屈みとなられたとき、光太夫は今までに嗅いだことのない花のような香りに包まれた。

光太夫が引き下がり、元の座に戻ると、女王は光太夫の願書を取り出させて御覧になった。そして控えているキリル・ラックスマンに言う。

「この書面に相違ないのか」

「まったく相違ありません」

とキリルは答えた。すると女王が高い声で言った。

「ジャールコ（?）……ピエードヌイ（可哀そうに）」

そして、総理夫人のソフィヤ・イワノーヴナに命じて、光太夫のこれまでの経緯を詳しく尋ねられた。特に死亡した仲間の者達の様子を聞いた時には、女王は目を瞑り二重顎を上げて首を二、三度横に振る。

「オーチェン ジャールコ（? 哀悼の言葉らしい）」

と述べられて、深い悲しみの意を示された。

また、女王は帰国願書の披見が大変遅れた点について問われ、それが元老院の役人によって握り潰され上聞に達しなかったことが判明し、その役人に対しては、即座に七日間の登院謹慎を命じられている。ただ、女王は、光太夫に対して帰国を諦めてロシアへ移住の意思はないかと強く望まれた。しかし、光太夫がそれを丁寧に固辞したため、当日はこのままで謁見の儀が終わり、御殿を引き下がったのである。

その後は、時々御前にも召されて日本国民の様子などを尋ねられ、ロシアの書物に載せられている絵草紙や浄瑠璃本などについて説明を求められることもあった。

女王がペテルブルグに還御されてから、九月二十九日になって、ウオロンツオフが女王の仰せを伝えるためベスポロッコの邸に来た。願いによる帰国を許すという朗報を持ってきたのだ。去る五月二十八日謁見の後、女王は既にその御意向を持っていられたとの話だ。

十月二十日、女王は宮中に参上るように仰せられて、御手づから嗅煙草入れを賜った。

十一月八日、ウオロンツオフのもとへ呼ばれ、キリル・ラックスマンに伴われて行ってみると、金牌一枚、時計一個、金貨百五十枚を女王からはなむけにと賜るとのことで交付された。金牌はメタルといい、二十五匁の純金で鋳製されていて、表は現女王像、裏はペョートル大帝像が内彫してある。レンタという幅一寸五分に織った濃紺色のささべりで襟に掛けるものである。

ロシアでは今までに二名のみが賜っているという褒章だそうだ。これを掛けているとロシア本国は勿論、属領の国々へ行っても粗末には扱われないとの話だ。

小市と磯吉には、銀牌を賜った。形は金牌と同様だが、レンタは浅黄色で右襟から第三番目のボタンに吊るものであった。また、金五十枚ずつが新蔵、庄蔵の分を含んで四包み下付された。

光太夫は受取書の名を日本語で署名し持参の印を押して、ウオロンツオフに渡した。

それからロシア在留期間の経費については、光太夫には一年銀九百枚、小市、磯吉、新蔵、庄蔵には三百枚を日割りで給付するという文書をキリル・ラックスマンに渡された。また、帰国の伝馬四匹、乗用輿二挺の代金銀三百枚、旅行中の食費などについては銀二百枚が支給された。

キリル・ラックスマンについては、伝馬六匹、光太夫達を引率してきた旅費分として銀五千枚が渡された。特に外国人を援助してきた褒賞として指輪一個、銀一万枚が支給された。指輪は金剛石（ダイヤモンド）を鏤めたもので、時価で銀八百枚ということである。なお金子は入用次第銀行で渡すという書状が添えてある。この他キリルは、漂流人護送のための船中費用として金一桶、銀二桶を渡されている。桶には概ね七、八升が入るということだ。

〈三〉光太夫帰国までの月別録

一七九一年（寛政三年）

十一月二十六日、キリル・ラックスマンの妻の弟で馬車製造業者であり著名な富裕者であるイワン・グリシャノウイチ・ストロマノフの家で帰国の準備を整えた。その夜の午前零時、キリルと光太夫の一行は、逗留中懇意であった人々から贈られた数々の餞別品を積み込み、乗用輿、荷車などを馬十二匹に引かせてペテルブルグを出発した。

十一月二十九日にはモスクワのジガレーフの家に到着し、十二月十日までは高名な尼寺や劇場など方々を見学し遊覧した。

十二月十一日モスクワを出発し、十四日にはニジエ・ノヴゴロドに到着した。ここは退職した高官や富裕者で余生を送る人々が多く住んでいるところだ。劇場や賭場なども各処にある。キリルと同郷のドイツ人で、ウエ・デミートロフというアルフイレーの僧がいて、殊のほか喜び、生の葡萄を出してくれた。ここでは寒暖計で寒温を測り、一定の温度を保って葡萄を栽培しているということだ。

十二月二十日午前六時頃、次の宿場に向かってニジエを出発した。

一七九二年（寛政四年）

一月五日の午前四時、エカテリンブルグに着き、キリル・ラックスマン夫人の叔父に当たるイワン・リーチという商人の家に泊まった。この人は骨、角、皮革、ラシャなどを扱う大商人である。

一月六日午後六時頃、ここを出発した。悪路ではあったが、乗用輿一挺に馬六匹を引かせている。

一月十日夜半、トボリスクに到着したが、最近の火事で家並は疎らであった。

一月十三日午前八時ここを立って、午前零時イルクーツクのキリル・ラックスマンの家に着いた。

翌十四日、役所に出頭して到着を届けに行くと、ここの長官であるゲネラール・パルチークのイワン・エリヒリーウイチ・ピエルは出迎えてのんびりと言った。

「五月ごろには送り船も調達できるだろうからな。ゆっくりと旅装を整えればいいぞ」

と助言してくれた。

光太夫はキリルの家に宿泊して、磯吉、新蔵、庄蔵、小市達への国王からの贈物を分ける作業などしていたが、間もなく長官から宿舎が提供された。しかし、一人暮らしでは寂しいので小市と二人で同宿することにした。

三月に入り、キリルはここから山寄のところにガラス工場があるので、せっかくだから見学してみないかと誘ってくれた。キリル夫妻と光太夫は二十二日までそこに滞在した。

五月二十日午前十時頃、ようやく船の用意ができてイルクーツクを出発する運びとなった。ここで、光太夫は磯吉に命じて病院から庄蔵を呼んで言った。

「実はな、我らは帰る。おまえとは今が最後となった。互いによく顔を覚えておこうな」

庄蔵が不自由な足でよろよろと立ち上がり、泣きながら顔を寄せてきて抱き合ったが、光太夫はこれを振り離して後ろ向きになり、涙を呑んで駆けだした。走り去ってゆくその後ろ姿へ庄蔵の悲痛な叫び声がいつまでも追いかけていった。

イルクーツクから二十二露里もある里にプキンという駅舎があるが、光太夫は、キリル・ラックスマン、三男のマルチン・ラックスマンと共に、そこまで見送りの人々に囲まれながら送られてきた。

磯吉、小市は、イワン・ヒリボウイチ・タラベジニコフ、通訳、下役、従卒などと夕方イルクーツクを出発した。この旅行中の荷物運搬、食事などの面倒を一切みてくれたのはこのタラベジニコフ氏であったが、先年、日本の南部地方から漂流して来た船頭久助の息子ということであった。

五月二十一日午前六時、キリル、マルチン、光太夫、セルジャントの一行はプキンを出立した。新蔵、テイモへー、キリル夫人など、ここまで見送ってくれた人々との辛い別れだ。涙の抱擁と接吻などが続いて別れを惜しんだ。磯吉、小市は少し遅れてプキンを発った。

伝馬はキリルが十頭立て、光太夫が六頭立てであったが、その他の者は各宿場ごとに馬車を継ぎ借りして往く。

五月二十三日午後二時にカヂカという船着き場に着いた。そこで待っていると二十四日には磯吉と小市が遅れて到着した。

五月二十五日午後二時、キリル、光太夫その他合計十三名が河船に乗り、カヂカを解纜《かいらん》（艫綱を解くこと）した。別の河船には磯吉、小市ら六人が乗船して後から出帆した。

カヂカからヤクーツクまでの水路は二千二百六十五露里である。

第一級の大河であるレナ川は川筋によって右は淡水、左は塩水というところがあり、川の真ん中では両岸の見えない場所もあった。時に見えたのはヤクート人の住居である。

六月十五日の昼頃、ヤクーツクの船着場に着いた。十七日には小市、磯吉達も着船してきたので、ここで次の道中の用意を行った。

七月二日、キリル・ラックスマン、光太夫、通訳、マルチン・ラックスマン、商人エキフルウイチ・バビコフの五人は馬で出発した。その他の連中も数日置いてその後に続く。ヤクート人の道案内を頼み、悪路で藪蚊も多い道中を露宿も重ねながら進む。行程の半ばには雪氷もあり、空馬を先行させて危険を防いだりした。このような難路でも、博物学者キリルは馬から降りて草木薬石などを熱心に採集している。

八月三日午前十時、先行する一行は昼夜兼行を重ねてようやくオホーツク海に面する港街オホーツクに到着した。それから五日ばかり過ぎてから小市、磯吉、キリルの雇人なども着いている。

光太夫は、漂流から巡り廻ってこの地に再び来ていることに感慨無量の面持ちがあった。一体あれから何年の時を経たのであろう。

ここでは光太夫一行を送るために、既にキリルの二男アダム・キリロウイチ・ラックスマンが、五月頃よりこのアジア大陸北東端のオホーツク海沿岸に出張していた。彼の官位はパルーチク（中尉）で税関吏でもある。

光太夫を送るための船は三年前に造られたエカテリナ・ピリガンテンという船で、長さ十五サージェン半、幅二サージェン半の大きさだ（一サージェンは日本の曲尺七尺八寸）。

ここでの逗留中、キリル、光太夫、アダムは別々の住居で生活していたが、思いがけない成り行きとなって来たのである。

八月二十一日、キリル・ラックスマンに対して至急本国に帰還するようにとの通達があった。理由は不明であるがやむを得ないお達しである。直ちにセルジャント一名、カプラン一名を伴ってオホーツクを出立して行った。

去ったキリルと残されたアダムのラックスマン親子、二人の絆と情愛はこれからも命ある限り続くだろう。そして、アダムが父の足を頂くようにする別れの動作や流す涙も傷ましい光景だが、いずれも再会可能な将来が待っている一時の辛抱だ。しかし、光太夫達の心に宿っているキリルの外国人漂流者達に施された厚い恩義については、これからどのように償うことができるのだろうか。光太夫には今その答えは浮かばない。このままその人は今別れて行く。もう再会はないだろう。人生とは所詮こうした別離の連続なのだ。

九月十三日正午、キリルが去ってから二十日ばかり出航準備をして、オホーツクを出帆することとなった。オホーツクの長官から野羊や小麦粉などの餞別を贈られて、光太夫、磯吉、小市、パルチーク（中尉）でロシア派遣使節のアダム・キリロウイチ・ラックスマン、船長でプラーボルシチク（少尉）のワシーリイ・ヘヨードロウイチ・ロフツオフおよび乗組員合計四十二名が川内で乗船すると、岸辺には大勢の男女が見送りに集まっていた。

出航を祝う大砲が三発鳴り響いて船は纜を解いたが、河口を出るまでは船上でも河岸でも名残を惜しむ小銃の空砲が止めどなく応酬されていた。

船はその後、海上恙なく一千九百八十露里の波濤を超えて、目指す目的地日本国北境の港まで無事航海できたのである。

一七九二年（寛政四年）十月七日（日本年暦九月三日）、光太夫一行の乗船している船は、松前藩交易支配下にある東蝦夷地の根室港に着岸したのである。

図 18　谷文晁（『近世名家肖像図巻』より）

図 19　谷文晁画「渓山訪友図」（東京富士美術館所蔵）

（一五）曲り角

登場人物

松平定信　三十三歳　老中首座

谷文五郎（文晁）　三十歳　御用絵師兼近習

金沢安太郎　五十九歳　元勘定組頭

寛政四年（一七九二）も十月となっているので、もう北風が吹くと肌寒い日もある。定信には鼻漏びろう（鼻汁）と時々起こる左顔面痙攣があるので、風邪の多い時期は好まない。北国の藩主ではあるが寒い気候には向いていないようだ。しばらく前から、ふと気鬱的な気分に襲われることもある。このような時には自身の心身を立て直すために、家臣に起倒流柔術の教授などを行い、武道修練によって心身の安定を図っている。定信は、起倒流五世・鈴木邦教（清兵衛）三高弟の一人とも言われており、その柔術の技には藩中の誰も打ち勝つことは難しい。

本日、築地鉄砲洲の下屋敷武道場では、藩祖松平定綱の編み出したという剣法「甲乙流剣術」の模範稽古を行っていて、上級者による数ヵ所での立ち合い勝負も行われていた。珍しい剣法のため参観希望者には特別公開しているのだ。それを見学している藩内、藩外参観者の中に、隅の方で佇む二人の見学者がいる。一人は背が低くて太った坊主頭の男である。もう一人は背が高く総髪を後ろに束ねている男だ。腕組みして道場の勝負を見ている。よく見ると僅かにその男の体が動いている。剣法で体が自然に反応する適宜応動のようだ。

定信はふとその男に興味を感じた。そして首を捻って、後方にいた御用絵師で近習の谷文五郎（文晁）に命じた。

「あそこの石井坊主と話している男は誰か。見かけない男だが」

練習試合は希望者に見学を許しているので大勢の観覧者がいた。文五郎の顔は広い額と細い顎が特徴だ。いわゆるラッキョウ顔である。目は細く鼻は高いが口はへの字で閉まらない。その姥うば口ぐちが澄んだ声でおっとりと答える。

「わかりません。いま尋ねてまいります」

文五郎は発声に似合わず素早く行動した。しばらくして定信に報告したのは次のような事柄だ。

「あの者は、長崎生まれの小山三九郎という名前の医者です。当家石井庄助の長崎遊学時代の知り合いです。阿蘭陀語に長けているらしいです。庄助の求めで最近取り掛かっている『遠西独度涅鳥草木譜』の阿蘭陀書和訳、オランダ語和語辞典作成などの助手として不定期に手伝ってもらっているとのことです。なお、現在は医官桂川家の食客だそうです」

文五郎には、いつも報告内容を並べる癖があった。恐らく頭の中に記憶を止めた札が順番にぶら下がっているのだろう。

「長崎の医者か……この数年色々とあったな、あそこには」

そう言って定信は懐から懐紙を出し、尖った鼻をかむ。

「長崎の医者でオランダ語を解読する人間は大勢いる。長崎で絵を勉強したから知っているだろうが。しかしだ……あの者は相当な体術を習得しているようだ。遠くからでもその生気を感じる。まあ、今後の行動をしばらく見てくれないか」

定信は文五郎にそう命じて立ったが、一足で立ち止まった。

「道場でへの字の安太郎を見掛けたが、後でわしの部屋に呼んでくれないか」

頸筋を摩りながらそう言葉を追加した。

文五郎はへの字の安太郎と聞いてふと笑顔になったが、丁寧に答えた。

「はい、わかりました」

――このところ首回りが凝るのは何だろう。修練にも負担が掛るようではお仕舞いだな。

定信は心労ばかりか、その解決のための武術修練も身に応えるような自分が情けないと思った。

文五郎はその後ろ姿に頭を下げている。

定信が老中首座となったばかりの時だ。定信はこれまでの経験から、上に立つ者が全国の情報を入手することの重要性について強い確信とこだわりを持っていた。国内外の対外的な動きに色々と論説を持つ人間が増えているからだ。

――八代吉宗様の真似をしているところもあるのかな。

そう自覚はしてはいるが、将軍の権力はないので、それとは異なる方策を行わなければならない。むろん担当する人選には限界はあるが、定信には自己独特の考案がある。これは定信にとって武道の技を練るのと大差はなく、この工作はまったく苦に成らない。老中首座という職制上の権益を使えば行える通常業務なのだ。

権力者として職務を命ずる立場と、それを受けて忠実に履行する立場とを考えると、両者には雲泥の差がある。ある思惑を持って命令する権力者は、下命した事項についての情報を待っていればよい。そして、その先の情報が容易に得られることを〝当たり前〟としている。権力者にとっては自分の投げた球がどのような癖球であろうが、下命された者が如何に困難な状況であろうが、求める情報が手元に入ることは極めて当然であり、そうならないことは誠に不自然であった。常に自身をそうした優位な位置に据えて置く習性があるのだ。

だが、実はそこが重要な盲点なのであって、〝当たり前〟のことをしていた下命者の情報収集行為が、結果的に自身に思いがけないブーメラン効果として跳ね返ってくることもあり得る。そこで初めて自身もマイナス面も背負わされて生きていたことに気付くのだ。

通常、高位の職務者が低位の職務者に自己の責任を分散させていくことは、このマイナス面を軽減させることに他ならない。その数が多ければマイナスの反動も軽微で済む筈だからだ。

――なるべく課題を分け、他人数を分散して使うことが安全な道だ。

定信はこうした哲学をもって仕事をこなすことにこだわっている。

〝信賞必罰〟（功績は必ず賞し、失敗めれば必ず罰す）

賞罰のけじめを厳正にして、必ず実施することも信条としている。

こうした宰相が上層に居た場合、部下には天国と地獄の世界が出現する。これはいつの世でも変わらない。職務目的に反した行動と認定された場合、社会から隔離されるか、場合によっては合法的に潰される。時には恐ろしい運命も皆無ではないのだ。

このように下命者と受命者とは、所詮は剣法の立ち合いと同様で、死ぬか生きるかの極端な運命を選択しなければならない破目に陥っていたわけだ。但し、定信のやり方には芸術的とも言える巧妙さがあった。職務を与える場合、その人物評価によって課題の難易度を選択することに長けていることはまさに天才的な特技だ。また職務の成功によって、猿や熊を扱うのと同じように適切な恩賞を与えることを惜しみなく行った。

――足利尊氏の一文字花押の先例もある。

が、絵に描いた空証文を渡すのではなく、当事者自身がマイナス面を自覚できないように、プラス面を多くする工夫を施すのがミソなのだ。もっとも、定信には反省もある。

――今までの経験では、これらの原則が適合できない場合もあった。

人間は複雑な構造の塊で構成され、個別に異なる性質や性格を備えている不安定な精神の持ち主だ。また、その人間には予期せぬ衝動や偶然の成り行きなども起こり得るからだ。

――自分の思惑が、他人の思惑とは違うことを常に自覚しておくべきだ。

特に難しいのは、結果的にある秘密を握られた場合に、それを関係者が意識外に置くように誘導することは、自身がいかなる権力者であっても相当の手間と費用を費やすことになる。

――それは止むを得ないことであって、完璧はありえない。

定信はこの頃、そんな心境を覚えている。

――長崎にはこの数年いろいろとあった。

定信が文五郎にそう述懐したのには訳がある。

交代で上府してくる長崎奉行の収集した市中情報では、天明の終り頃から長崎の密貿易は急激に増加してきていたが、それは今なお継続している重要問題なのだ。これまで我が国の貴金属である金、銀、銅の貨幣を持ち去ってきた主体は、長崎での貿易相手国である唐とオランダ国であった。一方、密貿易も以前からあり、非公認の闇市場であったが減らし気味ではあるが、根絶やしには到底できない。近年の幕府緊縮政策により、長崎での交易取引額は年々減少してきている。そのため、寛政二年（一七九〇）三月に、幕府は経費節約のためオランダ人の江戸参府を五年一参（毎四年越え）と改めている。

密貿易が増えるのは、公認の交易量が減少していることが何よりの要因だ。これに関わる貿易商、取引商人、およびそれらの連中から少しばかりの掠りをせしめる長崎町民に至るまで所得が減少し、景気が悪くなって結果的には幕府の税収も減るのである。当然のことながら輸入に頼っている貴人達の贅沢品も減少する。手に入らない物品を求める上層の人種には多くの不満が鬱積してくる。このような連環においては、必ず違法取引が横行し、不正な利得を貪る輩も生まれてきて当然だ。

ある時、大風によって船が離島で難破し、その船内の積荷には密輸品が積載されていたことが判明した。一部の調査で、この事件には薩摩藩との交易が関連している疑いがあったということだ。

定信はその天明八年暮れ、長崎奉行水野若狭守に対し抜荷を禁ずる命を出している。但し、薩摩藩に対しては事情があって、今のところ手が出せない。現将軍に繋がる脈絡を思うと、晴れ間のないじろぐ雲を見る思いだ。それでも、寛政二年六月、長崎奉行永井筑前守に対しては老中松平越中守令書という左記のような文書を発行している。

唐蘭輸入品は、薬物、食品、砂糖を主とし、次は書籍（小説、咄本を除く）、端物、錦繍、奢侈品は好ましくない、鳥獣は無用。

同年十二月には追って長崎奉行水野若狭守に密貿易厳禁を命じていた。

十両以上の密商、再犯は多少によらず死罪、その他従来の刑を一、二等重くする。

その前の十一月には、右の密輸取り締まりと関連するのかどうか不明だが、樟脳汚職関係で、オランダ大通詞吉雄耕牛、楢林重兵衛を処罰している一件もある。オランダ通詞の大親分を摘発したことは見せしめのためだ。また、同じ一二月に通詞の翻訳に誤訳があったとして、吉雄大通詞他の大勢が処罰を受けた事件が発生していた。

これらの通詞処分は果たして何の効果を目的としたのであろうか。この真の目的は未だに不明である。恐らくは外国書籍などから諸国の進歩した知識が流入し、日本の置かれた立場に危機感を持つ輩が増えることを恐れ、その根源を断つための一手であろう。

天明七年から行われているこうした厳しい緊縮政策、違反者への厳しい処分などは評判が悪いことは事実だ。後に寛政の改革（一七八七〜九三）と称される綱紀粛正、財政立て直し、百姓体制再建、御家人救済などの厳しい一連の政策だ。しかし近年、この政策は実は前任老中田沼意次が行った倹約令の追認、深化した連続政策であったと説く学者もある。通説となっている享保の改革を手本とし、幕府再建を目指した定信個人の思惑違いによるものではないということだ。確かに、当時の社会経済情勢からみて、政策の方向性が不適正なものではなかったようであるが、それを推進した定信個人が背負わなければならない潔癖症的な行政改革の歪であったのかも知れないし、当時処分された人物側から見れば、過剰制裁を受けた疑いありとして問題があるかもしれない。また、醒めた頭で振り返るならば、定信の改革全般が、一般にはあまりその正当性を理解されておらず、成果の評価よりも、罰を受けた人物の方が受難者のように不当性をやや強く印象付けられているのではないだろうか。

いずれにしろ時勢の流れに乗ることが難しくなり、改革という成果を焦ったため醸造酒の醸成に適温が保てず、世間上下層の不満、反感がふつふつと泡立って湧き出し、過ぎた酢になってしまったことは間違いない。

結果的に、定信自身には、心あてに見たいと願った理想の花（夕顔）は見つけることができなかったのだ。

民衆の不評判の中で、一件だけこの時期には唐突とも思える定信の命令があった。

寛政三年（一七九一）九月一日の「外国船取扱令」である。

無論、定信自身の考え方による外国船対応策でなければこの発令は無理であろうが、この後のでき事を考えると、他国との対外方針の中では未だ必然性に欠けるところがあり、定信らしくない約束手形（一定の場所で支払いを約束する証文）を振出したような不思議な印象を与える取扱令なのだ。恐らくは、定信が受容できる範囲ではあるが、開明的対外思想を抱く人物の助言があったものと思われる。

金沢安太郎安貞はこの日許可を得て、陸奥白河藩鉄砲洲下屋敷の中にある武芸道場で行われていた藩祖考案の「甲乙流剣法」という珍しい剣法の特別稽古を拝観していた。八丁堀霊岸島の上屋敷には前勘定組頭として用務上何度も出入りしていたが、鉄砲洲の道場を訪れたことは初めてだ。

藩主定信は大藩の大名でありながら、起倒流柔術皆伝という免許も取得している。これは自身が幼少時病弱であったため、身体に武芸の修練を与えて刻苦勉励した賜物なのだ。定信は、この柔術と剣術を混ぜこぜにしたような新流儀を考案しているという噂だ。

安太郎が案内された待合所の縁側に胡坐を組んでいると、給仕が温かい麦茶と煙草盆を置いて行った。安太郎は一服するため、大木の根っ子のような自然古材を利用して製作した赤漆塗りの抽斗付寝覚煙草盆を引き寄せて見た。

――世間では緊縮政策だが、こちらは煙草盆まで格が違うよ。

そう思いながら左腰を捻って、差している陣太鼓形の煙草入れが付いた総鉄製の長筒を抜き、その中からこれも鉄鼠屋形延煙管を出して手に取った。

「護身用の煙草入れですか」

いつの間にか後ろに立っている人物が小声で囁いた。近習の谷文五郎だ。

「ああびっくりした、危なく寝首をかれるところだった」

安太郎は大袈裟に首を撫ぜ、寝覚めの煙草盆に言葉を掛けている。

文五郎は横に座りラッキョウ顔の前へ片手拝みに右手を立てて言う。

「少将は今先客との面談中でしてね、一服しながらしばらくお待ち下さいな」

言葉が少し崩れてきている。

——呼び付けておいてこれだ、茶菓子ぐらい出してから言えないのか。

安太郎の眉がへの字を狭めて八の字になっている。

文五郎は背を丸めて煙草盆の火箸を採り、紺白市松模様の陶製火入れの中の灰を冠った熾火を少し動かして呟く。

「ある人物がですね、この煙草盆はここには合わないから貰ってゆくと言っていますが、この火入れは尾形乾山作の名品でしてね。そう右から左には無理でしょうね、いくら廓模様の煙草盆でもですね。もっとも同等の物と代えるのは可能でしょうが」

安太郎は陣太鼓煙草入れの蓋を開け、刻みを捻って火皿に詰め、その乾山の火入れに雁首を近付けながら言う。

「私には名品でも興味がないから心配ないよ。誰だね、その厚かましい人物は」

文五郎は首を反らせて煙を避けながら、

「内緒にする義理もないので言いますが、巷で高名な本所の銕《てつ》さんですよ」

安太郎は、常々気にしていた人物の名を聞いて内心は驚いたが、平静を装う。

「なるほど火盗改（御先手火付盗賊改加役）の長谷川平蔵か、彼なら欲しがるだろう。新吉原、深川の遊里に居続けしていた頃からのお馴染みの煙草盆だろうからな」

安太郎が持っている鉄鼠煙管の火皿が上げる煙が、先程から細い一筋になって揺れているのを見詰めながら、文五郎の頭は忙しく回転している。

――何か平蔵との間にあるのかな、もう少し様子を探ってみよう。

「銕さん、いや銕三郎様がですね、生まれ育った屋敷がこの近くの築地湊町にあったそうです。今は揚場（渡船場）になっていますが、昔懐かしいのかもしれませんね。以前は人足寄場の用事もあったのでしょう、見えませんでしたが、火盗専従になってからは、この道場にも時々参ります」

文五郎は一息ついて問いかけようとしたが、ちょっと早く安太郎がへの字眉を挙げて文五郎に聞いた。同じ罷免問題だった。

「彼は何で人足寄場取扱を辞めさせられたのかな。未だ始まってから二年半程しか経っていないぜ」

――こっちが聞きたいことだよ、それは。

填《は》め手にかけるどころか、文五郎はこれに答える羽目に陥る。

「えーと、これから大将、いや少将にご面会されるでしょうから、何かのついでにお尋ね下さいな。まあその点は、御用絵師の私なぞが、とやかく意見を述べるのはどうかと」

――御用絵師だと、曲者の近習が聞けないことを、何で俺に。

安太郎は、ここは大小の貉同士が住む屋敷だなと思う。

その時、縁側に安太郎の迎えが現れた。

定信は、今帰った伝右衛門の細い体に不安を感じ、張り出た自身のおでこを摩っている。彼はこの十一月に騎射《うまゆみ》調練を務めることになっている。その騎射訓練の指導を依頼に来たのだ。

――あの優男で大丈夫かな。

義父の故初鹿野河内守信興との関係からも無下に断れない。有徳院様（八代将軍吉宗）が尚武の復興を実行されて以来、一時盛んに行われていた「流鏑馬」や「騎射試合」なども、近年の重商主義に毒され、武士の関心が薄れてきていることは誠に嘆かわしい事だ。

先日、若き家斉将軍にもこのことは申し上げているので、騎射修練が実行されるのであろう。

部屋へ取次侍に案内された金沢安太郎が入ってきて挨拶をした。

「金沢安貞、ただいま参上いたしました」

相変わらず濃いへの字眉で眼袋が大きい。目も達磨さんの大きな黒目だ。

「やあ、待たせたな。遠慮はいらない、近くに寄ってくれ」

こちらは横一文字の眉で下の目も細長い。口唇も横長で薄い感じだ。

「ご無沙汰しておりますが、ご壮健の御様子で……」

定信は安太郎のくどくどしい挨拶を右手を挙げて制して尋ねた。

「挨拶はいいよ。ところで、今帰っていった人物を知っていたかな」

安太郎は今すれ違ったばかりで、顔を見たのは初めてだったが、羽織の家紋が丸に花菱だったのは覚えている。

「すいません、何方だかわかりません。背の高い方でした」

——そういえば金沢は今、小普請組から一橋の目付だったな。そうか、この二月に御書院番に列した初鹿野英信《てるのぶ》だ。未だ若いが弓術の業には長けているらしく、騎射調練を任されたらしい。

安太郎は弓道の小笠原師範の顔が頭に浮かんだが、黙っていた。

——これは多分、目の前の少将が仕組んだのであろう。余計なことは言えない。

「若い者が率先して、尚武の気風を盛り立てるのは良いことだ」

定信はゆっくりと懐から懐紙を一枚出して静かに鼻をかんでいる。

——金沢には次の仕事を与える時期がずれた。この辺で北方窺いからは外すか。

「さて、貴公には松前情報を受け持ってもらい、お蔭で蝦夷方面の後始末も一段落した。今は別の組でさらに北辺の地形、気候、海流などの詳細な調査を続行しているところだ。今までの者は元に戻してくれ」

——召し放しと同じだな。次は新普請役になった最上徳内の組だろう。

安太郎はそう直感した。

「はあ、そうですか……北方は未だほとんどが空き地ですから、蝦夷地近辺の調査と同時に、ある程度の警備が必要ですね」

安太郎は思ったままをつい口走って、ああまずいなと両目を窄めた。

定信には安太郎の警備が必要との言葉が頭に残った。なるほど、松前藩は自前の勢力で行う貿易上の警備以外にはできない。そう言えば御側用人本多弾正大弼忠籌も安太郎と同じことを言っていたな。

——あの書籍の影響だろう。工藤平助の『加摸西葛社加風説書』及び林子平の『海国兵談』などだ。松前藩管理では、外国勢力の進出が心配だということかな。

安太郎はそっと定信の顔色を窺う。左側の顔筋は堅そうに張っている。

——この問題に引っかかるとまずいぞ。

「いえいえ、それは我らの心配する範疇のことではありません」

そう答えたが、時既に遅かった。

「この五月、林子平には蟄居を命じた。何故かわかるか。そこの弁《わきま》えが理解できていないからだ」

左頬は引き攣ってはいないようだが、顎は上向きになっている。

「御尤ものことと存じます」

安太郎は両目を寄せて頷く。

「晩功堂の周庵（工藤平助）も、北方の知識を書籍にしたことは良しとはする。が、用い方が良くなかった。秩序を守る弁えも必要だな」

——俺は周庵の友人でも弟子でもないし、まして師匠でもない。ここはだんまりをきめこむしかない。

安太郎は項垂れた様子を見せたが、への字眉は正直で八の字になっている。

定信はここで急に話題を転換した。

「この度だな、関八州（注1）を治める伊奈忠尊《ただたか》に不祥事（注2）があってな、代わりに勘定奉行の久世丹後守が関東郡代《ぐんだい》（注3）を兼ねることになった」

――ここで金沢に伊奈忠尊について語る必要はあるまい。

定信は伊奈不祥事の理由は敢えて述べないことにする。

「金沢安太郎、この際、丹後守の仕事を補助してくれないか。肩書は郡代付代官としてだが、実際の職権と職責は郡代そのものだ」

――代官だと、前の御勘定組頭の方がまだ上じゃあないか……ところであれだけ続いた三河以来の世襲名家が不祥事とは気になるな。それを今言うと何か拙いことでもあるのだろう。

しかし、郡代でも代官でも、農民相手の悪者役であることには変わりない。このところ一番の貧乏くじだ。そろそろ運が尽きたか。でもここで断れば万事お仕舞いだ。今までの苦労も水の泡だ。待てよ、郡代付代官と言ったな。ここに僅かな活路を探れるかもしれないぞ。広大な領地の関東郡代には、多分同役の代官が何名か必要な筈だ。その中でも割の良い席（優先席）を確保する手立てを講じておかなければ先を越される。

この時代には身分に相応しい役を持つことが一家の浮沈を左右する。安太郎の頭脳は一瞬に目まぐるしく動き、結論を得た。

「金沢安貞、謹んで有難くご用命を承ります」

安太郎は深い一礼をしてから定信の顔を見上げて、

「えーと、馬喰町御用屋敷詰と考えて宜しいでしょうか」

定信には金沢の言う御用屋敷詰の意味はよくわからないが、多分勤務上の役割だろう。

「それはどうかな、久世平九郎と相談してくれ」

定信はそう言ってさっと立ち上った。それを待っていたように、御用絵師で近習の文五郎が慌てて部屋に入り込んだ。

「失礼します。ただいま上屋敷からの至急連絡がありました」

そう言って上紙を外し、中の巻紙を差し出した。定信は立ったまま文五郎から書状を受け取り、開いて読む。

読み終わるとなぜか丁寧に書状の真中を二つ折りにし、折り目をしきりに両指で擦っていたが、すっと文五郎に渡した。文五郎はそれを受け取った時、手にピッと不思議な衝撃を感じた。

ひと呼吸おいて、定信は下座の安太郎を見詰めながら言った。

「ロシアの船が一隻、ネモロに入港したらしい。日本人難民を連れているようだ」

定信の発語に、いつものきりっとした抑揚はなかったが、内容には重みがある。

——やはり来るべきものが来たか。

安太郎がそう思って定信を見上げると、広いおでこ、横三列に整然と並んだ眉、目、口が両眼に大写しとなった。だが、険しい顔付きではない。

——これからどうするか、それが問題だ。

多分、そのような思案をしているのであろう。安太郎はフゥーと大きく息を吐いた。そして、これを境に、日本国内外の情勢が、曲尺まがりがねの角を通過するような命運を辿ることになる。

（注1）関八州とは、武蔵、相模、安房、上総、下総、常陸、上野、下野をいう。

（注2）郡代とは、勘定奉行に属し、幕府直轄地で一ヵ所十万石以上を預かり、行政を支配する役人の名称。関東郡代、西国郡代、美濃郡代、飛騨郡代等がある。御役高は四百俵高で、布衣《ほい》、躑躅《つつじ》の間席であり、殆どは世襲であった。役所は陣屋と呼ばれ地方、公事方に分かれて事務を統括した。代官の身分・格式は役高百五十石、焼火《たきび》の間席、御目見で、大部分は布衣（無位無官の幕臣の下士が儀式等に着用する無紋の狩衣または身分）以下の平士であった。但し中には布衣、躑躅の間席の者もあった。

（注3）伊奈家不祥事　関東郡代（上野、下野を除く関東六ヵ国の天領を支配し、徴税、訴訟、民政に当たる地方官の職名）は、天正十八年（一五九〇）徳川氏関東入国後、代官頭伊奈忠次《ただつぐ》就任以来、伊奈氏系譜によって世襲されていた。寛政四年（一七九二）忠尊の時に家事不行届きの理由で罷免され、勘定奉行久世広民、続いて中川忠英《ただてる》などが郡代を兼務した。不祥事の理由について、明確な記述かどうかわからないが、『寛政重修諸家譜』の記すところによると、寛政三年十一月の養子忠善《ただよし》逐電について、主従による曲事の申し立てから始まっているようである。寛政四年三月九日、忠尊の拝謁お留め、九月十八日、忠善逮捕などがあり、采地没収となる。但し、先祖累代の勲功により同族の忠盈《ただみつ》をもって相続を許し、武蔵国秩父、常陸国信太のうちで千石の地を給わり小普請となる。

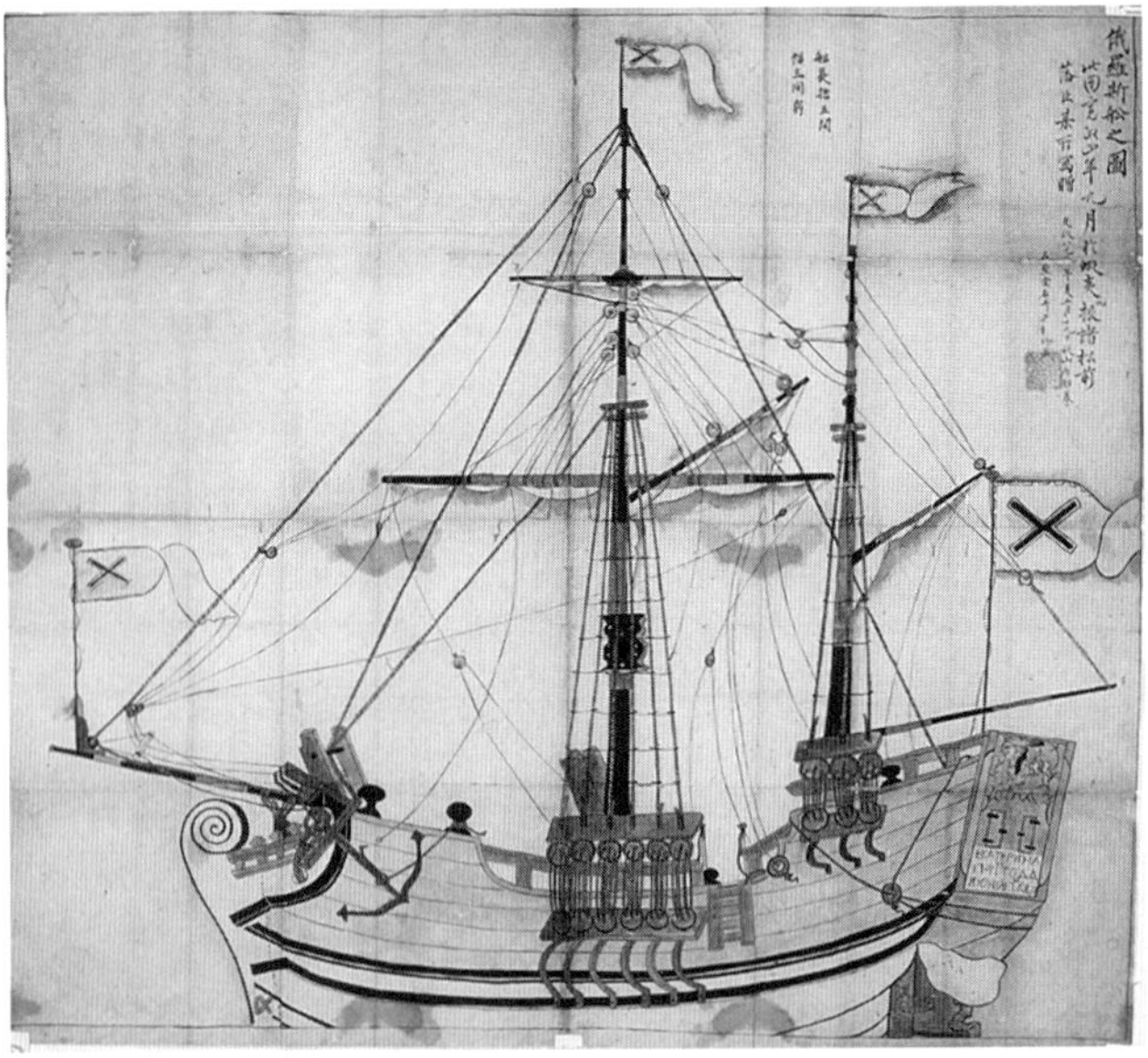

図 20　1792 年ロシア使節ラックスマン一行の帆船「エカテリーナ号」絵図
(『俄羅斯船之図』／根室市歴史と自然の資料館所蔵)

（一六）ロシア使節

登場人物

鳥居忠意　七十五歳　壬生藩主・月番老中
安藤信成　五十歳　磐城平藩主・老中
松平信明　三十歳　吉田藩主・老中
戸田氏教　三十七歳　大垣藩主・老中
太田資愛　五十四歳　掛川藩主・老中
松平定信　三十五歳　白河藩主・老中首座
本多忠籌　五十三歳　泉藩藩主・御側御用人（老中格）

老中は四つ上がり（午前十時までに登城）、八つ下がり（午後二時退出）のため、多くは江戸城西丸下（二重橋の前あたり）に就任中の屋敷を与えられている。しかし、城内には、下乗橋から大手三の門を通過し、中の御門と中雀御門（書院御門）を抜けて、御納戸口に至る歩行行路がある。

高齢者の老中では長い道中のため遅刻する場合もあるが、その際には、四つの時刻太鼓がわざと間を開けて打たれ、その太鼓の音は全員が揃うまで延々と城中に時を告げる。

本日は二の日の式日会議ではないが、昨日、臨時御用の会議招集状が届いているので、城内には老中達の登城姿が続いた。

御用部屋（老中の執務室）には、月番老中の鳥居侍従忠意、安藤侍従信成、松平侍従信明、戸田侍従采女正氏教《うじのり》、太田侍従資愛らが定刻に集まった。

老中首座の松平定信が未だ鎮座していないことに一同は不審顔を並べている。いつもは先頭に出座する人物である。

「もう一人いるぅ松平の白河侍従さんは、本多侍従さんと別室で会談中だそうでやんす。前に使いが来て、先にやっていてくれと」

月番老中で古参の鳥居老人が、口の皺を丸めてもぐもぐとくぐもり声で言う。何だか宴会の席のような口振りだ。老人は、本日の評定席には松平が二人いて、官位も同じであり区別できないため、藩名と官位とを組み合わせている。

年少の老中であるが、何事も筋を通すことを大事にしている吉田藩主の松平信明が、小振りな顔を鳥居老人に向けて言う。

「先ずは、月番老中の鳥居侍従殿から、本日の諮問事項を説明されるのが筋でしょう」

――若いのに座を取り仕切ってくるなぁ。能天気な人物だ。

老人はむっとしたが押さえて言う。言葉はやや北関東なまりで、語尾に尻上がりがあるが、先程よりはましだ。

「わかってます、今言おうとしていたとこで……松前藩はぁ、少し前の十月の末に、嫡子が将軍家に新藩主お目見えを賜り、若狭守に叙任されたばかりですな、えー、数日後の十一月四日、江戸屋敷にぃ国元から急飛脚が来たようですわ……で、わしのところへそれが報告されたのは昨日でやんす」

忠意はここまでに言って袂から手拭を出し、皺の多い顔や禿げた頭を擦って汗を拭き、一息ついてから続ける。大きな目玉を回しながら、今度はゆっくりした口調に変えている。聞き手には少し焦らしたような言い方だ。

「それはぁ、オロシアの船が、東蝦夷のな、ネモロに突然入港してきたという話でして。日本人漂流民を連れてます。またぁ、大王の使節が乗っていて、貿易を求めているそうですな……新藩主がその急報を受けてびっくりしたあげく、伺い書を月番のわしに届け出た、という一幕でして……」

「その伺書はお持ちですか、お見せいただけますか」

信明は話の中途で反応した。

「その日のうちに老中首座に届けていますよ……だから今日の諮問になっているわけなんでやんす」

忠意は、当たり前のことを聞くな、と言うようにギョロ目を動かす。信明は雛人形のように整った顔を左右の老中に向けながら念押しをする。

「では白河侯は、ロシア船使節への対応を、あらかじめ一同で相談せよとのご意向ですね」

鰓の張った四角顔の掛川藩主太田資愛が横から口を出す。かすれ声だ。

「まあ、早い話がそうだろうね」

吉田藩松平信明が身構えてまた何か言おうとしたが、その先を越して鳥居老人が発言する。

「あー、磐城平の安藤侍従殿と、大垣の戸田采女正殿は何か御意見ありますかなぁ、叩き台として。安藤殿は国学者でもあり、寺社奉行、若年寄などを経てこの度老中となられている。またぁ、戸田殿はお若いが、首座の白河侯とわしに次ぐ老中職の古参者で、寺社奉行、御側御用人もお勤めでやんす。二人とも寺社奉行を勤めた専門家ですよ、ええ……」

最初に名指しされた安藤は
——私から発言するのかな。

そう感じたので、丸い顔を回してから誰へともなく一礼する。声は低く響く明快な口調だ。

「私は老中職では新参者ですから何もわかりませんが、ご指名ですので一言申し上げます。えー、蝦夷地問題については、工藤平助の『赤蝦夷風説考』、海防については林子平の『海国兵談』を読んでいる程度です。ああ、林子平は蟄居中で版木は壊されましたが。オロシア船のネムロ入港については、これは問題ですね。何らかの緊急対策は必要だろうと思いますが、今お聞きしたばかりなので、ロシアの真の目的が掴めません……申し訳ありませんが、具体策は未だ浮かびませんね」

外交辞令のように口先だけのご挨拶だ。

——お次の番だよ。

というように、鳥居のギョロ目が戸田采女正の小さな眼と合わさった。面長の顔に長い鼻、それに小型の耳、眉、目、口が付いているという風貌だ。声も柔らかで品が良いが、その言は厳しい。

「私には、今回のオロシアの行動に強軟双方の意図が感じられます。つまり、オロシアは長期的に基本戦略を策定していて、蝦夷地へは、まずはそれに基づく初期的な両面作戦を実行しているものと思うのです。一面は、柔軟な交渉態度を見せて、何とか通商の糸口を探り、それを齎す手法を講ずるでしょう。だが、これは手始めの行動でしかありません。他の一面は、当方の対応によっては、将来的に強硬な手法を用いる糸口（正当性）を刻み付けることです。つまり、平和外交を模した武力外交と思います。はっきり言へば衣の下に鎧ですね。恐らく指揮官の判断と、相手の対応及び回答結果によって、何れを採るかを判断するのでしょう。こちらも以上を考慮して対策を講じなければならない、と考えます」

少々厳しい意見が出て一同も緊張する。

「先の出ようじゃ、この私、はて、どうしたもんかいな、と思案投げ首か。いや、参ったな……今の話では、どの道相手は武力攻撃で蝦夷地を奪い取ろうという魂胆があるということだろ。難しいぞ、この対応は……いよいよ『海国兵談』、林子平の警告が先見の明となってくるぞ」

という指名なしの発言があった。掠れ声からすると掛川の太田侍従だろう。

その直後、同じ声が突然怒鳴り声に変わった。

「誰だ！　その戸蔭にいるのは」

内部の大声に、廊下の入口からそっと現れたのは老中首座の松平定信だ。一同が慌てて平伏する間を首座の席に着座した。定信は右頬を引きつらせて少時瞑目していたが、鳥居侍従に言った。

「相談を続けてくれ」

鳥居老人は、はっと頭を下げ、

「次は吉田藩松平侍従殿、意見を述べていただきたい」

――何で俺の番なんだ、直接諮問を受けたのは誰だ。

信明は中腹が立ったが、ここで狼狽えることはできない。

「今般、蝦夷地ネムロへのオロシア船入港についての松前藩伺いにつき未だ協議中でありますが、私は以下の事項で公儀の対応が必要であると考えます。一つは、オロシア船が送り届けてきた日本人漂流者に対する安全な引き取りを講じることです。また、相手の行為に感謝を示すこと。これは国際儀礼ですから。一つは、オロシア皇帝の親書についての対応です。これは貿易のための開港を希望しているものと考えますが、先に結論を申し上げるならば、現行状態を崩すことはできないでしょう。対外との商業交易は現在、長崎港によって、清、琉球、朝鮮、オランダに限定されています。また、蝦夷地産物の交易は、松前藩に許された範囲での場所請人による蝦夷人との海産物に限定した交易です。他国との新たな北方交易を開港するには、公儀の認可は勿論のこと、当該諸国及び関連地域との商業的了解も必要です。また、国益や自国民の安全、国土防衛にも関連する重大な問題です。これは容易な話し合いではありません。将来的にはどう解決されるかわかりませんが、当分の間は無理と存じます。以上は私見であり、各位御一同には未だ了解されていませんが、意見を述べるよう求められましたので申し上げました」

定信はまた暫く瞑目していたが、静かに言う。

「松平侍従の意見に一同異論はないのかな……」

大垣の戸田侍従が、瓜長の土台に細かい目鼻を付けた顔を首座に向けて発言する。

「ひとこと、よろしいですか」

定信はどうぞと言うように右手掌を軽く上げる。

「オロシア船の使節がどのような人物かわかりませんが、この度は、我が国の対応のすべてについて注意深く観察し、自身の裁量で可能な範囲の外交行動をしてゆくことになりましょう。そして、これがオロシア国との最初の外交使節となるわけです。さて、松平侍従殿の御意見についてですが、第一に日本人漂流者受け取りについてです。あちらはこれを国際儀礼としてだけでなく、大きな土産として、第二点目の商業取引交渉のネタ（材料）に使おうと目論んでいるに違いありません。現状ではロシアとの商業取引が無理であろうとの先程の御意見では、相手は手ぶらで帰されることになり、国王の親書を奉じて来朝した使節としては、何の面目も与えられないことになります。古来の武家社会でしたら切腹に値する無能者とされるかもしれませんね。私はオロシア全体の国力、戦力についてはわかりませんが、将来にわたり、日本国からの侮辱行為を受けた証拠として記録され、後日武力侵略のための口実として利用されませんか……この際そうした危惧を残すことは如何なものでしょう」

脇から掛川の太田侍従の掠れ声がした。

「早い話が、何か使節のお土産が必要になるということですな」

定信は懐から懐紙を出して鼻をかみながら思った。

――かなり前だが、不法ロシア船が勝手に徳島の日和佐に立ち寄ったことがある。その時の不敵な男、はんべんごろう（ファン・ベンゴロ）には、徳島藩が長崎へ回航させる措置を講じたことがある。実際には船が流されて入港できなかったが。今回も、先ずは交渉場所を定めの通り長崎にすることだ。

定信は姿勢を正して初めて意見を述べる。

「外国船が来航して貿易交渉を求めた時には、幕府は交渉事をすべて長崎港に入港させて行うことと定めている。交渉の判断については、無論将軍家の採決が必須要件である。この事実を相手側によく納得させることが必要だ。ロシア使節も、南の方へ多少回り道とはなるが、広大な自国の領土と比べれば僅かな距離だ。問題はない筈だ。加えて外国使節への対応は国事行為であるから、北辺の小港では公式交渉は不可能である。幕府の定める通りに実施しなければならないのだ。国王親書を受け取る儀式を含めてね」

吉田藩の松平侍従信明には、定信の意見に一つ確かめたい事項があった。

「お尋ねしたいことがありますが、よろしいでしょうか」

定信は信明の申し出に頷いた。

「ロシア使節にこれ以後、長崎での通商を許すという誤った印象を与えることになりませんか」

定信は首を傾げて一時瞑目したが、

「有章院公様（七代将軍家継）時代に、筑後守新井白石が海船互市新例による唐船貿易制限で講じた信牌《しんぱい》（長崎入港許可証）交付の例がある。清国とは正式な国交は結んでいないが今回もその方式を採り、交渉時にのみ有効な信牌を交付して、長崎入港を認めることにしたい。この度はあくまで交渉のための取り計らいであると。これで当方は親書を奉じるロシア側を丁重に処遇したことになるだろう」

そこで定信は言葉を切って老中方の様子を見る。

——概ねこの考え方に賛同するのかな。

一同は結論的な定信の言葉に反論する明快な理由がないので、押し黙って皆がお互いを睨んでいた。

戸田侍従氏教は、発言を聞いているうちに、この度のロシア船の接近について、ふと重要な事実に気付いた。

——もしかするとオロシア使節は、海の表玄関が長崎であることは百も承知の上で松前に接近して来ているのではないか。正式国交など考えず強引に。

松前藩が幕府から信任統治を受けている北方蝦夷地について長年研究を重ねた結果、その地には防備体制は殆どなく、国家の政治的、戦略的統制も誠に不安定な状態だとロシアは知った。この際、機会を見てこの蝦夷地に何とか一歩前進し侵入したい。そのためには非公式でもよいから、何とか手がかり足掛かりを取り付けたい。持参した皇帝親書、居留漂流民引き渡しなどはただの名目に過ぎない。

——オロシアは儀礼的な公式会見などは全く望んでいないのだ。

この度は、そうした武力攻撃による侵攻作戦の初期行動に過ぎないのではないか。恐らくはこれから何度でも蝦夷地や松前に来船するだろう。

蝦夷人の援助要請を受けて人道的な支援を行うためという大義名分を立ててくるに違いない。防衛の隙を見せている幕府の放漫な北方地支配に原因があるからだ。そこを皆さんは見逃している。

——これはどうしても宰相に気付かせる必要がある。

氏教は首を持ち上げて、もぞもぞと膝を動かし発言を求めようとする。それと同時に、鳥居老人が急に禿げた頭を下げて平伏した。誰にも定信に対し了解しましたとの意思表示に見える。これに倣って他の一同も遅れないように一斉に頭を下げた。

——うーむ、この老人の早とちりで運命が変わるかもしれない。

若手老中の氏教はがっくりと腰を沈めた。

氏教のこの時の発言によっては、定信の唐式開港の危険性が露呈されていたかも知れない。また、手薄な北辺防備についても再認識されていただろう。その一瞬の間隙が、十二年後にレザノフ反乱から始まるゴロウニン事件など、ロシアとの厳しい確執の発生の端緒になってゆく。このようにいつの世でも、国の歴史は何気ない人間の、ちょっとした動作によって大きな影響を与えられているのだ。

定信は左右を見て言う。

「では、オロシア船入港対策については、この信牌方式でゆく。使節団派遣、松前藩へのオロシア船対応指示、近辺各藩への海辺防備手伝いなどの手配を実施してくれ。人選は月当番老中の鳥居侍従にすべて任せる。これから本件は上様への御上申を行う」

定信は言葉を〆て立ち上がったが、少しよろついていて、いつもの颯爽とした威厳は感じられない。

「実は、まだ色々あって本多侍従との会談は続いている。他の難問に挑戦しているのだ」

誰にともなくそう言ってゆっくり部屋を退席していった。

定信は本多侍従の待つ別室に戻り、上席に座りながら老中方の諮問結末を呟いた。

「お待たせしが、オロシア船には長崎港まで廻ってもらうよう手配した。彼らの思惑とは違うので、多少の齟齬を生じるだろうが……こちらも時間稼ぎが必要だからね」

御側御用人老中格の本多忠籌は少々待ち草臥れていた。その様子を定信には見せたくはないが、未だ五十を少し超えた年齢にしては、たるんだ眼袋の顔貌が過重な神経的負荷を物語っている。

忠籌は成程と言うようにその顔を振って頷きながら言う。

「物事はあまり寸法通り几帳面に整えますと反って壊れやすいですからね。万事適当な程合いと言いますか、多少のゆとりも必要ですよ」

定信は、通常自分の政策決定について他者の評価をあまり気にしてはいないが、抱えていた別の難問〝尊号一件〟(注1)については、本多侍従のこの言葉に頷けるところがあるとは思った。

——しかし、この際は関係者の断固とした処分が必要だ。これを守らなければ幕府の威信はすべてが崩れて行く。〝大御所一件〟(注2)も同じことだ。そこを譲れば、蟻の穴から千丈の堤も崩れることになる。

「ほどほどのところが良いというが、実はそこが難しいので苦労するわけですよ、侍従。いずれかを選択するべきか……全か無かの決断場面が多いのでね」

定信の顔には、一瞬躊躇するような眉の動きがあったが、言葉には変化がない。

「えー、今回のオロシア船も一つ課題が派生しているので、少し相談したいのだが」

——これは本気かな、独断と実行が売り物の筈だが。

本多忠籌は彼の表情を見て一瞬そう感じたが、

――いやそんな男ではない。彼の平常心は不変であり、側用人にも気を使って相談したという形跡を残したいだけなのだ。

「何かありますか」

忠籌は惚け顔を作って返事をする。

「今回の措置に対してだね、オロシア船の船長がどう出るかが問題なのだ……〝はいそうですか〟と言って、列島を廻って長崎に入港する決断をするのか、または当方の措置を不服として、このまま引き返すのか、その二つだろうが」

――宰相はどちらに賭けているのかな、まあ、無難なことを言っておこう。

「船長の意図は謀りかねますが、両方の可能性を考えながら、態勢を整えるしかありませんね」

「なるほど、二者択一を避けるか、正当な方策だろう……最初、私もそう考えた。が、以前に一度オロシア船が漂流し、四国の某藩から長崎廻りの要請を受け、海流で流されて奄美大島に漂着したことがある。承知かも知れないが、ベンゴロウ書簡の件だ。今回も船長に覇気があれば、十中八九は長崎に廻るだろう。そうなったら貿易を認めなければならないかも知れない。また、長崎に向けて列島東側を南下すれば、何らかの理由を付けて江戸湾に侵入する恐れがないとは言えないのだ」

「ベンゴロウ書簡の件は聞いたことがあります。なるほど、今回も相手によって変化する行動をとることもあり得ますすね」

「そう、それをもう一つの課題として対応したいと思うのだ」

「江戸湾は今のところ平穏無事ですが、無防備ですね」

「何よりも現状の把握と海辺防備が早急に必要だろう」

——この会話を林子平が聞いたとしたら、どんな気分だろうか。

忠籌はそう思って黙って聞いていた。


数日の後、松平定信は、何故か若い将軍より海辺防備の命を受けている。

——どうせ弾正大弼の差し金だろうが、物入りな役割だな、これは。

以来、江戸湾の巡廻を行っていたが、その道中にある多摩川の渡し場を渡ろうとしていた。ここは「矢口の渡し」という鎌倉街道の要衝で、近くには新田神社があるところだ。

いま来た道から一頭の騎馬が走ってくる。

「おーい、待ってくれ」

北風に乗って叫び声が波を打つたように聞こえた。一同は船に乗る寸前だったが立ち止まった。江戸家老の急使が馬で駆け付けたのだ。

使者から、将軍の下命で老中解任の知らせを受けたことを知った。

——ここは平賀源内作の当たり浄瑠璃『神霊矢切渡』の現場だ。

一瞬、定信の背筋に冷気が走った。

——枕草子ではないが、祟りにも戯《そば》える（ふざける）ことがあるのかな……とうとう私も、小舎人童《こどねりわらわ》のようなことを考える破目になったのか。

なお後日、後任の首座松平信明の強い意向によって、幕閣の相談役としてしばらく指導をお願いしたいとの依頼があったそうだ。

（注1）尊号一件　または尊号事件とも。第一一九代光格天皇が、父君である典仁《すけひと》親王に対する尊号「太上天皇」贈与に関して発生した紛議事件である。天明八年（一七八八）、公家の中山愛親《なるちか》らにより、光格天皇のご意向を幕府に通達したところ、老中首座松平定信は皇位についていない場合には天皇の父であっても不可能として反対した。朝廷側は、幕府の定めた「禁中並公家諸法度」では、天皇の父君である典仁親王の序列が摂関家以下になるので、徳川以前の前例もあるとして尊号を求めたのである。寛政三年（一七九一）十二月、天皇は「群議」を招集し、参議以上の大多数の公卿の賛意を得て尊号宣下強行を決定した。この朝幕論争に危機感を持った鷹司輔平（光格天皇の叔父・親王の実弟）は、典仁親王の身に危険を感じ、幕府との全面対決を避けるため、天皇側に尊号贈与を断念させ、幕府側には典仁親王の待遇改善（千石加増）を行うことで定信と交渉した。定信はこの案を受けたが、大政委任論により中山愛親、正親町公明らには厳しい処分を下した。

（注2）大御所一件　一橋治済への「大御所」称号贈与が成らなかった事例。徳川治済は一橋徳川家の第二代当主で、八代将軍吉宗の孫にあたり、第十一代将軍家斉の実父であるので、将軍就任の経歴はないが、家斉としてはその称号を贈与したいことを諮った。しかし、松平定信の正論主張によって拒否された。以前、幕政を指揮した田沼意次は、一橋家とは弟意誠や甥の意致が家老になるなど関係性を築いていたが、一橋治済は松平定信らの反田沼派の黒幕として動いていた。そして、天明六年に将軍家治が亡くなり、長男の豊千代改め家斉が将軍に就くと意次を罷免し、田沼派の一掃を行わせた。このような経緯を踏まえて、天明八年に家斉は、治済を大御所待遇にするよう幕閣に持ち掛けるが、当時、朝廷とは前記の尊号一件があったため、結果的に治済の大御所待遇もできなくなり、そのため、定信は治済、家斉父子の不興を買うこととなった。

（一七）御物見の席

登場人物

シュバーリン
　年齢不詳　ロシア船水先案内人
アダム・ラックスマン
　年齢不詳（三十代か）　ロシア国使・中尉
大黒屋光太夫（幸太夫とも）
　四十三才　神昌丸船頭（漂流者）
磯　吉
　二十八歳　神昌丸水夫（漂流者）
徳川家斉
　二十歳　第十一代将軍
松平定信
　三十四歳　前老中

日本人の漂流民を送り届けるために来航したロシア船は、二本マスト木造帆船で船名をエカテリーナ二世号という。この船の搭乗員には、日本人の漂流民を送り届ける役割と同時に、幕府との貿易を求めるロシア皇帝の国書を持ったアダム・ラックスマン中尉が乗船している。

ラックスマンは、ペテルブルグ大学教授のキリル・グスターフウィチ・ラックスマンの子息で、北部沿海州のギジギンスク守備隊長であったが、シベリヤ総督からの訓令を受け、五月からオホーツクで待機していたのだ。

二世号船長には、前のオホーツク港の港湾長であったロフツォフという人物が任命されていた。その他舵手にはオレソフとムホプリョフ、通訳のツゴルコフ、測量師のポルノモチノイ、事務担当のトラペーズニコフ、商人のバビコフ、水先案内人シュバーリン、その他水夫、兵士等を合わせると四十二人が乗船している。

この同勢中には、日本人漂流民の大黒屋光太夫（幸太夫とも）、磯吉、小市が送られてきているが、オホーツク長官の息子と、船長の養子という二人の少年も同船している。

船は一七九二年（寛政四年）十月十七日、日本の陸地（後の北海道）に到着し、東海岸沖合に碇泊した。そこの対岸にはアイノの部落が見えたので、ラックスマン中尉は武器を持った部下と共に上陸した。

小屋の近くには数名のアイノ人がいたが、鉄砲を持った外国人を見てばらばらと逃げて行く。アイノ語が少しわかる水先案内人シュバーリンがアイノ語で叫んだ。

「おーい、みんな大丈夫だぞー。何もしないよ」

アイノ人の中に、エトロフ島やクナシリ島で赤人を見たことがあるアイノがいて、両手を頭の上に

図 21　アダム・ラックスマン

図 22　吹上御苑での御物見の席（山崎桂三著『光太夫漂流物語』より）

挙げて組み皆に合図すると、アイノ達は立ち止って恐る恐る近付いて来る。

酋長の家に案内すると言うアイノに、ラックスマン中尉は丁寧に断り煙草を渡したところ、アイノは喜んで魚の干物をくれた。水夫達はアイノの助けを借りて、川の水を持参した飲料水樽に満たして、その日は船に戻った。

中尉は通訳を伴って、翌日ボートでニシベツという部落に行くと、日本人が数名いた。彼らは蝦夷の領主松前志摩守の家人で、租税係の熊谷富太郎という武士と下役及び商人の手代だった。

ロシア側には、ペテルブルグ日本語学校を修了した者が数名いたので、会話にはあまり支障はない。ラックスマン中尉が日本人漂流者を連れていることを述べてから、

「船の修理がある。寄港できる港を教えて下さい」

と頼むと、熊谷はこれを承諾してネムロ港に案内すると言う。また、是非その船を見学したいと言うので、承諾すると小舟でロシア船を訪ねてきた。日本人は米一斗と煙草を土産にと持参した。ロシア人は砂糖の塊をお礼に渡した。

翌日エカテリーナ二世号はひき船に引かれ、ネムロに入港し碇を下ろした。

ラックスマン中尉が上陸して日本人の役人の家を訪ねると、日本人は手厚く歓迎した。寄港の理由を説明し、この冬はこの地で越年させてもらいたいため、小屋を建てて住みたいと希望を述べると、自身の建物の傍に建ててもよいし、アイノへの不安があれば、自身の小屋に同居してもよいとのことであった。

このようにロシア使節は、上陸後の最初の日本人との出会いは大変良好な接触で満足できたが、次

の難関は、船中に得体の知れない病人が多く発症していることであった。それでも十一月二十九日には小屋ができて、船の乗員達は交替での見張り番を残して陸上に移った。

ネモロから陸路の使が松島へ着くのには三十日以上かかる。道中が険しい山、海岸、沼地などの悪路だからだ。

ネモロからの家人熊谷の報告を受けた松前藩は驚いた。

松前藩では、藩主松前志摩守が健康上のため隠居となり、嗣子の勇之助が家督相続の許可を得るために江戸に出ている最中だ。取り急ぎ早飛脚を飛ばしてロシア船到来を伝える一方、上層部の一同は連日雁首を揃えて相談したが、適切な方策が出る気配はない。

長老連が激論の末に出した結論は、江戸からの指示を待つことであった。

一方、幕府側でも、寛永年間以来、外国からの鎖国政策を守ることが何よりも重要な措置であり、その堅い脳味噌をいくら叩いても、柔軟な方策などは一切浮かばない。

だが、世界情勢は急速に変化している。

イギリスはインドを領有し、大陸の清国を脅かし、続いて太平洋の南北に進出してきている。その際、東海航海上の補給基地として、ちょうどいい塩梅の位置にある日本を狙っている。生活物資は日本から補給することを計算に入れているのだ。

フランスはイギリスに追いついて来ているし、独立したアメリカも太平洋を西へと進んで、船の行く先で見つけたあらゆる諸島を勢力下にすべく、営々と拠点を確保してきている。

また、日本に一番接近しやすいロシアは、千島列島南下の勢いを強めている最中《さなか》にある。この様子を眺めて落ち着かないのがオランダで、折角長年苦労して築いてきた極東貿易圏の独占拠点を脅かされてたまるものかと、度々これらの外国情勢を日本の憂士に話してきた。

但し、幕府の高官達は、国防強化を唱える人物を捕え、庶民の不安を煽り立てる行為であるとして罰している。この一環として老中松平定信により、『海国兵談』の林子平がその版木を破壊されて、蟄居刑になったのは僅か半年前のことである。

ロシア船来航の報告を受けた幕府は驚き、家督相続願いを上申していた松前藩の後嗣勇之助の相続を認め、若狭守を与えて早々に帰国させた。次に、ロシア国使の応対役には、目付役石川将監忠房《ただのぶ》と村上大学義礼《よしあや》を任命して差し向けた。将監は衛府の判官、大学は大学寮（式部省被官）の官称で、両名には今回特別にその称号を与えられたのだ。

蝦夷の対岸に位置する南部藩、津軽藩に対しては、警護措置のため松前藩へ武士を派遣し、米の輸送などを行うよう指示した。ところが厳しい冬季の生活に慣れないため、現地では多くの病人が発生して、困難な状態が続いていた。多くの病人は野菜の摂取不足による壊血病であったが、その当時は無論わからない。翌年の春までに、来航したロシア船の乗組員一名、松前藩から出張した役人一名が亡くなっている。加えて、ロシアに漂流して長年の異国生活からようやく日本に帰国できた小市は、もう僅かな時間で妻や子とも再会できる筈であったのに、残念ながら同じような病に倒れて亡くなってしまった。

やがて厳冬の冬も過ぎ、北海の気候も和らいできた。しかし、ロシア船の措置については役人からは何の音沙汰もない。この間、ラックスマン中尉は、幕府の対応について痺れを切らし、大黒屋光太夫を相手に愚痴をこぼしていた。中尉は背が高く未だ若いが濃い顎鬚は立派だ。

「コーダエフ（光太夫）、これだけ待たせて当地役人からは未だ何の音沙汰もない。こうした貴国の対応にはこちらもそろそろ限界だ。海路も緩んだので、いっそのこと江戸まで船を回し、幕府と直接交渉をしたいが貴方の意見はどうだろう」

光太夫は、わかっているというように眉間の広い面長な顔で合点をした。声はよく響く低音だ。

「アダムさん、貴方の気持ちはよくわかります。先ず結論を先に言えば、この船が江戸湾に入ることは禁じられていて、強行すれば恐らく船が砲撃されますよ。大変危険性がありますね。次に、我が国の習慣では、北方の僻地からの江戸幹部との交渉には大変時が必要です。これは今に限らず、いつものことです。それに、もう幕府はその態度を決めて、会談を手配しているでしょう。また、松前藩も恐らく幕府の指示を受けて、本船受け入れの準備を整えていると思います。ですから、もう少しの辛抱ですよ」

中尉は組んでいた腕を解いて両肘を回しながら言う。

「そうだとよいが、本船の出航準備は常に整えてはいる」

光太夫は髪を長く伸ばして髻を組んでいる。が、その先が左右に揺れる。

「問題は、貴国船がどこまで本島西部に移動できるかです。私は、藩と幕府が使節団一行の迎え入れに一部の陸路を選ぶことを恐れているのですよ。陸路の通行条件が大変悪いからです」

光太夫の言う通り、幕府では使節団の船をネムロに置いて、陸路で通行するよう指示して来た。これにラックスマン使節は強く反対して話し合いがつかない状態が続いた。海を回わると順風であれば三、四日のところを、海辺伝いの陸行では一ヵ月以上掛かるのだ。強いて陸路をとれば、折角日本人を好意的に送り届けてきたロシア人を囚人の如く取り扱ったことになり、今後、諸外国に対しては日本が非礼な国との扱いを受けることは明白だ。

この度は、使節側の強い抵抗に会い、幕府の役人も折れてエドモ港までは回航することを許可したが、それ以降の松前港への近接は無理であるとし、ロシア船を日本船に導航させて船の行動を制限することを条件とした。幕府がロシア船の入港はエドモ港へと決めて、水先案内人を付けたにもかかわらず、海が荒れた上、濃霧で日本船ともはぐれてしまったのだ。

このような経過で、船が函館に入港したのは六月八日午後三時頃となった。函館では国使と幕府代表対面のための下相談があったが、交渉経験のない地方役人の応対は、極めて自己中心的であった。

「何故エドモ港に入港しなかったのか」

「この先はこちらの指図に従うこと」

などと細かい指示をする。まるで外交上の礼節的態度を執れない役人に対しても、年の若いラックスマン中尉は国使として常に礼節を保った応対を行っていた。

国使の乗る籠は四人の籠かきが担ぎ、後に四人の交代籠かきが従い、目付役として二人の武士がこれに続く。乗馬、替え馬の用意もある。

船長のロフツォフ、少年コッホ、通詞のツゴルコフ、測量師のボルノモチノイ、及び船員五名らが乗馬してこれに続く。光太夫、磯吉、その他の松前藩武士、荷馬や仲間小者などの徒歩者を合わせると総勢四百五十名の大行列となっていた。

六月二十日の午後二時頃、この行列は松前に到着して、新築の宿舎に入ることができた。

翌日、一行は午前八時に対面所となっている松前藩浜屋敷に向けて出発した。対面所には鉄砲、長柄、旗、馬印などが並び、屋敷の内外を津軽藩、南部藩の武士が甲冑で武装して固めている。玄関には松前藩の武士が礼服姿で並び、幕府代表の石川将監、村上大学の二人は午前十一時に到着した。二人の本日の服装は、将軍下賜の六位の衣冠で臨み、縹色《はなだいろ》の袍《ほう》（上衣）に浅黄の袴をはいて、白銀作りの野太刀を差している。他の役人もそれぞれの礼服を着用し威儀を正して並び、庭先には米俵が百表ほど積み上げられていた。

十二時頃、国使の他七名のロシア人達は、ビロードの服に猩々緋の上着、ラシャの帽子という服装で対面席に現れた。

幕府役人は、先ずラックスマン中尉から松前志摩守に宛てた手紙を、意味がわかりかねるとの理由で返した。その後で、国使ラックスマン、船長ロフツォフ、通訳ツゴルコフの三人に、将軍からの贈物として大太刀三振り及び庭先に積んである米百表を与えることを告げ、そのあとで「御国法書」という文章を読み聞かせ、それをラックスマンに渡した。

この「御国法書」（注1）の内容は、概ね次のような内容の文章であった。

一、古来、通交のない外国船が来航した場合は、召し取るか打ち払うのが国法であり、それは今日でも守られている。また、たとえ我が国の漂流民を送り帰しに来た場合でも、長崎以外の港では上陸は許されないことになっている。とはいえ、この度は、はるばる遠方から送り来た苦労を思い、かつ我が国法を知らずに来たものであるから、そのまま帰ることが許されるのである。従って、今後はこの地に来航してはいけない。

一、国書を持参しても、通交のない国では国王の氏名もわかりかね、言語、文字、礼儀次第なども不明なので、国書を交わすことは許されない。但し、今後における漂流民の送還を拒むわけではないが、この地から通信することは許していない。

一、江戸に直接来航することは許せない。それは過去に通交している国に対しても同じである。国王の命令で江戸に来るならば、法によって各地の海岸で厳重に取り締まることとなり、不幸な結果となる。

一、この地で江戸幕府役人が出張の上、我が国法を告げているのは、この度ははるばる国の漂流民を送り届けてくれた労をねぎらい、かつ日本の国法を知らないお前たちに誤った行動をさせないためである。漂流民は、江戸幕府を代表して我々に渡してもらいたいが、どうしても江戸でなければ渡さないなら、強いて受け取ることを欲しない。漂流民を憐れむが、国法を曲げることはできないからである。この趣をよく考え、思う通りしてよい。この後、未だ残っている漂流民たちをまたここへ送ってきても、幕府は再び取り上げて交渉に応じることはできない。長崎以外では一切交渉に応じないこともよく承知すべきである。

一、長崎に来ても、一船一紙の信牌（入港許可のしるし）を持たない場合には無事に入港できないだろう。また、通交通商のことも、定めになっているほかはみだりに許しがたいことではあるが、なおも望むのであるならば、長崎へ行ってその当局役人の措置に従うべきである。言い諭した趣意をよく承知して、早く帰国すべきである。

幕府はこの「御国法書」をロシア国使に渡して当日の会見を終わっている。ロシア側は宿に持ち帰ってこの文章を丹念に訳し判断したのであろう。

二十四日には再度の会見が行われた。

ロシア国使は国法書の趣旨を了解したという文書を差し出し、ロシア側からの贈物として毛織物や革製品などが渡された。この結果、ロシア側は長崎へ行くための信牌と、帰国のための食料等を受け取り、日本側は漂流民二名をここで引き取って、この度の会見を終了したのである。

ロシア側から幕府役人に引き渡された光太夫と磯吉は、送り届けてくれたロシア人達とは別離の涙に抱擁する暇もなく別れを交わし、一旦松前の白洲で取り調べを受けた後、籠に乗せられ、江戸表に向けて出発した。道中何んの話題もなく、ひたすら奥州街道を急いで通り抜け、千住の宿に到着している。宿場には、事前に通知を受けた役人や、江戸に住む数名の昔の顔が見えたので、浦島太郎が帰ってきたような気分であったろう。

「外部との接触はできない。帰国報告が済むまではね」

同行している役人があらかじめ念を押す。

――籠に入った赤猿扱いか、やはり日本は島国だけある。

光太夫は進んでいるロシアと比較してしまう自分に気付く。こうして江戸の街に入った二人は、江戸の中心地に運ばれた。そこは意外にも雉子橋御門内である。そして予想もできないお馬屋敷に入れられたのだ。窓などの開口部はすべて釘打ちされた、十畳敷の部屋のある独立建物だ。

――これではまるで罪人扱いではないか。

さすがに大人の光太夫も腹が立った。面長の顔を顰めて吐き捨てるように言う。

「これが母国の扱いかよ、えっ、磯吉」

「ええ、まさかこのままではないでしょうねぇ」

そう言って磯吉はまわりの壁を拳で叩き、小柄な体をドンと板戸に打ちつけてみた。

「上役を呼んでみよう……」

光太夫は響く声で叫ぶ。その声を聞いて、小役人が壁に寄って来た。

「上役に話したいが、誰か呼んで欲しい」

と訴えてみた。

呼ばれてきた上役人にこの部屋の状況改善を訴えると、その老人は頷いて説明する。

「中にはね、外の街へ逃亡するような人間もいるし、逆に外からの危害を受ける場合もあるのでね、一時隔離は安全対策でもある。以前からの仕来たりでね、すべては帰国者を保護する目的なのだ」

と強調した。光太夫はぼやいて言う。

「いやぁ、参ったな。夢に見ていた母国に帰ってみると、牢屋が待っていたとはね」

皺の寄った顔の痩せた役人は少し気の毒に感じて言う。

「私たちにも事情はわかる。わしが上部に話してみようか」

しばらくして部屋の止め板は外され、特別の計らいであると言って、監視人は付いてはいるものの、頭巾を被っての散歩も許された。ロシアからの持参の荷物もすべて持ち込んでくれた。

役人が言ったように、漂流民光太夫らの噂は徐々に広まっていき、近頃は洋装の散歩姿を見るための見物人が増えてきている。

このように帰国後、光太夫と磯吉には、煩わしい監視下の日々が続いていたが、九月十八日に思わぬ機会がやってきた。若い将軍家斉が、光太夫と磯吉をご覧になりたいとのことらしい。恐らく、彼らの散歩姿がお上にも伝わったのであろう。ロシアのエカテリーナ皇帝にも親しく拝謁を許された光太夫だが、この度はどのような次第となるのだろうか、と胸が躍る。

――将軍家が謁見下さるとは夢のような話だ。

光太夫は十年余の苦労が報われる機会であることを感じた。二人はそのような晴れの場にと、ロシアで用意してきた正装に着替えて待機していた。

昼の刻（十二時過ぎ）に二人は召し出され、会場に向かった。二人が連れて行かれたのは、吹上御苑の御見物の席であるが、建物前の砂利を敷き詰められた白洲だ。

――何だこれは、お裁きをするようなお白洲ではないか。

光太夫は、ロシア皇帝の謁見の場とは段違いだなと思った。

そこの正面は奥の方に簾が降りていて中は窺えない。恐らく、将軍はその向こうから隙見されているのであろう。簾の前の廊下には左右に御用を務める役人が控えている。さらに左側には、問答の筆記者ほかの御用を務める役人が座っている。

将軍の座から見て右側には、老中を罷免されたばかりの松平定信、若年寄加納遠江守久周他二名の高官が並び、前方には出張席が作られていて、将軍御付きの亀井駿河守、小野河内守、御医師多喜永寿院及び外科医で蘭学者桂川甫周の四人が着座していた。この人達が本日の質問役である。

白洲には、正面左側に向かって一間ばかりの間隔で床几が二個据えられていて、将軍席に近い床几には光太夫が座らせられた。つまり、将軍は、二人を横から見ていることになる。

この日、白洲の右の席に腰かけた光太夫（四十二歳）は、髪を長く伸ばして三つ組みに組んで、後ろに垂らして黒い絹布で巻いていた。衣装は、桃色のビロード生地に銀モール飾りの付いた筒袖上衣で、赤い飾り衣紐（ボタン）が着いている。同じ織物のズボンにはやはり銀モールの飾りがある。上衣の下には紺地錦のチョッキ、足には白のメリヤス靴下に黒いペルシャ革の深靴を履いている。襟にはロシア皇帝から下賜された金メダル（勲章）を掛け、黒の帽子を左脇に抱えている。おまけに、右手には魁籐《まるとう》の杖をついていた。

磯吉（二十九歳）は左席に腰かけ、髪は光太夫と同じように後ろに組んで垂らしている。紺ラシャの上衣に銀ボタンを着け、猩々緋に黒琥珀の縁を着けたチョッキで、黄黒交りでビロード生地のズボンを穿いている。足はメリヤスの靴下に深靴で、半分上は柿色だ。そして、襟には光太夫と同様に、ロシア皇帝から下賜された銀メダル（勲章）を掛けて、帽子を左脇に抱えている。

何処からかシーと言う合図がした。将軍出座の合図だ。

一同が一斉に姿勢を正す。

二人は同時に帽子を下に置き、床几から立ち上がって正面に向かい、軽く腰を折る礼をした。その姿は、日本人の見慣れた礼ではなく、オランダ人と同じように見えた。

質問者からは、順番に次々と問いかけがあったが、大部分は馬鹿々々しい質問で話にならない。

「何処から流されて何処に着いたのか」

「その島は何という処か」

「食べ物はどのようであったか」

「ロシアでの火事はどうか」

「ロシアではラクダを見たか」

などなど、現在の日本に役立つような問答は全くない。

――幕府の高官とは、これほど無能の連中なのか。

それに引き換え、ロシアではラックスマン教授などは、桂川甫周、中川淳庵などの学者がいることも知っていたのに、日本人の西洋事情の無知な様子には腹が立った。

一刻の後に将軍は席を立ち、二人には別席で昼食が出された。

午後の質問では、つい先頃老中を罷免されている定信も質問に加わっている。今は幕閣の相談役のような立場にあるのだ。

「お前たちは、ロシアで恩義を受けていたのに何故帰国を願ったのか」

「帰国の許しが出た際、何か言い付けられたことはなかったか」

「キリスト教の行事を見たか」

「ガラスを作るところを見たか」

「ラシャを織るところを見たか」

このように見たか見たかの連続で、あまり日本の将来には役立たないことを質問してきた。

御見物の席ではこのような問答が行なわれたが、要するにつまらない内容であって、残念ながら幕府高官を啓発するような問答は全く無かったのである。この問答をさらに念を入れて聞き直して記載し、さらに清書して将軍に献上した書が、桂川甫周の『北搓聞略』である。

その後、翌年の六月十一日になって、この二名の処置が決まった。それによると、二名は今後、江戸に留まり、番町の薬草植場に居住すること、一時金三十両を下賜し、光太夫には三両、磯吉には二両を無役で月々渡すこと、故郷からは自由に妻子を呼び、安心して暮らせることなどを定めて、余生を送ることになった。条件として、外国の様子をみだりに話すことはしないよう約束させられた。但し、蘭学者などとの交際は許可さていたようである。この後に大槻玄沢の家で行われたオランダ正月には招かれているからだ。

東蝦夷地まで帰ってきていながら亡くなった小市の妻は、小市が行方知れずとなって以来十三年の間、後家（未亡人）を立てて農業を営んでいたのは感心な志であったとして銀十枚と、小市がロシアから持参した衣類や諸道具類を与えられている。

磯吉についてのその後の状況についてはよくわからないが、後日、ロシアの話を語った文書も残されているようである。彼には幕府からの生活費扶助があったので、無役ながらも経済的な面では普通に暮らすことはできたであろう。しかし、実際には自由な生活を奪われた幽閉に近い日常生活であったので、その精神的な負担を考えると、決して安楽な余生ではなかったことが推察される。

一方、光太夫も基本的には同じような境遇ではあったが、大槻玄沢の主宰したオランダ正月に参加している絵が今日まで残されているところをみると、人的交流の面では、かなり優遇措置があったようだ。この措置には、彼の持つロシア漂流時代に見聞して得たロシア語や西洋の学問的知識を、幕府が抱える学者達にも教授させる意図があったものと考えられる。

最後に大袈裟な話になるが、この御物見の席において、世界情勢に対する刺激を最大に受けた人物は、簾の内側に座って謁見していた若い将軍家斉ではないだろうか。

家斉はその後、天文方の蘭書解読員を増員させたり、航海術、海外航路、測量術、地図などの知識増強を促している。また、港湾設備開発のための機器として、長崎出島のオランダ商館に対してドンケルスクロク（潜水器・ケーソン）などを注文している。これらは、光太夫らの問答を聞いた影響も少なくはなかったであろう。

本章の主要人物、ロシア国への漂流者大黒屋光太夫は、その時代においては七十七歳の高齢まで生き延びた結果、後半生を通じて日本に西欧文化的貢献を成した一人の黒衣的人物として高く評価したいと思う。

（注1）「御国法書」の出典は、『光太夫漂流物語』（山崎圭三著・中央公論社・一九四九年発行）初版本によるが、山崎氏の「はしがき」によると、他に『魯西亜国漂流聞書』という印刷されていない書籍があり、それも参照しているとのことである。なお、将軍御覧の席については、桂川甫周著の『漂民御覧之記』を参照しているとの記載もある。

図 23　吉雄耕牛

図 24　鎮西大社諏訪神社 拝殿

（一八）『崎陽尋訪録』

登場人物

吉雄耕牛
　七十歳　大通詞・蘭学者
シーマ（志摩）
　年齢不詳　耕牛の若妻
荒井庄十郎
　年齢不詳（四十歳後半）　蘭学巧者兼馬医
島田重兵衛
　年齢不詳（四十歳後半）　研究棟主任

十二月も半ばを過ぎて、そろそろ正月の支度もあるので気が急く師走となった。吉雄耕牛（養浩斎）は、居宅二階の部屋からゆっくりと階段を降りてくる。踏み外し防止のためだ。下り階段は登りよりも危険なのだ。

この家は旧外国商人の館だったので天井が高く、階段も中央に踊り場を設けた折り返しになっていて楽な傾斜の階段だ。各段の踏み込みは深く幅も広い。骨と皮になった手を脇に伸ばし、薄黒く光った手摺の天然木をしっかりと握っている。つい気が緩んで踏み外すことがよくある。臨床経験では、階段を転落した患者の手当をした経験も数多くある。また日常、このような体重移動時には、特に捻ったり外傷を受けた覚えもないのに右膝関節に鈍痛を覚えるからだ。慢性的な疲労による関節症が起こっているのかもしれない。こうした膝の痛みを訴える老人は多くはそこの関節面がもう擦り切れている証拠だろう。

先程迄ゴン（権之助）とチュウ（忠次郎）は二階にいたのだが、何処へ行ったのだろう。二人の日課となっているレエレン（オランダ語で学習）を課しておいたのだが、いつの間にかいなくなっている。

「おーい、誰かいないのか」

養浩斎はしわ嗄れ声を周囲の空間に絞り出した。

「はーい」

南側から若い女性の返事がして、前庭から入って来たのは、養浩斎の何番目かの若妻となっているシーマ（志摩）である。

「ちょっと考え事をしているうちに二人子が消えてしまった」

「権之助は庭におりますが、忠次郎さんはお雪さん（忠次郎の父親佐七郎の妻）が迎えにきて連れて行きました」

養浩斎は気付かなかったような頓馬顔をして言う。

「なーんだ、それならよい……ところで江戸帰りの庄十郎は何しているかな。未だ外に出掛けてはいないのだろう」

「えー、どうですか。さっきは山の動物舎の方に行きましたが……前の植物園かも」

若妻の志摩は両手を擦りながらぶるっと身を震わせる。部屋が寒いのだ。

「奴は昔から落ち着かない癖がある。どこかにいたらこちらへ来てもらってくれ」

「はーい」

そう言って小走りに庭に出て行った。

養浩斎は近くの椅子にどっかりと座る。

「何で皆急ぐ、少しどっしりとしていなければ駄目だ。何やっても中途半端な人間になる」

――ただどっしりしていると眠くはなるね。

二階の書斎は暖かい。レンガ造りの高い排煙塔を持つ西洋式の暖炉があるからだ。実はそこでつい転寝《うたたね》をして子供達の学習を途中ではぐらかしたのだ。養浩斎としては少々ばつが悪い。

――年か、いや年は関係ない。

七十歳過ぎになったが若いもんには負けられないぞ、と頬から顎にかけて真っ白に伸びた貫禄のある髭を撫ぜてみる。考えてみると、息子のゴン（権之助）は六歳で、弟の孫であるチュウ（忠次郎）はわずか四歳の遊び盛りなのだ。

オランダ通詞を家業とする家にそれぞれ生まれてきたのが運の尽きで、これからも二人は吉雄家の当主である養浩斎のような道筋を歩かせられるだろう。

——楽な仕事ではないぞ。語学も医学も。

特に外国語は、先ず幼少時から日常会話で身に付けなければ真の発語にならない。母国語は二の次なのだ。

「飼育動物の数が減りましたね。馬も一頭しかいませんね」

突然後ろから澄んだ声がした。歳は四十後半位で、背の高い黒無紋の羽織を着けた男が音も無く養浩斎の前に廻った。への字眉で頭の総髪は後ろで束ねたままである。腰には広い革帯（ベルト）を巻き、その左右に金具で革袋を下げ、長煙管なども差し込んでいた。

「何だぁ、びっくりさせるな。忍者と間違えるぞ」

養浩斎は大袈裟に驚いた振りをする。

「いやだなぁ、叔父さんから頼まれて、もうとっくに忍び働きをしていますよ」

どんぐりまなこを回して言う庄十郎は、養浩斎の姉の子（甥）で、オランダ語は達者だがオランダ通詞の業は継がず、永らく馬医や諜報員的な活動をしている正体不明な男だ。

「まあ江戸の話は、ゆっくり聞かせてもらうがね、今日は一つ頼みたいことがある」

——我が高名な大通詞はいつでも同じセリフだな。

江戸では今回使った小山三九郎という名で顔も知られているので、もう変名は通用しない。もっとも石井庄助やホルチス ヤマトの仲間達は荒井庄十郎の名のままで差支えない。老中屋敷では、石井庄助の機転で武芸の達人である松平定信の鋭い目を逃れ、数日前に長崎まで帰ってきたのだ。

「志摩よ、ゴンに誰か見張りを付けてくれないか。屋敷内でも危ない箇所が方々にあるのでな。わしらは北の研究棟に行く」

用心深い養浩斎はそう若妻に釘を刺し、支度を手伝わせて頭巾と筒袖の上着を付け、ゆっくりと屋敷内の奥に向かう。

オランダ大通詞吉雄耕作の本宅は、通詞仲間の屋敷群内にあるが、別邸となる山荘屋敷は少々離れた山手にある。町の管理になっていたポルトガル関連の豪商屋敷を、二代前の吉雄寿山が町から安価で譲り受けたものだ。ここは古くから廃屋となって放置されていて、近所ではお化け屋敷と呼ばれていたものを、寿山の好みで外側や骨格はそのまま残し、大工町の棟梁常吉一家が苦心して元の西欧風に再建したのだ。今では街の人はこの屋敷を「阿蘭陀座敷」などと呼んでいる。

その後、先代も各処に改造を加えていたが、耕作自身の代になってからは、動植物園や地下倉庫室などを改良し、山の湧水が海に通じる暗渠排水坑なども拡張して釣瓶井戸方式の索道を備え、新たな工夫を凝らしている。内緒ではあるが、これでこの別邸では海から荷揚げすることや、人目を避けて掘割から舟で出入りすることも可能となっている。特に屋敷内には、遊学に来ていた平賀源内の発想なども取り入れ、秘密の工作が随所になされているようだ。

さらに養浩斎の特徴的な点は、外国種を含む各地域の植物、海産物、小動物などを薬物調査の材料として用いるようになったことだろう。邸内にはそのための薬草園や小動物飼育小屋を整えて、特殊な薬剤研究施設を内設している。

ここで吉雄養浩斎耕牛の家業について概要を述べるならば以下のようになる。

第一には幕府の公式なオランダ大通詞であり、年番通詞や江戸番通詞も長年勤め、オランダ商館長の江戸参府にも度々同行している。これは代々の専業となっているが、この仕事の他に、これまでオランダ書の翻訳による知識を用いて、医術、薬術、天文学、地理学、本草学などを修めてきた。また、蘭学を志す者には、その人の意図を見極めた上であるが、それらを懇切に教授している。

第二に、医術の分野でいえば、養浩斎が創始した吉雄流紅毛外科を習得した入門者は全国に広まっていた。この養浩斎の家塾を「成秀館」と言い、そこに学んだ蘭学者や医師には、青木昆陽、野呂元丈、大槻玄沢、三浦梅園、平賀源内、林子平、司馬江漢、会田救吾、永富独嘯庵、亀井南冥などの人物がいる。その中でも前野良沢、杉田玄白との交際は深く、二人が係る『解体新書』にも頼まれて序文を寄せている。

さて養浩斎は、通常仕事場に人を入れないのだが。庄十郎を連れてオランダ植物も混じる北薬草園の登り渡り廊下をゆっくり進み、独立した上の研究棟へ差し掛かった。

――オンデルゼック（研究）には人手、資金、何よりも優秀な人材が必要だ。

「この日本ではまだ無理だな」

この頃、考えていることが独語としても出てくる。

「何か言いましたか」

後ろから庄十郎が声掛けしたが、養浩斎は大きな頭を横に振る。

「ううん、いや、何でもない」

「この度は大変ですね。五年間の蟄居処分ですか」

「心配ないよ、わしにはもう大欲はない。何時も通りにここで暮らしていられるならね。ああ、大欲はないと言ったが、研究は別だ。まだ続けるよ」

養浩斎は渡り廊下の途中にある中央腰掛（ベンチ）に腰を下ろす。ここの周囲は見晴らしがよく、会話は誰にも聞かれない。

――考えるとわしも次々に名を変えているが、これも我欲を減らすためだ。

若い時から定次郎、幸左衛門、幸作、諱を永章、号を耕牛、養浩斎と六通りに称してきている。親に似て頭でっかちなので、耕牛の名に六つの頭を持つ六欲天（四天王、忉利天、夜摩天、兜卒天、化楽天、自在天）脳牛などと言う人もあるそうだ。褒めているのか欲深という意味かわからないが。

庄十郎は気になっていたが、養浩斎に尋ねた。

「権少年に見張りを付けるよう志摩さんに言っていましたが、邸内でも何か用心しているのですか」

「あのね、蟄居以来、この屋敷のまわりをうろついている浮浪人がいるのだ。侵入して子供を誘拐するという手も使ってくるだろう。相手は多分、誰かに用務を命ぜられた隠密だろうから」

「それはあり得ますね。私も隠密紛いですから、わかりますよ」

「あんたが入り込んだ老中首座の定信はね、頭は切れるが仕事には冷徹なところがあってね、温情とは切り離して事を行う人物なのだ……剣術の熟練者には、昔からそういうところがある」

「今回の処罰でも、高齢老人に五年の蟄居とはですね」

そう言われて養浩斎は両手で顔を撫ぜ、白髭を両手で擦った。

「我らオランダ通詞が一連の取り締まりの煽りを被った理由は未だにわからない。わしと、楢林重兵衛、小通詞の西吉兵衛などの数名だ。正式な処分理由はね、輸出樟脳と輸入銀貨の件で、蘭語翻訳に不都合な誤りがあったというものだ。わしの蘭語訳を、どなたが誤りと認定しているのか糺してくれと言っても取り合わない。馬鹿なことを言うものではない。わしが何年翻訳業務を行ってきているか。十四歳で稽古通詞、二十五歳には大通詞になっている。それからでも四十年以上経つが、一度も誤訳はないのだ。今の統制側勢力が、わしらの動きを封じる意図が見え見えだ」

養浩斎は庄十郎の間延びした顔に眼を据えて言う。

「知っているだろうがね、わしは十日間の入牢と町預けの上、この三月には三人が本業を免職となった。その上、更に五年間の蟄居だとさ。わしはね、未だ老い耄れてはいない。生き抜いて頑張るぞ」

庄十郎は眉を寄せ、両手を養浩斎の眼前に開き、

「そうです、そうしましょう……私もお手伝いさせてください」

その言葉を合図に養交斎は腰を上げて研究棟に向かう。

研究棟は、倉庫のような頑丈な造りとなっていて、左右に連なる前棟と奥棟から成り、中央部辺りには母屋と同じように高い排煙塔が見える。渡り廊下の途中まで行くと突然先方から、

「ぎゃあー」

というような動物の鳴き声が聞こえた。戸口に近付くと戸がすっと横に開き、二匹の大形の犬が養

浩斎にすり寄ってきた。部屋からは中年の小男が現れ、二人に頭を下げた。

「ホイ（やあ）重兵衛、変わりないかな」

この研究棟を預かっている研究主任の島田重兵衛である。頭には白いヘッド（帽子）、白いモルスジャス（上っ張り）姿だ。

「ルスティグ　ドクテェル（平穏です、先生）」

目鼻立ちのきりっとした顔が答える。

「この庄十郎は知っているな」

「ナテュゥルライク（勿論です）、こんにちは、荒井先生」

犬と二人が研究棟に入ると戸を閉めて施錠する。研究棟の中は昼でも灯りが各所に点いていて、分厚い四角形の板が継ぎ合わさった床には針一本落ちていてもわかる。周囲の壁側には広い棚が取り付けてあり、色々の器具類が置かれている。また、部屋の中央部には流しの付いている大きなターフェル（卓）が据えられている。隅の天井からは動物が入った檻が下がっていて、先程鳴き声を上げたウサギほどの小動物が緑色の大きな目を侵入者に向けていた。

養浩斎と庄十郎は、部屋を先導する重兵衛の後から、右側にある通路を各部屋仕切りの戸を開けてさらに奥へ進む。大型犬は小動物の部屋で止められているらしく姿を消している。

北の奥棟に辿り着くと、床は石畳となっていて、中央部に大きな水槽と思われる二個の木樽が並んで置かれている。それぞれ木製の折り畳める蓋に覆われているので中身はわからない。横広の酒樽のようだが、匂いもないのでまさか酒を醸造してはいないだろう。

高い天井の中央は尖塔のようになっていて、四方に開放窓が付いている。塔内から大気が抜けたり流入したりしているのだろう。昔の民家造と同じだ。

「では始めてもいいですか」

養浩斎に向かって尋ねる。

「やってくれ」

その重兵衛が奥の水槽の蓋をずらすと桶の中は空っぽだった。重兵衛は水槽のどこか一ヵ所の樽板を手前に倒し、中に入り何かの操作をした。すると桶の底板の半分が下に折れて下がり、黒々とした穴が開いた。そこからは冷風がさっと立ち上がって、奈落の底を垣間見るような気分だ。

重兵衛は、続いて手前の水槽にも同じような操作を行って井戸の口を開けた。そして壁際に寄って何か細工をすると、水槽部屋の天井が割れて、両樽の上からそれぞれ太い鎖で吊られた円形の駕籠が二個するすると降りてきた。

降下用の駕籠（降下台・カプセル）には人間の二、三人が充分に乗れる余裕がある。

重兵衛は、一方の降下台（イ号）をある深度まで下げて固定し、他方の降下台（ロ号）には養浩斎と庄十郎を誘導して搭乗させる。庄十郎には照明用の強盗提灯《がんどうちょうちん》（龕灯）を預けた。

次に、二人の乗ったロ号降下台には小型の砂袋を一個ずつ載せていく。三、四個を載せるとイ号の固定を解き、重量調整の上でさらに一個の砂袋を追加すると、二人を載せたロ号降下台はゆっくりと下方に下り始めた。

養浩斎は庄十郎の肩に手を置いて、

「もうこの仕組みはわかっただろう。天井の幾つかの滑車が作動して釣瓶井戸式に降下する仕組みだ。我らが降りれば相駕籠は自然に戻る。これはね、あんたの師匠だった平賀源内さんに工夫してもらったのさ」

「へえー、俺は気が付かなかったな。井戸をどう掘ったのか知らないが」

「一つは以前からあったものだが、後の一つは滑車を利用して土を上げて順次石垣を築いた。後でわかるが、二つの井戸は単に物を上げ下げするだけではないのだ」

トンという底に着いた響きがして、ロ号降下台は止まった。周囲はただの石組みが囲んでいるようだ。養浩斎が降りている綱を二度引くと、台が上がり始め、ある場所で綱がまた一度引かれると止まった。何かが目印になっているのだろう。

目の前にある大きな石面を養浩斎が叩くと、留め金が外れるような気配がして、数個の石垣面が中心の心棒を軸にぐるりと回転した。薄い岩石を巧みに張り付けた鉄扉になっていたのだ。回転軸を廻り扉が横向きになると、左右開口部からは人間が出入りできる仕掛けだ。二人はその穴に潜り込み、養浩斎は何故か扉の片側だけ元に戻して中に入る。足先に下向き階段がある。庄十郎が強盗提灯で見ると、周りはすべて岩盤だ。

階段を数段降りてみると、その先は背を屈めて二、三間歩く洞窟となっていて、それを進むと今度は十段ほどの斜め階段がある。庄十郎が養浩斎の腰を押しながらそれを登りきると、上の半分が格子状になっていて、その内側には上下にスライドして動く鉄板があった。この頑丈な鉄製扉が侵入者を塞いでいるようだ。

「これは地下要塞ですね。でも養浩叔父さんでは、もうきつい往来ですよ」

「だから、ここに来てもらったわけだ」

養浩斎が鍵を開けて二人は大きな洞窟部屋の中に入る。中央部には半円形の大きな囲炉裏風の暖炉が置いてあるが、ここで火を炊くわけにはいかないだろう。しかし、上の天井からは金属製の筒が降りていて、その先には傘を広げたような銅板が取り付けてあった。また、壁側の天井には外気を取入れる給気孔があり、金網が張ってあるではないか。

「叔父さん、ここで火を燃やすと、煙はこの排気口から外の何処かへ出て行きますね。それを誰かに気付かれたら終わりでしょう」

「この暖炉を見ると、誰でもそれを心配するだろうが、それは大丈夫なのだ。実はね、この場所は上の研究棟焼却炉の真下になっている。それでここの暖炉の排気筒は、上の炉の排気塔に合体して作られているのだ。煙は上に昇る。ここでいくら煙を出しても、すべて焼却炉の燃焼作業煙となっているので大丈夫だ。また、すべての煙道は金属製で造り、そのまわりは耐熱措置が採ってあるので火事が起こる心配もない。給気は確かに問題だね。この天井に付けている給気筒は、暖炉の排気筒近くに沿って上り、研究棟の屋根裏に開口しているが、あまり大気吸入の効果はない。現在はだね、昇降台坑にある洞窟入り口の岩扉から、この部屋に新鮮な空気が入ってきている。扉を半開きにしているのはそのためだが、適切な専用給気筒を設置すれば、これは解決するだろう……」

養浩斎は、自分は暖炉前に置かれている専用の椅子に腰かけ、庄十郎にも手ぶりで椅子を示す。

「まあ、話は一服してからだ」

そう言ってから続いて指示する。

「ショウ……いや庄さんよ、暖炉に火を頼むぞ」

養浩斎は誰にも洋式に頭文字だけを呼ぶ癖があるのだ。庄十郎が暖炉の裏を回ると、暖炉の裏側には束ねた小枝や薪が積んである。少し寒くなった養浩斎は、熱い番茶湯も飲みたいのだろう。

庄十郎が照明灯の油壺から火を採って小枝に点けると、すぐに枝が爆ぜる音と共に火が燃え上がり、傍らに据えた鉄瓶を舐め始めた。

「確かに排煙装置は煙をよく引いている。すばらしい」

養浩斎は一方の棚のから茶壺を取り、乾燥した薬用植物や茶葉を混ぜたものを土瓶に入れ、鉄瓶の湯を注いだ。

「いい香りですね」

「唐人から四川省の奥山で採取した茶葉などを適当に混ぜている。まあ、試しに飲んでみてくれ。あちらの長寿茶を」

庄十郎も一口飲んでみて大きく頷く。

「うん、なるほど、おいしい」

「実はな、これは長寿茶だが、反対に短命茶もあるよ」

「えっ、なんですって……毒草の茶ですか」

――恐ろしいな、この叔父さんは。

「ああそうだ、入れる分量を間違えるとな」

養浩斎は懐から南蛮袋を引き出し、中から短い煙管を取り出し、革袋の刻み煙草を火皿に詰めたが、そのままの恰好で話を続けた。庄十郎も腰の長煙管を腰から抜いて縮緬の端切れで擦っている。

養浩斎はふと何かを思い出しているようだ。

「これは長くて太いな、護身用だろうか」

「ええ、これは亡くなった狂歌師の平秩東作氏が使っていた喧嘩煙管です。生前に譲ってもらったもので、銀如信形桜樹高彫という珍しい総銀の煙管です。雁首から吸い口までは十五寸くらい（約五十センチ）あります」

「東作氏の『東遊記』にはね、〝わきてけふ　大宮人のながむれば　花の匂いも猶まさりけり〟という松前氏広の和歌が最後に記されていたことを覚えているよ」

狂歌師で北方への関心が深かった東作を懐かしむように語る。養浩斎は回顧模様の頭を振ってから話を続ける。

「実はここではね、暖気を上げて育てる南方の薬草栽培をしていた。無論最初は薬用のためにだ。但し、動物実験では、分量によっては十日位で徐々に死に至る薬草がある。使い方で毒薬にもなるのだ。いま盛んに使っている梅毒薬の希釈倍数（注1）と同じだ。シナ南部やアンナンの蔓草にはすぐころりと往く毒薬草もある。正倉院御物の毒草（冶葛《やかつ》）（注2）のようにね。ただこれでは与えた人物がわかってしまうのが玉に瑕でね。それではまずいだろう」

養浩斎がそう言って、煙管の雁首を暖炉の火に近付けると火皿から紫色の煙がゆっくりと排煙管に吸い込まれて行く。

「十日位の間を置いて死ぬ毒薬……ここではそんな研究もやっていたわけですね」

養浩斎はフーと煙をはいてからおもむろに言う。

「へっへっへぇ、もう全部止めるよ。その前にな、わしに残されている親父吉雄藤三郎の遺書があってね。それをゴン（権之助）の代わりに、あんたにも見ておいてほしいのだ」

——繋ぎ役か、奴はまだ幼子だからな。

庄十郎には養浩斎の真意が読めた。

「話が長くなるぞ、大丈夫か、ショウは」

庄十郎は長話を確かめられたものと受け取った。

「私は大丈夫ですが、こちらにも少々相談したいことがあるんで」

「そうか、少し待っていてくれ」

養浩斎は入口の反対側にある低い木扉を開けて、奥に潜るような姿勢で入った。

しばらくして、潜り戸から養浩斎が部屋に戻った。手に草紙のような薄い書籍を持っている。

「この一冊の綴りがね、遺書だそうだ。当事者になった者が次代に引き渡す事と厳封した箱の中にあった」

庄十郎はこれを聞いて直感した。

——何だか、こちらの話とも少し共通点があるな。

養浩斎は構わず話を続ける。

「あのね、この遺書をくどくどと説明すると日が暮れる。大雑把に言うなら、この書はね、小判改鋳をめぐる悪徳役人及び関係商人の悪行を暴いた調書のようなものだ。多くの知人、役人、商人が実名で記録されている。その子孫には、現在でもかなりの高位の人物がいる。親父はその事実の裏をとるため、対馬、五島列島などへも密かに渡っている。その金貨鋳造に関わる犯罪の概要を細かく調査するためと、金貨の隠し場所を見付けるためだ。まあ、興味本位に苦労したことはわかるが……。他人の不法財産の在処を探って、それを子孫に残してどうなるというものでもあるまい。何の利益にもならないし、大袈裟に遺書などと言って、そんな秘密を抱かされたこちらは却って迷惑だ。この際、ショウさんも記憶しておいてくれ。後日の証にね」

養浩斎はそう言って冊子を庄十郎に渡した。

冊子の表紙には『崎陽尋訪録《きょうじんぼうろく》』と記してある。それを捲ると、その次には白紙があり、三枚目からは紙の異なる横書きの蘭語になっている。藤三郎の直筆だろう。洋紙に細字でびっしりと記してあるが、内容は一覧した程度ではわからない。庄十郎はこれをぱらぱらと捲りながら言う。

「これは大変な蘭語の文書ですね。ですが、誰にも解読できる代物ではありませんね。多分後世に重要な調書なのでしょうが……」

養浩斎は説明を始めようとして言う。

「表紙はわしの付け足しだ。書名もわしが付けた。尋訪（訪れる）は壬戌年の意だ。この年には闇の昼（日食）の日があってね、親父がこの書を残して旅立った年なのだ」

――なるほど、簡単には読めないところが手前味噌か。ところで先ずは便所に行きたいな。

「この遺書にも関連する相談があるのですが、えー、実は」

そう言いながら庄十郎は腰をもじもじさせている。

「叔父さん、ここの厠は何処ですか」

養浩斎は額の皺を寄せ、禿げた大きな頭を撫ぜながら気の毒そうに言う。ゆっくりした声だ。

「ああ、ついうっかりしていた、もっと前に言おうと思っていたがね。ここを設営した時にうっかり厠のことを忘れたのだよ。あのね、降下抗まで行くと片開きの扉があるぞ……」

それを聞いてのろのろと腰を上げる庄十郎に養浩斎は、この男は冗談を本気にしているのかな、と不安になり、慌てて手を横に振り厠に通じる扉を示す。

扉の先には既に先程養浩斎が入った時の明りが点けてある。奥には細長い洞窟部屋があり、その先に小戸が見える。開くと陶器製の様式便器が据えてある。多分、オランダ館から譲り受けたのであろう。しかも目の前に下がっている綱を引くと後ろから排水が流出する仕組み（水洗式）だ。この排水路も恐らく研究棟の厠の排水と同じ経路なのだろう。

暖炉部屋に帰ってみると、暖炉の傍らで養浩斎が思案顔で手に持った冊子『崎陽尋訪録』をぶら下げている。

「まさか、その書を燃やすのではないでしょうね」

庄十郎の問いかけに、養浩斎はこちらを向いて呟く。弱い声だ。

「ああ、この際燃やそうかと思っていたのだ……ただね、いまふと以前にもこんな決断をしたことを思い出した。親父の残した朝鮮古銭をお諏訪様の賽銭箱に投げ入れた時にね。これで二度目だな、親父の想いに逆らうのは」

「待ってください、朝鮮古銭……ですか」

庄十郎がそう言ってあわてて腰の巾着から一枚の古銭を出して見せた。

養浩斎はその古銭を手に取ってみて驚いた。

「へえー、これと同じような古銭だったよ。奇遇だなあ。今は故人だが、長崎奉行だった細井安明様から親父が預かったものだ。南無妙法蓮華経と書いた紙切れと一緒にね」

そう言いながらも、養浩斎は事の成り行きに強い因縁を感じた。

「ショウさんよ、この古銭はどのようなところで入手したのかな」

庄十郎は、養浩斎が疑惑事件に関与する行為はどうかという話を念頭に置いてはいたが、その真実を話すべきであると強く感じている。それは、お爺さんである亡き吉雄藤三郎の魂が天国から見ているだろうと思うからだ。

「江戸で桂川家の居候をしていた時にです、福知山藩主の朽木昌綱様のところに呼ばれて西洋地誌書（『泰西輿地図説』）製作をお手伝いしましてね、お礼に古銭を何枚か頂いたのですよ。特にこの朝鮮の常平通宝は日本では珍しい折二銭《せつじせん》だというので……えーと、その時にお聞きした話ではですね、何でも京の都で古銭同好者の交換会がありましてね、朽木侯が京都吉田神社の神職を務める吉田殿から譲り受けたものと聞いています」

——なるほど、神社ならお賽銭箱の中に古銭が混じっても不思議はないぞ。

養浩斎は窪んでいる目を擦って言った。

「長崎諏訪社のお賽銭はどのように処分されているのかな。特に投入された古銭などは」

「さあどうでしょうね、後で禰宜から聞いてみましょう……話を戻していいですか、『尋訪録』に」

「いいよ、いまこれを燃やすかどうか、思案中だから」

そう言いながら、また冊子を手にぶら下げている。

「率直に言えばですね、私には『尋訪録』関連情報の出所があるのですよ。それは叔父さんも御存じの長崎屋手代の武三老人です」

養浩斎の窪んでいる目が飛び出しそうになった。

「おいおい、奴はとっくに天国に往っている筈だぞ。生きていればもう九十歳は過ぎているだろう」

「それが未だピンピンしていましてね、彼の実際の年齢は誰にもわかりません。猫だけでなく人間も老化すると化け物になりますね。そう言えば私の実年齢も不詳ですが、こちらはどうでもいいことです。武三はさすがにもう江戸の長崎屋にはおりませんが、ここに近い長崎屋の施設にいますよ」

「へえー、驚いたな。それで彼が何でこの話に登場してくるのだろうか」

「彼の半身はですね、実はケイゼルの諜報員でしたから……ケイゼルは享保時代に幕府がアラビア馬を種馬として輸入する時にですね、調馬師としてオランダ商館が連れてきたという人物ですが、時の将軍吉宗公のポロ競技復活に活躍したようです。武三が言っていた様子からは、多分東部オイロパ人かも知れませんね」

養浩斎は盛り上がった頬骨に弛んだ眼袋を止めて言う。声にはあまり力がない。

「確かに親父はケイゼルの表仕事は手伝っていたようだ。だが、ある時から急に動いて残した結果がこの『尋訪録』だ。わしにはただ勉強してればいいなどと言ってね。待てよ、あれは元文元年

（一七三六）の春だ。親父は細井奉行の四十九日法要のお参りに行き、本蓮寺の和尚が家族から預かったとして古銭と一緒に何か紙切れを渡されていた。二行目の南無妙法蓮華経しか覚えていない。その時もっとよく見せてもらっていればよかったなぁ……だが死んだ奉行の遺品を今頃詮索しても始まらないだろう。まあ、兎も角、この冊子にも載っているだろうと思ったが、肝心のところが何も記載されていないのだ。親父も手抜かりの多かった人だ」

「ケイゼルの前身は鉱山師だったそうです。それで金山、銀山の鉱脈調査も、当時の幕府役人から依頼されていました。主に九州地方のです。ああ、対馬島にも行っているそうです。但し、詳しい事実はわかりません。仕事の秘密は一切口外しなかったそうです。守秘義務があるとかで。また、武三の話では、薩摩藩はケイゼルの調査は拒否していたらしいです。が、武三が薩摩の出身なので、楽に目標の土地に侵入できましてね、幾つかの鉱山は調査を行ったようですが、そこは明言していません。これも守秘義務ということでしょう」

養浩斎は義務という言葉に反応した。この冊子は親父の最後の大仕事を記した秘文だ。蘭語だが、後の子孫には重苦しい秘密書類となるだけだ。

——俺は二度目の悪縁を断つ義務を負うべきだ。

因縁の冊子を右手にして、囲炉裏の火中に投げ入れようと眼をこらした時、炉の火が突然ぱっと大きく青白く燃え上った。不思議な現象があるものだ。養浩斎は、ぐっと上半身を後ろに反らし、

——何だこれは、親父が怒っているのかな。

日頃は非科学的な現象などはあまり信じてはいないが、今の現象には偶然性を強く感じ、手の冊子

を強く握りしめた。

　庄十郎は先程厠の中で、財布の中にいつも入れている附木の硫黄片を削り採り、唾で丸めて持っていた。それを右手の指で火中に弾き飛ばした。飛弾は目には見えない速さだ。

「叔父さん、権之助の爺さんの吉雄藤三郎はですね、私にとっても同じ爺様ですよ。爺さんの折角努力した調査をですね、関係者の同意もなくですよ、独断で火中にして消滅させることには、孫の私として誠に残念です。とにかく考え直してくれませんか。それに、まだ武三の話は続いています。先ずは後半を聞いてからにしてくれませんか、それからでも遅くはないでしょう」

　拗ねた子供に言い含めるような場面だ。

「そうか……舞台の途中で筋書きが変更されては芝居にならんからな」

　養浩斎も内心何故かほっとした。立ち上がって棚から茶筒のような物を取り、炉縁に置いた。その時ザラザラと音がした。

「中に金平糖がある。親父の藤三郎が好んで食べていたオランダ菓子だ」

　二人が筒から掌に移して口に入れると、互いに懐かしい爺さんの大頭が目に浮かんだ。

「西浜町の唐人料理屋で、松籟軒という店がありましたね、叔父さん。今はもう廃店となっていますが、憶えていますか」

「ああ知っているよ、わしはあまり行ってはいなかったがね」

「もう三十年ほど経ちますが、明和元年（一七六四）頃の古い話です。オランダ船でペルシャ馬一頭が届いた際、それを合図にして松籟屋主人の次郎を通じてですね、ケイゼルが最後に謎の置き土産と手紙とを関係者数名に向けて披露したそうです。その土産の蓋を開けてみるとですね、小箱には一枚の金貨とオランダ語の手紙、別の大箱には古い木製の馬の鞍が出てきました。黒漆塗りのです。参加者の一人がその手紙を解読したところ、〝人生は短い、お国の為に賢く宝を使いなさい〟と書いてあったらしいです」

庄十郎はそこで一息入れて養浩斎の様子を見る。養浩斎は首を捻っている。

「小判一枚と木製の鞍か、一同への贈物にしては数が少ないようだな」

庄十郎は続ける。

「問題はその点ですが、小判は市兵衛という出島の目利きが連中の中におりましてね、一目で享保の改鋳小判であることを見破ったそうです。多分、宝の見本に入れておいたものだろうという意見もあったそうです。こんな小判贓品に目を眩ませないでね、という見本ですかね。何だか先程の『尋訪録』の一件にも通じることですね。ですが、奪い合いを諦めさせるケイゼルの戒めなのか、または一同の拍子抜けした間抜け顔を想像して異国で一人にやけていたのか、いずれの場合もあるでしょう。結局ですね、連中は諦めが肝心と悟り、その晩は自棄酒を酌み交わして終わったそうです。その一両小判を使ってですね。また、馬の鞍についてはですね、ケイゼルがどこかの藩で馬術を披露した際のお礼の品ではないかとの話です。いずれにしろ皆で分けるような代物ではありません。そこで一同は〝ケ氏の鞍〟と命名して松籟屋の記念品とすることになりました。実際に永らく陳列品として松籟屋の店先にありましたね。私も平賀源内先生がこの地に滞在中ですね、松籟屋の店に案内した時に見ています。その時、平賀先生は陶器に気を取られていたので鞍の説明はしませんでしたが、謎の遺贈品です。迂闊だったなあ、俺は、説明したならば、平賀先生はこれを何と見たかなあ……」

養浩斎はじっと聞いていたが、頭を傾げている。

――そう言えば塾に来ていた前野良沢が中津藩三代藩主の奥平昌鹿《まさか》侯に聞いた話をふと漏らしたことがある。但し、その〝ケ氏の鞍〟との関係はわからないが。

前野の話では、ある時、将軍家御覧の馬術競技が開催されたことがあり、調馬師ケイゼルが見事な馬術を披露したことがあった。将軍は大変お喜びになり、お褒めの賞品を下賜された。その時に騎乗した馬が中津藩所属の調練馬だったので、藩主も大いに面目を保てたという。そこで藩が所有していた「海月之鞍」という銘がある木製黒漆の道禅鞍をケイゼルに与えたという。藩主はその頃、ケイゼルを介して鋳鉄関連のオランダ書を商館員に依頼していたので、そのお礼も兼ねていたのだろう、と良沢は言っていた。

ここで養浩斎は特に中津藩という点に注目した。藩主は蘭学に理解があって、今では四代藩主が将軍御台所の弟で縁続きだ。また、薩摩藩の大御所島津重豪の実子でもある。

養浩斎は煙草をしきりにふかしているが、火皿の火は付いていない。

庄十郎は彼が考え事をしていることはわかかっているが、話を続けた。

「武三の言うにはですね、ケイゼルがただの鞍を贈る筈がない。何か謎が隠されているのだろうとね。ところが肝心の大和鞍を誰が持っているのかが問題です。現在のところ。行方不明ですよ」

養浩斎は顎の白髭を強く扱いている。

「馬具について、ショウさんは詳しいだろう。馬医の真似をしていたからな。それで聞くが、そのケ氏の鞍は大和鞍《やまとぐら》と考えていいのだな。また、それを一目でわかったとすれば、基本骨格が露呈していなければならないが」

「ええ、その通りで、装備品は付いてなく骨格だけでした。鞍壺の深い戦闘用の堂々とした黒漆塗りの木製和鞍です。実はですね、私が欲しいと思ったくらいですから。じっくりと見ています」

「大和鞍は簡単な組み立て式と承知しているが、そうなのか」

「はい、鞍橋《くらぼね》を中心に前輪と後輪《しずわ》の内側に居木《いぎ》先を差し込んで組み立てます」

養浩斎は広い眉間の皺を押し上げるように両手を当てた。

「成る程、その時点ではだね、組み込んだ居木先まで点検できなかったか」

――養浩斎の言わんとする居木先の点検とは、何だろう。

庄十郎は尋ねる。

「何を確かめるのですか」

――この男は惚けて聞いているのか、そんなことは当たり前ではないのか。

「挟み込んだ図面などをだ」

「あっそうか、これは迂闊でしたね……そこまでは気付きませんでした。その時は」

「まあ、鞍がなければ乗れない話だ。ここまでだ」

養浩斎はまだ燃やそうとした冊子を握っている。庄十郎はさらに話をくどくどと続ける。

「武三に聞いたところでは、当時松籟軒に集まった人間で、まだ生きているのは三名だけだそうです。桑山考政《あつまさ》、これは西山妙見社を根城にした得体の知れない商人です。高坂典膳、元対馬藩通詞です。が、本業は朝鮮秘密貿易を仲介する人物です。八十歳位になっているとのことで、もう動けないでしょう。そして武三老人だそうです。まだ活動している桑山考政と、既に故人ですが、その父考晴《あってる》はですね、もと長崎奉行の石河隋柳の関係者で、考政は当時ケイゼルの手紙を訳した人間だそうです。両者は西山妙見社を根城にしていたようです。武三の言によれば、同日、一座中で一番の主導者、対馬屋権左衛門と不審な密談していたのが桑山考晴だったそうです」

養浩斎は黙って聞いているが、西山妙見社と聞いて葵という少女を思い出した。右手に冊子を丸めて持ち〝いま何処にいるかな〟などと考えていた。

「ちょっと待ってくれ。その集まりの時にだな、松籟軒の次郎が集合をかけたのは、オランダ船がペルシャ馬を運んできたのが合図だと言っていたな、どうだ庄十郎」

「はい、その通りです」

「そうか、それで答えが出た」

「どうしてそれが関連するのですか」

「竹に雀、取り合わせのよい図柄だろうが、馬に鞍ではどうだ」

「なるほどですね」

「ペルシャ馬一頭が問題の鍵となっていた。複数頭でなくね。その時の輸入元が、ケイゼルの宝の在処だろう。そして、鞍の居木先には図面が挟んであるという寸法だ」

庄十郎は八の字眉を狭めて言う。

「古い話なので、ペルシャ馬の輸入先がわかりますかね」

――こいつはのろまの態さんだな、ペルシャ馬を輸入しているところは限られている。「一頭というので、その時の相手と輸入場所が決まる。恐らく単独に輸入して買主に納めた商人がいた筈だ。取引記録を調べればいいだけだ。な、簡単だろう。また、種馬の輸入には長崎奉行所への届け出もあるだろうからね。その記録が残っていれば、そこからもわかる」

「輸入商人ですか、探すのは難しいな」

「そうかな、オランダ館の船舶輸入記録もあるだろうが」

「すると、オランダ館の係は何処でしょうか」

「おいおい、先生から全部答えを出させるな。自分でも考えろよ」

庄十郎は自身の頭も冴えてきたことを感じたが、ここは発言を避けた。それで養浩斎は、答えを出せそうもない生徒と判断したらしい。

「まあ、いい……ケイゼルはね、自身の働きがなくて入手した汚れた宝は、自身の為だけの利益とはしないという掟を自身に課していたのだろう。泥棒にも三分の道理ありだ」

――ケイゼルが残していった馬の鞍には〝海月之鞍〟という銘があったらしい。海月とは海面に浮かぶ月影を意味する幻の月だ。現実には存在しない自然現象に過ぎない。なるほど参加者一同には何も得られなかったわけか。ただ、ケイゼルにはそこまでの意味はわからないだろう。しかし、彼の心中にも三分の道理が働いたのだ。この難問を解ける者には宝を入手する権利があるということをだ。

養浩斎にはペルシャ馬の向かった先が、九州西部の中津藩であることをほぼ確信したが、庄十郎に迂闊なことは言えない。

「私にはケイゼルが自身の掟を持っていたかどうかについてはわかりませんが、彼の言ったという〝国の為にこの宝を賢く使うように〟が印象に残りますね。これからの日本を考えるとですね」

そう庄十郎が述べると養浩斎は笑って言った。

「あんたはホルチスヤマトの推進者だからな」

――この辺がいい切り替え時だろう。

庄十郎は眉の間を広げ、すかさず言葉を返した。

「はい、そうです。ところで、その蘭語冊子について意見を述べてもよいですか」

養浩斎は庄十郎に方向転換をされてやや不満顔だが頷いた。

――何か考えたな、ケイゼルに触発されて。

「このケイゼルの宝一件と、その蘭語冊子『崎陽尋訪録』には、時代的にも何等かの共通性があると思います。ですから、我らとしては、後世の日本国発展のための資源としての価値観を持つべきでしょう。さらに言えば、現在は雲を掴むような宝であってもです、偶然その合鍵を握った人間としては、しっかりと後に繋げていく義務を感じるのです。そこで、関係者として私の考えを申します。第一に、我らは『尋訪録』をいずれか適所に保存して後世に繋ぐ。第二に、〝ケイゼルの宝〟は大和鞍の所在とペルシャ馬の取引先を探すこと。以上です」

養浩斎は眼を瞑ってこれを聞いていたが、煙草火皿に刻みを詰めて囲炉裏の熾火で点火し、ゆらゆらとした紫色の煙を天井に上げる。間を取っているらしい。

「これを何処かに預けるのか。ショウ。蘭文を詮索せずに」

「無論です。油紙で厳封し封印して下さい。預け場所は何百年も続く神社、仏閣がよいでしょう」

「ふーむ、今までは神社だったね。預かっていただいた一回目の経験は西山妙見菩薩だ。今村明生がケイゼルから貰ったＭＳＣ（塩化第二水銀）だ。それは後に梅毒で悩む大勢の患者を救うことになった。二回目は、細井奉行からの遺言銭だ。これは財物との関連は未だ不明だが、お寺からの引継ぎだよ。諏訪神社にお願いしたが、どうなるのかさっぱりだ。ショウさんの懐にあるのかも知れない古銭だがね。それでまた、この冊子が第三回目となるかどうか、いま悩んでいる最中だが、これはどうも財物との縁があるようだな」

「三回目もご縁がありますので、神社がよいと思います。二回目の古銭は諏訪神社ですから、いっそのこと、この冊子もそこではどうですか。神様の方も、関係者が一緒の方が御利益を分けなくて済むでしょう」

「預け人が間もなく北山のお寺の方に入りそうだがね、遺言冊子にするのもあまり気が乗らないな」

このような会話を続けてから、『崎陽尋訪録』は諏訪神社に委託管理料を払ってお預けする運びとなった。預かり証は二通作成してもらい、一通は養浩斎が所持し、一通は控え状として庄十郎が管理することにするという塩梅だ。

庄十郎は最後に、幻の何かを見つめて目を宙に据えている養浩斎に言った。

「ケ氏の鞍を追わなければ、宝は国の役に立ちませんね」

養浩斎はケ氏の鞍と聞いてギクッとしたが、さり気なく装い、白髭を扱いて答える。

「ホルチス ヤマトの精神で若い人達がやってくれ」

二人はそれから火の始末をし、モグラ洞窟を引き上げている。

（注1）梅毒治療薬（ファン スウィーテン水）「塩化第二水銀」を水で希釈すると「昇こう水」という有毒な液体となるが、これを更にスウィーテンが考案した希釈倍数で薄め、難治の梅毒患者に投与すると効果があった。前巻『ホルチス ヤマト』三六六～三六九頁に記載。

（注2）正倉院御物『種々薬帳』聖武天皇の遺品として七～八世紀の宝物を納めている正倉院に伝わる『種々薬帳』には、六十種類の薬物が献納されている。その巻末には、病を救うためにこの薬物が使われることを願うと記されているので、保存した光明皇后の御意思はよくわかる筈だ。しかし、良薬とされる薬でも分量によっては毒薬となり、古来から今日まで殺人の目的でいくつかの毒薬が使用されていたことは疑いない。一例として挙げれば『薬帳』記載の第六十「治葛」は史上最強の毒薬で、中国南部からベトナム、タイに生息する「ゲルセミウム・エレガンス」という植物である。別名を断腸草といい、腸捻転を起こしたような苦しみを起こす作用があり、青酸カリ以上の強毒な毒物である。『奉　魯舎那佛種々薬』の記録（天平勝寶八歳六月二十一日）には治葛三十二斤とあり、当初七五六年に三十二斤（約十四キログラム）の分量であった。但し、柴田承二（日本学士院会員・東京大学名誉教授）氏等の『正倉院薬物第二次調査報告』（平成九年十月調査）によれば、治葛［薬帳六十］（北一二七）斎衡三年（八五六）には二斤十一両二分（約六四五グラム）が残存していることになっていた。また、『宝器主管目録』にある治葛壺の内部は空であった。百年間にその大半が持ち出されており、また何の目的で奉納され、出庫されたのかについては大きな疑問が残ると記載されている。（参照文献：『正倉院薬物』昭和三十年十二月・朝比奈泰彦編・植物文献刊行会発行。及び『正倉院薬物第二次調査報告』柴田承二他編）。

（一九）長崎屋対談

登場人物

大槻玄沢　三十七歳　蘭学者・芝蘭堂塾長

ケイレル　不詳　オランダ商館医官

今村金兵衛　不詳　オランダ通詞

松平定寅　五十二歳　盗賊火付改

小田切直年　五十一歳　北町奉行

スマホで『甲寅来貢西客対話』と検索すると、その項に「東大医学部蔵人頭模型の製作技法調査と修復処置」という西川杏太郎・中里壽克両氏の論文と写真図が掲載されており、そこでは精巧な「人首の木造模型」写真を見ることもできる。右側顔面の表皮が片側だけ、頭皮に至るまで剝離された顔筋標本で、この模型写真を閲覧することが可能だ。

これからの文章において、この人首図が些か重要な要因となるだが、この木造模型にはどのような経緯があったのだろう。

『甲寅来貢西客対話』（大槻玄沢著）の記載によると、この首模型のはじめは、寛政六年（一七九四）五月に参府のため長崎から江戸入りし、オランダ宿長崎屋に投宿していたオランダ商館長ヘンミイ(G.Hemmij)が、対話に訪れた幕府官医桂川甫周に与えた「蝋細工人首模型」であるという。現在、東京大学医学部に保管されているのは、この本体の精巧な木造模造品であるが、蝋細工首は桂川甫周から織田信徳氏に譲られた後に、同氏から東大に寄贈され、後日、忠実に木造模造に製作したものであるという（「寛政六年五月カピタンが桂川甫周に与えた人の首模型について」緒方富雄著『医学と生物学』第一巻・第二号に記載・昭和十七年一月刊）。

経緯を語る意味では『来貢西客対話』が行われた舞台の内容についても少々触れておかなければならないだろう。

江戸オランダ宿長崎屋の位置は、「石町の鐘は紅毛まで聞こえ」と詠まれていることから、石町を『日本橋北内神田邊絵図』に当たると、本石町三丁目「時の鐘」向かいの鐘突き唐人道を挟んだ「唐人参座」（長崎屋崎源右衛門）であると考えられる。

長崎屋の稼業は、右の屋号にもあるように、幕府から享保二十年（一七三五）頃より唐人参座、明和年間からは和製龍脳売払取次所に指定されていた。また、オランダ宿（カピタン一行の江戸参府のための宿泊及び献上品・進物等含む）勘定の経費に関わる金銭出納、並びに長崎表御用向を仰せつかっている。

長崎表御用とは、「人参座用意金」口座を設け、カピタン不足金等「長崎会所」との間において、金銭出納決済を行う業務だ。つまり、現在の銀行のようなものだ。江戸参府の際、カピタンは江戸市中で勝手に出入りはできないので、あらかじめカピタンの求めに応じるため、オランダ宿に近い三十軒程度の商人を指定しておいた。そして各商人達には出入りの「鑑札」が渡されている。

また、「阿蘭陀方御制禁之品」は延宝九酉年（天和元年／一六八一）九月の申渡によって左記のように定められていた。

御制禁之品

一　御紋、
一　武道具、
一　絵入之源氏、
一　日本船之小形幷絵、
一　日本之絵図、
一　やっこ喧嘩人形、
一　大工槍鉋、
一　日野絹、

一　加賀絹、
一　紬、
一　郡内之類、
一　付札、
一　布之類、
一　木綿之類幷織物、
一　惣而日本拵之織物、
一　繰綿、
一　真綿、
一　銀、
一　阿蘭陀刀日本拵、
一　油　是は船中ニ而遣用程は差免、
一　酒右同断、
　下ヶ札
　書面之内船々細工物絹布木綿織物綿等之類幷酒之義は其後差免為売渡申候

但し、抜け道は何処にでもあって、紅毛献上物・進物品、カピタン「残品処分品等御払いもの販売」というルートを通すことで、幕閣諸侯の購入品（書籍や献上残品など）などについては、長崎屋がその殆どを捌いていた。その販売引き受け先は、越後屋八郎兵衛が多く取り扱っていて、同業の青貝屋武右衛門なども闇で暗躍していたという。また、お城のお坊主組頭とオランダ通詞などとの関係も重要であったようだ（『片桐阿蘭陀史料』三一三頁参照）。

さて、長崎屋対談（『甲寅来貢西客対話』）の内容は次のような次第で行われている。

一日目　寛政六年（一七九四）五月四日

申の刻（午後三時～五時）長崎屋二階

長崎奉行所上検使・下検使が立ち合い。

小通詞　今村金兵衛通弁

商館長（カピタン）ヘースベルト・ヘンミイ

筆頭者（書記）レオポルド・フス

医　官　アンブロシウス・ケイレル

官　医　栗本瑞見、桂川甫周、桂川甫謙、渋江長伯

随行者　森島甫斎、宇田川玄随、大槻玄沢、

二日目　追加

佐藤有仙、一橋医官　石川玄常と息玄徳　大通詞　加福安次郎通弁

カピタンのヘンミイは、この対談中あまり落ち着きがなく、眼鏡を掛けたり外したりして、しきりにメモを取っている。実は、参府途上川崎宿においてバックを盗賊に盗まれてしまったようだ。

その中には、島津重豪と極秘でオランダから購入した鉄の精錬法などの書かれている重要な書籍の記述や、密輸関連のメモ帳が入っていたらしいのである。その記述情報が漏れることは大変な事態を

引き起こすかもしれないからだ。

この参府に随行していた蘭館医ケルレルを、桂川甫周と大槻玄沢が医師同士の学問的交流のために訪問した。桂川は後学のため子息の甫謙も同道していた。大槻玄沢は坊主頭を光らせながら、懸命にオランダ語の単語を羅列するが、大事な繋がりのところは小通詞の今村に補助してもらっている。

大槻は単語帳を繰りながら述べる。

「ケーレ先生、カピタン元気ない。旅の疲れか」

ケイレルは顎に短い髭を蓄えているが、それを右手で擦って言う。

「川崎宿、カピタン、大事な物、女の泥棒、盗んだ」

大槻は何か勘違いをしているようなことを考えたらしい。

——カピタンは緩フンなのだ。その意味がわかるかな。

「カピタン、女に、盗まれた、大事な物？ アハハー」

ケイレルには、彼が何で可笑しいのかわからないようだ。大槻はご丁寧にもそのあたりを説明する。

「日本語、フンドシ、大事なところ、いつも、巻く、カピタン、緩い」

——フンドシ？ 大槻は何か勘違いしているようだ。

今村はそこを意訳してケイレルに早口で告げる。

「大槻は何を盗まれたのかを聞いています」

「書類袋だ、貴重品、その他が入っている」

今村が大槻に書類袋だそうだと告げると、

「わかっているよ、でもフンドシという日本人男子特有な貴重品保護帯の意味をわからせることも、文化的に重要なことだ」

大槻は言い訳にはならないような弁解をする。

ケイレルは今村の翻訳を聞いて、今村と玄沢を傍らに呼んで告げた。一同には内緒にである。

「ありがとう、玄沢、貴重品保護帯の話、確かにそうすればよかった重要な話だ……実はね、その袋には、ヘンミイ氏が自身の治療薬として、使用中のもので小分けして常に携帯していた薬がある。それが特殊な薬物なのだ。少量では薬として効果があるが、誤って分量を多くすると毒物として作用するものだ。それも女族に盗まれている。但し、大騒ぎをすれば却って危険だ。いま、奉行所に頼んで極秘に捜索中なのだ」

こんなやり取りは別にして、ケイレルはこの時に、ヘンミイからの贈与品として冒頭で述べた人首の解剖模型を桂川に贈っている。また、『プレンキ眼科書』、『バックス包帯書』などもこの時に伝わっている。

大槻が先に看破したように、カピタンのヘースベルト・ヘンミイには、女にかなり甘いところがあったようだ。長崎では寄合町油屋の遊女花の井、京屋の遊女常葉などを出島に呼び入れている。ヘンミイはかなりの文化的な趣味人でもあり、琴、胡弓、三味線、太鼓、笛など日本の音曲を好んでいた。召使いの黒人リュウベン・バンシャル・オーノスにも演奏を習わせるなどしていた。また、密かに通詞などを通じオランダ商館出入りの商人などと砂糖、広東人参などの取引に関わっているという噂もあったので、幕府隠密の村垣には要注意人物として目を付けられている人物であったようだ。

次に、以上の盗難事件と関連するかも知れない連続事件が発生している。

長谷川平蔵は延享二年（一七四五）、旗本四百石長谷川宣雄の長男として生まれ、幼名を銕《てつ》次郎といった。二十三歳でお目見えし、宣以《のぶため》と名乗る。青年時代はかなりの無頼の風来坊で本所の銕とも呼ばれていたが、父が京都（京都西町奉行）で死亡して三十歳で家督を継ぎ、以来、安永三年、西の丸御書院番士を振り出しに、四十二歳で火付盗賊改役となった。

平蔵は、家斉の覚えもよく、異例の出世をした人物だが、同僚の妬みも買っている。老中の定信にも功績は認められたが、真面目人間ではないためあまり好まれていなかった
寛政の改革では、犯罪者の厚生施設である「人足寄場」の建設を立案している。その際、予算増額を定信に拒否されたため、幕府資金を相場投機に使って資金を得るなどの不適正な手段を実行した。

寛政元年（一七八九）四月に大盗賊神道徳次郎一味を捕縛し、寛政三年五月には凶悪盗賊首領葵小僧を逮捕して業績を上げていた。ところがこの時に、葵小僧をわずか十日目に斬首処刑したが、その折、一味関連の女賊を取り逃がしている。どうもこの時の女賊が、参府途上の川崎宿においてカピタンのヘンミイと接触があったらしいのだ。女好みの癖があるヘンミイのことであるから、女賊の罠に上手く嵌ってしまったとも考えられる。

この平蔵は、寛政七年（一七九五）五月の初旬、突然、心身不調となり、火盗の御役御免を申し出でて認められた。その折には、将軍家斉は奥医師桂川甫周を見舞いに遣わし、高貴薬の「瓊玉膏《けいぎょくこう》」を下賜した。ところが、桂川から平蔵の病状について驚くべき所見報告があった。

桂川は家斉へ、平蔵の病状は不審であり、毒物の介在も疑われることを報告したのだ。家斉もさぞ

驚いたことであろう。が、なぜか内密な調査に止めていた。

長谷川平蔵は、寛政七年五月十九日に原因不明のまま死亡する。享年五十であった。

また平蔵の母親も同じような症状で、数日前に突然死亡している。容態がほぼ同じような経過であったことから、平蔵の行った早期の極刑によって相棒を失った葵小僧一味の女賊による報復も疑われるのだ。

この事件の後、北町奉行小田切直年は、火付盗賊改方加役松平定寅と面談し、次のような会話をしていた。定寅が面長な青白い顔を傾げて言う。身体もひょろ長だ。

「土佐守殿は、この度の本所の銕さんの最期をどうお考えですかね」

直年は腕を組み、赤ら顔の小さな顎を右掌で支えながら答える。小柄な体で首が重いのだろう。

「いやあ、わからないね。あれ程の男が、こんなにあっけなく逝くとはね」

「一説では、極刑を頂いた葵小僧の妖婦が一服盛ったらしいとの噂も流れているようです。お奉行のお耳には当然入っているでしょうが」

「まあ、世間は芝居じみた成り行きを好むからね。真相はわからないが、銕さんならそれもあり得るだろうね。ところでね、当時処刑された葵小僧の所持品の一部が奉行所に残されていましてね。担当者の話では、その中には江戸市中で一味が狙いを付けた屋敷の図面が数枚あり、中には大川筋の屋敷があります。大名の抱え屋敷などをそれとなく調査中ですよ」

「それもあり得る話ですね。何かありましたらお声かけ下さい。お手伝いさせていただきます」

「有難い話ですよ、宜しくお願いします。お互いさまですからね」

但し定寅がその後短命であったので、残念ながら両者の交流はないまま終わっている。

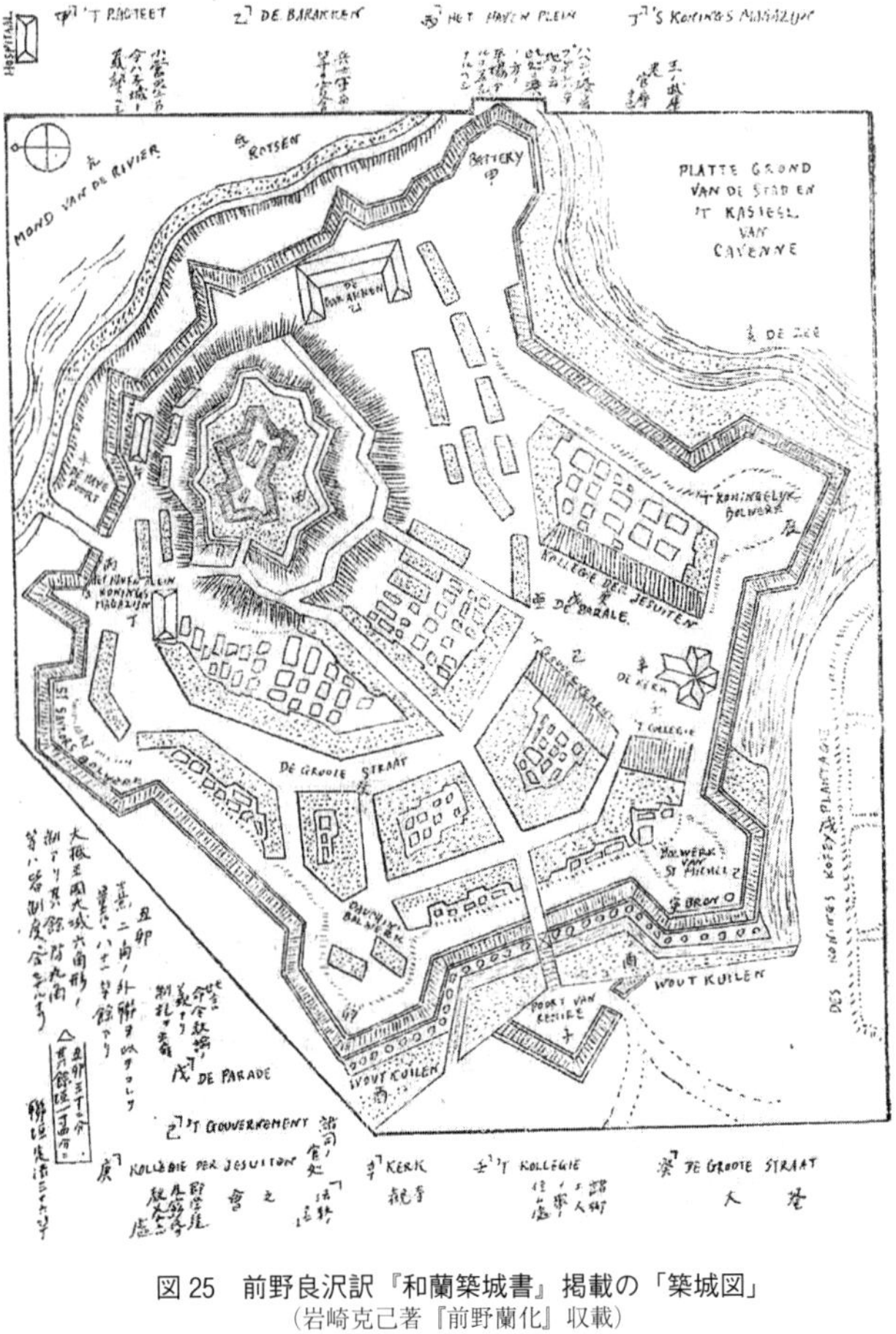

図 25　前野良沢訳『和蘭築城書』掲載の「築城図」
（岩崎克己著『前野蘭化』収載）

（二〇）『和蘭築城書』

登場人物

大槻玄沢	三十七歳	芝蘭塾長・蘭学者
源兵衛	五十歳前後	前野邸用人
前野蘭化（良沢）	七十二歳	蘭学者
最上徳内	四十二歳	普請役
お花	十八歳位	前野邸奥仕え（源兵衛の姪）
千草	不詳	前野の妻妾

今日は寛政六年（一七九四）神無月（十月）の二十日で、恵比寿講の日だ。大槻玄沢は、蘭語の先生である前野蘭化（良沢）先生宅に用事があったので、昼飯を急いで食べて出かける次第となっている。一つは十一月に開催するオランダ正月への招待の件、もう一つは長崎の蘭学者吉雄耕牛先生から頼まれている件だ。

訪問する先方の中屋敷は、京橋水谷町の玄沢が主宰している芝蘭塾（蘭学塾）からはそう遠くはないが、昼八つ（午後二時）の刻限に到達するためにはあまりゆっくりとしてはいられない。いつも外出には駕籠を使うことが多いが、健康のためにはできるだけ歩いたほうがよい。

手早く空色無地の小袖に鼠色の博多角帯を巻き、紺地に茶の縞柄が入った袴を穿いて、黒地紋なしの羽織、帯に扇子や脇差を差し込み、坊主頭には伽羅の香りの水油「華の露」を撫で付けた。

往来に出ると、秋とはいえ京橋南の真福橋を渡る時には堀の水面が日差しを強く反射していて、まぶしく感じられた。家を出る際に、妻が、日除けが必要ですねと言って、十符《とふ》編笠を被らせてくれたので頭を照らされずにすんでいる。この時期に羽織はまだ少々暑苦しいが、先生のお宅を訪問するのに着流し姿というわけにはいかない。

豊前国中津藩十万石奥平家の中屋敷（奥中屋敷）は、浜御殿に近い藩の上屋敷からはかなり離れていて、橋を目印にすると鉄砲洲数馬橋北側の洲のあたりにある。南八丁堀三丁目で中の橋を右折すると、四丁ばかりの広い直線通りがあり、その行き止まりの手前左側に屋敷がある。昼時で屋敷町のせいか通りの通行人は少ないが、川場の通りになると二つの魚盥を天秤棒で担いだ棒手振の姿を見た。

中津藩の前々藩主奥平丹後守昌鹿は、若年から賀茂真淵に学んだ国学者で歌人でもある。藩政には善政を敷き、蘭学にも強い関心と理解を持つ名君であったが、残念ながら安永九年（一七八〇）七月二十四日に三十六歳の若さで亡くなっている。

昌鹿は、オランダ語の研究に没頭する藩医前野良沢を庇護、支援し、長崎遊学では『ターヘル・アナトミア』や『プラクテーキ』などの高価なオランダ医書を買い与えている。日頃は良沢を「阿蘭陀の化け物」などと戯れて言っていたので、良沢は「蘭化」と号することになったという話もある。

名前の由来では、大槻の玄沢という名前も、門人となって優遇された両先生の名前から、杉田玄白の玄と前野良沢の沢を頂戴したという仮説が作られているが、記録では、玄沢の幼名は陽吉《ようきち》、のち茂質《しげかた》で号を盤水《ばんすい》といい、陸中西盤井郡中里に生まれ過ごした黒沢の地に因んで玄沢と通称したとなっている。父は大槻茂蕃で玄梁と称し、陸奥一ノ関侯に藩医として仕えていた。玄沢は十三歳にして藩医建部清庵に師事し、医方を修めた。玄沢二十一歳の時、清庵は杉田玄白の『解体新書』翻訳に触発され、自らの老躯を厭わず江戸に出て、玄白に入門を請うつもりであった。しかし、山川跋渉《さんせんばっしょう》の道中に、所詮老いぼれた躯体が許さず、代わりに子の建部亮策と大槻玄沢の両名を入門させて、蘭学を学ばせることにしたという。

玄沢は、杉田玄白の私塾天真楼に学び、医術を修行する傍ら、前野良沢にオランダ語を学んだ。天明五年（一七八五）、父が亡くなり家督を継いだが、長崎への遊学を許され、当時のオランダ語通詞本木良永《よしなが》や吉雄耕牛方に寄寓して語学力の実力をつけ、翌年五月に江戸に戻った。

この留学や、本藩仙台藩の藩医への抜擢、江戸詰め等の下命については、先輩の仙台藩江戸詰藩医工藤平助から藩主田村村隆《むらたか》への一方ならぬ熱心な助言があって実現したものである。平助は玄沢の人物を見込んで終始助力を惜しまなかった。また、玄沢も東北人の持つ重厚な面があるが、性格は実直で、生涯平助の恩を忘れることはなかった。後日談として、寛政十二年（一八〇〇）十二月十日に平助が没し、平助が残していた大きな負債の後始末を玄沢が引き受け、工藤家の再建を援助したこともその一つである。

さて、奥平昌鹿の遺領は嫡子昌男が継ぎ、安永九年九月二十二日美作守大膳太夫となったが、六年後の天明六年（一七八六）八月三日、二十四歳で亡くなった。その臨終に際し、松平薩摩守重豪《しげひで》の次男富之進（生母は市田氏・当時十二歳）が昌男の女子を室として養子に入り、昌高《まさたか》となった。この縁組には、昌男の正室には重豪の二女（母は富之進と同じ市田氏）との婚約が既にあり、それが果たせなかったという経緯もある。なお、重豪の三女（母は同じ市田氏）は、天明七年（一七八七）十一月、右大臣近衛経熙《つねひろ》の養女となり、将軍家斉の御台所となっている。昌高が将軍家斉のお目見えしたのは寛政三年（一七九一）十月朔日のことである。

玄沢は、奥平中邸との距離はあまりないという頭でいたので、塾を出るのが遅れた。しかし、久しぶりに歩いてみると意外に遠く感じる。身体がなまってきているようだ。背が高く足の速い玄沢は、直線通りでは少し速足に歩を進め、数馬橋の手前で田沼屋敷手前を曲がると、ようやく屋敷前を通るクランク形の道に入る。すると、目前には南北に横長の黒い建物が見える。その中央部には屋敷門があり、門の両側には藩士の居宅である藩士長屋があって建物両端まで続く。

編笠を外し、小さな通用口から門番に声を掛けて用件を告げ、中に入れてもらった。

門内の左右を見ると、左奥には藩士長屋と同じような黒い長屋が隣の榊原家の塀に沿って続き、真正面に伸びる広い土地の中央には、寺院の講堂のような大型の建物がある。創成期には集会所、武道場などを兼ねていたということだ。ここは、この時から六十年ほどの後になって、藩士の福沢諭吉が蘭学塾（慶応義塾）を開いたところだが、この頃は倉庫のように利用されていた。

玄沢は、ゆっくりはしていられない時刻となって、北側にある水路に沿った数棟の蔵と、榊原邸との間にある南向きの長屋へ向かった。蘭化の役宅は西奥の長屋群の一角で榊原邸の隣にある。役宅には南向きの玄関があって、そこに辿り着いた時には約束の昼八つ（午後二時）を過ぎていたようだ。

「ごめん下さい」

と言って玄関内に入ると、右側の棚に鉄製の小鐘が置かれていた。龍の鋳物が鐘を跨いでいて、龍舌からは鐘を叩く小槌が紐で下がっている。その槌をそっと指で搗いてみると、鐘が思わぬ高音を響かせた。その響きは大鐘の波動のように奥の方へ音を運んで行く。

玄関を改めて見ると、三和土には未だ下ろしたてらしい畳敷きの草履が揃えて置いてある。玄沢は来客中かなと思った。

奥で人の動きがあり、玄関の衝立の上からよく知った顔が突き出された。藩の出入り商人の伝手でこの一年前から当家に仕えているという男だ。年のころは五十前後らしいがよくわからない。体つきや顔は小柄で名を源兵衛といい、今は用人格である。

玄沢は玄関奥にずっと入り

「グゥイエ　ダァグ（こんにちは）」

と言い、式台から下に降りてきた源兵衛に右手で土産物を渡しながら顎を三和土の上の履物に向け、少し東北の訛りが残るアクセントで、

「風月堂のカステラだよ、えーと、先生は何方かと御面談中かな」

源兵衛は両手でその土産物を受け取り、頭をちょいと下げ、その包みを顔の前まで持ち上げて見せ、

「いや、大丈夫ですよ、玄沢先生をお待ちしていましたので、来客も多分お知り合いの方ですから」

と小声で答えた。

玄沢はこのところご無沙汰をしていて久しぶりの訪問であった。もう七十歳を超えている蘭化先生の最近の様子はわからないが、近頃はあまり外出されてはいないらしい。どこか身体の具合でも悪いのではないかという気もしていたが、客人と会っているということはそれほど問題はないのであろう。

源兵衛は土産物を抱え直して、玄沢が左手に持っている編笠を受け取り、また小声で言った。

「どうぞ上がってください。先の鐘で主人はもう玄沢先生が訪ねて来ていることは、多分おわかりだと思いますから」

南棟に付属する玄関から控えの板の間が続き、その西側と北側へ各部屋が連なる構造だ。数えて次の次の間が蘭書の翻訳作業や来客などの対応に使われている。南側の廊下をその仕事部屋に向かうと、奥の方から煙草の匂いが流れて来た。細やかな縦格子の障子がぴたりと閉まっている。

「御免下さい、大槻玄沢です、入ってもよろしいですか」

玄沢が膝を折って問いかけると、弱く低い声がした。

「ビネ　コーメン（お入りなさいな）」

細格子の障子を横に引くと、中は八畳ほどの薄暗い板の間で、障子が開いた分だけ外の光が差し込み、その部屋の奥の高い書棚が見えた。

――前にお邪魔した時とは少し変わったようだな。

玄沢はそう感じながら、敷居際から一礼して頭を上げ、左奥に白くぼんやりと浮いて見える物体に照準を合わせると、この屋の主人前野蘭化が丸い酒樽のような椅子に腰をおろしていた。

障子を閉めて改めて蘭花をよく見ると、白っぽい羽織を肩にかけ、青白く萎んだ顔をこちらに向けているが、腰掛の姿勢がやや不自然な恰好だ。股の間には根竹の杖を立てていて、その曲がった杖頭を左手で握っている。

玄沢は職業柄オンゲステルド（病気）だとわかり、〝先生どうかなさいましたか〟と咄嗟に言葉が出そうになったが、それをぐっと飲み込んだ。左側の黒い空間に何か動く気配を感じたからだ。

蘭化は右手に持っていた羅宇（キセル中央部の竹管）の太い煙管を煙草盆に置いて、手の平を上にして暗がりを示しながら、

「こちらのお方はもう知り合いだね、蝦夷地の探検者としてもご活躍の御普請方最上徳内殿だ。本日はお役務でお出でになっている」

と言い、一息大きく吸った。

玄沢はこの春、オランダ商館長江戸参府に際し、宿舎の長崎屋にカピタンを訪れた時も、そこで最上徳内を見掛けている。当番役人の一人として長崎屋付き切りの警備を行っていたのであろう。蘭人付き添いの検使は諸事の事項について普請役に指図を仰ぐ定めがある。警護は江戸町奉行から普請役

が二人、東西両奉行組同心一人ずつ二人の計四人が行っている。

――彼がここにいるのは何故だろう。

玄沢は、挨拶の言葉がすぐには出てこなかった。蘭花はそれを待たないで、今度は日陰になっている人物に向かい、少し力んだような声で玄沢を紹介した。

「玄沢殿は今、蘭語の学習書ともなっている『蘭学階梯《かいてい》』の刊行や、ハイステル外科書の『瘍醫《ようい》親書』を翻訳するなどしてましてね、なんだか忙しいらしく、ここには久し振りに来ましたよ」

――先生、その書はとっくに出ていますよ、まったく。

玄沢はそう思って左側の人物をよく見ると、屋台骨のがっしりした大柄な中年の男が控えている。前とあまり変わってはいないようだ。

――頭が大きいのは脳味噌の多い人物に違いないが、あまり愛想のない顔だ。

と思いながらその男に頭を下げる。

「大槻玄沢です。お久しぶりです」

徳内は茶の木綿着に玄沢と同じような黒い羽織を羽織っていて、木造のように床几に腰を掛けている。徳内はやや厳しい顔を縦に動かし、低音でぼそぼそと言う。

「長崎屋でもお眼にかかってはいますが、用務中で失礼しました。もっと前からお会いして、色々と教えていただきたいとは思っておりましたが……何分こちらは北国の田舎者でしてね、行動が鈍いのです。それでいつも機会を逸しています」

薄暗がりに馴染んだ目で見ると、なるほど広い額に太い眉で、目、鼻、口も大きい。こちらを見て、誠実そうな顔をにっこりさせたようだが、顔が少し歪んだだけだ。生憎そのように面相が動かない。最上徳内と言えば、蝦夷地の探検家として高名な人物だ。その蝦夷地探検家が何で江戸の仕事をしているのだろう。

玄沢は普請役の仕事についてよくわかっていなかったが、幕府の普請方は普請奉行の支配で、役職は江戸城の石垣、架橋、堀などの土木工事を掌るとともに、江戸中の屋敷（拝領屋敷・空屋敷など）の管理を行っているのだ。因みに普請方への昇任者は、諸組同心、黒鍬（御庭番）などの者が多い。配下には同心、地割棟梁などが各十名ほどいる。しかし、普請奉行は老中支配であり、奉行の直前の職（目付・勘定吟味役・遠国奉行など）によっては、遠国御用（隠密）の役務なども普請方に仰せ付けることがある。普請役の権限は強くて広い。

玄沢が不思議な顔付で相手を見ている様子に蘭化は言う。

「この度はね、ある事件に関連してだね、当屋敷を御検分下さっているところだよ。奉行所の予備調査としてね……貴殿が、まあちょうどいい所へ来てくれたわけだ。実はこのところ少々体の調子が良くないのでね、職業柄もうお分かりだろうが、歩行の機能がやや低下してきているようだ」

――やはり中枢神経の具合が悪そうだな、まさか脳の障害では。

玄沢は蘭化に言う。

「私でお役に立つならば、お申し付け下さい、先生。でもヴェルランメン（麻痺）はないでしょうね」

蘭化は右手の煙管と左手で杖頭を握った杖を上に挙げ、両足も動かして見せた。

「それはこの通り大丈夫だ。まあ無理しないように用心しているからね」

徳内は気の毒そうな顔をしながら蘭化に尋ねる。

「お加減が悪いようなら、お屋敷の地下水路拝見は後日に廻しましょうかね。実はその……先生に是非とも拝見させてもらいたいものがありますんで」

「いや、ちょうど大槻殿がいるので、大丈夫ですよ。後日では体調がもっと悪化しているかもしれないですからね。先に地下水路は見てもらいましょう。家の者に案内させる手筈がついていますので」

そう言って煙管の雁首で火落としの竹筒をポン叩いた。

書棚の袖から、赤茶色の着物に黒い帯を締めた十七、八歳の娘が、薄茶茶碗を載せた黒漆塗りの盆を持って現れ、立礼をしてその盆を三人の前の小机に置いていった。金平糖が入っている青磁色の瓢箪形小壺が中央にある。後の話では、この娘は用人源兵衛の姪でお花といい、奥を手伝っているそうだ。小さな顔で目鼻立ちの整っているところは、確かに源兵衛にも似ていた。

「屋敷のお侍さんが、外に二人おいでなっています」

お花さんがのんびりした声でそう言うと、蘭化は、

「早くそれを言ってくれよ、普請役殿が先程からお待ちだよ。えーと、源兵衛、案内を頼むよ」

「はーい」

すぐ隣の部屋から返事があったので、徳内は席を立ち、座中に一礼して玄関に向かった。

後に残った蘭化と玄沢の師弟は、煙草を吸いながら暫く久闊を叙す。玄沢はさっそく疑問符の付い

た光った頭を振りながら質問する。

「最上徳内殿の水路改めとは、何かあったようですね……」

ここでふと、長崎屋対談のケイレルの話が気になったが、

――ややこしくなるから、ヘンミイ会談については伏せておこう。

玄沢はすぐにそう判断した。蘭化は先程までとは違い、元気そうに答える。

「詳しいことはわしにもわからんがね、このところ彼は、関東代官との関わりがある関東十州川船改所用地図をようやく完成させたところだと言っていたが、今度は奉行所から川筋とは別件の捜査を頼まれた、とぼやいていた……公儀も人使いが荒いな。その関連でね、お隣屋敷と、ここの地下水路の関連を調査に来ているのだ」

「この屋敷にも地下水路があったのですか」

「実は当屋敷にも小規模なものだったが、地下北側に隅田川明石橋下荷揚水路というのがあって使われていたのだ。今は柵で塞がれている状態だがね。恐らく問題があるのはお隣屋敷だろう。北側水路が続いているのでね」

「隣は何方の屋敷ですか」

「最初は榊原屋敷と言っていたが、享保年間の末頃からはどこかの大名の抱え屋敷となっていたらしい。事実上は荒れ放題で、奉行所の管理屋敷ともなっていたようだ。時々人の出入りはあるようだが、実際に誰が利用しているのか、周囲に住む人間には全くわからない。無論のこと、当屋敷にもだ」

「幽霊屋敷ですね。或いは秘密集団の隠れ家かもしれない」

「まあ、そんなところだろう。今回、川筋改めがあったことでいくらか事情がわかるだろうよ」

蘭化はそこで湯呑から冷めた薄茶を飲んで言う。

「さて、今日の話は何だな」

玄沢は太い眉を上げて軽く頭を下げてから尋ねた。

「唐突ですがお伺いいたします。当中津藩では、以前ペルシャ馬の種馬をオランダ船で輸入したことはありませんか……いや秘密事項なら結構です」

蘭化は、さーて、というように首を捻っていたが、

「待てよ、かなり以前に輸入したことがあったな……そうそう、ご先代昌鹿侯の時代だ、藩が依頼したかも知れないよ。明確にはわからないが」

――あれは確か調馬師ケイゼルが海月之鞍を下賜された時のしばらく後、一頭の輸入依頼書を書いた覚えがあるな。しかし、玄沢が何故それを知りたいのか。

玄沢は蘭化の訝しげな顔付を見て言った。

「有難う存じます。仙台藩でもこの度種馬の輸入を望んでいるらしく、可能かどうかの情報を集めているらしいです」

それから玄沢は、蘭化の著した『和蘭点画例考補《おらんだてんかくれいこう》』というオランダ文法書の内容を話題にし、西洋句読法の「コンマ」を、玄沢が「分点」と訳したことなどを一方的に話した。

源兵衛の姪お花が書棚の脇から音もなく入って来て、のんびりと言う。

「皆さんが玄関先に帰っています。どうしますか」

蘭化はすくっと立って、お花に何かを言い付けて自席に戻る。

——彼の行動には特に別条ないな、本当に病人なのかな。

玄沢が少し冷めた目で蘭化の様子を見ていると、

「盤水殿、今日は恵比寿講だ。奥で一献傾けような。ああ、屋敷の侍は居宅へ帰るだろう。気にしなくていい。普請役の最上殿がね、この度私が翻訳した『和蘭築城書《おらんだちくじょうしょ》』を是非見たいとのことでね」

玄沢は驚いた。玄沢は『東察加志《かんさつかし》』（寛政己酉三月蘭化識・一七八九）については既に承知していたが、

——奴はすばしっこいな。何故そのような最近情報が入手できるのか。

その最上徳内が廊下から部屋に入って来て、二人に地下見回りについての当たり障りのない結論を述べた。但し、〝隣家との水路中央にある木柵に近年の補修痕を認める以外には〟という言葉を腹中に飲み込んだ。

「結論的に言うと、地下水路には不審な状態は全くありませんよ、ええ、無論、上司には特に異常は無かったと報告しておきますんで」

それから一同は日の当たっている廊下に出た。廊下を西側へ進み、突き当りを右に折れると中央棟が見える。南棟との間は坪庭となっていて、金銀の木犀がこんもりと茂っているが、季節的に花は既に落ちている。この中央の棟には蘭化の家族全員が生活していたが、今は妻の珉子《たまこ》も二人の娘もいない。妻と一人の娘は亡くなり、もう一人は幕府奥医師の小島家に嫁いでいる。

蘭化の役宅は、許可を得て堀川の側に北棟を建て増ししている。蘭学者として著名な蘭化に教えを

求め藩に願い出て、地方からの訪問者が泊りがけで来訪するのだ。中央棟西寄りの部屋は大部屋となっていて、腰高で幅広の縁板を廻らした囲炉裏がある。ターフェルと食卓を兼ねているのだ。天井には外空に続く広い煙筒用鉄板が傘を広げている。四方の隅には鉢植えの常緑樹が置かれていて気分が休まる。

中央のターフェル周囲に置かれた厚い座布団付の低くて広い椅子には、上下の席順もなく自由に腰掛けられるよう配置されている。壁側には予備の同じ椅子が数個並んでいるところを見ると、十名ほどの集会もできるようだ。

「どこにでも腰掛けてくれ」

蘭化の言葉に二人はドッコイショというように椅子に座ると、座布団のクッションが柔らかく腰を包む。部屋の北側左右には出入口のドアが開いていて、右方の口から白い顔の四、五十歳かと思われる女性が恐る恐る入ってきた。

「えー、お二人には初顔かと思いますが、新しい家内です。おう、ご挨拶をしてな」

蘭化が優しい猫撫で声を出したが、何だかわざとらしさを感じる。

「菊と申します」

女性が呟くように小さく発語するが、まるで玉を転がすような美声だ。

二人は頭を下げたが、まあ、いつの間にかこのような美形を。

——大将もなかなかやるな。

二人が羨ましいような目付きでお菊を見ている。

「おう、もういいよ。これの支度をな」

蘭化が片手を猪口のように輪にしたまま、急いでお菊を奥へ送り出す。

「先生、身体の方は大丈夫ですか、あまりご無理をなさらない方が……」

玄沢が思わず心配そうな鰓張顔を向けると、蘭化が言う。

「余計なお世話だよ、飯の世話を手伝ってもらっているだけだ……えーと、最上殿、本日はご苦労様でしたね。何の書物でしたかね。あー『和蘭築城書』だった。ちょっとその前にね、お二人にはこれも見ておいてほしい……和歌です」

蘭化は立ち上がって、正面の壁の一部に貼ってある横長の美濃紙を指差す。書いてあるのは数首の和歌だ。


言書しはすの廿まり二日、春立るその廿まり六日の夕、雨のふりけるによめる　熹

のとかにも暮行年とおもふ哉としのこなたの春雨のおとおなし時　正之

春雨のおとも静にふくる夜をゆたけく思う年のくれかな
同　達

投矢なすくれ往年に梓弓おしてはる雨またきふるなり
同　珉子

ゆたかにも降る春雨に打つとひなをもにきほふ年の暮れかな

蘭化の一首は最初の憙《よみす》で、與美壽とも記すことがあったようだ。また、正之は高山彦九郎で平正之とも記している。達は嗣子の良庵で、珉子は亡き妻であるとのこと。

「この中にある高山彦九郎正之殿もよく来宅していましたよ。酒量の点では若い彼が一段上でしたが……」（注1）

蘭化はそこでグッと唾を飲みこむ。思い出しているうちに酒が一杯欲しくなったのだろうが、いつの間にか腰掛けている膝に一書を持っている。

「えーと、この翻訳書の原本はですね、和蘭のマテシスという書の第八「ホルチヒカシイ」にあったものです。全体は〝度数学書〟とも言える書だが、何とか訳しました。最初の挿絵でもわかるように、ホルチヒカシイ（fortificatie）とは〝築城法〟と訳しています。まあ最上殿、先ずはちょっとご覧くださいな」（注2）

徳内は手を伸ばして冊子を受け取り、表紙を捲る。見開きには何と壮大な西洋式の城塞が描かれているではないか。

「これは、これは、えらい立派な城ですね。へー」

蘭化はその先を見るよう、急かすような手振りをした。

「城の模写には手間取りましたがね……それよりも、中の求線法の図面を見てください。作図法が数式で理解できるような記号がやたらと多いでしょう。ですから先程〝度数学書〟と言いました」

玄沢も徳内から冊子を渡されてペラペラと捲って眺めている。

「度数学書ですか」

徳内が腰掛から身を乗り出すようにして、蘭化に大きな頭を近寄せた。

「徳内殿は確か出羽国の出身でしたな。会田安明先生をご存じですかな。同じ出羽出身で数学者の」

「はい、よく存じ上げておりますが……」

――俺の名前も考えてくれた人物ですよ。

徳内はその言葉を飲み込んでいる。余計なことは言わない主義だ。

「では会田先生の『対数表起源』も読んでいますか……対数部分の理解には役に立つ良書です」

――読んでいないと言う方が、この際無難だ。何か聞かれても困る。

いいえと言う風に頭を振った。

「勉強不足で申し訳ないですが、昔から、神社仏閣に奉納された算額札の数式を解く趣味しかありませんでしたが、これも下手くそでした」

大槻玄沢が傍から発言する。

「最上殿は測量、天文、語学共に堪能であるとの評判ですよ」

蘭化はこれを聞いて再び話し出す。

「ジョン・ネイピアの対数（ロガリズム）はご存じだろう。ヘンリー・ブリッグスの『対数算術』と清国の『数理精蘊《せいおん》』というのがありましてね。この書はさらに対数の理解が深まります。実はですね、この築城書には数理解析の部分が沢山あります。その読み解きには原書の『律暦淵源』という書の中の対数の説明や表が重要な参考文献なのですよ。但し、今の日本には一、二冊しかないようですが」

蘭化は両腕を組んで頭をぐるりと一回転させる。

「『律暦淵源』には関連する逸話がありましてね。天文歴学者の間重富《はざま》は、この貴重な全部数を全巻所持していた。そう思っていたところ、そのうちに残念にも全巻のうちに二、三巻の欠本があることがわかった。所持していた間の全書は、後に蘭学者としても有名な福知山藩主朽木昌綱侯などと、「洋学者相撲番付」にも行司とされている伊勢桑名藩主松平忠和《ただとも》侯の所持となっていた。ある時、間重富は、たまたま崎陽（長崎）の商人から入手した数巻の書籍の中に、偶然その欠本を発見したというとです。運のいい人もあるのですね。桑名侯がある日この話を聞いて、是非にその書籍を見たいものだということから、間が持参して御覧に入れると、正に全巻のうちの欠本であったという。間は、これが揃えば、日本の宝であるとして桑名侯にその欠本を贈呈したという美談ですね」

蘭化はそこで煙草に手を伸ばした。喉も乾いている。ポンと音がした。彼が空の煙管で灰落としを叩いたのだ。脇戸が開いて、お菊とお花が入って来て酒肴を運び入れる。

「まあ、何もありませんがね、少し油を注がないと、皆さんも元気がないようし。おう、どんどん運んできてくれないか」

徳内と玄沢は元気がないような顔を見合わせている。

――蘭化先生はご自分が飲みたいのではないか。

「松平忠和侯は、蘭学では先生の弟子でしたね。今回の翻訳では、その貴重な宝物の書籍を拝見できれば幸いですね」

玄沢が蘭化の話に一言添える。

「ああ、もう拝見させてもらっているよ、参考になっている」

徳内が手を挙げて質問する。

「築城書第一面の図は、地平線上の横断面図ですね」

蘭化はぎょろっと徳内に目を向けて答える。

「そうですよ。綺麗な図面ですよね」

――この男は、さすがに測量の目を持っているな。

「第二面、第三面は高低差計算図ですか。この算出には重要な数式の出番となると思いますが」

「それと難しいのは、子《ね》から始まる求線法の角度と竿尺の関係ですよ」

この後も、徳内と蘭化は専門的な会話を続けていった。大槻玄沢は聞き役に徹しているようだが、十一月開催のオランダ正月の趣向などを考えていたのではないだろうか。

お菊とお花は囲炉裏の火を起こして焼き網を掛けた。下拵えをした鯛などを焼くつもりだろう。それに、宝田恵比寿神社に近いこの辺りでは、夷講に食べる「べったら漬け」なども出されるのかも知れない。

（注1） 雑誌『刀圭新報』《高山日記抄》・富士川遊氏摘筆日記文を左記に引用する。
「寛政元年（一七八九）十月十日　帰りて築、前野へ餅を土産とす。服部善蔵より二対、股野才助・嘉膳よりの書二封、築氏に届きぬ。……前野氏に帰りて宿す。
十四日　日本橋に於て買物して帰り、築氏へ唐芋・柿を寄せ、前野氏へ菊花・款冬花を土産とす。
十五日　奥平中邸へ帰りて、築氏へ餅をみやげとし、前野へ蜜柑を土産とす。夜中、前野に於て酒出で、飲娯して大に語りぬ。
二十一日　前野氏にて北山大太郎と相識となる。予が退屈の體を見て、酒を出だしける云々。
寛政元年十一月十二日　夜に入て前野へ帰へる。荻野八百吉、今歳九ッ、摩利支天の申ㇱ子也とぞ。日月星辰天文の事を語るに、大に蛮書の意に当る事ありて、老人感ずること甚だし。蛮書に火星をまるすといひて軍神と號す。まるす即ち印度にて称する摩利支天也。□□□あれば、奇といふべし。
十四日　前野に髪を修め、拝して出でむとして、扇子に老人蛮字に書す。唐崎夜雨□が歌なり。
夜るの雨のをとにもけちめわかれてし松吹風にしかのから崎とぞ。」

（注2）　寛政三年（一七九一）二月二十七日付の蘭化から高山彦九郎宛の書簡に、「昨年中、天文暦数等、種々翻訳仕候義御座候。乍然皆々内々故難申上候。但紀公子より築城之書翻訳被仰付、追々でき、差出候云々」とあり、『築城書』の翻訳には蘭化の門人である桑名侯の関与が推定されている。（岩崎克己著作兼発行『前野蘭化』参照）

（二一）大日本恵登呂府

登場人物

徳川家斉
　二十三歳　第十一代将軍
桂川甫周
　四十五歳　幕府医官
イギリス人ブロートン
　不　詳　海軍中佐
加藤肩吾
　不　詳　松前藩医師
大原左金吾
　三十五歳　経世家
近藤重蔵
　二十四歳　支配勘定
最上徳内
　四十二歳　見分隊随員

大槻玄沢ら蘭学者が、江戸京橋水谷町の自宅蘭学塾（芝蘭堂）において、陽暦元朔（オランダ正月）を祝ったのは寛政六年（一七九四）の十一月末の頃であった。

オランダ正月とは、長崎出島オランダ商館で、日本在住のオランダ人が、キリスト教禁止の日本で、太陽暦による正月元旦にクリスマスの代わりに行った「阿蘭陀冬至（これをオランダ正月と呼んだ）」のことである。出島勤めの幕府役人や出島乙名（町役人）、通詞などの日本人が呼ばれて西洋料理を御馳走になった。吉雄耕作の自邸でもこれを真似て、その時期にオランダ正月を開催し、留学時には大槻玄沢も招かれている。

この度の玄沢主催の芝蘭堂では、当日多くの蘭学者、医者、文化人（オランダ風物愛好家）等が招かれて、この和蘭正月風の新元会（元日の祝宴）を開催して交流を深めたのだ。この時には、ロシアへ漂流して外国見聞を広めた大黒屋光大夫も招待された。

オランダ正月の出席者は、後日描かれている市川岳山の絵の中の出席者の寄せ書きとは別に、杉田玄白、宇田川玄随、稲村三伯などもいた。この会では、桂川甫周、大黒屋光大夫などからは露国の状態などが多少知れるが、光大夫はその後、幕府からほぼ幽閉状態に置かれて生涯を過ごすことになる。この際の様子については既に多くの記述があるので省略する。

こうした蘭学者達の集まりが徐々に始まってきた状況は、西欧の大航海時代を反映して、西欧諸国が東洋に進出して来た世界情勢の変化が大きく影響してきている。日本国内でもようやく蘭学への追い風が吹いてきた。松平定信の指示によるオランダとの貿易半減令や、通詞等への取り締まり強化で、蘭学者から敬遠されていたオランダ人との接触も、寛政四年のラスクマン来航を受けて以来、徐々に復活している。

幕府上層部も世界情勢の変化に対応するための対外情報の収集の必要性から、再開した寛政六年の江戸参府からオランダ商館長との接触を認め、奥医師、蘭学者との訪問対話や、蘭書の購入、蘭学塾、蘭学者の研究集会なども黙認してゆく。しかし、これらの蘭学志向に反対する朱子学を固持する従来の勢力は、当然強く抵抗することにもなった。

将軍家斉はロシア使節ラスクマン披見の頃から次第に蘭学に興味を持ち、天文方の蘭書解読要員の増員、特に航海術・航路・測量術・地図作成などを理解するための知識増強を促すようになっている。また、港湾整備のための機器として、長崎出島のオランダ商館にドンケルスクロク（泳気鐘・潜水器・ケーソン）を注文するが、これはオランダ自国では作成困難で、イギリス国に注文し、後年長崎に到着する。兎も角、若い将軍の意識が、かなり開明の方向に傾斜してきていたことは疑いないのだ。

幕府は、延期していた世界への窓となるオランダカピタンの江戸参府を再開するが、未だ幕閣首座であった松平定信の影響により、朱子学を重んじる旧守勢力が根を張っているためと、災害による財政難や庶民の情勢もあって、家斉の開明意識を思うように進行できない実情あった。

このように定信を信任する老中の影響もあって、寛政改革の綱紀粛清はしばらく続く。好色浮世絵の一斉監督が行われ、蔦屋重三郎の写楽絵出版などが取り締まりを受ける。また、水茶屋の新規営業の禁止、女髪結いが贅沢を理由に禁止などが続いている。薩摩藩主島津重豪は、天明七年（一七八七）に隠居し、家督を長子の斉宣《なりのぶ》に譲り、その後、名目だけとしながら実質的には藩政を後見していた。

寛政七年（一七九五）頃からは、将軍岳父の地位を利用して各界の名士を三田屋敷に招き饗応、交友関係を強固にし、将軍家斉と同じように大勢の愛妾を抱え、子女も多いことからそれを活用して、有力な大名・有力者との婚姻・養子関係を結び、姻戚として勢力を拡大した。中津藩主奥平昌高などもその一人である。こうした外交の舞台となった三田屋敷を高輪御殿と称したことから、重豪は人々から「高輪下馬将軍」と称された。

蘭学の反発派は、寛政二年の朱子学以外の学派禁止（異学の禁）発令、書物屋相互の吟味を義務付ける出版統制令などで林家（林述斎）を中心にした朱子学勢力を盛り立て、蘭学に抵抗するための運動者となった。これには林のほか主に幕府儒官柴山栗山、昌平黌講師の古賀精里などが動いた。これらの動きは続き、後の寛政十二年には昌平坂学問所が落成し、諸士の入学が許可されている。

第十一代将軍徳川家斉の実父で、旧守派の一人（一橋）徳川治済は、いわゆる自身第一（オンリーマイセルフ）型人間であって、自身の策に溺れる挙句の果てに、策士が策に呪縛されている状態であった。また、島津重豪は、将軍家斉の御台所の父であり、家斉の岳父となっている蘭癖大名で、蘭語にも造詣が深く、重豪の子息達はその影響を受けたため開明的な家風となっている。さらに琉球経由の密輸も噂されているため、幕閣が慎重に注目している人物だ。

将軍家斉は、このような両者が互いの立場を利用して水面下で勢力を張り合う関係の中で、適当にバランスをとってゆく綱渡り芸人とあまり変わらない状況だ。メンタル的には先代家治の息子家基が変死しているので、自分を将軍にした父治済が、彼を暗殺したのかもしれないという疑念（ストレス）が生涯あった。これには心を慰めるための償いが必要である家基の命日には自ら参詣するか、若年寄を必ず代参させていた。宗教は日蓮宗を信仰していた。

家斉は、この心の蟠り（ストレス）を子造りに没頭するエネルギーに変換させて、五十人近い子女を設け、各藩に縁付けてゆくことになる。また、この心的負荷を晴らすための手段に特殊な食事療法も行っていたらしい。

家斉がストレス解消のセルフケアとして信じたものは何か。

「心の憂さを晴らすには、やはり酒か、食べ物だ……」

酒好きで生涯頭痛持ちの彼は、白牛酪（バターかチーズ）を好んで食したようだ。将軍医官の著には左記の記録があるそうだ。

「白牛酪あり。生姜を好む。一年中食す」

また、勢力増強のためオットセイの陰茎を粉にして飲んでいたとも伝えられている。結果を見るならば、実際に子造りにおいての効果があったのかも知れないが、一例ではその効力評価は無理だろう。

桂川甫周がどのように蘭方医学的な健康アドバイスをしていたか、原因がよくわからないが、痛みに対して現在の認知行動療法を勧めていたものと思われる。趣味を持ち、その達成感を得ること、体を動かすこと、そして成功体験を持つことなどである。

「上様、ご努力は効果を生み、その効果は、またご努力の励みを生みます」

桂川がこんな言葉を言ったかどうかわからないが、家斉はこれらの指導をよく実践して、子造りに励み、結果的によい成績を残したわけだ。

兎も角、徳川将軍として子孫繁栄に努めることは重要な役割であるから、その点では優等生であったことは間違いない。

松平定信のあとに老中首座となり幕政を主導した松平信明は、学問を好み、小知恵伊豆と言われるほど理論的に物事を突き詰めていく人物である。定信の改革方針を受け継ぎ、蝦夷地開拓など北方問題の対応を行った。だがこの頃、日本は思いがけない西欧覇権国家の威力を見せ付けられた。

寛政八年（一七九六）八月、イギリス人海軍中佐のブロードンが指揮するプロヴィデンス号が、海図制作のため内浦湾に入り絵鞆（室蘭）に来航した。

翌辰巳にも七月十九日再度絵鞆に碇宿し、日本沿岸を測量する。

「北国を狙うのはオロシア船ばかりかと思ったが、他にもいるのか」

「何をやってるのかな、港に縄を下して」

人々は、はじめはこんな呑気な気持ちで見ていた。イギリスが日本国沿岸を測量開始したのは、太平洋に展開する捕鯨船の水や生鮮野菜等の補給寄港のためとも思われるが、既にイギリス東インド会社は、安永二年（一七七三）にはベンガル阿片の専売権を獲得、寛政九年（一七九七）には製造権も獲得していた。清国での事実から見て、イギリス船の真意は他にもあったのであろう。

事実、清国は明代末期より阿片吸引の習慣が広まり、イギリスは組織的に阿片を清国に売り込んでいた。北京政府は阿片貿易を禁止したが、イギリスは既に地方の阿片商人に密売していたのだ。清国は前の嘉慶元年（一七九六）には阿片輸入禁止としていたが、これが後の阿片戦争に発展することになっていく。

寛政九年のイギリス船再航の際にはブロヴィデンス号が破損したため、この度はスクネル船に変わっている。

松前藩は前回と同じ工藤平右衛門、医師加藤肩吾らを派遣して船を訪れさせた。ブロートンは前回の二週間の滞在経験から友好的な態度で船内を案内している。加藤はラスクマンの冬中ネモロで少々ロシア語を覚えているので、ロシア生まれの水夫を通じて話すことができた。

加藤はやや硬い顔付で言う。

「ブロートン、今回は早々に引き上げたほうがいい。藩の態度が大変に厳しいぞ」

ブロートンは、折角交渉の糸口ができるものと思っていたので答える。

「ドクター加藤、誠に残念だが仕方がない。時節を待とう」

ブロートンは万一を考えて出帆準備をした。

藩は下国武らに命じ、士卒三百人を率い絵鞆に向かった。

高橋壮次郎はブロートンに、もし不法に上陸すれば撃退することを通知したため、二十九日に船の位置を転じて出帆した。

幕府はイギリス船が日本近海に出没していることなどから、通詞の大量育成が必要となり、オランダ大通詞吉雄耕牛、楢林重兵衛、小通詞西吉兵衛ら三人に五年間の蟄居を命じていたが、寛政九年九月二十三日に許されて解放される。そして吉雄らは、蛮学指南所蘭書和解掛を兼ねて教授に任じられたが、吉雄はその後、寛政十二年(一八〇〇)八月十六日に、弟子の志築に倅の権之助の行く末をよく頼んで死去している。この吉雄の門を叩いた人とされるは全国に六百名強と言われている。

この大通詞吉雄耕作と、薬草(毒草)などの研究について大変に親交のあったヘイスベルト・ヘンミイについて、ここで追記しておかなければならない事件が起こった。

オランダ商館長のヘンミイ（長崎商館長在任・一七九二年十一月十三日〜一七九八年七月八日）が、寛政十年二月、江戸参府に出立の後、三月六日午前一時頃、オランダ屋敷の織物師部屋から出火し、カピタンの住居一棟、役員詰所二棟、阿蘭陀人住居十棟、土蔵三棟などを焼失している。火元にいた寄合町京屋の遊女三河と禿のますは負傷、召使いは行方不明になった。この時の火事の原因は不詳であるが、ヘンミイの重要書類がすべて焼失してしまった。町の火消しや、長崎奉行松平石見守と役人、長崎在住各藩屋敷聞役等も大勢出馬して大騒ぎとなった事件だ。ヘンミイは参府中のため不在で、留守役のポシェットが火事事件の処理を行っている。

さらに奇妙なことは、同年四月二十四日（一七九八年六月八日）には、一四五代オランダ商館長ヘイスベルト・ヘンミイが、二回目の江戸参府の帰路、東海道の遠州掛川宿において急死したことだ。表向きには急性の胃病ということになっている。しかし、この突然死には色々な意見があって、その一つは、乱脈な経理や密貿易の発覚等を恐れての服毒自殺が疑われた。また、彼が時折使用している調整の難しい薬草の不注意による誤飲かも知れないという見解もあった。いずれにしろ、これらは彼自身の行為に起因する事柄である。但し、ヘンミイは京都の海老屋にて芸者、遊女などを呼んで、破目を外して遊ぶことなどを楽しみにしていたことから、自殺の可能性は極めて少ない。常に、自身の動きや結果を細かくメモして、確認する慎重派の人間にはあまり馴染まない行動でもある。これに加えて、出島商館の火災で、ヘンミイ居室の重要書類が焼失したことにも関連してくる。貴重なオランダ商館長の証拠書類だ。

これらを勘案すると、どうも何らかの意図を持った人間による他殺が否定できないという見方が強くなるのは自然の成り行きだろう。従ってその後、九州某藩の手先がこれに関与したのではないかとの疑いが起こってきたことも宜なるかなということか。

このように謎を孕むヘンミイ急死の真相は今でも闇の中だ。現在、このヘンミイは、掛川の浄土宗天然寺に眠っている。

ヘンミイが江戸参府した同じ寛政十年の三月、幕府は、本年も蝦夷地に異国船が再航するかもしれないという恐れから、それを見届けるための役人を多数派遣した。

最上徳内の『蝦夷草紙』によると、このきっかけを作ったのは大原左金吾という人物らしい。大原は陸奥磐井郡大原村の郷士であるが、詩文書画を良くし、兵学にも通じている。松前道広にも招かれたこともあるようだ。後に『北地寓談』や『北地危言』などの著を表していて、蝦夷地北方領土の危機を平生強調している。

天明五、六年の工藤平助著『赤蝦夷風説考』の時と、ちょうど同じような役割を持ったらしい。ある時大原は、水戸藩士の教育で寄遇していた水戸の彰考館総裁立原翠軒に向かって呟いた。

「実はですね、立原総裁殿、蝦夷地の危機の根源は、松前道広がロシアに通じているからですよ。このままでは、かの国の勢力に蝦夷地を奪われます」

この言葉は早くも、老中松平伊豆守信明に伝わっていたのだ。

最上徳内著『蝦夷草紙　後編之上・赤人国より松前領主へ書翰を送る事』の中にも次のような記述がある。

寛政八年（一七九六）赤人国より松前領主へ書翰送るとてウルップに持来る。アッケシ酋長イトコイ、蝦夷バツコ並びにネモロの酋長ションコアイノ等、ウルップ島へ行ければ其の書翰請取て帰り来る。ションコアイノよりアッケシ詰合の松前家来へ差出す。云々、などとあり、密かに蝦夷人に尋ねるとアイヌ語で答えた。

「ネフ（何）クシュ（依）クラム（我越）アンナ（有矣）シシャム（倭人）ウトラ（互）ヌイナ（隠密）アンルヱ（有事跡）タバン（也）ヘル（唯）シトマレ（可レ恐）ウコハワン（対話）ヤアカイワ（是在レ之）」

これを以て考えると何か後ろ暗きことあらんか……

この著者最上徳内は、しばらくの間内地勤務が続いていたが、寛政十年三月の東西蝦夷地見分派遣隊には再び起用されている。この見分隊策定は老中戸田采女正氏教が行い、彼には、松前藩主の裁量では北地はロシア領と成り兼ねないという危惧があったのだ。

派遣隊には、江戸にある勘定奉行石川左近将監忠房総指揮のもと、目付渡辺久蔵胤、使番大河内善兵衛政寿、勘定吟味役三橋藤右衛門成方の三名が任命された。表向きの申し渡しは異国船見届と警護のためとし、一行は総勢百八十名という大部隊であった。

御用材伐出任務で遠州在役であった最上徳内は、本多利明塾の気鋭四十二歳で、このうちの大河内善兵衛の配下として第六回となる渡海参加である。また、この際、長崎在役から抜擢された支配勘定近藤重蔵守重も初めて渡海している。この近藤重蔵は、湯島聖堂学問吟味（現在の国家公務員一級試験相当）甲科及第という当時二十四歳の秀才青年であった。

別々に北行した徳内組と重蔵組は、一行の見分船行の関係で、クナシリ島北端のアトイヤで初めて顔を合わせた。

「最上殿、御覧の通りの若輩です。よろしくお願いしますよ」

「いやお互い様です。日本のために頑張りましょう」

近藤と最上は互いを認め合っている様子だ。ここでは両者合同の祝賀の宴などを催して一同を慰め合っている。

両者の談合では、八月の荒海ではあるが、この際ロシアの境カムチャッカ近くまでも見分するという勇ましい話があり、せめてエトロフ島、ウルップ島付近までは何としても調査するということになった。両島間の浪高五メートルの難所クナシリ海峡を渡ることになるので、随員とアイノ達の顔色は変わっている。

三隻の蝦夷船に分乗した一行は沖合の激流に揉まれながら、

「ウフン……ウフン……ウフン」

というアイノの懸命に唱える助命祈願を頼りにして、徳内の乗船を先頭に波間を乗り切ったのだ。

こうしてエトロフ島南端のベレタルベという海岸にようやく着いている。

寛政十年七月二十八日、リコップ岩上において下野源助（木村謙次の別称）の揮毫による標柱が建てられた。

大日本恵登呂府　寛政十年　近藤重蔵　従者　下野源助（以下略十三名）
最上徳内
戊午七月

近藤重蔵に同行している木村謙次は、重蔵の懇望によって名を下野源助と称している。水戸藩の立原翠軒の命を受けて隠密にこの一行に同行しているからだ。彼の日記に『酔古日礼』という書があるらしい。それによると、

「近藤が最上を信愛すること、七十子の孔子に於けるがごとし矣。云々」

と述べていて、重蔵が最上と意気相通じている様を見て、不快感を持っていたらしい。従って徳内にもあまり好意を持っていなかったようだ。しかし、この時期の人物は、どちらかと言えば個性的な人間が多く、互いに〝癖有り〟で、プラス電子が反発し合っている様子があった。

この標柱の「大日本恵登呂府」の文言についても、各氏の意見は纏まらず、大日本領とすべきであるという意見と、いや今後あり得るロシヤへの主張として、さらに国境を北方に伸ばすべきであって、ここに領を入れると境界を狭めるという意見があったようだ。

その後、一行のうち近藤重蔵らは絵鞆に戻って越年したが、最上徳内は十一月十七日に江戸に戻り、勘定奉行石川左近将監や若年寄堀田摂津守正敦らに面接して見分報告を済ませている。

図 26　「大日本恵登呂府」（択捉島カモイワッカ岬に 1930 年に設置された昭和の記念碑）

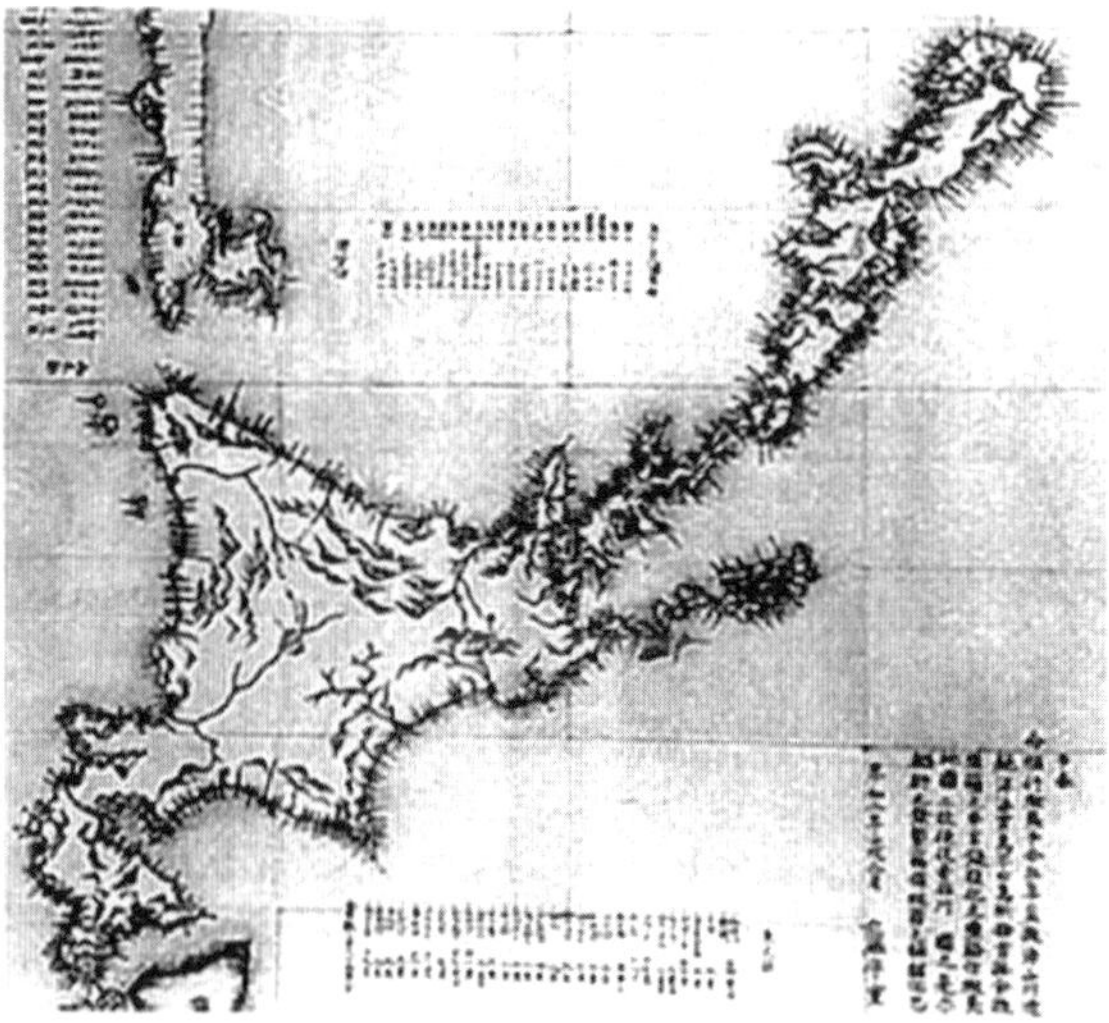

図27　享和２年（1802）近藤重蔵が作製した「蝦夷地図」
（別海町 HP より）

図28　日本側が記録したレザノフの船とロシア兵
（宮崎成身『視聴草』より／出典：国立公文書館デジタルアーカイブ）

（二二）赤人の襲撃

登場人物

ニコライ・レザノフ　三十九歳
　ロシア交易使節
権蔵　六十歳後半
　マタギ・船頭
フリウェン　四十歳前半
　アイヌ
最上徳内　五十一歳
　箱館奉行支配役並

十二年前の寛政四年（一七九二）、ラックスマンに幕府から与えられた信牌により、ロシア皇帝は侍従ニコライ・レザノフを交易使節として日本に派遣した。レザノフは文化元年（一八〇四）九月六日、軍艦ナデシュダ号に乗って長崎に入港し通商を求めている。

信牌を与えた当時の幕府宰相松平定信及び取り巻きの首脳部は、その信牌を受け取ったラックスマンがそのまま引き下がるとは思えなかった。長崎に舵を切って廻るのか、或いは途中の江戸湾などに寄港して幕府の気配を探るのか半信半疑でいたが、何故か彼は、一旦ロシアに帰国する道を選んでいる。

何故帰ったのか、などと当時の彼の心境をあれこれと慮っても仕方がないし、また、今度は十二年もほったらかしにしていたその古い信牌を持って、今頃レザノフがのこのことやってきたのはどうしてだろうか、などと首を捻っている暇はない。また、それ以後、ロシアの国情にその理由があったことは間違いないが、今この章であれこれと詮索している余裕もない。

この度、ロシア側は、交渉を円滑にするため、事前に日本人の漂流民の津太夫、儀平、太十郎などを長崎奉行に引き渡していて、いつも通りの正攻法を踏んできている。

時の長崎奉行は、在勤の成瀬因幡守正定、及び着任早々の肥田豊後守頼常であり、江戸に急報するとともに、大村、黒田、鍋島諸侯は通報を受けて、長崎に警備隊を派遣した。その数三万七千八百人と言われている。

余談ではあるが、この時期の長崎奉行所には、幕府の倹約を検証するため、太田直次郎（太田南畝・蜀山人）が奉行所の支配勘定役として着任していた。

この太田直次郎（五十五歳）は、寛政六年（一七九四）四十六歳で、「学問吟味」に主席合格している人物だ。この長崎奉行所に約一年間会計監査を含む調査・指導を行っているが、狂歌師蜀山人としての名声は高く、唐館の宴劇場や、画家、文化人などの宴会にも引っ張りだことなっていた。また、多くの詩歌とともに、当時のカピタンの様子や風物を記した『瓊浦雑綴《たまうらざってい》』が残されている。

〝長崎の山から出ずる月はよか　こげん月はえっとなかばい〟

長崎奉行は、レザノフ達乗組員のために「露西亜館」という宿舎を梅香崎に建設して提供し、上陸を許可している。大村藩は畑地に陣を布き、警護と警戒を強化していた。

しかし、幕府は、翌二年三月まで裁定を引きずった挙げ句、目付の遠山景晋が長崎に来て、その回答はノー（通商不許可）という返事であった。この時の幕閣は、松平信明が罷免され辞めていた二年間であり、戸田氏教、牧野忠精、土井利和、就任間もない青山忠裕であった。外国交易の伝統的拒否と、ロシアに対する警戒とが優先されたのである。要するに、十二年前の松平定信の措置について、その経過をよく理解できていない事情がある。

図29　ニコライ・ペトロ・ヴィッチ・レザノフ

　裁定を待たせる方も、待たされた方も、のんびりと年を越していたと考えるのは間違いである。首脳部の判断に、当事者は彼我ともに嘸かし痺れを切らして待っていたことであろう。特に交易が許可される筈だと思っていたレザノフは、その胸に蟠りの思いを抱いて長崎を退帆して、一旦退いたものと考えられる。

文化二年（一八〇五）三月七日、レザノフは、ロシア政府を無視した幕府のこのやり方に激しい怒りを覚えながら長崎を出帆した。

「ニ シュ チーチ イポーニツ（からかうなよ日本人）」

レザノフはそう言い残して北上して行く。そして、ノシャップ、カラフトに偵察上陸してからカムチャッカに帰っている。

この年（文化二年）の八月、幕府の評議により目付遠山金四郎景晋《かげみち》、及び勘定吟味役村垣左大夫範行の両名に、西蝦夷地見分のための出張を命じた。幕閣には信牌を無視してロシアとの交渉を退けたことへの不安があったのだろう、北方ロシアの動きを偵察するための派遣だ。

この度の出役に際して、目付の遠山金四郎は、この偵察隊に是非同伴したいという人物として蝦夷地通の最上徳内（五十一歳）を指名している。

この命を受けると、徳内は手早く旅装を整えて遠山より先発し、早々に福山に到着している。この度で八回目の渡海となっていて手慣れた道中ではあるが、年齢的にもこの渡海が限度かも知れないという思いもあったので、西蝦夷地見分に際しては色々な考えがあった。

出発に先立って徳内は、野辺地の船頭新八に至急便を送っていた。福山港のマタギ、船頭権蔵への伝言を依頼したのだ。またこの時、郷里の楯岡にも書面を送っていた。

松前に到着すると、徳内は港の山地にある権蔵の一軒家を単身で訪れた。その権蔵は、徳内の伝言を受けて、偵察隊の一行が港に着船した時から既に出立の準備ができている。

徳内が懐かしい土間の三和土に立つと、薄暗い囲炉裏の縁に懐かしい顔が二つ並んでいた。髭面の権蔵とアイノのフリウェンではないか。

――あれ、フリウェンもいる。

徳内は二人に手掌を向けて言う。

「アヤポ……カムイ　チエウロクテ（ああ……並び座る神よ）」

権蔵は手招きして笑う。

「徳さんがいくら偉くなっても、俺らは同じ扱いだよ。なあフェリン」

「ピリカ　ウタル　ウエカタラキイ　アシュ（俺たちは良き仲間助け合う）」

三人は手を取り合って喜び合う。フリウェンは痘瘡を避けるための儀式で、近くの部落にいたそうだ。徳内の偵察隊に協力するために同行してくれるとのことである。


遠山が率いて福山に入った偵察隊はそのまま越冬し、翌年の三月、西蝦夷地の陸路を北行しソウヤに向かった。案内役は徳内である。但し、徳内の現地手配人の中には権蔵とフリウェンが混じり込んでいた。

遠山隊は五月半ばには宗谷に着き、四、五日巡回の後、抜海《ばっかい》で村垣隊と出会う。村垣は途中で病となり行程が遅れていたのだ。その後帰途について、六月には石狩、その月末には函館に到着していた。村垣隊も二日遅れで帰っている。

この偵察の主要な目的は、西蝦夷地巡視と同時に、有事の際の道路交通手段の開鑿場所についての調査だったので。特に支障なく事が運んでいた。

徳内は石狩で遠山隊と別れ、当別、札幌付近の不毛の地に分け入り、権蔵の案内で、以前から目標としていたフリウェンの父親の関連する鉱山を調査している。この調査の状況については、徳内の記録書『蝦夷草紙』には記載がないが、別の記録では、メナシトマリにおいて金銀を含む鉱脈を発見しているとのことである。将来の採掘において何らかの糸口を得たのであろうことは想像される。

こうして、レザノフ来朝による西蝦夷地巡視隊の本体は、文化三年八月には全員が江戸に帰着していて、遠山、村垣見分役両者は直ちに将軍家斉に謁見して報告を済ませていた。

文化年間の「撫恤令《ぶじゅつれい》」（注1）はこうした北辺事情を背景に発布されているものと考えられる。

この文化三年八月帰府の折、徳内は郷里の出羽国楯岡に立ち寄った。この頃は各所での鉱山御用も務めていたらしい。特に、郷里の銀山の検分に携わっていたことが、楯岡本陣宛の手紙で明らかになっている。

早朝、尾花沢を出立して、午前十時頃には楯岡に到着し、久しぶりに母や妹、旧友などに面会する。

「とがいどこ、よぐきたなあ」

「ひさしぶりであったば、だんだともて、はともた」

「オー、おぼえだがッてア」

方々から懐かしい言葉が飛び交う。

徳内は寺に行って住持に挨拶し、父親の墓に詣でてから、親戚旧知などとの宴会をいくつか掛け持ちする。中には論語の一節を講釈させられたり、傷寒論や和歌の話をせがまれたりし、故郷の味を噛み締める一日であった。なお、古田常吉著の『蝦夷草紙』解説によれば、この頃、徳内の容貌が権蔵のような髭を蓄えていたことは、遠山の『巡辺行』の一節に、「加之最上髯参軍、傾蓋如故魚得水」とあることで窺い知れるとのことである。

こうして徳内が、遠山の良き補助者として誠心誠意活躍していたことは、その十一月に徳内がその身分を格上げされていることを見ても明らかだ。

徳内は普請役元締格に挙げられ、八十俵三人扶持を給せられていた。徳内がこのような気分でのうのうと過ごしている時、日本国内はじめ国外周辺の情勢は激しく流動していた。

文化四年三月二十二日、幕府は松前章広を陸奥梁川に移し、西蝦夷地を幕府の直轄とした。既に、寛政十一年（一七九九）には東蝦夷地を直轄地としていたので、蝦夷地全島は幕府直轄地となったのだ。政庁を福山に移し、後に箱館奉行を松前奉行と改めている。

また、文化四年四月六日には、驚くべき事件の報が福山に到達している。前年の九月十一日、ロシアの武装船数隻が樺太の久春古丹（大泊）に来襲し、松前藩が設けていた運上屋や倉庫などを全て焼き払ったという知らせである。

これは半年遅れの報告だが、この間の正確な事情は不明だ。

箱館奉行所は驚いて津軽の兵を宗谷に向かって出兵させている。

文化四年四月六日の報告（樺太の変報）から僅か数日後の四月二十五日に、ロシア兵はエトロフ島を襲い、同年四月二十三日にはロシア船二隻が同島のナイホ（内保）に来襲して番屋を焼き、二十九日にはシャナ（紗那）を襲撃して会所や倉庫を略奪したという。当時シャナには、箱館奉行支配調役下役元締戸田又大夫らが在勤していたのだが、警備の南部、津軽兵と共に退却していて、戸田はその途中で自刃している。

ロシア船は礼文島沖、納沙布沖でも松前船を襲い、利尻島では幕府官船を襲撃して火災を起こさせ船倉に重大な損傷を与えている。

箱館奉行所は驚いてこれを幕府に報告するが、何の抗戦や抵抗もできないままだった。

このような情勢の中で、徳内が帰府してから間もない文化四年三月頃、幕府内では北門警備が緊急で重要な案件となっていた。但し、松平信明の辞表後、老中首座であった戸田氏教は文化三年四月に五十歳で亡くなっていて、大事な時に主役が不在の状態が続いているのだ。

江戸詰の箱館奉行戸川安論《やすとき》は老中牧野備前守忠精から御用部屋に呼び出されて文書で申し渡された。その内容は概ね左記のような内容だ。ここで徳内が指名されている。

「カラフトは上地の旨の如何に関わらないでこの節は見聞するべきだというのが命令だ。支配向きの内に最上徳内を差し添えて遣わせるので、発向を協議するよう適正な人数を手配するように」

今は役に立つ人間が必要な非常時となっているのだ。こうしたところにも幕閣の蝦夷地におけるロシア対策の緊迫した状況がよく現れていた。

文化四年四月二十七日、徳内は御普請役元締格から箱館奉行支配役並へと昇格されている。半年のうちに二度の昇進は珍しいことだろうが、いずれにしろ、ここで徳内は石高ほぼ百石取りの知行取となったわけである。

さて、箱館奉行の戸川安論一行は、文化四年五月十日に江戸を出発している。六月六日には野辺地に着いているが、その先の佐井で日和待ちをしている時に新たな襲撃の報告を受けた。去る五月二十九日、ロシア船二隻が利尻沖で日本船四隻を砲撃し、二隻が奪取され二隻が大損害を受けたということだ。そんな状態の中で、ようやく箱館に到着できたのは六月の半ばとなっている。

これらのロシアによる襲撃事件を検証するときに、誰もが幕府による長崎でのレザノフに対する仕打ちに報復した行動であろうという結論となった。

しかしその中で、夕暮れの港町の一角に佇み、目を瞑り、右の拳をおでこに当てて静かに瞑想していた人物がいた。頭の神を鎮める仕草だ。

しばらくして彼の脳味噌はこのような結論を得た。

――これはオランダが仕掛けた罠だ。

その男は突然大きな才槌頭を、その拳骨でコツンと叩きながら独語を呟く。

「まだ俺の出番は終わってねェぞ、これからが本番だ」

（注1）撫恤令　撫恤とは慈しみ憐れむこと、物を恵むことを言う。文化三年（一八〇六）の撫恤令は、来航するロシア船を発見した時に、穏便に退去するようにするための措置であり、我が国が限定している貿易国でない場合には、その定めをよく話して説得し、必要に応じて食料や薪水等を給与することである。但し、この際乗組員の上陸はできない定めである。

第三巻　了

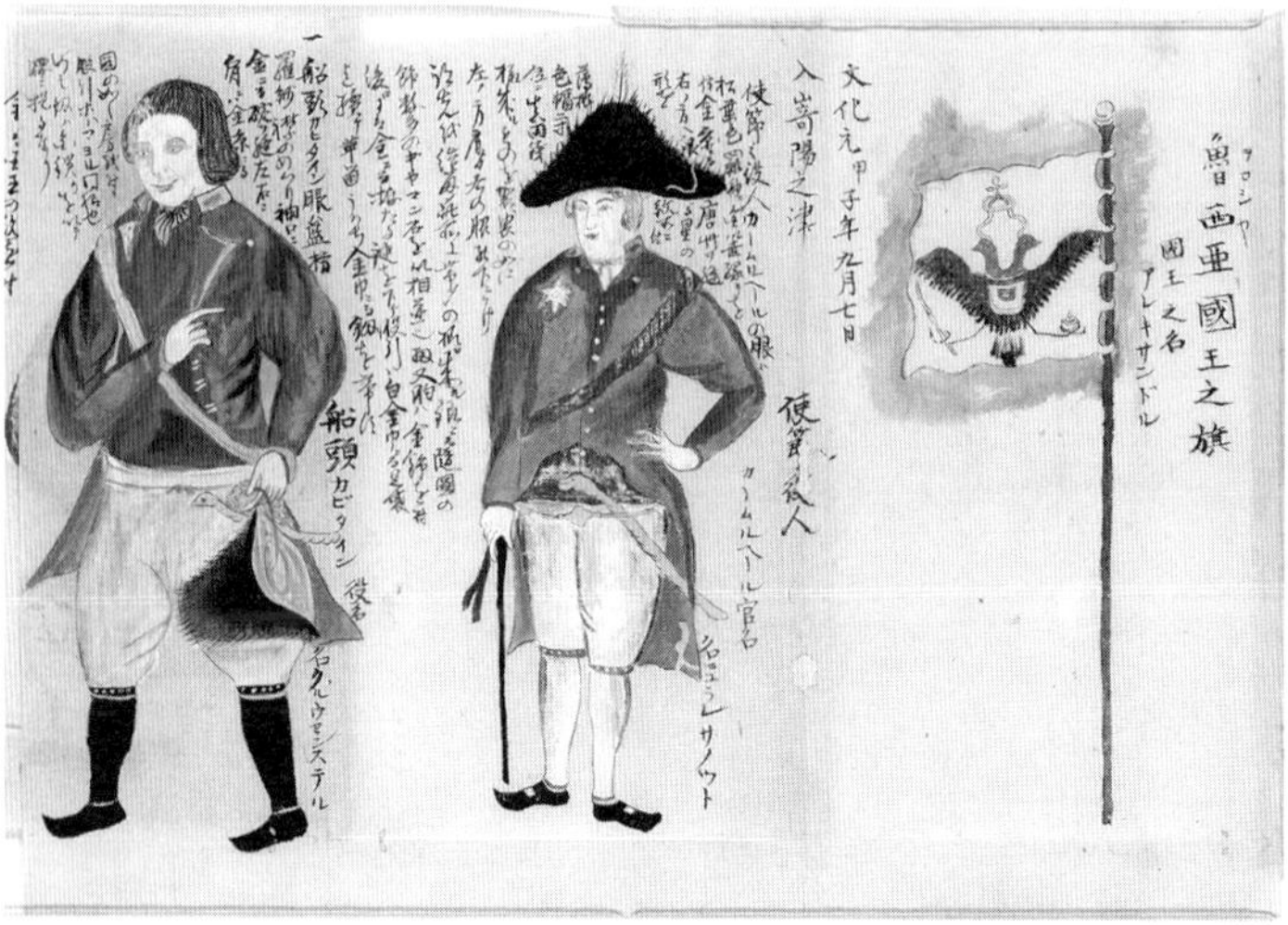

図 30　日本側が記録したロシア国旗とレザノフ他肖像
（宮崎成身『視聴草』より／出典：国立公文書館デジタルアーカイブ）

主な参考文献

『最上徳内』島屋良吉（日本歴史学会編）／吉川弘文館／一九八九年十一月
『知里真志著作集（別巻二）分類アイヌ語辞典 人間編』平凡社／一九八〇年一月
『日本語・アイヌ語辞典』魚井一由（編著）／國學院短期大学コミュニティカレッジセンター／二〇〇五年三月
『デイリー日露英辞典』三省堂編集所（編）／三省堂／二〇一九年八月
『蝦夷草紙』最上徳内（吉田常吉編）／時事通信社／一九六六年五月
『大辞典』上田万年他（編）／啓成社／一九四三年
『宇下人言・修行録』松平定信（松平定光校訂）／岩波書店／二〇二〇年二月
『おらんだ正月』森銑三（小出昌洋編）／岩波書店／二〇〇三年一月
『北海随筆　松前志　東遊記（北門叢書 第一冊）』大友喜作（解説校訂）／北光書房／一九四三年十一月
『蝦夷志　南島志』新井白石（原田信男校注）／平凡社（東洋文庫865）／二〇一五年十一月
『天明蝦夷探検始末記』照井壮助／八重岳書房／一九七四年（復刻版：影書房／二〇〇一年）
『前野良沢―生涯一日のごとく―』鳥井裕美子／思文閣出版／二〇一五年四月
『前野蘭化』岩崎克己（著・発行）／一九三八年
『北槎聞畧―光太夫ロシア見聞記―』桂川甫周（竹尾弌訳）／武蔵野書房／一九四三年十月
『光太夫漂流物語』山崎桂三／中央公論社／一九四九年三月

medicine when he visited a nearby shrine called Kanda Myojin and came across a rare mathematical problem depicted on a votive tablet. This is where the story begins. Later, he became a student at the Otowa School run by the esteemed scholar Honda Toshiaki, who taught him mathematics, astronomy, surveying, Dutch language, and other subjects.

During this time, there were incidents of unrest involving the Ainu people living in the northern territories, and Tokunai was recommended to serve as a surveyor for the shogunate's inspection team in Ezochi (now Hokkaido) in place of Honda Toshiaki. He gained the trust of the Ainu people and had contact with several Russian individuals.

However, due to changes in the shogun and the shogunate's elders (ministers), the inspection team was recalled prematurely. Upon returning to Edo, Tokunai's superior, Aoshima Toshizo, was arrested for committing misconduct in his official duties, and Tokunai was also imprisoned on false charges. However, he was eventually proven innocent and released, which would later contribute to his subsequent achievements.

The middle section of the book provides a summary of three chapters: "Kotarou's Account of Observing Russia," "The Arrival of Russian Envoys," and "The Shogun's Observance." These chapters draw on the records of past scholars.

Furthermore, the final section describes the daily lives of prominent Dutch scholars at the time and records the state of Japan's situation from the perspective of northern defense, including the refusal of trade with Russia.

In conclusion, though unintentional, this book serves as an important groundwork that sets the stage for a pivotal turning point in Japan's history, the "Opening of Japan."

Summary

The summary of「Mo-Kamuy and Akahito*」

(*Mo-Kamuy is an Ainu word that means "quiet god" or "god of tranquility." The term "Akahito" was used in Japan at a certain period to refer to Russian people as a collective term.)

Toshiro Kumaki

To the north of the Japanese archipelago, there is a main island called Hokkaido and its surrounding islands. Until the early 19th century, these lands were ruled by the Matsumae domain and the Hakodate Magistrate's Office under the control of the Tokugawa shogunate. The area was inhabited by the Ainu people, who had been living in Hokkaido and the northern islands since ancient times, as well as immigrants who had moved there from northern regions of the Japanese archipelago to escape conflicts.

In recent years, there has been an unresolved issue concerning the islands associated with Hokkaido and neighboring Russia. This book focuses on the important responses to Russia during the reign of Shogun Tokugawa Ienari and describes a historical narrative that shapes Japan's history, centered around the activities of a certain individual.

Mogami Tokunai was born into a tobacco farming family in Dewa Province (present-day Yamagata Prefecture). He was healthy and had physical strength, and until around the age of thirty, he worked as a tobacco peddler. With some savings from his peddling, he went to Edo (present-day Tokyo) with the purpose of studying traditional Chinese medicine, which he was interested in at the time.

Tokunai was studying at a renowned school of traditional Chinese

■著者略歴

熊木敏郎（くまき としろう）

医学博士・熊木労働衛生コンサルタント事務所所長。

埼玉県出身。県立熊谷高校、日本医科大学卒業。東京大学医学部物療内科教室入局。

日本医科大学栄養学（第二生化学）教室・衛生学公衆衛生学教室非常勤講師、日本医科大学客員教授、社会保険葛飾健診センター所長、慈誠会記念病院院長、日本労働安全衛生コンサルタント会副会長などを歴任。

【主な著書】

『理容美容の作業と健康』（1985年・労働科学研究所出版部）

『突然死はなぜ起こる〈第4版〉』（2008年・日本プランニングセンター）

『今も活きる大正健康法〈物療篇〉』（2015年・雄山閣）

『今も活きる大正健康法〈食養篇〉』（2015年・雄山閣）

『万葉の打毬』江戸〈洋学〉異聞㈠（2020年・雄山閣）

『ホルチスヤマト』江戸〈洋学〉異聞㈡（2021年・雄山閣）

2023年7月25日　初版第一刷発行　《検印省略》

江戸《えど》〈洋学《ようがく》〉異聞《いぶん》㈢ モ・カムイと赤人《あかひと》

著　者　熊木敏郎

発行者　宮田哲男

発行所　株式会社 雄山閣

〒102-0071　東京都千代田区富士見2-6-9

TEL　03-3262-3231／FAX　03-3262-6938

URL　https://www.yuzankaku.co.jp

e-mail　info@yuzankaku.co.jp

振　替：00130-5-1685

印刷・製本　株式会社ティーケー出版印刷

ISBN978-4-639-02916-8　C0093

N.D.C.913　424p　19cm